Parallelwelt-Universum
und die Suche nach der Weltformel

Der Naturwissenschaftler Dipl.-Math. Klaus-Dieter Sedlacek, Jahrgang 1948, lebt seit seiner Kindheit in Süddeutschland. Er studierte neben Mathematik und Informatik auch Physik. Nach dem Studienabschluss 1975 und einigen Jahren Berufspraxis gründete er eine eigene Firma, die sich mit der Entwicklung von Anwendungssoftware beschäftigte. Diese führte er mehr als fünfundzwanzig Jahre lang. In seiner zweiten Lebenshälfte widmet er sich nun seinem privaten Forschungsvorhaben. Er hat sich die Aufgabe gestellt, die Physik von Information, Bedeutung und Bewusstsein näher zu erforschen und einem breiteren Publikum zugänglich zu machen. Im Jahr 2008 veröffentlichte er ein aufsehenerregendes und allgemein verständliches Sachbuch mit dem Titel „Unsterbliches Bewusstsein – Raumzeit-Phänomene, Beweise und Visionen". Er ist der Herausgeber der Reihe „Wissenschaftliche Bibliothek".

Klaus-Dieter Sedlacek

Parallelwelt-Universum

und die Suche nach der Weltformel

Roman vom nächsten Jahrhundert

Fantastische Welt Bd. 1

Bibliographische Information Der Deutschen Bibliothek:
Die Deutsche Bibliothek verzeichnet diese Publikation in der Deutschen
Nationalbibliographie; detaillierte
bibliographische Daten sind im Internet über
http://dnb.ddb.de
abrufbar.

Herstellung und Verlag:
BoD - Books on Demand, Norderstedt
ISBN 978-3-8370-0590-5

Inhaltsverzeichnis

Vorwort

Von Dr. Emanuel S. Allman
Professor für Physik an der Albert-Einstein-Universität von Quantum City

> *Die Dichtung ist verpflichtet, sich nach den Möglichkeiten zu richten. Die Wahrheit nicht. (Mark Twain)*

Wenn einiges auch unmöglich erscheint, so ist es doch die Wahrheit über mich und mein Team, über meine Suche nach der Weltformel, über meine wissenschaftlichen Arbeiten und Forschungen, über mein Denken und mein Handeln.

Der Autor, ein Freund und Kollege von der mathematischen Disziplin, hat sich dankenswerterweise die Mühe gemacht in vielen Gesprächen und Interviews, abends und häufig bis in die Nacht hinein, bei einem Gläschen Malaga unseren Berichten zu lauschen und unsere Motive zu erforschen. Seine Frau Lady Constance versorgte uns liebevoll mit Essbarem und redigierte die Textentwürfe. Wenn ich von »unseren« Berichten rede, dann meine ich außer meiner Wenigkeit, die Kryptozoologin und Medizinerin für Tropen- und Extraterrestrische Medizin Dr. Heroine Embassy, den vom Spezialeinsatzkommando stammenden Sicherheitsexperten Pit Plonk und meinen erst 16-jährigen Assistenten, Ingenieur und technischem Genie, Daniel R. Josten, mit dem mich ein freundschaftliches Verhältnis verbindet.

Jetzt, nachdem der Autor alles aufgeschrieben hat, der Bericht über die Reisen und wie es dazu kam, fertiggestellt ist, kann ich nur gratulieren. Besser hätte ich selbst nicht über mich schreiben können. Die übrigen Teammitglieder haben mir das gleichfalls versichert. Der Bericht ist genau und spannend geschrieben wie ein Roman.

Ich muss gestehen, ich bin froh, dass die Welt die vorliegende Erzählung aus objektiver Feder erhält. Sie wird dadurch glaubwürdiger, als wenn ich sie selbst geschrieben hätte.

Ich möchte meiner lieben Frau Elisabeth und meinen Töchtern Kathrin und Charlotte danken. Einmal für ihre Geduld und Toleranz, die sie meinem häufigen Aufenthalt fern von zu Hause in parallelen Universen entgegenbringen und auch für ihr geduldiges Zuhören und ihre Fragen, wenn ich sie am Wochenende mit schwierigen wissenschaftlichen Diskursen nerve.

Den Lesern wünsche ich beim Nacherleben unserer Abenteuer mindestens ebenso viel Vergnügen, wie mir die Erinnerung daran selbst bereitet.

Emanuel S. Allman

Der Forschungswettbewerb

Es riecht nach Außergewöhnlichem, nach dem wichtigsten wissenschaftlichen Ereignis der letzten Jahre und nach Sensation. Hans Griffel, kahler Kopf, große Nase, Reporter der Neuen Quantum Nachrichten ist nicht der Einzigste mit einem Riecher für besondere Ereignisse. Im großen Hörsaal der Albert-Einstein-Universität rutscht er unruhig auf seinem harten Stuhl hin und her und harrt der Dinge, die da kommen sollen. Der Hörsaal selbst quillt über infolge der großen Zahl an Interessierten, Professoren, Studenten, Journalisten und der Gruppe Zuhörer, die immer gern stört, wenn es etwas zu stören gibt. Eine unerträglich gespannte Atmosphäre liegt in der Luft.

Es geht um den großen Forschungspreis, den 50 Millionen an Geld für Forschungsmittel, welche die Paul-Gotham-Stiftung für den Sieger eines Wettbewerbs ausschrieb. Die Albert-Einstein-Universität steht dabei in Konkurrenz mit der ebenfalls in Quantum City ansässigen Francis-Drake-Universität. Es geht darum, welche Universität den wissenschaftlichen Beweis erbringt, dass Reisen im Multiversum praktisch möglich sind und es geht um die Ehre des Professors, der ankündigte, er könne solche Reisen demonstrieren. Es bezieht sich nicht zuletzt auf Professor Allman und seine Erfindung den Timeponder. Man munkelt, sein erst 16-jähriger Assistent Daniel Josten, ein ausgebildeter Ingenieur, soll den Timeponder mitentwickelt haben. Was für eine Sensation.

»Das müssen sie sein, da vorne«, denkt Griffel. »Einmal Professor Allman, der große, kräftige Mann, mit vielleicht 43 Jahren, 1,80 m Größe und dem auf wenige Millimeter gestutzten Vollbart. Er sieht sympathisch aus mit seinem gerundeten Gesicht und den lebhaften, freundlich durch die Brille blitzenden Augen. Daneben der junge Mann, einen halben Kopf kleiner, das bartlose ovale Gesicht mit Brille, der Baseballkappe mit dem Schirm nach hinten auf die kurzen Haare gesetzt. Dazu die Safariweste über seinem lockeren T-Shirt und die modischen Hüftjeans. Die sehen tatsächlich so aus, wie sie mir beschrieben wurden.«

Professor Dr. Emanuel S. Allman steht in seinem karierten braunen Jackett mit rotem Schal vor der großen Projektionsleinwand unweit des Hörsaalprojektors und scheint sich zu konzentrieren.

Die Uhr zeigt 10 vor 11 Uhr. Allman fühlt die neugierigen Blicke und die zunehmende Spannung im Saal. Er versucht, seine Gedanken zu sammeln. »50 Millionen für die Uni«, denkt er dabei und seine Hände werden feucht. »Ich muss sie holen, ich will sie holen, ich werde sie holen«, beschwört er sich selbst.

Noch immer strömen Menschen in den schon vollen Hörsaal. Allmans Gedanken wandern rastlos weiter. Er schaut durch ein Hörsaalfenster und schaut auf die glasgeschützte Fußgängerbrücke, die den Fluss überquert. Er sieht die Menschen über die Brücke eilen, mehr als sonst um diese Zeit. Er sieht die belebte Straße zwischen dem West River und der Universität, sie ist schon zugeparkt. Ein glasüberdachtes Ausflugsboot, 50 m entfernt, hat gerade angelegt. »Es sind nur 50 m«, träumt er mit offenen Augen. »50 m bis zur Entdeckung von Neuem, Unbekanntem.«

Seine Gedanken wechseln zurück zum Thema. Er beschwört sich: »Es muss mit dem Timeponder klappen, die Weltformel zu entdecken. Nebenbei kann ich andere Welten sehen, andere Zeiten erleben. Heute zeige ich den Menschen, wie das Reisen im Multiversum ganz einfach geht, ab heute wird die Welt nicht mehr die gleiche sein.«

Plötzlich muss er seufzen.

»Professor, was ist?« Allman hört es nicht. Die Frage wird lauter: »Professor, Professor, ist alles in Ordnung?«

Allman dreht sich langsam um. »Ach, Dan«, sagt er und wendet sich zu seinem jungen Assistenten, der in Wirklichkeit Daniel Josten heißt. »Mir ist etwas eingefallen, Dan. Ich hab mir gerade vorgestellt, was wäre, wenn unser Versuchstier ausreißen würde, die weiße Ratte, hier im Hörsaal. Sie würde laufen, springen durch die Menge, zwischen die Beine, sie würde die Füße der Frauen streifen. Das würde unsere ganze Präsentation ins Lächerliche ziehen.« Wieder entfährt ihm ein Seufzen.

»Aber Professor.« Der eher einem Schüler als einem diplomierten Ingenieur gleichende Daniel ist leicht pikiert. »Ich habe alles sorgfältig vorbereitet. Mir reißt kein Versuchtier aus.« Daniel, mit 65 kg, die er auf die Waage bringt und seinen linkisch wirkenden Bewegungen, scheint in permanenter Unruhe. Er zappelt rum, fummelt in seinen Taschen, ist aber dennoch absolut zuverlässig, absolut loyal gegenüber Allman. In seiner braunen Lederweste mit den zahlreichen Außentaschen macht er den Eindruck, als wolle er auf Safari gehen. Das Aussehen täuscht. In den Taschen der Weste befindet sich fast nichts, was für eine Safari geeignet wäre, sondern Werkzeug, Ersatzteile und hunderterlei nützliche Dinge, die nur ein Techniker, ein Ingenieur, ein Tüftler, brauchen kann.

»Dan, es ist drei Minuten vor 11 Uhr, ich möchte gern pünktlich beginnen«, dabei schaut Allman durch den überfüllten Saal. Stühle aus anderen Hörsälen sind herbeigeschafft worden. Kollegen, Journalisten, Leute aus der Wirtschaft, Studenten, alles bunt gewürfelt, viele stehen, andere sitzen, einige hocken auf den Stufen des ansteigenden Hörsaals.

Daniel blickt leicht irritiert auf seine robuste Uhr, die einem altertümlichen Wecker ähnelt und sein linkes Handgelenk ziert. Bei der Größe des Gehäuses muss es offensichtlich noch anderen Zwecken dienen, als nur die Zeit anzuzeigen. »Es stimmt – die Zeit rast dahin«, murmelt er kaum hörbar.

»Kann ich anfangen, hast du noch mal alles überprüft?« Während Allman nicht respektlos, sondern freundschaftlich Daniel mit 'Du' anredet, ist Daniel beim respektvollen 'Sie' aus seiner Studentenzeit geblieben. Allman hat Daniel einmal gebeten, ihn mit 'Du' anzureden, aber Daniel wollte dies nicht.

»Professor, Sie können sich darauf verlassen, ich hab gestern im Labor den Timeponder nochmals ausprobiert, bin den technischen Teil unserer heutigen Präsentation Schritt für Schritt durchgegangen. Es wird klappen. Sie können sich auf mich verlassen.«

»Das weiß ich doch Dan. Okay, dann lass uns anfangen. Wünschen wir uns Glück, Dan.«

»Nicht Glück, Professor, Gelassenheit, Konzentration, innere Ruhe«, und während Daniel das wie ein weiser Mensch ausspricht, lutscht er einen Mentholbonbon, den er immer lutscht, wenn er selbst in Spannung ist und besonders rumzappelt.

»Danke, Dan, ich halte mich daran, nicht die Ruhe zu verlieren – ich hoffe nur, dass kein Punkt kommt, an dem es von Nachteil wäre, sie zu bewahren.«

In der Nacht vor Allmans Präsentation geschah etwas, was diese beeinflussen wird und was ihm bestimmt keine Ruhe lassen würde, wenn er davon wüsste.

Es klopfte Punkt ein Uhr zehn an Zimmer 326 vom »Happy Tourist«, einem einfachen Stundenhotel im Rotlichtviertel von Quantum City. Dort gibt es einen diskreten Hintereingang und es wird nicht viel gefragt, solange die Bezahlung stimmt. »Wer ist da?«, rief es von innen. »Nummer Drei«, kam als Antwort.

»Einen Augenblick, Nummer Drei, ich öffne gleich.« Ein Mann mit schmalem spitzen Gesicht, stechenden Augen, knapp unter 1,70 m, in schwarzen Jeans und dunkelgrauem Pullover, ging zur Tür, öffnete bei vorgelegter Metallkette vorsichtig einen Spalt und sah die Person, genannt ,Nummer Drei'. Diese war durchschnittlich groß, besaß eine eingedrückte Nase wie ein Boxer und trug ebenfalls dunkle Jeans, einen dunklen Pullover und in der Hand einen Koffer. »Wer schickt Sie, Nummer Drei?«

»Unser gemeinsamer Freund X.« Das war offensichtlich die richtige Parole, denn der Spitzgesichtige öffnete die Kette, zog die Tür weiter auf, trat ein wenig zur Seite, deutete mit der rechten Hand in das Hotelzimmer und sagte: »Kommen Sie herein, ich bin Nummer Eins, der Leiter unserer heutigen kleinen Unternehmung.«

Nummer Drei trat ein und sah ein übliches, von zwei Nachttischlampen schwach beleuchtetes Hotelzimmer, mit durchgelegenem Doppelbett, auffällig großblumiger Tapete, zwei kleinen Sesseln und einen Tisch. Nachdem er die Tür geschlossen hatte, redete Nummer Eins weiter in tadelndem Ton: »Sie sind spät, zum Glück nicht zu spät. Nun gut, dort auf dem Bett sitzt Nummer Zwei.« Dabei deutete er auf einen dicken, ungepflegten, unrasierten Typ, der wie die anderen in dunklen Jeans und einem dunklen, muffig nach Zigarettenrauch stinkendem, seit langem nicht mehr gewaschenen Pullover, gekleidet war. »Und dann ist da noch Nummer Vier.« Nummer Eins deutete auf einen kräftigen großen Mann, der im Sessel neben dem Bett saß und dessen einzig auffälliges Kennzeichen eine Narbe über dem rechten Auge war.

»Wir sind jetzt vollzählig. Bevor ich über unsere heutige Aufgabe rede, möchte ich gern sehen, was Sie uns mitgebracht haben, Nummer Drei. Packen Sie es einfach aus und führen Sie es uns vor.«

Der so Angeredete legte seinen billigen Plastikkoffer aufs Bett neben Nummer Zwei und zog einen Sack aus Kunststofffolie heraus, undurchsichtig und etwa 1,90 m lang.

»Was soll denn das, wollen Sie uns verarschen«, brauste Nummer Eins auf. »Ich hab um eine erstklassige technische Lösung gebeten, wenn wir einen von Videokameras überwachten, dreißig Meter langen Flur entlang gehen müssen. Wenn wir uns in solchen Säcken verstecken, dann lacht sich der Sicherheitsdienst erst krank und schnappt uns anschließend.«

Nummer Drei beschwichtigte: »Immer mit der Ruhe, Nummer Eins, warten Sie es ab. Ich werde Ihnen jetzt zeigen was passiert, wenn ich den Sack, wie sie es nennen, überziehe.« Dabei stellte er sich vor die Blumentapete und zog den Sack über. Dieser reichte bis zum Teppichboden und verdeckte sogar die Schuhe.

Nummer Eins blieb ungeduldig: »Und jetzt, was passiert jetzt? Ich sehe nur einen großen Sack, mit einem Mann drin, Sie Witzfigur.«

»Moment.« Nummer Drei behielt die Fassung.

»Was heißt »Moment«? Jetzt machen Sie schon, wir haben nicht ewig Zeit.« Nummer Eins wurde wütend.

Kaum hatte er das letzte Wort ausgesprochen, erblickte man an der Stelle, an der gerade noch der Sack zu sehen war, nur die Blumentapete. Die Männer waren fassungslos. »Licht, mehr Licht, ich brauche Licht«, schrie Nummer Eins. »Ich will sehen, wo der verdammte Kerl geblieben ist.«

»Ruhe, ruhe, nicht so laut«, meldete sich Nummer Vier, der Typ mit der Narbe, leise zu Wort. Nummer Zwei grunzte nur.

»Ich bin immer noch da«, rief auf einmal die Blumentapete.

Nummer Eins hatte den Lichtschalter für die Deckenbeleuchtung gefunden und schaltete das Licht ein. Jetzt sahen alle, dass in einem halben Meter Abstand vor der Blumentapete eine exakt gleich gemusterte Blumentapete im Raum stand.

»Ich zeige Ihnen, was passiert, wenn ich mich bewege«, rief die frei stehende Tapete und bewegte sich langsam nach rechts. Das Muster auf der sich bewegenden Tapete ging in der gleichen Geschwindigkeit nach links, wie die Tapete nach rechts wanderte. Es schien, als ob der Sack, der Nummer Drei verbarg, durchsichtig war wie Glas.

»So, das reicht jetzt«, rief Nummer Drei, während aus der wandernden Tapete wieder eine graue undurchsichtige Folie wurde.

»Wie geht das, wie haben Sie das gemacht?«, fragte Nummer Eins mit Staunen und in friedlicherem Ton.

»Nun, Sie kennen doch alle diese flachen großen Fernsehschirme, die man an die Wand hängt. Der Sack funktioniert nach einem ähnlichen Prinzip. Die Folie des Sacks besteht aus winzigen organischen Leuchtdioden, durchsetzt von Miniaturkameras. Es gibt einen Unterschied zum Fernsehschirm: Was auf der Rückseite gescannt wird, wird auf der Vorderseite abgebildet. Dadurch kommt ein Effekt zustande, als wäre die Folie durchsichtig wie aus Glas. Alles, was innerhalb des Sacks ist, wird für die außenstehenden Personen praktisch unsichtbar. Die Folie ist sehr biegsam, hat einen großen Blickwinkelbereich von 170 Grad und braucht nur wenig Batteriestrom. Und noch etwas: Wer innerhalb des Sacks ist, bekommt die Außenwelt nach innen abgebildet. So sieht er sein Umfeld genau. Wir nennen den Sack übrigens Chamäleon, weil mit ihm mindestens eine ebenso gute Tarnung möglich ist, wie bei dem Tier mit dem gleichen Namen.«

»Mann, das ist ja klasse«, staunte Nummer Eins. Jetzt erklären Sie uns nur noch, wie wir, ohne jemand aufmerksam zu machen, den 30 Meter langen Flur entlang gehen können.«

»Nicht gehen«, antwortete Nummer Drei, »sondern an der Wand entlang tasten.«

»Wieso tasten? Sie sagten doch, man kann innen was sehen?«

»Auf keinen Fall darf hinter der getarnten Person freier Raum sein, wegen der Parallaxe des Projektionsbildes auf der Vorderseite.«

»Wegen was?«, wagte Nummer Eins einzuwenden.

»Wegen der Parallaxe.« Nummer Drei sprach das Wort betont langsam aus. »Parallaxe ist einfach eine Verschiebung des Bildes, die man nur sieht, wenn man von schräg drauf schaut. Und eine in Deckennähe angebrachte Kamera schaut immer schräg drauf.«

Die dunkel gekleideten Männer mit ihren finsteren Absichten waren stumm vor Staunen. Nummer Drei erklärte weiter: »Es bleibt nur die Möglichkeit, sich an der Wand entlang vorwärts zu tasten, wenn man nicht will, dass die Überwachungskamera den Flur wie durch eine seltsam verzerrende Linse sieht. Unsere Versuche haben ergeben, dass dann die Parallaxe minimal ist und somit die bestmögliche Tarnung erreicht wird. Die Kamera sieht auf diese Weise praktisch nur Wand, nichts als Wand und das ohne Verzerrung.«

»Oh Mann, mir wird von Ihren Erklärungen ganz schwindlig«, stöhnte auf einmal der dicke Nummer Zwei.

»Okay«, meinte Nummer Eins. »Wir haben keine Zeit für Diskussionen. Ich erkläre jetzt den Plan. Wir wollen in ein physikalisches Labor der Universität eindringen, sodass praktisch keine Spuren zurückbleiben. Zumindest keine Spuren, die auf irgendwelche unserer Absichten schließen lassen. Speziell muss ich in den Raum 231 im 2. Stock rein und dort für etwa eine Stunde bleiben.«

»Und was wollen Sie dort, Nummer Eins?«, fragte Nummer Vier in leicht misstrauischem Ton.

»Das geht Sie gar nichts an«, entgegnete Nummer Eins scharf.

Vier war hartnäckig: »Okay, nur zum Verständnis, um die Gefahrensituation einzuschätzen. Nehmen wir irgendetwas mit, ein Gerät oder so was? Gibt es eine Beute oder legen wir eine Bombe? Gehört das Labor einem bekannten Professor?«

»Nein, wir nehmen nichts mit, es gibt keine Beute, wir legen keine Bombe, wir machen nichts kaputt, wir hinterlassen keine Spuren. Es ist eine ganz einfache, ungefährliche Angelegenheit.«

»Was zum Teufel wollen wir dann dort?«, entfuhr es Nummer Vier.

»Schluss mit der Fragerei. Jeder von Ihnen ist nur für eine kleine Teilaufgabe angeheuert: Nummer Zwei für den Einbruch durch den Heizungskeller, Nummer Drei für die Tarnung im videoüberwachten Gang, Nummer Vier für das Knacken des Zugangscodes zum Raum 231. Mehr will ich von Ihnen nicht, mehr braucht Sie nicht zu interessieren und Sie werden dafür außerordentlich gut bezahlt«, entgegnete Nummer Eins mit äußerster Schärfe. »Für den Rest bin ich selbst verantwortlich.«

»Also gut«, beruhigte sich Nummer Vier, »aber wenn Sie uns linken, dann Gnade Ihnen Gott. Dann werden Sie wünschen, dass Sie jeden Sonntag ihre Sünden beichten gegangen wären.«

»Können wir den Plan jetzt weiter durchgehen? Danach wird es höchste Zeit zu starten«, lenkte Nummer Eins ab.

Von Nummer Zwei, Drei und Vier war zustimmendes Gemurmel zu hören.

Im überfüllten großen Hörsaal steigt die Spannung weiter. Allman schaltet den Projektor für seine Folien ein, dunkelt die Saalbeleuchtung ab und spricht mit kräftiger Stimme ins Mikrofon: »Ich begrüße Sie, meine Damen, meine Herren, liebe Studenten, verehrte Kollegen.« Augenblicklich verstummt der Lärm, das Geschnatter wird zu leisem Wispern, Flüstern und weicht gespannter Aufmerksamkeit. »Die meisten von Ihnen kennen mich, mein Name ist Emanuel Allman, Professor für Physik, hier an der Universität. Dort rechts von mir, vor dem rucksackgroßen Gerät, das ich Ihnen heute vorführe, steht mein junger Assistent, Daniel Josten, der großen Anteil an der Entwicklung des Timeponders hat.«

Dan fühlt gewaltigen Stolz in seiner Brust aufkeimen, als Allman seinen Anteil an der Entwicklung des Timeponders öffentlich vor dem großen Auditorium erwähnt.

»Man sagt zwar immer, ein Professor ist jemand, der andere Leute in den Schlaf redet, aber ich hoffe, dass ich Ihnen mit der heutigen Präsentation des Timeponders den unzeitigen Schlaf rauben werde.«

Die Lacher im Auditorium werden unterbrochen durch eine Unruhe in den letzten Reihen. Ein spitzgesichtiger junger Mann in dunklem Anzug zischt die Umstehenden halblaut an: »Platz. Gehen Sie zur Seite. Machen Sie endlich Platz für Professor Blackbeard.« Er gibt einem sitzenden und verdattert schauenden Studenten einen Tritt gegen das rechte Schienbein. Ein Raunen geht durch den Saal: »BB kommt«, flüstern einige. »Wer?«, fragt jemand. »Bella Blackbeard, bei den Studenten einfach BB genannt«, antwortet ein anderer. »Die will auch den Forschungspreis?«, flüstert wieder jemand.

Bella Blackbeard, mittleren Alters, nur wenige Zentimeter kleiner als Allman, hat glatte, schwarze, kurz geschnittene Haare und ist stark geschminkt. Sie lässt ihre graugrünen Augen in die Runde blitzen. An ihren knochigen Fingern, die durch lange Fingernägel nicht gerade verschönert werden, trägt sie auffallend viele dicke Ringe. In ihrem extravaganten Kostüm gleicht sie eher einer Boutique-Besitzerin als einer Wissenschaftlerin. Sie ist Professor für Physik an der Francis-Drake-Universität, der zweiten Universität von Quantum City. In der letzten Reihe setzt sie sich auf dem frei gewordenen Platz, nachdem der getretene Student vor Schreck aufgesprungen ist und Platz gemacht hat.

»Oh, guten Tag, Professor Blackbeard, meine hochverehrte Kollegin. Ich freue mich über ihr Interesse an meiner Erfindung«, dröhnt Allman ins Mikrofon.

»Freuen Sie sich nicht zu früh, Allman, mein einziges Interesse ist Ihr Scheitern. Ich will mir das Vergnügen gönnen, Ihren heutigen Misserfolg zu sehen«, antwortet BB mit lauter, hart klingender Stimme und einem berechnenden Ausdruck im Gesicht.

Allman denkt nicht daran, den kleinen Schlagabtausch mit seiner Intimfeindin BB fortzusetzen, zu wichtig ist ihm das Thema »Timeponder«.

»Nun, meine Damen, meine Herren, was sind die Ziele, die wir, mein Team und ich, mit dem Timeponder verfolgen?«, stellt Allman als rhetorische Frage.

»Sie wollen die 50 Millionen«, platzt ein Student vorlaut heraus und verursacht verhaltene Lacher im Auditorium.

Allman hat sich im Griff, ist ruhig und sicher: »Das ist ein Vorurteil, junger Mann, und dem Ernst des Themas nicht angemessen. Übrigens sagte Albert Einstein einmal: Es ist leichter einen Atomkern zu spalten als ein Vorurteil.« Nach einer kleinen kunstvollen Pause fügt er hinzu: »Aber zur Sache.« Und während des Redens projiziert er die Folie mit den Zielen auf die Leinwand. »Erstens: Der Timeponder soll eine praktisch einsetzbare Maschine sein, zur Erforschung des Multiversums. Zweitens: Der Timeponder soll uns Expeditionen und Reisen in andere Welten, andere Zeiten, andere Universen ermöglichen. Drittens, und das ist für mich persönlich das höchste Ziel: Mithilfe der Timeponder wollen wir endlich die Weltformel entdecken, die Formel, welche die Welt erklärt, die den Anfang von allem aufdeckt, die den Sinn des Lebens im Zusammenhang mit Geist und Bewusstsein verstehen lässt.« Allman redet sich sichtlich in Erregung, er fährt fort und wiederholt: »Wir wollen mithilfe des Timeponders die Weltformel entdecken, die der Schlüssel zu allem Machbaren, der Schlüssel zu allem Wissen, der Schlüssel zu allem Können ist.« Allman hält kurz inne, um die Erregung, die sich seiner bemächtigt hat, wieder abklingen zu lassen. Das Auditorium spürt dies, fühlt mit und ist ergriffen still für zwanzig Sekunden.

»Professor Allman«, meldet sich ein kleine, junge, mit ihrem hübschen Gesicht, großen Augen und langen Haaren, apart aussehende Studentin zu Wort, »darf ich Ihnen eine Frage stellen?«

Allman ist wieder voll da: »Ja, bitte.«

»Professor Allman, mit den Zielen, die Sie uns genannt haben, heißt das nicht Gott ins Handwerk pfuschen, darf man denn solche Ziele haben?«, fragt das hübsche Mädchen mit ihrem sanften Stimmchen.

Allman schmunzelt: »Wir Quantenphysiker dürfen das schon, wir denken über die Entstehung des Universums anders, wie Sie wissen.« Und er fährt nach zwei Sekunden Pause, in der ein paar verhaltene Lacher zu hören sind, fort: »Hat sonst noch jemand eine Frage zu den Zielen?«

»Ja, hier.« Griffel erwacht aus seiner fast ehrfürchtigen Erstarrung und hebt seine rechte Hand. »Professor Allman, mein Name ist Griffel. Ich bin Reporter von den Neuen Quantum Nachrichten und Laie auf dem Fachgebiet der Physik. Können Sie nicht für mich und unsere Leser kurz und verständlich erläutern, was das Multiversum ist?«

Ein leises zustimmendes Flüstern geht durch den Saal.

»Nun Herr Griffel, wenn wir Physiker unsere eigenen Theorien, insbesondere die Quantentheorie, ernst nehmen, dann können wir nicht glauben, dass unser beobachtbares Universum die einzige Wirklichkeit ist. Unser Universum ist nur ein Teil der gesamten Wirklichkeit. Es gibt viele Universen, sehr, sehr viele sogar, die parallel zu unserem Universum existieren. Wir nennen die Gesamtheit aller parallel zu unserem Universum existierenden Universen Multiversum«, erklärt Allman in ruhigem Ton, während das Publikum im Saal gespannt lauscht.

»Verstehe ich Sie richtig, Professor Allman, gibt es auch ein Universum, in dem die Saurier überlebt haben?«, fragt Griffel aufgeregt.

»Ja, das haben Sie richtig verstanden, Herr Griffel, und nicht nur das, es gibt ein Universum, in dem ihre verstorbenen Verwandten noch leben oder ein Universum, in dem der Diktator Saddam Hussein noch lebt und mit Jacqueline Kennedy glücklich verheiratet ist.« Allman fühlt heimlich Freude aufkommen, über das volksnahe Beispiel, das ihm geglückt scheint. Doch einige Leute im Auditorium werden unruhig und zischen.

»Okay, das war kein gutes Beispiel, aber Sie wissen jetzt was ich meine und können selbst weitere Beispiele machen«, beschwichtigt Allman.

»Dann gibt es also auch ein Universum, in dem Zauberei möglich ist, wie in den Fantasyromanen«, platzt Griffel raus.

»Nein, nein, genau das gibt es nicht.« Allman wird ungeduldig und lauter. Die ersten Schweißperlen zeigen sich auf seiner Stirn.

»Es gibt nur solche Universen, in denen die Naturgesetze gelten und Zauberei gehört wirklich nicht zu den Naturgesetzen. Aber lassen Sie mich jetzt bitte mit der Präsentation fortfahren. Ich muss Ihnen den Timeponder erklären, damit Sie den physikalischen Vorgang verstehen, den sie sehen werden und dies nicht womöglich für Zauberei halten.«

Im Saal steigt die Spannung noch mehr. Allman projiziert eine neue Folie, ein Schemabild des Timeponders. »Der Timeponder besteht aus nur sechs wesentlichen Bestandteilen und ist nicht größer als ein Rucksack. Hier sehen sie die Steuereinheit, einen Quantenrechner, den schnellsten, den es gibt. Links daneben ist der Vakuumenergie-Generator, der die nötige Energie aus dem Quantenvakuum extrahiert.« Allman zeigt auf eine verschlossene Röhre, mit dem Aussehen einer Thermosflasche. »Rechts neben der Steuereinheit, in dem zigaretten-schachtelgroßen Kästchen befindet sich der Scanner, der die zu portierenden Objekte erfasst. Oben auf dem Quantenrechner sitzen zwei Spezialkristalle. Der eine zur Wurmlocherzeugung für Wurmlöcher in atomarer bis molekularer Größe und der zweite für die eigentliche Transposition.

»Professor«, ruft ein ungeduldiger Student. «Professor, lassen Sie doch die Theorie, zeigen Sie uns endlich, was Sie zu zeigen haben.«

»Junger Mann, in ihrem Alter war ich auch ungeduldig, aber tun Sie einfach so, als hätten Sie Geduld. Dann werden Sie belohnt durch das was Sie sehen und erkennen.« Allman bleibt jetzt gelassen und erklärt weiter: »Dieser zweite Kristall schickt die Materiewellen der zu transponierenden Objekte durch die vom ersten Kristall erzeugten Wurmlöcher.«

»Professor Allman«, ruft auf einmal ein älterer Herr mit gepflegten grauen Haaren und Brille. »Woher weiß das Gerät, in welches Universum es die Materiewellen zu schicken hat?«

»Danke für die Frage, Herr Kollege, aber wenn Sie nur noch einen Augenblick gewartet hätten, dann hätte ich es sowieso erklärt. Sehen Sie hier den 30 cm langen Stab aus Metall unter der Steuereinheit? Das ist die sechste und letzte Einheit, der Torsionsfelddetektor. Sie wissen doch, dass ein universelles holografisches Torsionsfeld das gesamte Multiversum durchdringt. In dem holografischen Torsionsfeld sind alle jemals existierenden Informationen aus allen Zeiten und allen Universen gespeichert. Das brauchen wir mit dem Detektor nur zu erfassen und mit dem Quantenrechner auszuwerten.«

Im Saal wird es langsam unruhig. Allman muss sich den Schweiß von seiner Stirn wischen. Die zunehmend verbrauchte Luft macht ihm zu schaffen: »Ein letztes Wort«, ruft er in den Saal und macht eine kleine Kunstpause. »Ich weiß, dass das ganze Thema schwierig ist, aber Ihre Geduld wird belohnt. Mein Assistent Daniel Josten wird Ihnen gleich den Timeponder praktisch vorführen. Ich danke Ihnen für Ihre Aufmerksamkeit.«

Der ganze Saal hält einen Augenblick den Atem an, dann tost der Beifall. Minuten lang wird auf die Tische geklopft. Allman sucht sich den für ihn reservierten Stuhl in der vordersten Reihe und lässt sich mit einem Seufzer der Erleichterung nieder.

Dan, der die ganze Zeit während Allmans Vortrag fünf Meter rechts von ihm, erst vor, dann hinter einem Tisch, mit dem Timeponder stand, tritt hervor: »Meine Damen, meine Herren. Ich möchte mich nicht lange mit Vorreden aufhalten, sondern ihnen nur kurz den Versuchsaufbau erläutern.«

»Hört, hört, unser Streber hat wieder etwas zu sagen«, kommt ein Zwischenruf aus der studentischen Zuhörerschaft.

Dan kneift die Augen zusammen. Nervös zupft er an seiner Baseballkappe, deren Schild nach hinten weist. Dann runzelt er die Stirn, sodass er aussieht wie ein geknautschtes Sitzkissen. Gleich darauf entschließt er sich, nicht auf den Zwischenruf einzugehen und redet weiter, als habe er nichts gehört.

»Hier, vor dem rucksackgroßen Timeponder steht eine Glasglocke mit einer hungrigen Laborratte drin.« Eine junge Frau kichert, aber Dan beachtet sie nicht. Während er spricht, schaltet er die vor der Glasglocke stehende Kamera auf den Projektor um. Auf der Leinwand erscheint eine weiße, Nahrung suchende, an der Glaswand schnuppernde Ratte, deren Größe durch die Projektion auf zwei Meter aufgebläht wird. Ein Raunen geht durch den Saal.

»Und jetzt schauen Sie bitte einmal fünf Meter höher unter die Saaldecke, dort ist eine weitere Glasglocke mit einer Kamera davor angebracht. Wenn ich die Kamera umschalte zur oberen Glasglocke, dann sehen Sie, dass diese noch leer ist. Und wie nicht weiter verwunderlich, erscheint auf der Leinwand die leere Glasglocke ins Riesenhafte vergrößert.« Allman sitzt zwischenzeitlich ganz entspannt auf seinem Stuhl, er hat volles Vertrauen zu Daniels Fähigkeiten.

»Ich werde Ihnen zwei Versuche zeigen«, fährt Dan fort. »Der erste Versuch ist die einfache Transposition der Ratte von der unteren Glasglocke in die obere und der zweite Versuch demonstriert die Transposition der Ratte in ein anderes Universum und wieder zurück.«

Bella Blackbeard kann sich nicht mehr zurückhalten und ruft mit scharfer Stimme nach vorne: »Das kann jeder behaupten, anderes Universum.« Sie senkt bei dem Wort Universum abfällig ihre Stimme. »Dabei ist die Ratte durch Ihre faulen Tricks dann einfach verschwunden.«

»Hochverehrte, gnädige Frau Professor Blackbeard.« Dan wählt für einen Jugendlichen, der er trotz seines Ingenieurdiploms immer noch ist, ungewöhnlich höfliche Worte. »Selbstverständlich bringe ich den Beweis, dass die Ratte in ein anderes Universum transponiert wird. Die Ratte ist hungrig, wie man sieht. Sie wird sich irgendetwas zum Fressen suchen. Ich transponiere die Ratte zurück, zusammen mit einem Objekt, welches sich in dem Augenblick in ihrer Nähe befindet. Ich bin sicher, es wird der Kadaver eines bei uns zwischenzeitlich ausgestorbenen kleinen Tieres sein. Hier im Saal gibt es genügend Kollegen ...« Dan stockt ein wenig bei den Wort ,Kollegen', weil es ihm seltsam vorkommt, von den in ihrer wissenschaftlichen Arbeit ergrauten, doppelt oder dreimal so alten Universitätsangehörigen als ,Kollegen' zu reden.

Gleich darauf nimmt Dan seine Rede wieder auf. »Hier im Saal gibt es genügend Kollegen, die dann bestätigen können, dass es einen solchen Kadaver in unserem Universum nicht gibt, dass der Kadaver also aus einem anderen Universum stammen muss.«

Bella Blackbeard ist verstummt. Im Saal hört man vereinzelt Räuspern und Hüsteln, ansonsten sind alle ruhig in gespannter Erwartung.

»Also, dann werde ich jetzt den ersten Versuch starten und schalte hiermit den Scanner ein.« Dan drückt, während er spricht, einen kleinen roten Hebel an der rechten Seite herunter. Ein hohes Summen ist zu hören, die Glasglocke wird von hellweißem Licht eingehüllt. »Und jetzt erfolgt die eigentliche Transposition.« Dan drückt den zweiten kleinen Hebel rechts neben dem ersten herunter. Das Summen wird lauter. Im Saal ist atemlose Stille. Allman schaut mit gespannter Aufmerksamkeit und einem zufriedenen Ausdruck. »Und jetzt erfolgt die eigentliche Transposition«, wiederholt Daniel. Alle warten gespannt auf das, was nun folgen wird. Sie warten, warten eine Minute, noch eine Minute. Dan wird bleich: »Und jetzt sollte eigentlich die Transposition erfolgen«, spricht er wie abwesend.

»Schwindel, alles Schwindel«, ruft Bella Blackbeard. Im Saal kommt Unruhe auf. Allman schaut ungläubig zu Dan und schüttelt fragend seinen Kopf.

Das Rufen von BB bringt Dan zur Besinnung. Seine Stimme zittert, als er sagt: »Verehrte gnädige Frau, ich bezweifle, dass alle Ihre eigenen Versuche auf Anhieb gelingen. Sicher muss die Kalibrierung am Timeponder nur geringfügig anders eingestellt werden. Das liegt an den relativ kleinen Entfernungen hier im Saal. Ich brauche zwei Minuten, dann starten wir den Versuch noch einmal.« Das Publikum im Saal ist dem jugendlichen Ingenieur, der sich so tapfer schlägt, wohlgesonnen und klopft beifällig auf die Tische. Nur in der Reihe von BB sieht man schadenfrohes Grinsen.

16

Dan bewahrt Ruhe. Schließlich kann er auch nicht wissen, was in der Nacht vor der Präsentation geschah. Er stellt sich hinter den Tisch mit dem Timeponder, öffnet eine briefbogengroße Klappe und tippt auf einer Tastatur, die zum Vorschein kommt, etwas ein. »So, meine Damen, meine Herren, das hat jetzt nicht einmal eine Minute gedauert. Starten wir also den Versuch erneut.« Dan drückt den roten Hebel herunter. Wieder ist der hohe Summton zu hören, die Glasglocke ist in hellweißes Licht eingehüllt. Dann drückt er den zweiten Hebel herunter. Der Saal hält erneut den Atem an. Außer dem Summen ist kein anderer Laut zu hören, kein Räuspern, kein Hüsteln. Das Summen wird lauter.

Nach einer Minute werden einige unruhig. »Wollen Sie uns zum Narren halten«, schreit Bella Blackbeard auf einmal. Die Unruhe wird lauter, Füße scharren, es rumort. Allman kann kaum noch sitzen vor innerer Erregung.

Plötzlich geht ein »Aaah« durch den Saal, erst leise, dann lauter, dann fangen einige Zuschauer an zu klopfen, dann immer mehr. Schließlich klopfen alle Beifall. Die zweite Glasglocke unter der Decke ist jetzt in weißes Licht gehüllt. Das Licht, welches die erste Glasglocke eingehüllt hat, ist ausgegangen, die Ratte verschwunden.

»Moment, warten Sie noch mit ihrem Beifall, bis die Transposition abgeschlossen ist«, versucht Dan zu beschwichtigen, doch das Publikum versteht es aufgrund des Lärms nicht. Nach einer weiteren Minute hört das Summen auf, das Licht bei der zweiten Glasglocke geht aus und jetzt sieht man sie, die Ratte unter der Decke in der Glasglocke. Das Beifallklopfen will nicht aufhören. In Riesengröße auf die Leinwand projiziert und quicklebendig, schnuppert die Ratte an der Glaswand ihres Gefängnisses. Allman ist erleichtert.

Dan strahlt glücklich. Er ruft ins Mikrofon: »Ich kann Ihre Begeisterung verstehen, aber das war nur eine einfache Transposition.« Langsam ebbt der Beifall ab. »Jetzt kommt der zweite Versuch, die Transposition in ein Parallel-Universum. Ich habe mithilfe des Torsionsfelddetektors ein Paralleluniversum ausgesucht, welches gegenüber unserem zeitlich um 150 Millionen Jahre zurückliegt. Da haben wir die größten Chancen, dass wir mit der Ratte zusammen ein Objekt zurückbekommen, welches heute nicht mehr existiert.« Beifälliges Gemurmel ist zu hören.

»Die Ratte fühlt sich wohl, wie Sie sehen, sie ist dort oben auch schon in der richtigen Ausgangsposition. Ich wähle ganz einfach den vorbereiteten Programmablauf für den zweiten Versuch aus und wir können ganz entspannt zuschauen, was passiert.« Dan redet jetzt locker, er fühlt sich sicher. Dann drückt er den Startknopf, der neben den beiden Hebeln sitzt, die er beim ersten Versuch eingeschaltet hat.

Das Publikum kennt schon, was folgt, erst wird die obere Glasglocke in hellweißes Licht eingehüllt, der Timeponder summt in hohem Ton. Beim zweiten Mal ist das nichts Neues mehr und die Aufmerksamkeit lässt ein wenig nach. Auf der Leinwand im Großbild kann man noch nicht erkennen, ob die Ratte verschwunden ist, da das Licht die Sicht behindert. Allman sitzt wieder entspannt auf seinem Stuhl. Bella Blackbeard schaut nach vorn mit versteinertem Gesicht und gibt keinen Ton von sich.

Das einhüllende hellweiße Licht bei der oberen Glasglocke wird schwächer und verlischt. Der Blick ist frei auf den Inhalt der Glocke. Die Glocke ist nicht leer, wie man hätte erwarten können. Jemand im Publikum schreit »Pfui«, andere rufen »Äääh«, »Ekelhaft.« Füße scharren, große Unruhe kommt auf. Die vordere

Hälfte der Ratte, in Riesengröße dargestellt, liegt auf dem Boden der Glocke mit geöffneten Augen, geöffnetem Maul, geöffnetem Gedärm. Blut rinnt das Glas herunter. Von der hinteren Hälfte ist keine Spur zu sehen. Dan schaut auf die Leinwand und fühlt, als hätte ihn ein Hammer auf den Kopf getroffen.

Wie auf ein verabredetes Zeichen werden vorbereitete Plakate im Saal hochgehalten, erst zehn, dann noch mal zehn, dreißig mögen es schließlich sein. »Stoppt Tierversuche«, »Stoppt Allman«, »Scharlatane und Pfuscher weg von der Uni«, oder ähnlich lauten die Texte. Der Lärm wird immer größer: Trillerpfeifen, Schreien, Brüllen, viele Leute springen auf, fuchteln mit den Armen.

Allman steigt Blut in den Kopf, er atmet schwer, steht auf und schaut nach hinten. Bella Blackbeard hat sich erhoben, schaut höhnisch lächelnd in die Runde und dann zu Allman. Ihr spitzgesichtiger Begleiter schreit: »Macht den Weg frei.« Nach wenigen Sekunden hat er eine Gasse gebahnt. Bella Blackbeard folgt ihm, verlässt den Saal, ohne sich noch einmal umzuschauen.

Wie auf ein geheimes Kommando bricht das Schreien, Brüllen ab. Etwa dreißig Teilnehmer bahnen sich den Weg, erst durch die vollen Gänge, dann durch die Eingangstür nach draußen. Auch die Störer haben nun den Saal verlassen.

Allman ergreift das Mikrofon und versucht die Situation zu retten: »Meine Damen, meine Herren, ich weiß nicht, was hier gerade abgelaufen ist, ich weiß aber, dass Sie heute im ersten Experiment eine gelungene, so vorher noch nie dagewesene Transposition gesehen haben.« Er macht eine kleine Pause, während der sich die Teilnehmer der Präsentation wieder beruhigen. »Diese gelungene Transposition ist natürlich noch nicht der volle Beweis, dass Reisen im Multiversum praktisch möglich sind, aber den zweiten Teil des Beweises werden wir Ihnen demnächst präsentieren. Bis zum Abgabetermin für die Forschungsarbeit zum Wettbewerb der Paul-Gotham-Stiftung sind noch rund vier Wochen Zeit. Wenn wir die Ursachen herausgefunden und das sicher nur kleine Problem beseitigt haben, werden Sie wieder über die Aushänge, das Internet und auch die Medien informiert und zur Präsentation des zweiten Teils eingeladen. Und ich bin sicher, Sie werden, genauso zufrieden sein, wie mit dem ersten Teil der Transposition. Ich danke Ihnen für Ihr großes Interesse und beende hiermit die heutige Veranstaltung.«

Das war ein kluger Schachzug von Allman, dem Publikum die positiven Teile der Präsentation wieder ins Gedächtnis zu rufen. Kaum hat er geendet, als auch schon Beifall geklopft wird. Nicht so stark, nicht so lang wie nach dem gelungenen ersten Experiment, aber deutlich wohlwollend. Griffel notiert sich: »Randalierer im großen Hörsaal der Universität, aber das Fachpublikum, war von dem Ergebnis des ersten Versuchs begeistert.«

Dann geht Allman zu dem versteinert dastehenden Daniel, der nicht begreifen kann, was passiert ist. Väterlich fasst der Professor ihn am Arm: »Dan, Dan.« Er schüttelt Daniel. »Greif dir den Timeponder und komm.« Dan tut wie ihm geheißen, packt plötzlich hektisch den Timeponder und folgt Allman durch die Tür hinter der Leinwand, den Dozentenzugang des großen Hörsaals.

Fünf Minuten später kommen Allman und Dan in ihrem Refugium an, im Laborbereich, 2. Stock, Raum 231. Allmans Reich, der Raum 231, ist eines von den sechs auf dem 2. Stock liegenden Laborräumen. Auf jeder Gangseite sind 3 Räume von jeweils etwa 80 qm Größe verteilt. Die Eingangstür zu Raum 231 ist etwa 30 m vom Treppenhaus und den Aufzügen entfernt. Eine Videoüberwachung sichert den Gang. Elektronische Schlösser älterer Bauart hindern am freien Zugang. Die Eingangstür zu Allmans Reich lässt sich von außen nur öffnen, wenn man den Zugangscode kennt und eintippt. Von innen lassen sich die Türen auf herkömmliche Weise öffnen.

Allmans Labor besitzt längsseitig eine Fensterfront mit halbhohen Schiebeschränken über die gesamte Länge. Der Raum selbst wird unterteilt durch zwei mannshohe Schrankwände, die senkrecht zur Fensterwand stehen. Dadurch entstehen drei U-förmige Teilräume, die unterschiedlichen Zwecken dienen. Im ersten U stehen in der Mitte vier Schreibtische zu einem Block zusammengestellt. Das ist der Büroteil, der nicht anders aussieht wie Millionen Büros auf der Welt, mit Ordnern, Büchern, allen typischen Büromaterialien und Geräten. Der Schreibtisch, der dem Fenster am nächsten steht, gehört Allman.

Gegenüber dem Büro-Teilraum an der Wandseite ist aus Schränken eine winzige 3 qm große Teeküche geformt.

Im mittleren U von Allmans Reich ist der physikalisch-technische Arbeitsbereich mit der Laborinsel. Die Laborinsel besteht aus zusammengestellten Tischen und Pulten. Dort sind Monitore, Messgeräte, Tastaturen, Kabel, Rechner, diverse physikalische, elektronische und technische Konstruktionen bis in Mannshöhe aufgebaut. An den Raumteilern entlang stehen Tische oder halbhohe Schränke, von denen die meisten ebenfalls mit Gerätschaften belegt sind. Anstelle von bequemen Bürostühlen gibt es hier nur harte dreibeinige Hocker zum Sitzen.

Das letzte U in Allmans Reich ist der Technik- und Lagerraum. Tag und Nacht arbeiten hier Quantenrechner, Torsionsfelddetektoren, Vakuumenergie Generatoren und sonstige, für den Außenstehenden nicht näher definierbare Geräte. Drei weitere Timeponder von der Art wie der öffentlich präsentierte, stehen unter dem Fenster auf dem Boden. Die Luft ist von einem ständigen Hintergrundgeräusch erfüllt, einem feinen Summen.

Das ist Allmans Reich. Hier hat er seine wichtigsten Erfindungen gemacht. Hier hat er sie zusammen mit seinem Assistenten Dan getestet, ausprobiert, geändert, wieder getestet. Hier ist der Ort, der zum Ausgangspunkt der Weltformel werden soll.

»Dan, ich bin wahrlich kein Alkoholiker, ich trinke am liebsten Matetee«, sagt Allman, immer noch geschockt und ziemlich atemlos, »aber ich glaube, ich brauche jetzt einen Armagnac.« Er legt seinen Hut auf dem einzigen freien Tisch der Laborinsel ab, den Schal aber nicht.

Dan, der sich die Schuld an dem Missgeschick im Hörsaal gibt, keucht: »Professor, ich glaube ich weiß, wo wir einen finden. Ich hab bei meiner letzten Geburtstagsfeier von den Kollegen eine edle Flasche geschenkt bekommen aus den besten Trauben hergestellt und jahrelang in Eichenfässern gelagert. Die steht, glaube ich, immer noch unberührt im Büroschrank unten rechts«, überlegt er laut.

»Ach Dan, du bist ein echter Freund.« Allman kann wieder lächeln. »Wenn du die Flasche holst, schau ich in der Teeküche nach zwei Gläsern.«

Dan fühlt in sich Erleichterung. Allman scheint ihm nicht böse zu sein.

Drei Minuten später sitzen beide wieder auf ihren Hockern vor dem Labortisch. Oben steht jetzt der Timeponder, daneben eine Flasche Fünf-Sterne Armagnac und zwei Wassergläser. Dan schenkt Allman halb voll ein. Er selbst trinkt eigentlich keinen Alkohol und Hochprozentiges findet er abscheulich. Andererseits möchte er sich mit seinem Professor gern von Mann zu Mann unterhalten. So schüttet er erst aus einer Flasche Mineralwasser sein Glas fast voll und fügt anschließend ein wenig von dem Armagnac hinzu. Zumindest ist das Wasser jetzt leicht gefärbt und bekommt ein wenig Ähnlichkeit mit einem alkoholischen Getränk. Allman nimmt eine lässige Sitzhaltung ein, stützt sich mit dem linken Unterarm auf den Tisch: »Lass uns wenigstens auf den Teilerfolg anstoßen Dan, die Probleme können wir später besprechen.«

Sie stoßen an, trinken einen kräftigen Schluck, als es an der Labortür klopft. »Wer ist da.« ruft Allman mit sichtlich entspannterem Ton, als noch vor wenigen Minuten.

»Dr. Pinchin vom Kuratorium.«

»Kommen Sie doch rein, Dr. Pinchin.«

»Geht nicht, ich kenn den Tür-Code nicht.«

»Ach so. Dan, würdest du bitte Dr. Pinchin reinlassen?« Dan geht zur Tür und öffnet.

Dr. Pinchin, einen ganzen Kopf kleiner als Allman, kahlköpfig, mit Brille, verkniffenem Mund, grauen, kalten Augen und grauem zerknitterten Anzug, tritt ins Labor ein: »Aha so läuft das also bei Ihnen, Allman.« Pinchin schaut verächtlich auf Gläser und Flasche. »Dann brauche ich mich nicht zu wundern, wenn Ihre Präsentation ein Riesendesaster wurde. Noch ein Glas und Sie lassen die ganze Universität zerplatzen so wie das arme Tier.«

Dan möchte sich am liebsten verkriechen, so schämt er sich, dass er beim Trinken erwischt wurde, auch wenn man den Inhalt seines Glases kaum als Alkohol bezeichnen kann.

»Jetzt mal langsam, Dr. Pinchin.« Allman spürt, wie ihm der Ärger in den Hals steigt, aber er hat sich im Griff: »Erst mal, einen guten Tag. Und dann würde ich mich freuen, wenn Sie sich auf Tatsachen und die sachliche Ebene beschränken könnten, anstatt Beleidigendes von sich zu geben.«

»Was soll an dem Tag gut sein, wenn Sie das Ansehen der Universität so schädigen wie heute? Und die Tatsachen sehe und rieche ich, die stehen ja auf dem Tisch«, stichelt Pinchin weiter.

»Darauf will ich jetzt nicht antworten, Dr. Pinchin. Trotzdem wäre ich Ihnen sehr verbunden, wenn Sie sich auf die höflich sachliche Ebene beschränken und sagen, was Sie hier wollen. Sonst müsste ich Sie bitten, mein Labor zu verlassen«, kontert Allman, während in Dan der Zorn über die unerwartete, ungerechte Kränkung hochsteigt, dass er sich kaum noch zurückhalten kann.

»Nun gut, Allman. Ich bin schließlich gekommen, um Ihnen einen freundschaftlichen Rat zu geben«, antwortet Pinchin eine Spur höflicher.

»Wenn es nach mir geht, dann würde ich gern auf Ihren Rat und Ihre Freundschaft verzichten.« Allman erhebt sich während der Worte von seinem Hocker, baut sich groß vor Pinchin auf und überragt ihn um Haupteslänge. Pinchin gibt, wie man aufgrund des direkten Vergleichs sieht, mit seinem zerknitterten Anzug eine ziemlich jämmerliche Figur ab.

»Es geht aber nicht nach Ihnen, Allman. In diesem Fall geht es nach dem Willen des Kuratoriums unser Universität und ich bin ein Mitglied des Kuratoriums, des höchsten Aufsichtsgremiums unser Universität«, giftet Pinchin weiter.

»Von welchem Fall reden Sie eigentlich, Dr. Pinchin?«

»Von Ihrem, Allman, von Ihrem. Und Sie wissen, dass das Kuratorium die Befugnis hat, Forschungen zu unterbinden, die das Ansehen der Universität schädigen.«

»Waren Sie eigentlich während der Präsentation des Timeponders im großen Hörsaal, Dr. Pinchin?«

»Wozu, Allman? Das war nicht nötig, man hat mir von Ihrem abscheulichen Tierversuch berichtet.«

»Dann hat man Ihnen falsch berichtet.«

»Wollen Sie etwa bestreiten, dass Sie mit Ihrem ekelhaften Versuch, einen Tumult im Hörsaal verursacht und die Universität vor der Öffentlichkeit blamiert haben?«

»Allerdings.«

»Das werden wir ja sehen, Allman. Ich werde auf jeden Fall das Kuratorium zu einer Sondersitzung in drei Tagen am Freitag Nachmittag einberufen, um über Ihren Fall zu beraten und ich bin sicher, man wird Ihnen Ihre Forschung mit dem Timeponder verbieten wegen Schädigung des Ansehens unser Universität in der Öffentlichkeit. Was ist das überhaupt für ein Ding, dieser Timeponder?«

»Das werde ich gerne dem Kuratorium in drei Tagen bei der Sitzung erläutern.«

»Wo denken Sie hin, Allman, Sie sind dazu nicht eingeladen.«

»Ja, wollen Sie denn nicht die Tatsachen kennenlernen?«

»Die Tatsachen kennen wir schon, Allman.«

»Den Eindruck habe ich nicht. Sie reden immer von Tierversuch, Dr. Pinchin, dabei geht es bei dem Timeponder um ein Gerät, das Reisen im Multiversum für Menschen ermöglicht.«

»Um Gottes willen, das habe ich ja nicht gewusst, das ist ja noch schlimmer als ich gedacht habe. Sie wollen Menschenversuche machen? Menschenversuche? Allman, haben Sie denn überhaupt keine Skrupel mehr?« Pinchins Stimme überschlägt sich.

Allmans Ärger wird immer größer. Er wird ungeduldiger, lauter: »Jetzt kommen Sie aber langsam wieder auf den Teppich, Dr. Pinchin.«

»Wollen Sie jetzt auch noch Menschen so zerreißen wie das arme Tier? Sie werden zum, Mörder Allman«, schreit Pinchin.

Dan weiß nicht so recht wie er mit Beleidigungen und Kränkungen umgehen soll. Die Kränkung, die Pinchin seinem Professor angedeihen lässt, nimmt er sehr persönlich. Normalerweise bleibt er still und zieht sich in sich zurück. Selten wird er offen zornig. Doch jetzt ist einer dieser seltenen Fälle. Sein Kopf läuft rot an. Er brüllt unvermittelt los: »Kreuzteufel, mäßigen Sie sich endlich, Sie, Sie, Pinchin.«

Allman fasst Dan bei der Schulter und versucht ihn zu beruhigen: »Lass gut sein, Dan, ich komme mit diesem Menschen schon zurecht.«

Pinchin ist so erschrocken, dass er tatsächlich ruhiger und weniger beleidigend redet: »Ich bin nur gekommen, Allman, um Ihnen den nachdrücklichen Rat zu geben, bis zur Sitzung des Kuratoriums nichts mehr mit ihrem Timeponder zu machen, also keine Versuche mehr, nichts. Lassen Sie und ihr Assistent oder was immer auch dieser Jugendliche ist, einfach die Finger von dem Gerät. Sie sollten ihrem Assistenten übrigens mal die Grundregeln der Höflichkeit beibringen.«

Daniels Kopf scheint zu platzen. Seine Gesichtszüge knautschen sich wie ein malträtiertes Kissen. Allman beruhigt ihn eindringlich: »Bleib bitte ruhig, wir besprechen das später.«

»Nur noch eine Frage, Dr. Pinchin, was wollen Sie denn machen, wenn wir uns nicht an ihren Rat halten?«

»Das möchte ich Ihnen nicht empfehlen, Allman. Das hätte für Sie und ihren Assistenten die fürchterlichsten Konsequenzen.«

»Nun gut, Dr. Pinchin, ich glaube, wir sollten das Gespräch beenden. Ich begleite Sie zur Tür, damit Sie den Ausgang auch sicher finden.«

Nachdem Pinchin widerwillig gegangen ist, setzt sich Allman ermattet wieder auf den Hocker: »Dan ich glaube, ich muss jetzt mal zehn Minuten in Ruhe nachdenken, um herauszufinden, was da gerade abläuft.«

Deprimiert sinkt Dan auf seinen Hocker: »Professor, ich glaube, ich brauche mehr als zehn Minuten.« Die Gedanken an das zweite misslungene Experiment während der Präsentation lassen ihm keine Ruhe. Er gönnt sich fünf Minuten Pause. Dann fängt er an, das Leichtmetallgehäuse vom Timeponder aufzuschrauben und alle Verbindungen zu prüfen. Plötzlich gibt er einen leisen Laut des Erstaunens von sich und zieht mit der Pinzette ein etwa drei Zentimeter großes dreieckiges Stück grauer Folie hervor.

Allman schaut auf: »Dan, hast du etwas gefunden?«

»Aber ja, Professor. Schauen Sie sich das hier an.« Dan hält erleichtert das Folienstück vor die Nase von Allman. Er weiß jetzt, dass das Missgeschick im Hörsaal nicht seinem technischen Unvermögen zuzuschreiben ist.

»Was soll das sein, Dan? Ich sehe nur ein abgerissenes Folienstück mit einem Knick am ausgefransten Rand.«

»Wenn mich nicht alles täuscht, sind in der Folie winzige organische Leuchtdioden und Mikrokameras eingebettet.«

»Ich verstehe immer noch nicht, Dan. Kannst du mir nicht sagen, was das zu bedeuten hat.«

»Ich glaube, das ist ein ähnliches Material, wie man es bei der Herstellung von Bildschirmen verwendet.«

»Ja und?«

»Wir verwenden dieses Material nicht bei uns im Labor. Wir haben auch keinen defekten Bildschirm, aus dem es möglicherweise stammen könnte«, erklärt Daniel.

Allman ist erstaunt: »Wie kann es dann in den Timeponder kommen?«

»Hier, diese Knickkante am ausgefransten Rand, deutet daraufhin, dass es beim Verschließen des Gehäuses eingeklemmt wurde und dann abgerissen ist.«

»Willst du damit sagen, dass jemand unbefugt das Gerät geöffnet hat, Dan?«

»Professor, ich kann die Folie nicht versehentlich hinterlassen haben. Deshalb bleibt nur die Schlussfolgerung: Ein Unbefugter hat das Gerät geöffnet. Was dieser Unbekannte am Gerät gemacht hat, kann ich noch nicht beurteilen. Dazu müsste ich sämtliche Komponenten gründlich überprüfen.«

»Hmm, das könnte zumindest erklären, warum heute das zweite Experiment missglückt ist«, überlegt Allman laut und redet weiter: »Ich habe über Dr. Pinchin nachgedacht. Es ist seltsam, wie schnell er nach Beendigung der Präsentation hier aufgetaucht ist. Zusammen mit den Vorfällen im großen Hörsaal, seiner vorgefassten Meinung und seiner geringen Neigung auf der sachlichen Ebene zu argumentieren, lassen in mir den Verdacht eines Zusammenhangs aufkommen. Irgendjemand muss ein außerordentlich starkes Interesse daran haben, mich, oder uns, von der Erforschung des Multiversums und der Suche nach der Weltformel abzubringen.«

»Professor, sollen wir der Sache selbst nachgehen oder bei der Polizei melden?«, fragt Dan betroffen.

»Ich fürchte, dazu haben wir keine Zeit mehr. Warum das so ist, werde ich dir gleich erklären. Jetzt brauche ich erst mal etwas zu trinken, meinen Matetee. Ich muss noch denken und kann keinen weiteren Alkohol gebrauchen. Soll ich dir auch einen Mate brühen, Dan?«

»Das grüne Zeug? Ich weiß nicht? Na, vielleicht ist der gar nicht schlecht. Also, in Ordnung. Ich probier gern mal eine Tasse.«

Nach fünf Minuten kommt Allman aus der Teeküche zurück mit einem Tablett, auf dem zwei Kalebassen stehen und eine Kanne mit heißem Wasser. In den Kalebassen stecken Bombillas, Trinkröhrchen aus Metall, mit einem Sieb unten dran. Bevor er Dan eine Kalebasse überreicht, dreht er die Bombilla in seine Richtung.

»Danke, Professor für die heiße Limonade, aber ich dachte, Sie wollten eine Tasse Tee brühen.«

»Das ist Mate auf die traditionelle Art zubereitet, Dan. Traditionell verwendet man Kalebassen anstelle von Tassen und mit dem heißen Wasser können wir die Kalebassen immer wieder auffüllen, bis die Yerba, also die Mateblätter und Stängel, ausgewaschen sind. Ich fürchte, heute ist das letzte Mal für längere Zeit, dass wir gemeinsam Mate trinken können.

»Wie kommen Sie darauf, Professor?« Dan saugt an seiner Bombilla: »Hmm nicht schlecht.«

Allman beachtet die letzte Bemerkung nicht, sondern saugt selbst an seiner Bombilla: »Du hast doch gehört, was Dr. Pinchin gesagt hat. Er wollte das Kuratorium der Universität zu einer Sondersitzung einberufen, um unsere Forschung verbieten zu lassen.«

»Ja, schon, aber deswegen muss Pinchin doch keinen Erfolg haben«, wendet Dan ein.

»Wenn wir davon ausgehen, dass jemand im Hintergrund die Fäden zieht, um unsere Forschung zu boykottieren – und die Ereignisse der letzten Stunden lassen uns beide doch zu diesem begründeten Verdacht kommen –, dann können wir beim Kuratorium nicht von einer sachlichen, unabhängigen Entscheidung ausgehen. Das Kuratorium wird sehr wahrscheinlich unsere Forschung verbieten.«

»Aber da kann man doch dagegen klagen, Professor.«

»Sicher, Dan, das kann man, aber Gerichte arbeiten langsam. Bis zu einer Entscheidung können Jahre vergehen. Zwischenzeitlich können wir unsere Forschungen nicht mehr weiter betreiben, wir sind abgeschnitten von unseren Geldgebern, den Sponsoren. Ich kann dann nur sagen: Lebe wohl Timeponder. Lebe wohl Multiversum. Lebe wohl Weltformel. Und lebe wohl lieber Freund.«

Dan macht ein bestürztes Gesicht. Die engagiert vorgetragene Argumentation hinterlässt einen tiefen Eindruck bei ihm. Er nimmt einen Schluck Mate, bevor er fragt: »Das sieht ziemlich hoffnungslos aus. Gibt es denn gar keinen Ausweg?«

»Eine Chance sehe ich noch, wenn auch eine geringe.«

»Welche, Professor? Bitte sagen Sie es, egal, wenn es nur eine geringe Chance ist.«

»Nun, wir müssten zu unserer geplanten Expedition durch das Multiversum noch vor der Kuratoriumssitzung am Freitag aufbrechen. Noch bevor ein Verbot ausgesprochen wird.«

»Professor, das ist unmöglich. Wir sind doch gar nicht darauf vorbereitet. Wir wollten mit unserem Team erst in einigen Monaten aufbrechen, wenn wir genügend Erfahrung mit dem Timeponder gesammelt haben.« Die Einwände sprudeln nur so aus Dan heraus.

»Du hast recht Dan, deswegen sagte ich: »geringe Chance«. Aber wollen wir unsere einzige Möglichkeit vertun, ohne sie zu nutzen? Wollen wir uns später vorwerfen, die einzige Chance, die wir hatten, nicht genutzt zu haben?«

Dan stutzt. In ihm arbeitet es. Er nimmt einen tiefen Atemzug: »Ich weiß nicht Professor. Pinchin hat uns mit fürchterlichen Konsequenzen gedroht, wenn wir unsere geplante Expedition durch das Multiversum durchführen.«

»Da kann ich doch nur lachen, Dan. Was will denn Dr. Pinchin machen, wenn wir uns nicht an seinen Rat halten«, entgegnet Allman. »Rein rechtlich gesehen kann er uns gar nichts anhaben, solange das Kuratorium keine Entscheidung getroffen hat. Sollte Pinchin andererseits Konsequenzen der technischen Art gemeint haben, dann hat er keinen Einfluss darauf. Dann kommt es nur darauf an, ob du die Mängel im Timeponder findest und rechtzeitig beseitigen kannst.«

»Was ich von der technischen Seite zum Gelingen beitragen kann, das will ich gerne mit vollem Einsatz tun. Aber es hängt ja nicht nur von mir und Ihnen ab, wann wir starten können, Professor. Ob Dr. Heroine Embassy, die Kryptozoologin und Medizinerin in unserem Expeditionsteam, sich von ihrer derzeitigen Arbeit am Tropeninstitut freimachen kann und in drei Tagen reisefertig ist, das ist doch mehr als ungewiss. Das Gleiche gilt für Pit Plonk, unseren Sicherheitsmann. Und die Expedition ohne die beiden ist sinnlos.«

»Wenn wir die beiden nicht fragen, werden wir nicht wissen, ob es klappt. Aber wenn wir ihnen erzählen, was auf dem Spiel steht, dann werden sie sicher auch Unmögliches möglich machen«, argumentiert Allman.

»Trotzdem habe ich enorme Bedenken, Professor. Wir haben die Transposition bisher nur an Tieren ausprobiert. Wir wissen nicht, was mit Menschen passiert, wenn wir sie transponieren.« Dan fühlt sich von der auf ihn zukommenden Last der Verantwortung wie erdrückt. Zögerlich redet er weiter: »Ob die Moleküle der transponierten Menschen nachher noch an der gleichen Stelle sitzen wie vorher, ob sie noch genauso lebensfähig sind wie vor der Transposition?«

»Weißt du, Dan, das ganze Leben ist ein einziges Risiko, selbst wenn du im Bett bleibst. Nicht umsonst sterben die meisten Menschen im Bett. Aber im Ernst: Menschen sind auch nichts anderes, als die Säugetiere, die wir bisher transponiert haben. Dr. Heroine Embassy hat alle Tiere nach der Transposition genau untersucht und bei keinem einzigen Tier eine fehlerhafte Molekülstruktur entdecken können. Alle, bis auf die Ratte heute, leben noch und sind gesund.«

»Professor, das größte Risiko ist eigentlich unser Timeponder. Wir wissen nicht, was manipuliert wurde, was nicht mehr richtig funktioniert, was repariert werden muss, wie lange die Reparatur dauert. Und wir haben verteufelt wenig Zeit, nur drei Tage. Heute ist Dienstag, der 10. April und wir müssten am Freitag, den 13ten starten.«

»Dan, hast du etwa Angst vor einem Freitag, den 13ten?«, fragt Allman verwundert.

»Angst habe ich schon, aber nicht vor dem 13ten, sondern dass wir gefährliche Fehler machen, wenn wir so wenig Zeit haben.«

Nie hätte Dan sich vorstellen können, in die Verantwortung für Leben oder Tod von Menschen hereinzuwachsen, als er mit zwölf Jahren bereits die allgemeine Hochschulreife errang. Als hochbegabter Schüler übersprang er zahlreiche Klassenstufen. Mit fünfzehn Jahren schloss er dann sein Ingenieurstudium mit Diplom ab. Trotzdem verlor er nie den Kontakt zu seinen Kumpels. An der Uni gewann er neue Freunde, die zwar älter sind als er, die ihn aber so akzeptieren, wie er ist. Das Leben schien ihm bisher wie ein aufregend tolles Spiel, besser als Computerspiele. Doch was er als Assistent von Allman erfahren muss, ist etwas Neues. Das ist die raue Wirklichkeit, in der er Verantwortung zeigen muss. Dan hat Angst, der Verantwortung nicht gerecht zu werden.

»Dan, du kennst doch den Spruch: Wer nicht kämpft, hat schon verloren. Ich muss deshalb meine Frage von vorhin wiederholen: Wollen wir uns später vorwerfen, die einzige Chance die wir hatten, nicht genutzt zu haben?«

Allman verstummt und schaut dann gedankenverloren auf seine Kalebasse mit dem Matetee.

Dan seufzt, runzelt die Stirn und überlegt lange, bevor er sich entschließt zu antworten. »Also gut, Professor, Sie machen mir Mut. Ich werde mit all meiner Kraft die technischen Schwierigkeiten aus dem Weg räumen, damit wir am Freitag, den 13ten, rechtzeitig vor der Kuratoriumssitzung starten können. Vielleicht wird es unser Glückstag werden.«

»Das ist ein guter Entschluss, Dan, und ich werde mit Dr. Embassy sowie dem Sicherheitsmann Pit Plonk reden und mich um die Beseitigung der anderen Schwierigkeiten kümmern. Es gibt viel zu tun, packen wir es an. Kämpfen wir. Ach übrigens: Sollen wir unsere Mate-Kalebassen noch mal mit frischem heißem Wasser aufgießen?«

»Das ist keine schlechte Idee, Professor, ich hätte nie gedacht, dass mich der Mate so erfrischt.«

Emanuel Allman fährt an diesem Abend des 10. April heim. Heim, das ist nicht sein kleines 2-Zimmer-Apartement direkt am Rande des Universitätsgeländes. Es ist das großzügige Landhaus umgeben von Wiesen und kleinen Gehölzen in Greenfield, eine Stunde Fahrzeit mit der Metro von Quantum City entfernt. Heim, das ist Elisabeth, seine liebe Frau, Kathrin und Charlotte, seine beiden Töchter, Raul der Hirtenhund und Resa die 12jährige Stute, die auf der Koppel beim Haus grast. Heim, das ist eine Welt, in der es noch nicht die Zerstörungen von Natur und Traditionen gibt, die man als Fortschritt bezeichnet.

Bevor er die Metro nimmt, zieht er sich in seinem Apartement schnell ein frisch gereinigtes kariertes Jackett an und bindet sich einen blauen Schal aus feinster Seide um; einen, wie er ihn sonst nur sonntags daheim trägt. Unter der Woche, fern von seiner Familie, wenn er im Apartement wohnt, bindet er sich einen einfacheren Schal um, einen grünen, roten, braunen, grauen, bunten. Einen aus Kunstseide oder einen aus Wolle. Die Kollegen, Mitarbeiter und Hilfskräfte glauben, sie hätten den Indikator seiner Stimmung, seiner Laune, seiner Tagesform, in seinem Schal gefunden: »Oh, haben Sie gesehen, heut hat er den grauen, den aus harter Wolle. Ich glaube, heut ist er nicht gut zu sprechen. Lassen wir ihn in Ruhe.« Oder: »Nein, der Bunte, der aus Seide. Was hat er denn Fröhliches erlebt? Sollen wir ihn fragen?«

Heute will Emanuel Allman sich seiner Elisabeth von der besten Seite zeigen. Vielleicht das letzte Mal für eine lange Zeit oder vielleicht das letzte Mal für immer. Man kann nie wissen, was auf einer Expedition passiert, der Expedition ins Multiversum, die am Freitagnachmittag starten soll. Passend zu seinem dunkelblauen Schal, hat er den neuen dunklen breitrandigen Safarihut aufgesetzt, den er sich letzte Woche bei Hunters, einem Fachgeschäft für Safariausstattung, gekauft hat. Seit der Expedition vor acht Jahren, als er die diamantene Pyramide mitbrachte, trägt er so einen Safarihut, gleichgültig, ob im Freien oder in Innenräumen. Nur in seinem Labor oder zuhause legt er den Hut ab.

Emanuel Allman ist vor 13 Jahren aufs Land gezogen, als er mit 30 Jahren seine erste, gut bezalte Stelle in Quantum City an der Albert-Einstein-Universität annahm. Elisabeth kam mit aufs Land, gleich nach der Hochzeit. Es heißt, eine Frau folgt dem Mann, wohin sie will. Die Wahrheit ist, dass er auch wollte. Er wollte einen Gegenpol haben zu dem Alltag in der Stadt, einen Gegenpol zur Welt der Physik. Sie lebt die Woche über in dem großen Haus, kümmert sich vorbildlich um Kinder, Hund und Reitpferd, während er in Quantum City in seinem 2-Zimmer-Apartment übernachtet, um keine Zeit durch die Hin- und Herfahrt zu verlieren.

Das Wochenende gehört allein der Familie. Er liebt es, einen ruhigen Sonntag im Kreis seiner Familie zu verbringen, sich bedienen und mit gutem Essen verwöhnen zu lassen. Seine Elisabeth ist musisch-künstlerisch begabt und wollte ursprünglich Pianistin werden. Als sie dann vor mehr als 13 Jahren geheiratet hatten, hat sie sich entschlossen, ihren Emanuel zu unterstützen und für Heim und Kinder dazusein. Jetzt unterrichtet sie ihre gemeinsamen Töchter im Klavierspiel und managt im Übrigen perfekt den Alltag auf dem Land. Sie bringt mit ihrem Jeep die Kinder zur Schule, versorgt das Pferd, kauft Eier, Gemüse und Obst von den Bauern in der Nachbarschaft und macht kleine handwerkliche Arbeiten und Reparaturen selbst.

Emanuel Allman hat Elisabeth seine Heimfahrt mitten in der Woche nicht angekündigt. Er ist einfach mit der Metro losgefahren, weil das die letzte Gelegenheit vor seiner Expedition ins Multiversum ist, die Familie zu sehen. An der Metrostation von Greenfield erwartet ihn deshalb kein Jeep, um ihn die letzten Kilometer heimzuholen, aber Emanuel Allman hat für solche Fälle vorgesorgt. Sein altes Fahrrad steht 100 m weiter an den Fahrradständern, an denen die Tagespendler ihre Fahrräder üblicherweise parken.

Das Wetter ist trocken, die Abendsonne scheint, die zehnminütige Fahrradfahrt die Allee entlang nach Hause, wird zum persönlichen Vergnügen und stimmt Emanuel Allman ein auf seine private Welt. Die lockere Bebauung (kein Haus ist näher als hundert Meter an seinem Nachbarn), die kleinen Gehölze, Obstplantagen und Weiden, lassen in seinem Kopf Fantasiebilder einer längst vergangenen Welt lebendig werden. Der Duft von Wiesenblumen, Pilzen, Gras und Bäumen betört seine Sinne. Mit seinem feinen Geruchsempfinden unterscheidet er die Margarite von der Wiesenflockenblume, den Pfifferling vom Speisemorchel und die Eibe vom Wacholder. So träumt er radelnd vor sich hin, während sein Schal im Fahrtwind flattert und vergisst für einen Augenblick Physik, Timeponder und Weltformel.

Ein offener Oldtimer-Sportwagen kommt von hinten langsam angefahren, setzt zum Überholen an, fährt dann aber neben dem Fahrrad her. Emanuel Altmann schaut zum Auto und sieht einen für die Gegend typisch gekleideten Mann mittleren Alters, im karierten Jackett, von der Art, wie er selbst eines trägt und einer Cordmütze auf dem Kopf: »Hallo, hallo wen sehe ich da? Sind Sie es, Emanuel, oder ist es ihr transponierter Geist? Ich hab gerade eine kurze Meldung von Ihren Kunststücken im Autoradio gehört.«

Emanuel Allman erkennt im Fahrer den Landarzt der Familie: »Hallo, Dr. Galphimia. Arbeiten Sie heute mal nicht bis mitten in die Nacht?«, antwortet Emanuel Allman auf das Frozzeln und tritt kräftig in die Pedale, um auf gleicher Höhe zu bleiben.

»Ich mach mich selbst arbeitslos, Emanuel. Ich mache meine Patienten gesund. Grüßen Sie Elisabeth und die Kinder von mir. Einen schönen Abend noch.« Dabei drückt der Landarzt aufs Gaspedal, der Motor röhrt und der Sportwagen rauscht an Emanuel Allman vorbei.

Drei Minuten später hat er sein Heim erreicht. Das Haus liegt um dreißig Meter von der Straße zurückgesetzt. Auf der linken Seite des breiten Zugangs dehnt sich der von seiner Elisabeth gepflegte Ziergarten aus, mit Pampasgras, Blaufichten, Hortensien, einem Gartenteich, Birken und einer Pergola am Haus. Rechts vom Zugang ist die Koppel von Resa, der Stute, die er gekauft hatte, als die ältere Tochter gerade mal sieben Jahre und die jüngere Sechs war. Jetzt ist die ältere Dreizehn und sehr wissbegierig.

Resa, eine andalusische Stute mit kompaktem Rumpf, kräftigem gebogenen Hals, kräftigen Schultern und einer langen gewellten Mähne, hat ihren Herrn von Weitem gesehen und kommt angaloppiert. Sie steckt den Kopf weit über den Zaun, um an ihm zu knabbern. Emanuel Allman hat immer ein kleines Stückchen Zucker einstecken, wenn er nach Hause kommt. So auch heute. Er spricht beruhigend auf Resa ein, streichelt sie am Kopf und gibt ihr das Stückchen Zucker. Als Resa vor Freude schnaubt, fängt Raul, der Hirtenhund, im Haus an zu bellen. Gleich darauf stürzt Elisabeth heraus und kommt Emanuel entgegen. Sie umarmen sich: »Schön, dass du da bist, Emanuel. Ich hab im Radio eine kurze Meldung von deiner Präsentation gehört. Du hast ja deinen Sonntagsschal an, gibt es etwas zu feiern?«

»Später, Elisabeth. Später erzähle ich alles beim gemeinsamen Abendessen.« Dabei drückt er sie noch einmal an sich, bevor sie einander umarmend in ihr Heim gehen.

Nach dem Essen fragt Elisabeth: »Und es gibt wirklich keinen anderen Ausweg, Emanuel, als die Expedition ins Multiversum am Freitag zu starten?«

»Nein, die Situation ist so ähnlich wie damals vor acht Jahren, als ich die Expedition auf die Halbinsel Yucatán unternehmen musste, um die erste diamantene Pyramide zu finden.«

»Diamantene Pyramide? Diamantene Pyramide«, ruft plötzlich die jüngere Tochter, Kathrin. »Oh, Papi, bitte. Erzähl uns die Geschichte.«

»Kathrin, Schatz, die hab ich doch schon so oft erzählt.«

Kathrin springt auf, geht um den Esstisch herum, legt ihren linken Arm um Emanuels Hals und krault ihn mit der rechten Hand an seinem auf wenige Millimeter gestutzten Vollbart: »Och, Papi, bitte, bitte, erzähl uns die Geschichte.«

»Verflixt, Elisabeth, wie wehre ich mich bloß gegen deine Töchter?«, ruft Emanuel um Hilfe.

Elisabeth verweigert ihm Hilfe. »Oh, jetzt sind es auf einmal meine Töchter. Aber du brauchst dich nicht zu wehren. Wenn unsere Tochter Charlotte die Geschichte auch noch mal hören will, dann erzähl sie ruhig den beiden jungen Damen, ich setze mich dazu.« Sie betont besonders das Wort »unsere«.

»Ja, ja, ich will sie hören«, ruft Charlotte.

Emanuel Allman gibt sich geschlagen. Familie und Familienleben sind ihm wichtig und er freut sich, wenn seine Familie Anteil nimmt an seinem Beruf: »Also gut. Gegen eure Überzeugungskunst komme ich einfach nicht an. Aber unter einer Bedingung: ich möchte es mir gemütlich machen. Holt mir bitte meine Strickjacke, die mit dem Lederschutz am Ellbogen. Ich setze mich in den großen Ledersessel und lege meine Brille ab. Dann kommen mir die Bilder von damals wieder vor mein geistiges Auge.«

Fünf Minuten später hat jeder der Familie um Emanuel Allmans Ledersessel einen Platz gefunden. Selbst Raul liegt zu seinen Füßen, mit zotteligen Haaren, die Augen fast verdeckt und gespitzten Ohren.

»Es war vor mehr als acht Jahren, als ich entdeckte, dass man mithilfe eines Torsionsfelddetektors an alle jemals existierenden Informationen aus allen Zeiten und allen Universen herankommen kann. Ihr wisst, das holografische Torsionsfeld, das alles durchdringt, ist so etwas Ähnliches, wie das Internet des Multiversums. Genauso wie beim Internet, braucht man nur ein passendes Gerät und einen geeigneten Browser, um an die Informationen heranzukommen, die man sucht. Der Torsionsfelddetektor ist solch ein Gerät und auf einem Quantencomputer kann ich den Browser für das Torsionsfeld laufen lassen, den sogenannten Torsionsfeldbrowser.«

»Papi, macht dich der Torsionsfeldbrowser allwissend?«, fragt Kathrin ungläubig staunend.

»Gut kombiniert, Kathrin. Aber in der Praxis sind heutige Quantencomputer noch nicht schnell genug, um die riesige Informationsfülle zu bewältigen, die im Torsionsfeld steckt. Außerdem sind die derzeitigen Torsionsfeldbrowser noch zu schlecht. Man findet nur einen Bruchteil der theoretisch möglichen Informationen. Damals, vor acht Jahren steckte das Wissen über das holografische Torsionsfeld in den Kinderschuhen und ich wollte beweisen, dass die Information, die ein Torsionsfeldbrowser liefert, kein Datenmüll ist, sondern Wissen über die Realität.«

»Und dann bist du nach Yucatán gefahren?«, fragt Charlotte.

»Noch nicht. Ich brauchte für den Beweis ein Artefakt, von dem der Torsionsfeldbrowser behauptete, es würde existieren und das, nachdem ich es in unserer Welt gefunden hatte, den Beweis für die Richtigkeit meiner Torsionsfeldtheorie darstellen würde.«

»Und solch ein Artefakt ist die diamantene Pyramide?«, fragt Charlotte.

»Ja. Nach mehrmonatiger Recherche mit dem Torsionsfeldbrowser bekam ich die Information über eine diamantene Pyramide mit etwa 10 x 10 Zentimeter Grundfläche und 5 cm Höhe, die so eigentlich in unserer Welt nicht existieren dürfte. Dazu gab es die Information, dass dieses Artefakt in den vom Urwald überwucherten Trümmern eines bisher unentdeckten Mayatempels in Yucatán zu finden sei.

Ihr könnt euch vorstellen, dass ich unbedingt dieses Artefakt haben wollte. Ich brauchte es als Beweisstück für die physikalische Theorie. Aber ich hatte die Rechnung ohne die Universität gemacht. Es hieß, ich sei schließlich Physiker und kein Archäologe. Ich solle mich gefälligst um meinen Lehr- und Forschungsauftrag als Physiker kümmern. Die Universität sei nicht dazu da, um meine Hobbys zu unterstützen. Das Kuratorium, das, wie ihr wisst, das höchste Aufsichtsorgan der Albert-Einstein-Universität ist, und sein Mitglied, Dr. Pinchin, versuchten mir meine »Spinnereien«, wie man es nannte, zu verbieten.

Wenn ich damals dem Verbot nicht zuvorgekommen wäre, hätte ich nie meine Torsionsfeldtheorie beweisen können.

Ich hatte es geschafft, innerhalb weniger Tage ein Expeditionsteam zusammenzustellen, und noch vor der entscheidenden Kuratoriumssitzung aufzubrechen. Das ging natürlich nur, weil ich lange vorher mit der Möglichkeit eines Verbots gerechnet hatte und deshalb die Expedition seit Monaten vorbereitete. Die Grabungsgenehmigung der guatemaltekischen Regierung, die man für Grabungen in alten Mayatempeln benötigt, hatte ich ebenfalls rechtzeitig besorgt.«

Mit langsamer, ruhiger Stimme berichtet Emanuel Allman über die weiteren Vorgänge, bis zu dem Punkt, als die diamantene Pyramide aufgefunden wurde. Die beiden Kinder fühlen sich immer mehr in den Bann der Erzählung gezogen und hören mit roten Ohren zu, ohne Fragen zu stellen. Elisabeth kennt die Geschichte so gut, dass sie ebenfalls keine Fragen stellt.

»Als mein damaliger Assistent, Dr. Tukan, nach drei Wochen vergeblichen Grabens über die Grabungsstelle des Mayatempels mitten im tropischen Regenwald streifte, entdeckte er eine seltsame Leuchterscheinung. Zwischen den Trümmern blitzte etwas Helles hervor. Die Indios, die wir in Yucatán für die Grabung angestellt hatten, räumten Schutt und Steine beiseite und fanden darunter, wie vorhergesagt, einen riesigen Diamanten in Form einer flachen Pyramide mit etwa 10 x 10 cm Grundfläche. Einen Diamanten in dieser Größe hatte vorher noch niemand gesehen. Er war unglaublich rein und perfekt geschliffen.

Innerhalb von Stunden strömten aus dem Dschungel Hunderte von Indios, Nachkommen der Mayas, herbei, fielen auf die Knie und beteten. Ein alter Maya erzählte, seit es sein Volk gebe, sei dieser Schatz in ihrem Besitz. Es gebe insgesamt sechs solcher Diamanten, die zusammen einen Würfel bilden. Jede der Grundflächen sei eine Würfelseite. Er erzählte weiter, der komplette Würfel enthielte Informationen über den Ursprung der Menschheit und gebe Antworten auf die größten Geheimnisse des Lebens.

Wir haben den Diamanten natürlich untersucht und festgestellt, dass ein Stein von solcher Reinheit nur künstlich hergestellt sein konnte. Aber weder die alten Mayas noch wir besitzen heute die Technologie, künstliche Diamanten in solcher Größe und gleichzeitig Reinheit herzustellen. Ganz zu schweigen von der Tatsache, dass die alten Mayas einen solchen Diamanten niemals hätten schleifen können. Der Zeitpunkt der Herstellung liegt mehr als 10000 Jahre zurück. Das ist eine Zeit, in der die uns bekannte Menschheit in Höhlen lebte und mit Steinkeulen jagte, also keinesfalls fähig war, so etwas herzustellen.

Nachdem ich mit dem Diamanten an die Universität zurückgekehrt war, ergab die weitere Untersuchung in meinem Labor, dass in die Kristallstruktur eine verschlüsselte Information eingebrannt ist. Eine Information, die man nur dann vollständig entschlüsseln kann, wenn man alle sechs diamantenen Pyramiden besitzt.

Wer auch immer diese Pyramide hergestellt und in unserer Welt hinterlassen hat, muss die letzten Geheimnisse des Universums kennen. Er muss die Weltformel kennen.«

Emanuel Allman endet seinen Bericht. Seine Gedanken schweifen ab und lassen ihn darüber nachdenken, wie die geplante Expedition ins Multiversum ihn seinem Traum näher bringt, die Weltformel zu finden.

»Papi, hat man danach deine Forschung verboten?«, weckt Kathrin ihn aus seinen Gedanken.

»Nein, Schatz, mithilfe des Artefakts, der diamantenen Pyramide, konnte ich meine Torsionsfeldtheorie beweisen. Das brachte mir auf einen Schlag eine gewisse Berühmtheit in Fachkreisen ein und niemand an der Universität wagte es noch, an meinem Stuhl zu sägen, bis heute. Jetzt ist es aber Zeit für euch, junge Damen, ins Bett zu gehen. Schaut mal, Raul gähnt auch schon. Macht euch also schlaffertig und sagt dann Gute Nacht.«

»So geht es nicht, Chefin.« William Kidd, spitzgesichtiger Assistent von Professor Bella Blackbeard und gleichzeitig Mitarbeiter für spezielle Aufgaben, schleudert ihr die Worte ins Gesicht. Dabei kann er es nicht lassen, wohlgefällig abschätzend ihren Körper zu betrachten, der in einem extravaganten, eng anliegenden schwarzen Kostüm mit schmalen weißen Stoffkanten steckt. Bella Blackbeard, 1,78 m groß, hager bis knochig, aber mit großen graugrünen Augen, glatten schwarzen, betont kurzen Haaren und langen Fingernägeln, sitzt an diesem Mittwoch Vormittag, den 11. April, mit verdrießlichem Gesicht hinterm Schreibtisch ihres Institutsraums im physikalischen Fachbereich der Francis-Drake-Universität von Quantum City. William Kidd schaut nicht nur auf ihren Körper, sondern fasziniert auf die auffällig riesigen Ringe mit den dicken Steinen, die sie an allen Fingern, außer den Daumen, trägt. William Kidd weiß, dass Bella Blackbeard unter ihren Kollegen als ein Original gilt, ein Kuriosum. Als eine unmögliche, unverschämte Person, der man möglichst nicht zu nahe kommt, um nicht als Zielscheibe ihrer ungezügelten Art zu dienen. Durch diese Art hat sie sich zahlreiche Feinde geschaffen. Trotzdem hat bisher niemand einen ernsthaften Versuch unternommen, sie von ihrem Stuhl zu stoßen, so unvorstellbar das auch sein mag. Für manche Menschen geht von ihrer Art etwas Faszinierendes aus. Irgendwie fühlt William Kidd sich von Bella Blackbeard, die er in seinen Gedanken immer BB nennt, angezogen, obwohl sie ihn häufig bis zur Unerträglichkeit schikaniert. Heute sollte sie darin wieder ein Meisterstück abliefern.

Während er sie einen Augenblick fast verträumt betrachtet, schlägt sie mit einer hektisch-ungeduldigen Bewegung auf die vor ihr liegende Computertastatur, dass die Tasten laut klacken und das schwere Armband mit den Goldmünzen an ihrem rechten Handgelenk, wie der Goldschatz eines Piratenkapitäns klimpert. William Kidd zuckt zusammen.

»Was geht nicht?«, herrscht BB ihn an.

»Die Realisierung der Idee des russischen Physikers, der meinte, man könne mit einer Art Tor, Multiversumtor, wie er es nannte, den Weg in parallele Universen finden. Ich finde, das war keine gute Idee«, macht Kidd seinem Herzen Luft.

»William Kidd.« BB erhebt die Stimme, während sie seinen Namen ausspricht. »Was verstehst du schon davon, was gute und was schlechte Ideen sind. Eine gute Idee erkennt man daran, dass sie geklaut wird. Und ich halte die Idee des russischen Physikers für gut.«

»Chefin«, wagt Kidd kleinlaut einzuwenden, »warum nehmen Sie nicht die Idee von Allman als Grundlage? Die scheint zu funktionieren. Wenn Sie seine Idee übernehmen, wäre das auch eine gute.«

»Was, du wagst es, überhaupt den Namen Allman in meiner Gegenwart auszusprechen? Allman, den ich seit meiner Studentenzeit hasse, wie keinen anderen.« Bella Blackbeards Gesicht bekommt einen unbeherrschten Ausdruck. Die Züge entgleiten ihr, ihre Stimme schraubt sich hoch.

»Chefin, Chefin, ich meine es nur gut«, versucht Kidd sie zu beruhigen. »Sie wissen doch, wenn man bei einem Wissenschaftler abschreibt, nennt man das Plagiat, schreibt man bei zweien ab, ist es Forschung.«

Bella Blackbeards Gesichtszüge nehmen wieder ihren normalen, harten und gierigen Ausdruck an. »Kidd, jetzt weiß ich wieder, warum ich dich als meinen Assistenten genommen hab. Du bringst mich immer wieder auf den richtigen Weg. Betreiben wir also Forschung. Aber jetzt erklär mir, warum du unser Multiversumtor nicht aktivieren kannst.«

»Wir können kein so großes Wurmloch aufbauen, dass jemand durch das zwei Meter hohe Multiversumtor in ein anderes Universum gehen kann«, versucht Kidd zu erklären.

»Verdammt, warum denn nicht?« BB wird unbeherrscht.

»Meine Berechnungen haben ergeben, dass wir mehr Energie für ein großes Tor brauchen, als die Sonne in Milliarden Jahren erzeugen könnte, Chefin.«

»Kidd, du bist und bleibst unfähig. Du kannst noch nicht einmal rechnen. Ich möchte nur wissen, warum ich dich zu meinem Assistenten gemacht hab.«

»Chefin, die Rechnung stimmt aber. Gut, ich hab die Berechnungen nicht selbst gemacht, sondern von Ihren besten Studenten durchführen lassen und alle sind auf das gleiche Ergebnis gekommen. Es ist einfach unmöglich, soviel Energie, wie nötig wäre, zu erzeugen.« Kidds spitzes Gesicht bekommt einen verzweifelten Gesichtsausdruck.

»Kidd, schau dich nur mal an, du Jammergestalt, wie du überhaupt aussiehst. Ich möchte nur wissen, warum ich dir zusätzlich zu deinem Gehalt, das du von der Uni bekommst, noch ein zweites aus meiner privaten Tasche drauflege.«

»Chefin, soll ich darauf wirklich antworten? Sie wissen doch, für welche Dienste Sie mir das zweite Gehalt zahlen.«

»Sag mir wenigstens, warum Allmans Timeponder mit einem winzigen Bruchteil der Energie zu funktionieren scheint?«

»Chefin, darf ich jetzt wieder den Namen benutzen, den Sie gerade in den Mund genommen haben?«

»Jetzt reicht es, du Bastard. Du machst dich wohl lustig über mich?« Bella Blackbeard kann sich nicht beherrschen und schreit Kidd mit gellender Stimme an: »Wenn du mir nicht sofort sagst, warum Allmans Timeponder funktioniert und du unser Multiversumtor nicht aktivieren kannst, kannst du in den Dreck zurück, wo ich dich rausgeholt hab.«

Kidds Stimme zittert, als er versucht sachliche Erläuterungen abzugeben: »Schauen Sie, Chefin. Die Energiemenge, die man benötigt, hängt von der Größe des Wurmlochs ab, das man erzeugen will. Wir wollen zwei Meter große Wurmlöcher erzeugen. Allman dagegen benutzt Wurmlöcher in atomarer Größe und braucht deshalb einen winzigen Bruchteil der Energie, die wir benötigen. Und dann ist da noch ein Trick, den Allman verwendet.«

»Was für einen?«, fragt BB etwas gnädiger gestimmt.

»Allman muss gar keine Wurmlöcher erzeugen. Er benutzt einfach die Wurmlöcher, die sich im Quantenschaum andauernd von selbst bilden. Sie wissen doch, Chefin: der Quantenschaum, aus dem die ganze Raum-Zeit-Struktur des Universums besteht. Das spart noch einmal Energie. Er fasst dann mithilfe eines

Spezialkristalls soviel Wurmlöcher zusammen, bis er eine Einheit von atomarer oder molekularer Größe hat. Das nennt er dann Wurmloch erzeugen.«

»Selbstverständlich, du Schwachkopf. Aber durch ein Wurmloch in molekularer Größe kann man keine Menschen gehen lassen«, zweifelt BB.

»Das braucht Allman auch nicht, Chefin.« Kidd fühlt sich wieder sicherer. »Das ist der Unterschied zwischen paralleler und serieller Übertragung, den wir von der Computertechnik her kennen. Wir wollten die Atome bzw. Moleküle eines Menschen parallel, das heißt gleichzeitig durch das Zwei-Meter-Multiversumtor in ein anderes Universum übertragen. Allman dagegen schickt die Atome bzw. Moleküle seiner Versuchstiere seriell, das heißt nacheinander, durch seine winzigen Wurmlöcher im Quantenschaum. Und wie wir gesehen haben, funktioniert es.«

»Herrgott, Kidd, glaubst du im Ernst, ich hätte das nicht bereits alles gewusst. Ich wollte von dir nur hören, warum du zu blöd bist, das auf die gleiche Weise zu machen.«

»Chefin, ich wollte nur sicher gehen, dass Sie nichts dagegen haben, wenn ich für Sie Forschung betreibe. So, wie wir es jetzt machen, geht es nicht.«

»Dann betreibe Forschung, du Trottel. Und, Kidd, beeile Dich. Du weißt, der Abgabetermin für die Forschungsarbeit zum Wettbewerb der Paul-Gotham-Stiftung ist in etwa vier Wochen. Aber schon bis Ende April muss die letzte praktische Demonstration in der Öffentlichkeit erfolgt sein. Ich will, ich muss den großen Forschungspreis für unsere Universität holen. Das wird meine Stellung hier an der Francis-Drake-Universität festigen und niemand von den senilen Schwachköpfen im Senat wird es noch wagen, an mir zu zweifeln. Außerdem kann ich Allman, diesem ...., diesem ..., eins auswischen.«

Kidd fühlt wieder Oberwasser: »Chefin, es wäre gut, wenn dieser Professor, dieser mit dem A im Namen, nicht allzu viel Erfolg hätte. Wollen Sie da nicht noch etwas zusätzlich unternehmen?«

»Kidd, jetzt bist du wieder der Alte. Jetzt weiß ich, warum ich dich mag. Komm mir bloß nicht wieder mit der Tour von vorhin und sag mir, dass es so nicht gehen würde.« BB bekommt für einen kurzen Augenblick eine sanfte Stimme, bevor sie mit einem harten Ausdruck im Gesicht weiterspricht: »Da fällt mir ein, Robert Spark von der Extraterrestrical Inc., du weißt Allmans Sponsor, den könnte ich mal abends in Fischers Bar einladen und versuchen ihn auf unsere Seite zu ziehen. Aber wenn du nicht endlich selbst etwas unternimmst, jage ich dich zum Teufel.«

William Kidd saugt hörbar die Luft ein, aber er sagt nichts und zieht es vor, den Raum wortlos zu verlassen.

»Ob ich in nächster Zeit überhaupt zur Körperpflege komme?« Dr. Heroine Embassy liegt seit über einer Stunde in der Badewanne ihres geschmackvoll, überwiegend in lebensfrohen Farben eingerichteten Drei-Zimmer-Apartements, an der Uferpromenade des West River von Quantum City. Sie macht sich Gedanken über die Vergangenheit und Zukunft, besonders aber darüber, was die nächste Zeit ihr wohl bringen wird. Sie pflegt sich gern und lange, liebt exotische Düfte und probiert alle möglichen Schönheitscremes aus, obwohl sie es nicht nötig hätte. Mit ihrem 1,70 m großen schlanken, durchtrainierten Körper, den leichten Rundungen an den richtigen Stellen, den halblangen, mittelblonden Haaren, dem ovalen Gesicht, den feinen Gesichtszügen und den wachen, aber nicht provozierenden Augen, sieht sie ansprechend hübsch, man kann sogar sagen, schön aus.

Nachdem sie eine konservative Erziehung genossen hat und wegen ihrer zwei Brüder einen robusten Umgangston ausüben musste, war sie glücklich, mit dem Beginn ihres Studiums aus ihrem Elternhaus ausbrechen zu können. Sie studierte Tropen- und Extraterrestrische Medizin, die in der Raumfahrt benötigt wird. Sie promovierte zum Doktor für extraterrestrische Medizin, nahm dann aber doch keine Anstellung in einem Raumschiff an, weil ihr die Monate langen Flüge durch den leeren Raum zu langweilig erschienen. Ein zweites Studium, die Kryptozoologie, war ihr gefundener Ausweg. Jetzt hat sie eine Anstellung als wissenschaftliche Mitarbeiterin an der kryptozoologischen Abteilung des Tropeninstituts der Francis-Drake-Universität. Sie ist eigentlich zufrieden mit ihrer Arbeit und hat bereits einige bemerkenswerte Artikel für Fachzeitschriften geschrieben.

An diesem Mittwoch, den 11. April, rief Allman sie während der Arbeit in der kryptozoologischen Abteilung an und sagte, dass die geplante Expedition ins Multiversum viel früher als vorgesehen beginnen soll, nämlich in zwei Tagen. Die Vorbesprechung dazu sei morgen, Donnerstag, um 18:00 Uhr. Ob sie flexibel genug sei, diese einmalige Gelegenheit zu ergreifen, fragte er sie. Ohne darüber nachzudenken, ohne Zögern bejahte sie die Frage. Doch jetzt, nachdem es konkret zu werden droht, kommen ihr Bedenken. Muss man sich unbedingt auf die Gefahr eines realen Abenteuers einlassen? Ein Abenteuer kann man erleben, ohne sich selbst in Gefahr zu begeben. Die wahren Abenteuer finden schließlich im Kopf statt.

Ihr Freund Nicolas, mit dem sie zusammenlebt und der auch am Tropeninstitut beschäftigt ist, macht gerade eine Dienstreise in den Kongo, um dort ein seltenes Tier für ihr Institut abzuholen. Sie würde Nicolas vor dem Start der Expedition nicht mehr sehen, da er voraussichtlich erst am folgenden Montag zurückkommt. Und ob sie ihn jemals wieder sehen würde? Diesen Gedanken wagt Heroine gar nicht zu Ende zu denken. »Denke positiv, Heroine«, redet sie mit sich. Jetzt hatte sie schon zugesagt, jetzt heißt es Augen zu und durch. »Ich werde es schaffen, egal was kommt, ich traue mir das zu«, beschwört sie sich selbst.

Ihr Training am Abend in der Taekwondo-Schule muss sie bedauerlicherweise ausfallen lassen. Sie muss Reisevorbereitungen treffen. Obwohl Taekwondo große Ähnlichkeiten mit anderen asiatischen Kampfsportarten aufweist, unterscheidet es sich doch in einigen wesentlichen Punkten von diesen. Einer davon ist der stark ausgeprägte Schattenkampf, in dem Stellungen, Bewegungsabläufe und Präzision trainiert werden. Darüber hinaus ist die Teakwondo-Technik sehr auf Schnelligkeit und Dynamik ausgelegt und Fußtechniken dominieren deutlicher als in vergleichbaren Kampfsportarten. Die Schnelligkeit, Dynamik und die Präzision der Bewegungsabläufe von Taekwondo faszinieren sie besonders. Deshalb ist ihr das Training zweimal die Woche sehr wichtig. Und der Trainer Pit Plonk ist ein interessanter Typ, denkt sie. Wenn sie nicht schon einen Freund hätte, würde sie sicher mal mit Pit Plonk ausgehen, um seine privaten Seiten kennenzulernen. Nun gut, da wird es wohl auf der Expedition ins Multiversum die Gelegenheit geben, Pit Plonk näher kennenzulernen. Wahrscheinlich wird Pit Plonk mitkommen. Heroines Gedanken kreisen und kreisen und sie lässt noch mal warmes Wasser in die Wanne laufen. Anschließend öffnet sie eine frische

Gesichtspackung und bestreicht damit ihr Gesicht vom Haaransatz bis übers Kinn.

Alles hatte an jenem sonnigen Morgen vor vier Monaten gegen 10:00 Uhr angefangen. Sie trug wie gewöhnlich ihre Jeans, T-Shirt, Pullover darüber, rosa Turnschuhe und einen kleinen modischen Rucksack, in dem sie immer die tageswichtigen Utensilien dabei hat, Erste Hilfe, Notfallmedizin, Kosmetik, Schokoladenriegel, Traubenzucker, Schere, Pinzette, Schreibzeug und einen PDA-Handheldcomputer. Sie war dabei, im Juratropenhaus ihre Beobachtungen zu machen. Das Juratropenhaus, ein Glaskuppelbau, gehört mit mehr als 200 m Durchmessern und 35000 Quadratmeter Bodenfläche zu den größten seiner Art. Es ist dem Tropeninstitut angeschlossen und heißt so, weil unter seinem Glaskuppeldach eine dem Jura ähnliche Welt nachgebildet wird, so wie sie vor 100 Millionen Jahren war. Damals regierten auf dem Land die Dinosaurier, in den Meeren jagten die Ichthyosaurier, die Fischechsen und durch die Luft segelten die Pterosaurier, die Flugechsen. Allerdings gibt es alle diese Saurier nicht im Juratropenhaus, weil sie vermutlich vor 65 Millionen ausgestorben sind. Was es aber gibt, das sind die Umweltbedingungen und die Pflanzen, wie sie damals vorherrschten. Da sind einmal die 18 m hohen Baumfarne, die einen geschlossenen ringförmigen Wald an den Außenwänden des Glaskuppelbaus bilden und damit für den Eindruck einer kleinen, in sich geschlossen Welt sorgen. Das Innere des Rings bildet ein Sumpfgebiet, welches durchsetzt ist von kleinen Inseln, auf denen palmenähnliche Cycadeen wachsen. Auf anderen Inseln wachsen Ginkgo-Bäume und auf wieder anderen Magnolien. Der Boden wird bedeckt von Farnen und Moosen. Insekten und Schmetterlinge fliegen durch die Luft, Würmer kriechen auf dem Boden. Durch das ganze Biotop schlängelt sich ein 1 km langer Holzbohlenweg für die Wissenschaftler. Der Weg ist bis auf wenige Ausweichstellen so schmal, dass zwei Wissenschaftler nicht aneinander vorbei gehen können. Aufgrund des starken Bewuchses kann man höchstens zehn Meter weit sehen, bevor einem eine Baumfarnansammlung, eine Cycadeengruppe oder eine andere Pflanzengruppe die Sicht versperrt. Die Temperatur wird auf tropische 26 bis 28 Grad Celsius gehalten, bei über 80% Luftfeuchtigkeit und sorgt auf diese Weise für eine schwüle, aber aromatische nach Blüten, Nadelgehölzen und modrigen Moosen riechende Luft.

Nun ist es eigentlich nicht die Aufgabe einer Kryptozoologin, sich mit Pflanzen zu beschäftigen. Die Kryptozoologie, als Teilgebiet der Zoologie, befasst sich damit, noch unbekannte Tiere zu suchen und zu erforschen. Das können Tiere aus Legenden und Mythen sein, das können sonstige unbekannte Tiere sein, oder es können auch Tiere sein, die potenziell als ausgestorben gelten. Beispielsweise glaubte man, der Quastenflosser, ein 1,8 m langer Fisch, sei vor 70 Millionen Jahren ausgestorben und nur noch in Form von Versteinerungen vorhanden. Als er 1938 von Wissenschaftlern wieder entdeckt und später sogar ein lebendes Exemplar gefangen wurde, war das eine Sensation.

Heroine brauchte sich nicht mit den Pflanzen des Jura zu beschäftigen, sie bekam ihre Anstellung am Institut, weil sie sich um ein kürzlich wiederentdecktes riesiges Tier kümmern sollte, das die Pygmäen im Dschungel am Rande der unwegsamen Sümpfe der Likouala-Region im Kongo mit dem Namen Mokele Mbembe belegen, das bedeutet »der den Lauf des Flusses stoppt.« Die Öffentlichkeit war noch nicht über die Entdeckung informiert, damit Dr. Embassy erst einmal ungestört Beobachtungsdaten über das Mokele Mbembe sammeln konnte.

So kam es, dass sie auf einem kleinen Stühlchen an einer breiteren Stelle des Bohlenwegs im Juratropenhaus saß, den Rucksack neben sich, verdeckt von einer Cycadeengruppe. Ihren PDA-Handheldcomputer hielt sie in der Hand, um ihre Beobachtungen gleich statistisch zu erfassen. Angestrengt hielt sie nach dem Mokele Mbembe Ausschau, welchen sie zwar schmatzen und schnauben hörte, aber nicht sehen konnte.

Plötzlich hörte das Schmatzen und Schnauben auf und wurde von einem tiefen röhrenden Grunzen abgelöst, mindestens zehnmal so laut wie das Röhren eines See-Elefanten in den üblichen Publikumsvorstellungen der Zoos. Anschließend hörte sie jemand von weitem, »Auuu, verdammt«, mit einer tiefen Stimme schreien. Etwas Größeres platschte in den Sumpf. Sie hörte Zweige knallend brechen, rascheln, dann war es wieder ruhig.

Heroine überlegte nur kurz, um sich darüber klar zu werden, was zu tun sei. Dann schnappte sie ihren Rucksack und hastete den Bohlenweg entlang in Richtung der Geräusche. Nach wenigen Sekunden erreichte sie die Stelle, woher die Geräusche kamen und sah einen Mann mittleren Alters mit kariertem Jackett und gelbem Schal im knietiefen Sumpf liegen, ein breitrandiger Hut schwamm neben ihm. Das Entsetzen war ihm ins Gesicht geschrieben.

Sie zögerte nicht lange, stieg wortlos vom Bohlenweg herunter in den Sumpf, packte den linken Arm des Mannes, legte ihn über Ihre Schulter und schob den Mann dann mit dem Rücken so auf den Bohlenweg zu, dass er darauf zum Sitzen kam. Dann legte er seine Beine hoch auf den Weg.

Jetzt erst fragte Heroine: »Haben Sie sich verletzt? Wo tut es weh?«

»Ich, ich glaube, ich hab mir den rechten Fuß verstaucht.«

Dr. Embassy zog ihm den rechten Schuh aus und begann ihn zu untersuchen. Der Mann stöhnte leicht auf, wollte sich aber wohl keine Blöße geben und redete weiter: »Mein Name ist Emanuel Allman, ich bin Physiker an der Albert-Einstein-Universität.«

Heroine hatte keine ernsthafte Verletzung feststellen können und fragte: »Soso, was hat denn ein Physiker bei uns im Juratropenhaus zu suchen.« Dabei holte sie eine abschwellende Salbe und eine Binde aus ihrem Rucksack.

Emanuel Allman betrachtete seine Umwelt jetzt wieder mit Interesse, schaute auf den modischen Rucksack, dann auf die rosa Turnschuhe, sah hoch in ihr freundliches Gesicht, bevor er ohne auf ihre Frage einzugehen sagte: »Das versöhnt mich mit dem Unfall, dass die Francis-Drake-Universität so hübsches Sanitätspersonal hier in der Halle aufgestellt hat, obwohl ich die fehlenden Warnschilder bemängeln muss, aber da können Sie ja nichts dafür junge Frau.«

»Warnschilder wovor, was meinen Sie Herr Allman?« Während sie das fragte, rieb Dr. Embassy den Fuß mit Salbe ein und wickelte eine Binde fest um Gelenk und Fuß.

»Dieser zwanzig Meter große Riesenelefant mit dem Giraffenhals und dem Krokodilsschwanz, der die Besucher erschreckt.«

»Das ist kein Riesenelefant, sondern das Mokele Mbembe, wie die Pygmäen im Kongo dazu sagen. Besucher kann er auch nicht erschrecken, weil wir hier keinen Publikumsverkehr haben, Herr Allman.«

»Wie soll das Vieh heißen? - Wenn die Saurier nicht schon längst ausgestorben wären, würde ich sagen, das ist ein gefährlicher Saurier.«

Sie antwortete geduldig: »Nun, die Wissenschaftler sagen, es sei ein Diplodocus, ein ungefährlicher pflanzenfressender Saurier, der als ausgestorben galt vor 65 Millionen Jahren und kürzlich lebend entdeckt wurde. Aber das kann einen Physiker, wie Sie einer sind, wohl kaum interessieren. Deshalb möchte ich gern meine Frage wiederholen. Was suchen Sie eigentlich hier?«

»Ich muss Dr. Heroine Embassy sprechen. Ist sie hier?«

»Sie können es mir sagen, Herr Allman, worum es geht.« Irgendwie hatte sie nicht richtig wahrgenommen, dass Emanuel Allman, sie nicht mit Dr. Heroine Embassy identifizierte.

»Es geht um eine wissenschaftliche Angelegenheit, junge Frau, das möchte ich dann schon mit Dr. Embassy selbst besprechen. Wo kann ich sie finden?«

Eigentlich hätte sie Emanuel Allman jetzt aufklären sollen, wer sie war. Andererseits saß Heroine der Schalk im Nacken. Sie wollte sehen, wie sich die Angelegenheit entwickelte.

»Okay, Herr Allman. Ich bringe Sie in das Institutsgebäude. Dort werden wir einen trockenen Arbeitsmantel für sie finden und Frau Dr. Embassy wird auch dort sein.« Es kam ihr etwas seltsam vor, von sich selbst in der dritten Person zu reden, aber sie hatte sich nun mal auf den kleinen Spaß eingelassen. »Stehen Sie jetzt bitte auf Herr Allman, Sie können sich auf mich stützen und probieren, ob Sie auftreten können.«

Emanuel Allman konnte gehen, wenn auch langsam und so trafen sie fünfzehn Minuten später im Institutsgebäude, einem modernen Neubau ein.

Im Flur des Instituts begegneten sie Samuel Johnson, dem Institutsleiter mit dem Emanuel Allman gesprochen hatte, bevor er sich auf den Weg durch das Juratropenhaus machte.

Allman hielt ihn an: »Gut, dass ich Sie treffe Herr Johnson. Ich bin enttäuscht, dass Sie keine Warnschilder vor diesem gefährlichen Diplo, Diplo ....«

»Sie meinen den Diplodocus«, unterbrach ihn Johnson.

»Ja, den. Also dass Sie da keine Warnschilder aufgestellt haben, da bin ich wirklich enttäuscht. Aber eins muss ich lobend erwähnen: Ihr Sanitätspersonal, hier, diese junge Dame, ist ausgezeichnet. Sie war sofort zur Stelle und hat, ohne lange zu fragen, alle notwendigen Maßnahmen ergriffen.«

Samuel Johnson schaute Heroine fragend an und murmelte: »Sanitätspersonal? Wir haben kein Sanitätspersonal. Dr. Embassy, können Sie mir das erklären, was Allman meint?«

Emanuel Allman stutzte. Dann dämmerte es ihm und er fasste sich mit der Hand am Kopf: »Oh Gott, ich Esel. Entschuldigung. Wie kann ich das gutmachen? Sie sind Dr. Heroine Embassy, nicht wahr?«

Freundlich lächelnd antwortete sie: »Beruhigen Sie sich doch. Es ist nichts passiert, rein gar nichts.«

Nachdem er sich ein paar trockene Sachen besorgt hatte, traf sich Allman eine Stunde später mit Dr. Embassy zu einem Arbeitsessen im Napoli, einer italienischen Pizzeria in Uninähe.

Während des Essens erfuhr sie, dass Allman bei der Francis-Drake-Universität angefragt hatte, ob man ihm jemand benennen könne, der sich sowohl mit den medizinischen Fragen auskenne, welche ein Aufenthalt außerhalb der Erde mit sich bringt, sowie auch mit der Biologie möglicher unbekannter Arten. Allman begründete seinen Wunsch damit, dass er jemand mit einer geeigneten Wissenskombination suche, der herausfinden könne, ob bei seinen Transpositionsexperimenten, die Versuchstiere fehlerfrei transponiert werden oder sich möglicherweise Transpositionsfehler einschleichen, die nach mehreren aufeinanderfolgenden Transpositionen zum Tod des Versuchstiers führen würden. Hierbei sei ihm insbesondere die Abgrenzung gegenüber anderen medizinischen Problemen wichtig, die nicht von Transpositionsfehlern herrühren. Dr. Heroine Embassy sei die Einzige, die infrage käme, gab ihm Samuel Johnson, der Institutsleiter, zur Antwort.

»Und das Allerwichtigste,« sagte ihr Allman, während er sich etwas verlegen eine Olive von der Pizza fischte und in den Mund schob, »ich brauche Sie für eine geplante Expedition ins Multiversum. Sie müssen eine spektakuläre medizinische Lösung aus einem fortgeschrittenen Universum aufspüren und in unsere Welt mitbringen. Das hat mein Sponsor die Extraterrestrical Inc. zur Bedingung für seine Unterstützung der Expedition gemacht. Deshalb frage ich Sie jetzt, Dr. Embassy: Wollen Sie an der Expedition teilnehmen?«

»Es gibt bestimmt eine Menge anderer Leute, die genauso qualifiziert sind wie ich, warum wollen Sie ausgerechnet mich?«, fragte sie.

»Nein, es gibt niemand anders, Dr. Embassy. Nur Sie kommen in Frage. Wenn Sie nicht zusagen, würde das meine Expeditionspläne völlig ändern. Deshalb bitte ich Sie inständig: Sagen Sie zu«, bat Allman.

»Nun, wenn es der Forschung dient und ich Sie damit glücklich mache, sage ich gerne zu«, erwiderte Dr. Embassy lächelnd. Im Stillen freute sie sich auf das Abenteuer, das mit der Expedition verbunden war. Außerdem hoffte sie, auf der Expedition eine unbekannte Tierart zu finden, welche die vielen Millionen Jahre seit der Jurazeit überlebt hatte. Das wäre für ihren augenblicklichen Job bestimmt hilfreich. »Es muss ja nicht gleich ein Diplodocus sein«, dachte sie.

Heroine muss lächeln, als sie sich an das Erlebnis mit Allman erinnert. Sie freut sich auf die Vorbesprechung am Abend des folgenden Tags, einem Donnerstag, und schaut auf die Uhr: Zwei Stunden sind vergangen, seit sie in die Badewanne stieg. Das Wasser ist kalt. Jetzt wird es Zeit, das Bad zu beenden. »Auf, Heroine, packen wir es an«, spricht sie laut mit sich und steigt aus der Badewanne.

Mittwoch, den 11. April, um 16:00 Uhr. Allman hat sich für den heutigen Mittwochnachmittag vorgenommen, den Forschungsdirektor der Extraterrestrical Inc., Robert Spark, zu besuchen, um ihn über den aktuellen Stand seines Weltformelprojektes zu informieren und darüber, dass der Start der Expedition ins Multiversum vorverlegt wurde, nämlich auf Freitagnachmittag, den 13. April, noch vor der Kuratoriumssitzung. Robert Spark, nur wenig älter als Allman, aber genauso groß, schlank und drahtig und mit einem sympathischen, gut aussehendem Gesicht, ist der wichtigste Sponsor des Weltformelprojektes. Die Albert-Einstein-Universität zahlt nur die Gehälter von Allman und seinem Assistenten und stellt ein Physiklabor zur Verfügung. Zur Abdeckung der sonstigen Kosten seiner Forschungsarbeit muss sich Allman Gelder bei Sponsoren besorgen.

Das börsennotierte Unternehmen Extraterrestrical Inc. hat sich der Zukunftsmedizin verschrieben und bietet medizinische Lösungen und pharmazeutische Produkte für das Leben außerhalb der Erde an. Robert Spark, Forschungsdirektor und gleichzeitig einer der zwei Hauptaktionäre, hat die Extraterrestrical Inc. vor zwanzig Jahren gleich nach seinem Universitätsstudium gegründet. Heute ist die

Extraterrestrical Inc. ein Unternehmen mit fünf Milliarden Jahresumsatz. Damit Robert Spark ganz für seine Forschung leben kann, hat er sich mit Cesare Capiello zusammengetan, der als kaufmännischer Direktor die Geschäfte leitet. Cesare Capiello besitzt zwischenzeitlich mindestens ebenso viel Aktien der Firma wie Robert Spark. Zusammen haben beide etwa fünfzig Prozent der Anteile. Die andere Hälfte der Aktien wird an der Börse gehandelt.

Robert Spark hat für die Forschung in seinem Unternehmen ein frei verfügbares Budget. Das bedeutet, dass der kaufmännische Direktor, nachdem die Höhe des Budgets einmal beschlossen wurde, nicht mehr mitbestimmen kann, was damit gemacht wird. Im Rahmen seines Budgets unterstützt Robert Spark Allmans Weltformelprojekt mit erheblichen Beträgen. Er erwartet dafür eine Gegenleistung.

Die Abmachung mit Robert Spark sieht vor, dass Allman spektakuläre medizinische Lösungen aus anderen Universen mitbringt, die so nicht auf der Erde existieren und die mit irdischen Mitteln und Kenntnissen derzeit nicht entwickelbar wären.

Die Extraterrestrical Inc. ist in die wissenschaftliche Beweisführung, dass Reisen ins Multiversum praktisch möglich sind, eingebunden und deshalb ein unverzichtbarer Bestandteil.

Einerseits wird die Extraterrestrical Inc. im Rahmen der Beweisführung die mitgebrachten medizinischen Lösungen analysieren und dadurch Kenntnisse gewinnen, wie sie keiner ihrer Wettbewerber hat. Das wird zu neuen Produkten mit einer Alleinstellung auf dem Weltmarkt führen. Die Umsätze werden steigen und die Kurse ihrer Aktien ebenfalls.

Andererseits wird die Extraterrestrical Inc. die fremde Herkunft der medizinischen Lösungen bezeugen und damit die Realität von Expeditionen ins Multiversum bestätigen.

Dr. Heroine Embassy ist eigens wegen der Vereinbarung mit Robert Spark gewonnen worden. Sie soll nach spektakulären medizinischen Lösungen in anderen Universen Ausschau halten. Allman kann als Physiker das nicht tun.

Als er Robert Sparks Wunsch nach einer spektakulären medizinischen Lösung im Detail besprach, fragte Allman ihn: »An was hast du speziell gedacht, Robert?«

Robert Spark antwortete: »Im Grunde ist mir das egal, es muss nur sensationell sein und es muss sich in meiner Firma herstellen lassen. Beispielsweise könnte es etwas aus der Nanotechnologie sein, winzige Nanomaschinen, die fähig sind, verloren gegangene Gliedmaßen biologisch exakt zu rekonstruieren. Aber mach dir selbst keinen Kopf darüber. Dr. Embassy wird wissen, was das Richtige ist.«

Er hatte sich telefonisch bei Sparks Sekretärin angemeldet und um einen dringenden, sofortigen Termin gebeten. Nachdem er freundlich erklärte, worum es ging, bekam er ihn und war danach gleich losgefahren. Die Firma hat ihren Sitz an der Peripherie von Quantum City im Grüngürtel der Stadt.

»Hallo, Emanuel, hat dich der Vorzimmerdrache vorbei gelassen?« Robert Spark steht von seinem Chefsessel auf, lächelt freundlich, geht um den mächtigen Schreibtisch herum und auf Allman zu, als dieser die Tür in sein Zimmer herein kommt.

»Hallo, Robert, lass sie das bloß nicht hören. Ich finde sie wirklich nett und sie hat mir gleich den Termin gegeben, nachdem ich ihr erklärte, worum es geht.«

»Ich hab nur einen kleinen Scherz gemacht, Emanuel. Sie ist wirklich tüchtig. Komm setzen wir uns doch auf die bequemen Sessel in der Besprechungsgruppe dort in der Ecke. Ich lasse uns etwas zu trinken bringen. Willst du einen Kaffee?«

»Mach dir keine Umstände. Kaffee ist nicht so ganz mein Fall, aber ich trinke, was du trinkst, Robert.«

»Jetzt fällt es mir wieder ein, Emanuel, du trinkst doch immer deinen Matetee. Kein Problem, den bekommst du bei mir auch.«

Zehn Minuten später, nachdem sich beide über ihre Familien, Kinder und Privates ausgetauscht hatten, steht vor Emanuel Allman eine Tasse Matetee und vor Robert Spark ein Kaffee: »Jetzt schieß los, Emanuel, wo brennt es?«

»Zunächst, Robert, muss ich dich um absolute Vertraulichkeit, um nicht zu sagen Geheimhaltung über mein Vorhaben bitten.«

»Okay, Emanuel, es ist selbstverständlich, dass von unserem Gespräch nichts nach draußen dringt.«

Emanuel Allman erzählt die Vorkommnisse seit Beginn der Präsentation des Timeponders, von dem gescheiterten zweiten Transpositionsversuch, die mögliche Manipulation der Timeponder, bis zu seinen Überlegungen, warum es notwendig ist, bis Freitagnachmittag, noch vor der Kuratoriumssitzung, die Expedition ins Multiversum zu starten. Er schließt seinen Bericht mit der Frage ab: »Würde es deine eigenen Pläne durcheinanderbringen, wenn wir früher starten als ursprünglich geplant?«

»Ganz im Gegenteil, Emanuel, mir kommt das sehr entgegen. Unser kaufmännischer Direktor, Cesare Capiello, nervt mich seit Wochen, ich solle dir die Zuwendungen streichen. Das sei alles rausgeschmissenes Geld. Ich hab versucht ihm zu erklären, dass die Vorteile für die Extraterrestrical Inc. überwiegen, wenn wir dich weiter unterstützen. Aber er kommt immer wieder mit seinem Anliegen. Deswegen ist es gut, wenn du einfach vollendete Tatsachen schaffen kannst und die Expedition startest. Übrigens geht in meiner Firma das Gerücht um, Cesare Capiello sei ein Fan von Professor Bella Blackbeard, deiner Gegenspielerin von der Francis-Drake-Universität.«

Allman schaut verblüfft: »Hat sich denn auf einmal die ganze Welt gegen mich verschworen?«

»Keineswegs, Emanuel, ich bin dein Freund und stehe zu dir, kannst du dich darauf verlassen«, beruhigt ihn Robert Spark. »Aber wenn du schon von »ganze Welt gegen dich« redest, wie ist eigentlich dein Verhältnis zu dieser Bella Blackbeard.«

»Wieso fragst du? Ist da noch was dahinter?« Allman wird misstrauisch und man hört es seiner Stimme an.

»Beruhige dich Emanuel«, sagt Robert Spark eindringlich. »Diese Blackbeard hat heute hier angerufen und mich ans Telefon bekommen, weil sie sich als offiziellen Vertreter der Francis-Drake-Universität hingestellt hat. Sie wollte unbedingt heute Abend mit mir ausgehen und mir einen »interessanten Vorschlag« machen, wie sie es nannte. Mir schien das ziemlich obskur und ich hab deshalb nicht zugesagt. Wenn du nicht vorbei gekommen wärst, hätte ich dich angerufen und dich gefragt, was du darüber weißt.«

»Gut, Robert, ich erzähle dir, wie mein Verhältnis zu BB ist, wie sie bei den Studenten heißt. Ich kenne Bella Blackbeard seit meinem Physikstudium. Sie versuchte, mich damals als Freund und für noch mehr zu gewinnen. Zuerst mit Schmeicheleien, dann mit ihrer angeblichen Liebe zu mir und schließlich köderte

sie mich mit ihren geerbten Millionen. Als ich auf alle ihre Versuche mich ein-
zufangen, nicht in ihrem Sinne reagierte, schlug ihre angebliche Liebe um. Sie
verfolgt mich seitdem mit Hass und versucht mir zu schaden, wo sie kann.«

»Dann kann ich mir gut vorstellen, dass ihr interessanter Vorschlag auf eine
kleine Teufelei hinauslaufen würde. Wenn ich mich mit ihr einlasse, besteht die
Gefahr, ebenfalls eine Zielscheibe ihres Hasses zu werden. Ich kann nur sagen:
Danke, ich verzichte.« Robert Spark lehnt sich im Sessel erleichtert zurück, froh
darüber, einer möglichen Gefahr entgangen zu sein.

Allman freut sich: »Gemeinsam sind wir stark. Müssen wir noch etwas besprechen?«

»Bring mir einfach eine medizinische Sensation mit, Emanuel. Das ist der
Grund, warum ich deine Expedition unterstütze. Im Übrigen wünsche ich dir viel
Glück, drücke beide Daumen und sage dir: Komm gesund wieder. Das Gespräch
bleibt selbstverständlich unter uns.«

Während Allman zur Tür geht und Robert Spark zum Abschied die Hand
schüttelt, sagt er: »Danke, Robert, du bist wirklich ein Freund.«

Die meisten Männer, die nach der Arbeit ab sechs Uhr in der an der Uferpromenade vom West River gelegenen Old English Wine Bar ein Glas Wein
trinken oder zwei, stehen an der Theke und spulen ihr Tagesgeschehen ab,
unterhalten sich über Geschäfte, Aktien, Börsenkurse, Fußball, Autos oder wetten
miteinander. Die Old English Wine Bar ist ein Treffpunkt für Bankiers, Yuppies,
Anwälte und Geschäftsleute, die hier Bordeaux, Sherry, Moselweine und alten
Portwein zum Lachssandwich trinken. Es besteht Krawattenzwang. Aus den
Lautsprechern hinter der Theke dringt gepflegte Musik, wie sie vor zwanzig oder
dreißig Jahren aktuell war.

Ursprünglich, im 16. Jahrhundert, war die Wine Bar eine Seemannskneipe, da
Quantum City nahe am Meer liegt und die Schiffe früher den West River hoch-
fuhren bis zum alten Binnenhafen. James Cook soll, wenn er mit seinem Schiff
hier im Hafen lag, zu den Gästen gehört haben. Während der Regierungszeit von
Königin Victoria wurde die Kneipe umgebaut, prächtig ausgestattet mit edlen
Hölzern und dicken Teppichen. Seit der Zeit wird sie als gepflegte Wine Bar geführt.

Cesare Capiello, ein untersetzter kahlköpfiger Mann in einem dunkelgrauen
Anzug, mit breitem Gesicht, wulstigen Lippen und kurzatmiger Stimme, unterscheidet sich nicht wesentlich von den übrigen Männern in dieser Wine Bar. Aber
noch ist es nicht die Zeit für ein Glas Wein, sondern erst halb fünf Uhr nachmittags. An der Theke stehen nur vier oder fünf Männer, die miteinander ins Gespräch vertieft sind. Cesare Capiello greift sich die heutige Neue Quantum Nach-
richten-Ausgabe vom Mittwoch, den 11. April, die im Zeitungshalter am
Garderobenständer hängt und setzt sich, weit weg von der Theke, in die dunkelste
Ecke, an einen kleinen runden Tisch. Üblicherweise hätte Cesare Capiello seinen
Wein an der Theke bestellen und gleich zahlen müssen, aber er kennt sich mit den
Gepflogenheiten dieser Wine Bar nicht aus.

Der Barkeeper im dunklen Jackett und Fliege kommt hinter der Theke vor und
fragt ihn, ob er sich nicht wenigstens in die Nähe des Fensters setzen wolle, damit
er besser lesen könne. Cesare Capiello verneint und bestellt einen Port.

Fünf Minuten später betritt ein Mann mit schmalem Gesicht und stechenden
Augen, in schwarzen Jeans und dunkelgrauem Pullover das Lokal, schaut sich

40

kurz um, erblickt den Mann mit der Zeitung und setzt sich wortlos an dessen Tisch.

Capiello eröffnet das Gespräch: »Unser gemeinsamer Freund X hat den heutigen Termin vermittelt. Stellen Sie sich bitte vor, damit ich weiß, ob ich den richtigen Mann vor mir habe.«

»Ich bin Nummer Eins«, antwortet der Mann wenig gesprächig.

»Was soll das blöde Versteckspiel bei einem persönlichen Treffen? Glauben Sie, ich würde nicht herausfinden, wer Sie wirklich sind«, Capiello wird ungehalten.

»Das bezweifle ich nicht. Trotzdem ist es sicherer, wenn wir uns nicht mit unseren richtigen Namen anreden. Man kann nie wissen, wie man belauscht wird«, versucht Nummer Eins sein Verhalten zu erklären.

»Also gut, Nummer Eins, dann nennen Sie mich Ceh.«

»Was gibt es, Ceh? Hätte man das nicht ohne persönlichen Kontakt regeln können?« Nummer Eins hat einen aggressiven Ton.

»Ich glaube kaum, Nummer Eins«, entgegnet Capiello scharf, »ich habe möglicherweise einen speziellen Auftrag für Sie und die zu besprechenden Details möchte ich nur ungern in einem Telefon-Überwachungscomputer wiederfinden. Sie wissen doch, die neuen Quantencomputer sind so schnell, dass sie auch die beste Verschlüsselung in Sekunden knacken.« Capiellos Stimme wird wieder sanfter: »Übrigens Glückwunsch, man erzählt ja Wunderdinge über Sie. Sie sollen sogar vor Videokameras unsichtbar sein. Und wenn ich heute in der Zeitung lese, dass die zweite Hälfte von Allmans Präsentation nicht geglückt ist, dann kann ich nur sagen: meine Hochachtung.«

Trotz des schummrigen Lichts sieht Capiello, wie Nummer Eins dunkelrot im Gesicht wird. Mühselig beherrscht er sich und sagt mit gepresster Stimme: »Sie fantasieren. Die Vorgänge bei der Präsentation sind allein Allmans Unfähigkeit zuzuschreiben und ich gehe jetzt.« Während der Worte erhebt sich Nummer Eins vom Stuhl.

»Beruhigen Sie sich, Nummer Eins, setzen Sie sich. Ich will ihnen nicht schaden, im Gegenteil, jetzt, nachdem ich sehe, mit welch technischem Knowhow Sie ihre Aufträge erledigen, habe ich möglicherweise einen sehr anspruchsvollen aber auch sehr lukrativen Auftrag für Sie«, beschwichtigt Ceh.

In dem Augenblick kommt der Barkeeper und stellt sich hinter Nummer Eins, der immer noch steht: »Mein Herr, darf ich Sie darauf aufmerksam machen, dass es in unserem Hause üblich ist, Krawatte zu tragen.«

Nummer Eins schaut entgeistert. Ihm fehlen die Worte. Capiello dagegen reagiert sofort: »Der Herr gehört zu mir. Ich hab für ihn extra eine Krawatte mitgebracht. Er wird sie gleich umbinden.«

»In Ordnung, die Herren. Welchen Wein darf ich dem Herrn bringen?«, wendet sich der Barkeeper wieder an Nummer Eins.

»Bleiben Sie mir weg mit dem Alkohol, der alles bewahrt außer Würde und Geheimnisse. Ich will Mineralwasser«, bricht es aus Nummer Eins hervor. Er beschließt, sich wieder zu setzen, damit er das bestellte Mineralwasser nicht im Stehen trinken muss, und bindet sich widerwillig die ihm angebotene Krawatte um, während der Barkeeper das Bestellte holt und mault: »Hätte man das Problem nicht mit einem höheren Trinkgeld lösen können, anstatt mit dieser albernen Krawatte?«

»Oh, Sie haben nicht nur technisches Know-how, sondern sind auch ein Philosoph und maulen wie ein Kind, eine seltene Mischung«, bemerkt Ceh sarkastisch. »Ich will nur vermeiden, dass wir hier durch eine Sonderbehandlung auffallen.«

Nummer Eins wird grob: »Lassen Sie das Gesülze, und kommen Sie endlich zur Sache. Worum geht es?«

Capiello schießt mit einem gefährlichen Unterton in der Stimme zurück: »Mäßigen Sie Ihren Ton, Nummer Eins. Ich kann auch anders, wenn Sie mir nicht Respekt erweisen. Ihnen scheint nicht klar zu sein, mit wem Sie reden.« Und nachdem Nummer Eins vor Schreck verstummt: »Okay, dann zur Sache. Bevor wir zum Auftrag kommen, habe ich eine Frage: Wenn man möchte, dass der Abschluss einer Erfolg versprechenden Versuchsreihe in einem medizinischen Versuchslabor möglichst lange verhindert wird, ohne auf grobe Mittel wie Bombe oder Ähnliches zurückzugreifen, was würden Sie dann machen?

Nummer Eins überlegt einen Augenblick, bevor er zögernd antwortet: »Nun, ich bin weder Mediziner noch Biochemiker, aber ich könnte mir eine Kombination kleinerer Maßnahmen vorstellen wie: Reagenzien kaum merklich verunreinigen, Dokumentationen im Computer an wenigen, aber wichtigen Stellen geringfügig abändern, Kalibrierung der Messgeräte verändern, damit die Messergebnisse verfälscht werden, Schrauben an Geräten, Glasbefestigungen usw. lockern. Das wird die Versuchsreihen im zeitlichen Ablauf erheblich zurückwerfen, das Ergebnis aber nicht auf Dauer verhindern. Warum fragen Sie?«

»Danke, ich sehe, Sie sind Fachmann. Gleich sage ich, worum es geht. Der Barkeeper kommt, still.« Capiello senkt die Lautstärke seiner Stimme.

Nachdem der Barkeeper ungnädig das Mineralwasser auf den Tisch geknallt hat und wieder gegangen ist, kommt Capiello zur Sache: »Sie müssten im medizinischen Versuchslabor der Extraterrestrical Inc. die Maßnahmen durchführen, die sie mir gerade vorgeschlagen haben. Dabei darf die Überwachungskamera Sie oder Ihre Helfer auf keinen Fall erfassen. Sie dürfen praktisch keine erkennbaren Spuren hinterlassen. Alles muss so aussehen, als sei Schlamperei der Mitarbeiter im Spiel.«

Nummer Eins pfeift vor Überraschung die Luft aus. Der Barkeeper dreht den Kopf nach Ihnen um.

»Menschenskind, benehmen Sie sich doch normal«, zischt Capiello, zieht seine wulstigen Lippen zu einem breiten Lächeln, schaut dabei den Barkeeper kurz an und dreht anschließend seinen Kopf langsam wieder zu Nummer Eins.

Nummer Eins kann seine Verblüffung nicht verbergen: »Was soll denn das für einen Sinn haben? Ich habe gehört, Sie sind der kaufmännische Direktor und Großaktionär der Extraterrestrical Inc. Sie würden sich doch selbst schaden mit dem Auftrag.«

»Wozu interessiert Sie das? Sie machen gute Arbeit und ich bezahle Sie gut. Das Motiv ist allein meine Sache.«

Nummer Eins lässt nicht locker: »Es ist nicht alles Geld, was stinkt. Und wenn's stinkt, dann muss ich wissen, in welchen Topf ich meine Nase reinstecke.«

»Kommen wir erst mal zur Bezahlung. Wenn wir uns handelseinig sind, sage ich Ihnen den Grund. Aber ein Nachverhandeln gibt es nicht. Verstanden?«

»Wenn ihr Angebot stimmt, werde ich nicht nachverhandeln.«

»Gut, ich nenne Ihnen jetzt den Betrag, den Sie bekommen. Sie können Ja oder Nein sagen. Ein zweites Angebot wird es nicht geben.«

»Jetzt sagen Sie schon, was Sie springen lassen wollen.« Nummer Eins wird ungeduldig.

Capiello spricht den Betrag langsam und deutlich aus: »Eine Million.«

Nummer Eins ist verblüfft: »Eine Million?«

»Ich wiederhole mich nicht. Ja oder Nein? Machen Sie es, oder muss ich jemand anders suchen?«

Nummer Eins fühlt sich in der Zwickmühle: »Das stinkt ja gewaltig, aber eine Million ist nicht zu verachten. Also gut, ich mache es. Aber jetzt will ich wissen, worauf ich mich eingelassen hab.«

Capiello genießt seinen kleinen Sieg, indem er für einige Sekunden die Augen schließt, bevor er antwortet: »Die Extraterrestrical Inc. steht kurz vorm erfolgreichen Abschluss der Entwicklung eines neuen Medikaments gegen Strahlenkrebs, dessen Wirksamkeit alles übertrifft, was bisher vorhanden war. Wenn das veröffentlicht wird, dann werden die Aktienkurse nach oben schießen.«

Nummer Eins versteht nicht: »Das ist ja schön für Sie. Dann werden Sie noch reicher sein, als Sie schon sind, wenn Ihre Aktien steigen. Warum wollen Sie sich das mit dem Auftrag kaputtmachen.«

»Sind Sie so unbedarft wie Sie gerade tun, oder haben Sie keine Ahnung davon, wie man mit Aktien richtig Geld verdient? Ich will mir nichts kaputt machen, ich will nur den Zeitpunkt bestimmen, wann die Aktien steigen.« Capiello klingt herablassend.

Nummer Eins fragt trotzdem noch mal nach: »Und wie können Sie dann dabei verdienen?«

Capiello fängt an zu flüstern und beugt sich vor: »Ich möchte, bevor sie steigen, meinen Bestand an Aktien aufstocken, und zwar so viel wie möglich. Das geht nur, wenn man von den anderen Börsenteilnehmern unbemerkt jeden Tag kleinere Mengen über einen längeren Zeitraum kaufen kann. Wenn ich vorbereitet bin und genügend Aktien billig gekauft habe, dann ist der richtige Zeitpunkt gekommen, mit Erfolgsmeldungen an die Öffentlichkeit zu treten. Die Kurse werden danach wie von mir gewünscht steigen.«

»Das könnten Sie doch einfacher haben, Ceh, wenn Sie sich mit Ihrem Forschungsdirektor Spark einig wären.«

»Dann müsste ich den Gewinn teilen. Aber lassen wir das. Besprechen wir jetzt die Details.« Die letzten Worte spricht Capiello wieder in normaler Lautstärke.

Während beide die Details des Auftrags besprechen, füllt sich die Old English Wine Bar immer mehr mit Männern und vereinzelten Frauen, die nach der Arbeit noch ein Glas Wein trinken wollen. Keiner achtet auf die Zwei. Eine Stunde später verlassen beide das Lokal und gehen auseinander ohne sich umzuschauen.

Donnerstag, den 12. April, abends: Allman hat im spanischen Spezialitäten-Laden um die Ecke Tapas gekauft und in seinem Kühlschrank Lagerbier kühl gestellt. Tapa ist der spanische Begriff für ein kleines appetitliches Häppchen oder einen Snack. Tapas werden zu Bier oder Wein gereicht. Es gibt eine unübersehbare Anzahl an Rezepten für Tapas. Allman hat eine Auswahl getroffen und in seinem Apartement kleine Tellerchen vorbereitet mit in Öl gerösteten gesalzenen Mandeln, in Essig marinierten Sardellen, Fleischstücken in scharfer Soße, Kartoffelchips, Oliven, Weißbrot mit Chirozo. Das ist eine würzige Paprikawurst aus Schweinefleisch. Pan con Tomate, das bedeutet mit Tomatenfruchtfleisch, Knoblauch und Olivenöl bestrichenes getoastetes Weißbrot. Tortillas, einem spanischen Omelett und einen größeren Teller mit original luftgetrocknetem Serrano-Schinken. Heute hat er sein kleines Team, das sich X-Team nennt, zur letzten Besprechung vor dem Beginn der Expedition ins Multiversum in sein kleines zwei Zimmer Apartement in Uninähe eingeladen. Der Buchstabe X steht meist für das Unbekannte. Weil das Team sich in neue unbekannte Universen transponieren wird, hat es sich einfach den Namen X-Team gegeben.

Pünktlich um 18:00 Uhr klingelt es. Allman öffnet die Tür und schüttelt einem 1,86 m großen, 90 Kg schweren, durchtrainierten, glatt rasierten Typ mit 2 mm Haarschnitt die Hand: »Hallo, Herr Plonk. Schön, dass Sie im X-Team dabei sind. Ohne Ihre Erfahrungen als ehemaliger Major des Spezialeinsatzkommandos hätte ich doch arge Bedenken, die Expedition zu wagen.«

Wenn nicht die breite Narbe auf der rechten Wange bis zum leicht beschädigten Ohrläppchen wäre, könnte man Pit Plonk mit seinem ovalen Gesicht, den wachen hellblauen Augen und seiner Bodybuilderfigur als einen gut aussehenden Mann bezeichnen. Er tritt mit kraftvollem, energischem Schritt durch die Apartementtür. Wie gewöhnlich trägt er seinen olivfarbenen Anzug mit den vielen Seitentaschen an den Hosen, in denen er Munition, Sprengkörper, Kommunikator und einen Pocketcomputer locker unterbringt. Sein Kopf ist mit einer olivfarbenen Schirmmütze bedeckt. Im Freien trägt er dazu eine Sonnenbrille, die jetzt in der rechten oberen Brusttasche steckt. Sein Handgelenk schmückt eine goldfarbene Uhr mit druckfestem Gehäuse.

»Kein Problem, Professor Allman. Für ein kleines Abenteuer bin ich gerne zu haben, und die Taekwondo Schule wird auch ohne mich als Trainer für eine Weile zurechtkommen.«

In dem Augenblick klingelt es wieder. »Das wird Dr. Embassy sein. Daniel Josten kommt etwas später, hat er mir gesagt, weil er mit dem Überprüfen der Timeponder noch nicht fertig ist«, erläutert Allman und hält die Tür auf.

Heroine Embassy tritt ein: »Hallo, guten Abend, Professor Allman. Hi, Pit.«

»Hi, Heroine. Ich hab schon befürchtet, du gehst heute zum Taekwondo Training ohne mich«, scherzt Plonk.

»Brauchst du mich etwa, Pit, um über dich selbst hinauszugelangen? Ich möchte nur wissen, warum ein Mann wie du keine Partnerin hat?«

»Habe ich dir das noch nicht gesagt, warum ich lieber in die Hände von Straßenräubern falle, als in die Hände einer Frau?«

»Raus mit der Sprache, Pit. Auch wenn's nur wieder einer deiner Sprüche ist.«

»Also gut, Heroine. Straßenräuber verlangen Geld oder Leben. Frauen wollen beides.« Und nach einer kleinen Pause: »Das Erste besitze ich nicht und das Zweite würde ich gern behalten.«

Allman muss lachen: »Jetzt kommt, ihr Zwei. Setzt euch und greift bei den Tapas zu. Herr Plonk, ein Lagerbier? Dr. Embassy, ein Gläschen Wein oder auch ein Bier?

Nach fünf Minuten hat es sich jeder auf den Stühlen um den Esstisch so gut wie möglich bequem gemacht, einen Teller und ein Glas Bier vor sich. Allman eröffnet die Besprechung: »Daniel Josten hat mich gebeten, auch ohne ihn schon anzufangen, weil er nicht genau weiß, wann er fertig wird.«

Plonk platzt heraus: »In welches Paralleluniversum werden wir uns transponieren?«

»Genau, Herr Plonk, das ist die erste und wichtigste Frage, von der die restlichen Vorbereitungen abhängen. Aber bevor ich die Antwort gebe, möchte ich, dass Sie mir Ihr Stillschweigen gegenüber Außenstehenden versichern.«

»Das hört sich an, als würden wir eine geheime militärische Kommandoaktion unternehmen.« Plonk ist erstaunt. »Klar doch, ich versichere Ihnen mein Stillschweigen. Ich kenne seit meiner Dienstzeit beim Militär nichts anderes.«

Heroine, obwohl nicht direkt angesprochen, versichert ebenfalls ihr Stillschweigen.

Allman erläutert jetzt: »Nun, unsere Ziele sind erstens: Der Entdeckung der Weltformel näherzukommen und zweitens: Beweisstücke mitzubringen, die es so in unserer Welt nicht gibt. Beweise wären beispielsweise eine weitere diamantene Pyramide, wie ich eine vor acht Jahren aus Yucatán mitgebracht habe oder unbekannte medizinische Lösungen.«

»Wie viel solcher diamantenen Pyramiden gibt es denn?«, fragt Plonk, dem die Zeitungsberichte über Allmans Entdeckung nicht mehr gegenwärtig sind.

»Meiner Ansicht nach müssten es sechs verschiedene sein, denn mit sechs dieser Pyramiden kann man einen diamantenen Würfel bilden. Mir würde als Expeditionsziel schon eine weitere Pyramide reichen. Aber ich möchte jetzt weniger von den Pyramiden sprechen als von unserem Expeditionsziel«, lenkt Allman ab.

»Ich gehe davon aus, Sie haben schon ein geeignetes paralleles Universum ins Auge gefasst, Allman. Welches ist es denn?«, fragt Heroine neugierig.

»Der Torsionsfeldbrowser hat nach langer Suche Daten und Koordinaten eines uns ähnlichen Universums angezeigt, in dem wir beides finden können: eine diamantene Pyramide und fortschrittliche medizinische Lösungen. Es ist ein paralleles Universum, das unserem gleicht bis auf wenige Unterschiede. Es ist technisch etwas weiter fortgeschritten, aber es müsste dort sogar unsere Ebenbilder geben. Ich nenne es die Fortschrittswelt. Wir würden uns dort bestimmt gut zurechtfinden.«

»Nachdem das »wohin« geklärt ist, hätte ich gern gewusst, was wir mitnehmen müssen?« Plonk greift zum Weißbrot mit Chirozo. »Mmh, Heroine, das ist gut, das musst du auch probieren.«

Allman hat alles weitgehend vorgedacht und die Antwort auf Plonks Frage parat: »Jeder von uns wird rund 20 Kg Material tragen müssen, welches unbedingt notwendig zur Durchführung der Expedition ist. Dazu gehören drei Timeponder und für den Notfall, das heißt, wenn wir nichts anderes zum Essen finden, hoch komprimierte Astronautennahrung. Sie, Herr Plonk, müssen außerdem ihre Waffen tragen. Privates Gepäck ist das, was jeder über das Pflichtgepäck hinausgehend noch tragen kann.«

Plonk macht ein bedenkliches Gesicht: »Wozu brauchen wir Waffen? Ich denke, wir gehen in ein paralleles Universum, welches unserem ähnelt und da braucht man normalerweise keine Waffen. Und was für Waffen meinen Sie eigentlich, Professor Allman?«

Allman stutzt: »Ich dachte, man müsste immer Waffen aus Sicherheitsgründen mitnehmen. In unbekannten Universen könnten sich doch Situationen ergeben, die man nur mit Waffen bewältigen kann. Herr Plonk, Sie könnten doch einfach ihre Strahlenpistole einstecken.«

»Professor Allman, meine Strahlenwaffe ist von den Behörden versiegelt. Wenn ich sie im Rahmen einer privaten Expedition einsetzen wollte, müsste ich erst eine Genehmigung einholen und die bekomme ich bestimmt nicht bis zum Starttermin morgen Nachmittag. Sie wissen doch, wie lange die Behörden für einen Verwaltungsakt benötigen.«

»Verflixt, daran habe ich gar nicht gedacht.« Allman reibt sich mit Daumen und Zeigefinger die Nase und rückt anschließend seinen grünen Schal zurecht. »Haben Sie denn gar keine scharfen Waffen, wie zum Beispiel alte Maschinenpistolen, die Sie mitnehmen können?«

Plonk antwortet mit ernstem Gesicht: »Meine schärfste Waffe ist Dr. Embassy, nicht wahr, Heroine?«

Heroine, die gerade herzhaft in eine Tortilla reingebissen hat, muss lachen. Das angebissene Tortillastück fällt ihr beinahe wieder auf den Teller zurück. Allman schaut entgeistert: «Sie scherzen, Herr Plonk?"

»Keineswegs, Professor Allman. Wenn Sie Dr. Embassy im Taekwondo-Training gesehen hätten, wüssten Sie, was ich meine. Sie ist eine der Besten. Mit ihr zusammen können wir die gefährlichsten Situationen ganz ohne Schusswaffen meistern.«

»Also gut, wenn Sie es sagen, dann glaube ich Ihnen.« Allman ist erleichtert.

Heroine hat ihre Tortilla runtergeschluckt und wendet sich Allman zu: »Wozu müssen wir denn gleich drei Timeponder mitnehmen?«

»Das hängt damit zusammen, dass wir mit jeder Transposition in ein anderes Universum einen Timeponder zurücklassen müssen. Wenn wir wieder zurückkehren wollen, dann ist es sicherer, noch zwei Timeponder in Reserve zu haben, falls wir aus irgendwelchen Gründen nicht im richtigen Universum ankommen. Und es wäre doch schade, wenn eine so schöne Frau wie Sie, aus unserer Welt dauerhaft verschwinden würde.«

»Danke für das Kompliment, Professor Allman und natürlich auch für die Information. Da fällt mir ein, was ziehen wir denn eigentlich an im Zieluniversum?«

Plonk muss lachen: »Typisch Frau. Kaum bekommt sie ein Kompliment, denkt sie sofort an schöne Kleider.«

»Lassen Sie es gut sein, Herr Plonk. Die Frage ist durchaus berechtigt« beschwichtigt Allman. »Da das Zieluniversum, die Fortschrittswelt, unserem stark ähnelt, sollten wir unsere normale Alltagskleidung anziehen, das ist am wenigsten auffällig.«

Heroine ist noch nicht zufrieden: »Mir fällt da aber etwas anderes Wichtiges ein: Können wir davon ausgehen, dass wir in der Fortschrittswelt mit unserem Geld bezahlen können?«

Plonk und Allman schauen einander betreten an. Plonk, weil er mit dem Bezahlen immer das meiste Geld verplempert, wie er meint und Allman, weil ihm diese wichtige Frage bisher nicht in den Sinn gekommen ist. Nach einer Schweigeminute hat Allman die Lösung: »Wir müssen uns wertvolle Gold- oder Silbermünzen aus verschiedenen Jahrhunderten besorgen, dann können wir sie entweder als Zahlungsmittel benutzen oder wir können sie verkaufen und bekommen dafür die in der Fortschrittswelt üblichen Zahlungsmittel.«

Plonk ist noch nicht überzeugt: »Wie sollen wir bis morgen Mittag an die Gold- und Silbermünzen in ausreichender Menge kommen?«

Heroine widerspricht: »Sei doch nicht negativ eingestellt, Pit. Wenn jeder von uns bei einer Münzhandlung vorbeigeht, dann müsste das klappen. Auch wenn die Geschäfte erst um 10:00 Uhr öffnen. Und es gibt bestimmt mehr als drei Münzhandlungen in der Stadt.«

»Ja, dann haben wir wohl alles besprochen. Ich freue mich darauf, wenn's losgeht« Plonk schiebt sich beim Sprechen eine Olive zwischen die Zähne und kaut genüsslich.

»Greift zu, ihr beiden, wer weiß, wie lange wir auf solche schmackhaften Happen verzichten müssen. Probiert auch mal den Serrano-Schinken, der ist besonders gut.« Allman lehnt sich zufrieden in seinem Stuhl zurück.

Heroines Augen leuchten: »Ich weiß nicht, wie es euch geht, aber ich bin schon richtig aufgeregt. Wo bleibt übrigens Josten?«

Eine Stunde später, die Stimmung hat weiter zugenommen, ein Scherz folgt dem anderen, jeder lacht, freut sich, von den Tapas ist nicht mehr viel übrig, als es an der Tür klingelt. Allman öffnet und lässt Dan herein.

Plonk gibt wieder einen seiner Sprüche zum Besten: »Hallo Herr Josten, uns hat Essen und Trinken auch ohne viel Arbeit ausfüllen können, wie ist es mit Ihnen?«

Verwundert kneift Dan die Augen zusammen, rückt seine Brille zurecht und wirft einen Blick auf den militärisch aussehenden Typen. Schließlich kratzt er sich am Kopf und denkt: »Herr Josten, hat er zu mir gesagt. Komisch, ich kann mich nicht daran gewöhnen. Er sieht ein bisschen aus, wie meine Kumpel. Warum sagt er eigentlich nicht Dan zu mir?« Zu müde von der langwierigen und komplizierten Überprüfung der Timeponder, lässt er Plonk gewähren, ohne ein Wort zu sagen.

Plonk spricht weiter: »Dürfen wir Ihnen einen Teller mit den restlichen Tapas hinstellen?«

Dan setzt sich auf den freien Stuhl und schaut ernst in die Runde. Sein Blick bleibt an Allman hängen. Dieser fragt: »Nun, wie sieht es aus?«

»Professor, ich könnte Sie jetzt fragen, ob Sie die gute oder die schlechte Nachricht zuerst hören wollen, aber mir ist nicht zum Scherzen zumute. Die schlechte Nachricht ist, es hat offensichtlich jemand alle vier Timeponder manipuliert. Die gute Nachricht: Mir scheint, dass nur einfache, preiswerte und leicht zu beschaffende Industrieteile von der Manipulation betroffen sind.«

»Und das wären?«, fragen Allman und Heroine fast gleichzeitig.

»Bei dem Timeponder, den ich in der Präsentation eingesetzt habe, ist der Mini-Hochspannungsgenerator durch ein instabiles, teilweise defektes Teil ausgetauscht worden. Bei den drei anderen Timepondern sind Distanzsensor, Spannungsregler und Decoder teilweise defekt oder durch defekte Teile ersetzt worden.«

»Ist das alles?«, fragt Allman skeptisch.

Dan macht ein bedenkliches Gesicht und kneift sich ins rechte Ohr: »Mehr hab ich nicht entdeckt, weil die Geräte nicht mehr funktionieren und ich deshalb keine im Betrieb prüfen konnte. Ich konnte beispielsweise nicht herausfinden, ob die im Timeponder eingebauten Quantenrechner mit Computerviren verseucht wurden. Nach Viren kann ich erst im laufenden Betrieb suchen.«

Plonk ist zwischenzeitlich nicht mehr zu Sprüchen aufgelegt und fragt betreten: »Und jetzt? Was ist zu tun?«

Allman antwortet anstelle von Dan: »Da aufgrund des derzeitigen Wissensstandes nur preiswerte, leicht zu beschaffende Industrieteile betroffen sind, würde ich sagen, Dan, beschaffe doch morgen Vormittag die Teile im Großhandel und wir treffen uns alle mittags um 12:00 Uhr im Labor.«

»Es gibt noch eine schlechte Nachricht, die Schlechteste, Professor.« Dan senkt seinen Blick, als er das sagt.

»Also, raus mit der Sprache.«

Dan ist niedergeschlagen und man hört es seiner Stimme an: »Wir haben nicht mehr genügend Zeit. Mit dem einfachen Austausch der Teile ist es nicht getan. Anschließend müssen die Timeponder neu eingestellt werden. Das kann bei jedem Gerät viele Stunden, bis zu einem Tag dauern.«

Allman gibt sich trotz der schlechten Nachricht zuversichtlich: »Egal, wenn wir wenigstens ein einziges Gerät rechtzeitig zum Laufen bringen, dann haben wir schon gewonnen. Wir müssen es einfach probieren. Für die Transposition in die Fortschrittswelt reicht uns ein einziges funktionierendes Gerät. Von den Dreien, die wir mitnehmen, brauchen wir unterwegs nur ein Einziges wieder funktionsfähig machen, damit wir zurückkommen in unsere Welt. Das Risiko, dass etwas schief gehen könnte, ist meiner Meinung nach gering.«

Da niemand widerspricht, fährt Allman fort: »Es bleibt also dabei: Wir treffen uns morgen Mittag, reisefertig, mit privatem Gepäck und den noch zu besorgenden Gegenständen, um 12:00 Uhr im Labor.« Und nach einer kleinen Pause, in der keiner etwas sagt: »Und, Dan, Kopf hoch. Jetzt iss erst mal ein paar Tapas, und probier ein kleines Gläschen Wein. Schließlich bist du in einem Alter, in dem du auch mal gelegentlich so etwas probieren kannst. Ich erzähle dir zwischenzeitlich, was wir besprochen haben. Du wirst sehen, nachdem du etwas im Bauch hast, wird es dir gleich besser gehen.«

In der nächsten Stunde ist das Gespräch leiser und weniger ausgelassen; alle wirken ernster. Erst nach dem Essen beginnt Dan euphorisch zu werden, indem er Plonk und Heroine kumpelhaft anspricht. Ihm scheint der Wein in den Kopf zu steigen. Plonk und Heroine lassen ihn gewähren, weil sie ihn sympathisch finden und wissen, dass es für ihn nicht leicht ist, die große Verantwortung für funktionierende Timponder zu tragen.

Plonk sieht in Dan einen prima Kerl, mit dem er Pferde stehlen gehen könnte. Heroine entwickelt für den großen Lausbuben, der ein ausgewachsener Ingenieur ist, schwesterliche Gefühle und Dan glaubt mit seinem vom Wein rosig gewordenen Blick auf die Welt, er habe wirklich nette Kumpels vor sich. Die Drei vereinbaren, sich mit ihren Vornamen anzureden. Allman gegenüber wollen sie, trotz der Sympathie, die sie auch ihm entgegenbringen, bei der respektvollen Anrede »Professor« bleiben. Nach einer weiteren halben Stunde verabschieden sie sich voneinander, damit sie am nächsten Tag ausgeschlafen haben.

Freitag, der 13. April 11:50 Uhr: Niemand, abgesehen von den automatischen Überwachungskameras, beachtet die zwei Personen, die je einen Rucksack in den Händen tragen. Ein Mann mit tief heruntergezogener olivfarbener Schirmmütze und eine Frau mit mittelblonden halblangen Haaren, welche in ihr Gesicht gefallen sind, steigen aus dem Aufzug im Laborbereich zweiter Stock. Sie gehen mit gesenktem Kopf den Gang entlang bis Raum 231, sorgfältig darauf achtend, dass die Überwachungskameras keine für die biometrische Merkmalsanalyse verwertbaren Bilder bekommen. Nach der Eingabe eines Codes in das elektronische Schloss verschwinden sie schnell und ohne sich umzudrehen hinter der Tür im Labor.

Allman begrüßt die beiden: »Schön, dass ihr pünktlich seid. Dan ist hinten bei der Laborinsel und baut Ersatzteile in die Timeponder ein. Wir bleiben am besten vorne in der Büroecke. Sobald er wenigstens einen der Timeponder neu kalibriert und getestet hat, können wir starten. Das Kuratorium tritt übrigens um 15:00 Uhr zusammen, wie ich erfahren habe. Ab dem Zeitpunkt müssen wir jederzeit damit rechnen, dass es an der Tür klopft und Dr. Pinchin mir einen Verbotsbeschluss übergibt oder wenn ich mich nicht melde, das Labor versiegelt.«

Heroine macht ein tragisches Gesicht: »Ich hoffe, Sie sind nicht allzu enttäuscht, wenn ich Ihnen etwas zeige, was ich mitgebracht habe.« Dabei zieht sie aus ihrem Rucksack die aktuelle Freitagsausgabe der Neuen Quantum Nachrichten heraus. »Die hab ich unterwegs gekauft. Hier, sehen sie. Gleich auf der Titelseite steht es.« Sie deutet auf folgenden Artikel:

50 Millionen: Blackbeard gewinnt Forschungspreis.
»Das Multiversumtor revolutioniert unser Verständnis von der Welt. In Kürze wird ein einziger Schritt durchs Tor in ein anderes Universum führen«, sagte Bella Blackbeard, Professorin für Physik an der Francis-Drake-Universität, anlässlich des gestrigen Tages der offenen Tür am physikalischen Institut.

»Das Multiversumtor realisiert einen Menschheitstraum«, so Blackbeard weiter, die die beeindruckende Hightech-Maschine nicht ohne Stolz vorstellte und dabei erwähnte, dass nunmehr der große Forschungspreis der Paul-Gotham-Stiftung der Francis-Drake-Universität so gut wie sicher sei. Es geht dabei um 50 Millionen Dollar für den Gewinner eines Forschungswettbewerbs.

Plonk, der den Artikel vorher nicht gesehen hat, wird unter seiner sonnengebräunten Haut erkennbar bleich: »Heißt das, wir können das ganze Projekt abblasen?«

Allman überfliegt den Artikel und mahnt: »Psst. Nicht so laut damit Dan nicht gestört wird. Sonst schmeißt er womöglich alles hin, wenn er glaubt, seine Anstrengungen seien sinnlos.«

»Ja, sind sie das denn nicht? Ist der Abgabetermin für die Forschungsarbeit zum Wettbewerb noch nicht verstrichen?« Heroine schöpft ein wenig Hoffnung.

»Lesen Sie den Artikel doch noch einmal und beachten Sie die Überschrift nicht, dann wissen Sie, was ich meine.«

Sie liest den Artikel genauer: »Mir fällt auf, dass von »in Kürze« die Rede ist und weiter unten von »so gut wie sicher«.

»Und, was schließen Sie daraus?«

Heroine ist erleichtert: »Die Überschrift ist völlig irreführend, es ist nichts entschieden.«

Allman hat eine weitere Schlussfolgerung: »Der Abgabetermin für die schriftliche Forschungsarbeit zum Wettbewerb ist erst Mitte Mai. Allerdings muss spätestens am 30. April die letzte praktische Demonstration in der Öffentlichkeit erfolgen. Bis dahin sind es noch zweieinhalb Wochen. Das wird uns reichen. Ich hab vorsichtshalber zu diesem Termin schon den großen Hörsaal reserviert. Bella Blackbeard wendet eine Vernebelungstaktik an. Aus welchem Grund weiß ich nicht. Möglicherweise hat sie in nächster Zeit eine Lumperei vor, von der sie glaubt, sie führe zum Erfolg. Das kann allerdings keine ehrliche und auf wissenschaftlicher Basis beruhende Entwicklung ihres Multiversumtors sein. Unter Physiker-Kollegen redet man davon, dass ihr Multiversumtor zum Betrieb mehr Energie benötigen würde, als die Sonne in Milliarden Jahren erzeugt. Deshalb wird ihr Tor nie funktionieren. Außer sie veranstaltet damit eine betrügerische Show. Egal was sie vorhat. Für uns kann es nur bedeuten, so schnell wie möglich unsere Expedition ins Multiversum zu starten, damit wir nicht in dem pseudowissenschaftlichen Sumpf mit einsinken, in dem sie steckt.«

Und nach einer kurzen Sprechpause fährt er fort: »Wir haben etwas Zeit bis zum Start. Ich bereite uns gern einen traditionellen Matetee zu. Herr Plonk, Dr. Embassy, trinken sie einen mit?«

Sowohl Plonk wie auch Heroine haben noch nie traditionell zubereiteten Matetee getrunken. Da beide auf Abenteuer eingestellt sind, glauben Sie, mit dem Getränk einen Vorgeschmack auf das Abenteuer zu bekommen, das sie erwartet, und willigen mit Freuden ein. Eine Viertelstunde später trinken alle drei diesen Tee aus Kalebassen mit der Bombilla. Dan, an den Allman auch gedacht hat, ist so in seine Arbeit vertieft, dass er nur Wasser haben will.

Während sie ihren Mate schlürfen, gehen sie eine Checkliste für die Startvorbereitung durch, verteilen die Zahlungsmittel, die Plonk und Heroine am Vormittag besorgt haben, besprechen verschiedene Details und vergessen darüber die schnell voranschreitende Zeit.

Als Allman auf die Uhr schaut, erschrickt er: »Oh, es ist schon 14 Uhr. Ich frag mal Dan, wie lange er noch braucht.«

Man hört den Professor mit Dan diskutieren und nach fünf Minuten kommt er mit ernstem Gesicht in die Büroecke zurück, sagt aber nichts.

»Was ist, Professor Allman, wollen Sie uns nicht sagen, wie der Stand ist?«, hakt Plonk nach.

»Lieber nicht, mir fällt dazu nichts ein.«

»Wenn Sie es nicht aussprechen, dann fällt mir und Heroine eine ganze Menge dazu ein, aber wahrscheinlich das Falsche, nicht wahr Heroine?«, dringt Plonk in Allman. Heroine sagt derweil nichts.

»Professor Allman, sie sind doch sonst immer präzis. Wollen Sie uns nicht den Stand schildern, oder soll ich Dan selbst fragen?« Plonk lässt nicht locker und bringt dem offensichtlich geschockten Professor Geduld entgegen.

»Wenn Sie es wissen wollen.« Allman zögert einen kurzen Augenblick, spricht dann weiter: »Dan hat mich gefragt, ob ich unbedingt will, dass wir alle so aussehen, wie die Ratte im zweiten Versuch bei der Präsentation im großen Hörsaal.«

Plonk, der über den zweiten misslungenen Versuch nichts gewusst hat, lässt nicht locker mit seinen Fragen: »Und, wie hat die Ratte ausgesehen?«

»Herrgott, da fragen Sie noch? Die war halbiert, zerrissen, blutig, zerfetzt«, antwortet Allman und fährt fort: »Mir liegt unser aller Sicherheit genauso am Herzen wie Dan.« Und nach einer kurzen nachdenklichen Pause: »Ich glaube, Sie wissen nichts über den Vorfall.«

Plonk ist an der Reihe, betroffen zu sein: »Ich hab das wirklich nicht gewusst, aber ich muss weiter fragen. Vielleicht kann ich irgendwie helfen. Was muss getan werden, damit uns nicht das Gleiche passiert, wie dieser bedauernswerten Ratte?«

Heroine, die sich das Gespräch zwischen Plonk und Allman schweigend anhört, wird es schlecht. Nicht, weil der Powerriegel, den sie anstelle eines Mittagessens gegessen hat, etwa verdorben gewesen wäre, sondern weil ihr der Gedanke an die Ratte und daran, was ihrem eigenen Körper passieren könnte, die Übelkeit verursacht. Nachdem ihr Magen anfängt zu krampfen, schnellt sie vom Sitz hoch, verlässt mit schnellem Schritt den Raum und presst im Hinausgehen die Worte raus: »Ich komm gleich wieder.«

Allman schaut auf und antwortet auf Plonks Frage: »Dan meint, er braucht mindestens weitere acht Stunden, um sicherzugehen, dass es uns während der Transposition nicht zerreißt. Bis dahin wird das Verbot gegen mich ausgesprochen und die Transposition von Menschen, auch wenn sie niemandem ein Haar krümmt, macht auf einmal einen Verbrecher aus mir. Das ist meine größte Sorge.«

»Okay, Professor Allman. Ich lasse mir etwas einfallen. Vielleicht wird Dan schneller fertig, wenn Sie ihm wenigstens einen Teil seiner Arbeit abnehmen können. Und noch etwas.« Plonks Gedanken, militärisch organisatorisch geschult, entwerfen in Windeseile einen Notfallplan. »Haben Sie ein Telefon- und E-Mail-Verzeichnis aller Universitätsangehörigen und kann ich ihren Computer benutzen?«

Allman schaut verwundert: »Bedienen Sie sich, das Telefon- und E-Mail-Verzeichnis liegt dort am Fenster an meinem Arbeitsplatz. Das Passwort für meinen Computer lautet: QUANTENVERSCHRAENKUNG. Was haben Sie vor?«

»Das erzähle ich Ihnen später, wenn Sie jetzt bitte Ihrem Assistenten helfen könnten?« Plonk versucht den Befehl, der hinter seiner Äußerung steckt auf zivile Weise höflich zu formulieren, da er weiß, dass Zivilpersonen auf schroffe Anweisungen im Regelfall empfindlich reagieren. Dennoch lässt sein Ton keinen Zweifel aufkommen. Seine höfliche Formulierung ist eine Anweisung.

Wenige Minuten später kommt Heroine zurück. Plonk nimmt sie zur Seite. Beide sprechen leise miteinander, um Dan nicht von seiner wichtigen Arbeit abzulenken. Allman ist zur Laborinsel rübergegangen und hilft Dan so gut wie möglich, obwohl er ein Theoretiker ist und praktische Arbeiten gern denen überlässt, die darin die größere Übung besitzen.

Heroine fängt an, leise zu telefonieren, sodass nebenan bei der Laborinsel die Worte nicht mehr verstanden werden. Plonk tippt im Zwei-Finger-System einen Text ein. Das Spracherkennungssystem mag er nicht benutzen, damit Allman nicht zufällig zum Mitwisser und damit Mitschuldigen seiner Aktion wird. Er druckt den Text aus und übergibt den Ausdruck Heroine, sobald sie ihre Telefonate beendet hat. Heroine nimmt den Ausdruck und verlässt das Labor. Plonk tippt einen weiteren Text ein, fügt einige Email-Adressen hinzu, die er im Verzeichnis der Universitätsangehörigen gefunden hat, drückt auf die Entertaste, unmittelbar, nachdem er ein Programm zur Verschleierung des wahren Absenders gestartet hat, und lehnt sich erleichtert in seinem Bürostuhl zurück.

Plonk gönnt sich nur eine kurze Pause. Gleich, nachdem Heroine ohne den Ausdruck wieder zur Labortür hereinkommt, gibt er ihr Bescheid und verlässt selbst das Labor. Allman merkt von alledem nichts. Erst als Plonk kurz nach 15:30 Uhr, bepackt mit mehreren 5 cm dicken und 30 cm im Quadrat messenden

Paketen, das Labor wieder betritt und die Tür hinter sich zuknallt, schreckt er auf und kommt rüber in den Bürobereich: »Um Gottes willen, ist es soweit? Bekomme ich jetzt den Verbotsbeschluss?«

»Alles in Ordnung, Professor Allman«, beruhigt Plonk. »Niemand wird ihnen einen Verbotsbeschluss überreichen, wenigstens nicht in den nächsten Stunden.«

»Wieso, was ist passiert, Herr Plonk?«

»Nichts ist passiert. Zumindest nichts Wesentliches. Ich hab nur ein wenig die Methoden der psychologischen Kriegsführung angewendet, unter anderem, Tarnen, Täuschen, Vernebeln, Verunsichern, Verfälschen.«

Allman schaut verständnislos: »Das ist nicht meine Welt. Davon verstehe ich nichts. Können Sie nicht in einer für mich verständlichen Form sagen, was Sie gemacht haben?«

»Heroine hat im Sekretariat von Dr. Pinchin angerufen und sich als Linda Sunshine, der Tochter des Kuratoriumsvorsitzenden, Professor Albert Sunshine, ausgegeben. Ihr Vater habe einen Asthmaanfall erlitten, bekomme kaum Luft und könne praktisch nicht reden. Er habe deshalb die Kuratoriumssitzung auf Montag um die gleiche Zeit verschoben und sie sei beauftragt, alle Kuratoriumsmitglieder zu informieren.«

»Und das wurde geglaubt?« Allman staunt über soviel Unverfrorenheit.

»Es sieht so aus. Die Sekretärin von Dr. Pinchin war ganz mitleidig und hat gute Besserung gewünscht«, ergänzt Heroine den Bericht.

»Aber was ist, wenn Professor Sunshine im Sekretariat von Dr. Pinchin anruft und fragt, wo er bleibt? Fällt das nicht auf?«

»Kein Problem. Das Sekretariat von Professor Sunshine hat eine ähnliche Geschichte aufgetischt bekommen. Nur wurde diesmal Dr. Pinchin als Asthmakranker ausgegeben«, erklärt Plonk.

»Und wenn die übrigen Senatsmitglieder in die Sitzung gehen, dann ist nichts gewonnen.« Allman bleibt skeptisch.

»Alle anderen Senatsmitglieder wurden per Telefon und Email informiert, dass wegen kurzfristig eingeschobener Handwerksarbeiten kein geeigneter Sitzungsraum zur Verfügung steht und deshalb die Sitzung auf Montag 16:00 Uhr verschoben werden muss. Es wurde ihnen ein schönes Wochenende gewünscht. Sie sollen es genießen und heute früher Schluss machen.«

»Das klingt ja alles schön und gut, aber es kann doch sein, dass viele Kuratoriumsmitglieder die Nachricht nicht mehr erhalten haben und deshalb zum Sitzungsraum gegangen sind?«

»Auch daran habe ich gedacht. Heroine hat auf mein Geheiß eine Mitteilung an der Tür zum Sitzungsraum angebracht wegen der Handwerksarbeiten und der Verschiebung der Sitzung. Ich selbst bin anschließend zum Sitzungsraum gegangen, da ich mit meinem olivfarbenen Anzug ein wenig einem Handwerker ähnle. Ich vertrieb zwei Kuratoriumsmitglieder, die schon im Raum saßen, und manipulierte anschließend das Türschloss so, dass es sich nicht mehr öffnen lässt.«

Allman kann seine Anerkennung nicht verbergen: »Herr Plonk, Sie haben wirklich an alles gedacht.« Wenige Sekunden später kommen ihm jedoch Zweifel: »Aber glauben Sie nicht, dass ihre Maßnahmen allzu durchsichtig sind und bald durchschaut werden?«

Plonk strahlt Sicherheit aus: »Professor Allman, das mag sein. Aber selbst wenn in diesem Augenblick die Wahrheit ans Licht käme, wäre die Vorbereitung eines neuen Sitzungstermins für den heutigen Tag fast unmöglich, weil die Kuratoriumsmitglieder schon überall zerstreut sind. Man würde Stunden an Organisationszeit benötigen oder das Kuratorium wäre heute nicht mehr beschlussfähig, weil einige Kuratoriumsmitglieder bereits ins Wochenende gefahren sind. Auf jeden Fall haben wir viele Stunden Zeit gewonnen.«

Das letzte Argument überzeugt Allman vollständig: »Dann brauchen wir uns nicht mehr zu beeilen, können noch einen Abend zu Hause genießen und morgen in Ruhe weitermachen.«

»Stopp, Professor Allman, bevor sie falsche Schlussfolgerungen ziehen.« Plonk ist in seinem Element. »Wir mussten sehr viele Spuren hinterlassen. Irgendwann, vielleicht sehr bald, wird die Wahrheit ans Licht kommen. Dann wird man die Videofilme von den Überwachungskameras auswerten. Für eine neue Kuratoriumssitzung heute ist es zu spät, nicht aber für die Festnahme der Übeltäter, die den groben Unfug verursacht haben. Und man wird bald anhand der Überwachungsfilme feststellen, dass sich die Übeltäter in Ihrem Labor befinden, Professor Allman. Sie würden dann auf meine Mitreise und die angenehme Gesellschaft von Heroine verzichten müssen.«

Allman sieht jetzt klar: »Au verflixt. So weit habe ich nicht gedacht. Das bedeutet, wir müssen weitermachen, und sobald der Timeponder funktioniert, uns von hier hinweg transponieren, unsere Expedition ins Multiversum starten.«

»Wir haben keine andere Wahl«, bestätigt Plonk: »Und weil es vielleicht noch ein paar Stunden dauert, bis wir starten können, habe ich uns vier frische Pizzas mitgebracht in den Kartons da vorne. Ich glaube, wir sollten alle eine kleine Pause einlegen, bevor sie kalt werden.«

Dankbar stürzen sich alle auf das Essen. Nach der Pause hilft Allman wieder seinem Assistenten Dan, schneller fertig zu werden. Plonk und Heroine kontrollieren das Gepäck, ob alles für die Expedition Notwendige vorhanden ist, und verteilen das Pflichtgepäck neu nach dem Gesichtspunkt, wer welchen Gegenstand am ehesten oder häufigsten brauchen wird. Schnell sind sie fertig. Sie warten ungeduldig und nervös auf den Countdown.

Es ist fast 21:00 Uhr als Allman und Dan die Geräte und Arbeitstische in der Mitte des Labors, die sogenannte Laborinsel verlassen. Allman spricht es aus: »Es ist soweit. Der große Augenblick, auf den wir seit Jahren hingearbeitet haben, steht bevor. Ich muss allerdings darauf aufmerksam machen, dass ein gewisses Restrisiko wegen Computerviren besteht. Der Virenscanner, den wir laufen ließen, kann nur bekannte Viren erkennen. Sollten unbekannte Viren im Timeponder sein, merken wir das erst, wenn es zu spät ist. Wer deswegen von der Expedition zurücktreten möchte, der muss es jetzt sagen. Sonst ist es zu spät.«

»Wo denken Sie hin, Professor Allman«, sagt Plonk. »Zu meinem Beruf gehört das kalkulierte Risiko. Ich komme mit.«

»Glauben Sie, ich würde mich jetzt noch abschrecken lassen, Professor Allman, so kurz vor dem Abenteuer?«, fragt Heroine mit flatternden Nerven. »Wenn Pit dabei ist, bin ich auch dabei.«

»Gut«, antwortet Allman, »dann schlage ich vor, wir stellen uns gegenüber der Laborinsel an der Wand entlang zusammen mit dem Gepäck und einschließlich drei Timepondern auf, die wir mitnehmen. Insgesamt nicht mehr als drei Meter auseinander, damit der Scanner uns fehlerfrei erfassen kann. Anschließend wird Dan den automatischen Ablauf starten und sich zu uns stellen.«

Wie besprochen stellen sich Plonk, Heroine und Allman mit dem Gepäck an der Wand entlang auf. Ihnen gegenüber auf der Laborinsel steht der Timeponder, der zurückbleiben wird. Dan hat noch nicht die roten Hebel an der linken Seite heruntergedrückt, als es an der Labortür pocht: »Professor Allman, hier ist die Security, machen Sie bitte auf. Der Kanzler, in seiner Eigenschaft als Leiter der Universitätsverwaltung hat mich beauftragt, Ihre Laborräume nach unbefugten Personen zu durchsuchen.«

»Eine saudumme Idee, mich mit dir am Freitagabend um neun in Fischers Bar zu treffen. Wie komme ich eigentlich dazu? Kannst du mir das erklären?« Bella Blackbeard nimmt einen kräftigen Schluck aus dem vollen Whiskyglas, welches vor ihr steht, und rüffelt William Kidd auf ihre unbeherrschte Art.

Fischers Bar ist ein gesellschaftsfähiger Treffpunkt. Einerseits für halbseidenes Publikum, andererseits für biedere Bürger, die das prickelnde Gefühl von Verruchtem erleben wollen, ohne ein Risiko einzugehen. Fischers Bar liegt im Rotlichtviertel von Quantum City, ist aber in Wirklichkeit eine grundsolide anständige Bar. Es gibt keine Sexshows, keine Animation, keine eindeutige Anmache, aber sie ist fast jeden Abend rappelvoll mit unternehmungslustigen Bürgern, die etwas erleben wollen, wenn auch mit Anstand. Ein anderer, weitaus kleinerer Teil des Publikums, besteht aus kräftigen, protzig und teuer gekleideten, gut aussehenden Männern, deren behaarte Brust nur unzureichend von dicken Goldketten verdeckt wird. Dieser Teil des Publikums verhält sich betont unauffällig und wartet still oder in leisem Gespräch vertieft bei einem Gläschen Wein auf seine attraktiven Freundinnen, die zu arbeiten haben.

»Chefin, ich weiß, dass Sie gern in Fischers Bar gehen. Und weil ich etwas Dringendes mit Ihnen besprechen muss, das eigentlich keinen Aufschub duldet, hab ich Sie hierher gebeten«, entschuldigt sich der spitzgesichtige William Kidd.

»Das muss dann aber schon sehr dringend sein, wenn du nicht willst, dass ich dir das Fell über die Ohren ziehe«, faucht Bella Blackbeard.

»Das habe ich wirklich nicht verdient, Chefin. Ich nehme Ihnen jede Arbeit ab, die Ihnen zu schmutzig erscheint. Ich versuche eine Lösung für Ihr Multiversumtor zu finden, das so, wie es ist, nie laufen wird und was bekomme ich für meine Mühe? Nur Undank«, beklagt sich Kidd bitter. Als er danach einen alkoholfreien Cocktail zum Mund führt, sieht man, wie seine Hand vor Wut zittert.

Bella Blackbeard zündet sich eine Zigarette an und antwortet verächtlich: »Jammer nicht, du Schwachkopf. Du bekommst eine Menge Geld. Erst dein Gehalt von der Uni und dann ein zweites Gehalt von mir. Und jetzt will ich kein Gejammer mehr hören. Sag schon, warum ich meine nette Abendunterhaltung mit dir eintauschen musste.«

»So geht's nicht Chefin«, wirft Kidd mutig in die Diskussion ein. »Ich bekomme von anderer Seite mehr Geld, als von Ihnen. Aber Sie haben recht. Ich höre auf, mich zu beklagen und sage Ihnen, worum es geht. Heute Nacht besteht die Chance, einen Ersatz für Ihr nicht funktionierendes Multiversumtor zu bekommen.«

»Wie meinst du das?« Bella Blackbeard fängt an, neugierig zu werden und ihre Stimme wird schriller. Nicht, weil sie sich über das Gehörte ärgert, sondern weil die Geräuschkulisse im Lokal zunimmt. Wenn Bella Blackbeard lauter redet, um die Geräuschkulisse zu übertönen, dann hört sich das eben schriller an.

»Ich kenne da jemand von der Security der Albert-Einstein-Universität«, erzählt Kidd.

»Ja und?«

Kidd macht es spannend: »Ich war dabei, wie heute die Videobänder von den Überwachungseinrichtungen ausgewertet wurden, und hab mit einem hochempfindlichen Mikrofon einige Gespräche in Allmans Labor abgehört.«

»Spann mich nicht auf die Folter und sag schon, was du zu sagen hast«, befiehlt Bella Blackbeard unwirsch. Dabei zieht sie gierig an ihrer Zigarette.

Kidd lässt die Bombe platzen: »Ich glaube, Professor Allman, sein Assistent und noch zwei Leute, versuchen gerade in diesem Augenblick sich mit einem Timeponder in ein anderes Universum zu transponieren.«

Bella Blackbeard schaut ihn entgeistert an: »Das wagt dieser Bastard? Hat der keine Angst, dass es ihn und seine Leute zerreißt?«

»Ich hab abgehört, dass sein Assistent, der Josten einen von den Timepondern ganz gut wieder hinbekommen hat. Die wollen sich wohl wegtransponieren. Und das werden die noch heute tun, sonst wären nicht zwei weitere Personen dabei. Aber ich glaube, die kommen nicht dahin, wo sie hinkommen wollen. Es kann sogar sein, dass die nie wiederkommen«, vermutet Kidd.

»Woher weißt du das? Oder sind das wieder nur dumme Spekulationen von Dir?«, fragt Bella Blackbeard misstrauisch.

»Ich hab so meine Quellen«, antwortet Kidd geheimnisvoll.

»Was für Quellen, Kidd?«

»Es ist besser, wenn ich das nicht sage, Chefin.«

»Okay, aber was nützt mir das Wissen, dass Allman vielleicht nie wiederkommt?«

»Wir können uns den Timeponder unter den Nagel reißen, den Allman in seinem Labor zurücklassen wird. Am besten heute Nacht«, schlägt Kidd vor. »Wenn die Security die Tür zu seinem Labor aufbricht. Und ich bin sicher, das wird geschehen. Dann wird man die Schuld der Security geben, wenn irgendjemand entdeckt, dass der Timeponder fehlt. Niemand wird auf die Idee kommen, dass sich der Timeponder bei uns befindet.«

»Sind deine Hirnzellen jetzt eingetrocknet. Was soll ich mit Allmans Timeponder? Deswegen bekommst du mein Multiversumtor doch nicht zum Laufen.« Bella Blackbeard reagiert unwirsch.

»Chefin, wir könnten um Allmans Timeponder herum eine Multiversumtor-Attrappe bauen. Während der Präsentation wird das niemand merken.«

»Nein, mein Lieber, so dumm bin ich nicht. Die Preisjury wird es merken, wenn das Tor selbst nur eine Attrappe ist. Schließlich muss für den Forschungswettbewerb alles genau dokumentiert werden.

»Chefin, es gibt keine andere Lösung mit ihrem Multiversumtor, das wissen Sie doch.«

»Wenn du keine andere Lösung findest, Kidd, verzeih ich dir das nie«, droht Bella Blackbeard mit scharfer, schriller Stimme.

»Ich würde es mir nie verzeihen, auf das falsche Pferd zu setzen«, wagt Kidd dagegen zu drohen.

»Quatsch keinen Mist, Kidd. Du weißt genau, in welchem Trog du deinen Hafer findest, nämlich in meinem«, fährt Bella Blackbeard ihn grob an und redet weiter: »Wenn das alles war, was du mir zu sagen hattest, dann geh ich jetzt. Ich hab noch angenehmere Dinge vor heute Abend. Du kannst ja meine Rechnung mitbezahlen.« Bella Blackbeard drückt hastig ihre Zigarette aus und Sekunden später bleiben von ihr nur noch ein paar Rauchkringel zurück.

Kidd ist verdattert. Langsam setzt sich bei ihm die Erkenntnis durch, dass es für ihn besser sein wird, eigene Interessen zu verfolgen.

Es pocht bereits zum dritten Mal an die Labortür. »Zwingen Sie uns nicht, die Tür aufzubrechen«, ruft eine raue Stimme vor der Tür.

Allman wird bleich und spricht leise: »Schnell, Dan, drück den Startknopf.«

Dan antwortet ebenso leise: »Professor, wir brauchen etwa zwei Minuten, bis wir weg sind.«

An der Tür pocht es erneut: »Professor Allmann, Professor Allman. Ich weiß, dass Sie da sind. Machen Sie auf.«

Dan hat inzwischen die Starthebel am Timeponder umgelegt, das Programm zur automatischen Abwicklung der Transposition gestartet und sich zu den drei anderen gesellt. Ein hoher Summton ertönt. Das weiße Licht, das alle Personen einschließlich Gepäck einhüllen müsste, flackert.

Heroine kann die Anspannung nicht mehr aushalten und redet lauter, als notwendig wäre: »Oh Gott, ich weiß nicht, wie es euch geht, ich hab jedenfalls Angst, ich komme mir vor wie auf der Schlachtbank.«

An der Tür klopft es heftiger: »Ich höre Stimmen. Machen Sie endlich auf.«

Dan redet auf einmal laut: »Wenn alle nur mutig wären, müsste man Angst haben.«

Das Flackern hat aufgehört, alle vier sind jetzt in ruhiges, weißes, gleißendes Licht eingehüllt und das Summen wird lauter. Allman übertönt das Summen: »Angst haben wir doch alle, der Unterschied liegt in der Frage wovor?«

An der Tür ruft jemand: »Wenn Sie jetzt nicht öffnen, breche ich das Schloss auf.«

Plonk spricht eher gelassen, aber doch vernehmlich laut: »Große Dinge sind immer mit großen Gefahren verbunden, aber der Sieg über die Angst ist ein Glücksgefühl.«

Eine Sekunde später kracht die Labortür auf. Als zwei Männer in das Labor eindringen, schaltet der zurückgebliebene Timeponder gerade sein Licht aus. Von Allman und dem X-Team fehlt jede Spur.

»Verdammtes Pech. Kein Mensch zu finden«, sagt einer der zwei Männer, die das Labor durchsuchen.

»Wie kann es auch anders sein, an einem Freitag, dem 13ten«, erwidert der andere Mann.

Auf der Gigantic

Sie ist ein stolzes Schiff, die Gigantic, die am 14. April 1912 mit ihrem 270 m langen, flachen Rumpf, den flachen Aufbauten, vier mächtigen Schornsteinen und einem scharfen, nahezu senkrechten Steven auf ihrer Jungfernfahrt von Southampton nach New York den Atlantik durchschneidet.

Bruce Isjune, der Präsident der Golden Sun Line Reederei, lässt es sich nicht nehmen auf der Jungfernfahrt seines Prunkstücks mitzufahren, auf dem Promenadendeck der ersten Klasse zu spazieren und mit den Gästen zu plaudern. Isjune ist stolz auf sein Schiff. Nie zuvor gab es soviel Luxus auf der Nordatlantikroute im Linienverkehr, nie zuvor wurde die Größe von 50.000 Bruttoregistertonnen in der Passagierschifffahrt erreicht und nie zuvor gab ein Schiff 900 Menschen Arbeit. Nur die luxuriösesten, besten Hotels der Welt können sich mit dem Luxus der ersten Klasse seiner Gigantic messen. Selbst die dritte Klasse ist noch luxuriöser als die erste Klasse der bisher dagewesenen Schiffe.

Wie selbstverständlich ist der Großteil des Innenraums für die erste Klasse reserviert. B-Deck und C-Deck sind belegt mit den geräumigen Kabinen und den Salonsuiten, die aus Wohnzimmer, zwei Schlafzimmern, Bad und WC bestehen und mit edlem Mobiliar ausgestattet sind. Das ganze Promenadendeck und die vordere Hälfte des Bootsdecks gehören ebenfalls seinen Lieblingen, den Passagieren, die den Luxus finanzieren, die 150 Dollar für die Passage zahlen, den Erste-Klasse-Passagieren. Aber seine besonderen Lieblinge sind die Passagiere in den Suiten: 4300 Dollar bringt hier die Passage. Wie preiswert ist dagegen mit 36 Dollar das Ticket in der 3. Klasse, eine Zusatzeinnahme. Wenn man so will, genauso wie der Transport von Post nach Übersee, denkt Bruce Isjune.

Luxus, wo man hinschaut, für seine erste Klasse Gäste: Squashhalle, beheiztes Hallenschwimmbad, türkisches Bad, Rauchsalon, lichtdurchfluteter Gymnastikraum mit Trainingsgeräten, Bibliotheken, Café mit Palmengarten, Café Parisien mit echt französischen Kellnern und das Prunkstück, ein prächtig gestaltetes Treppenhaus mit Glaskuppeldach, Buntglasfenstern, Holzschnitzereien, Messingbeschlägen, Kerzenleuchtern, wertvollen Teppichen und drei elektrischen Aufzügen.

Abend für Abend gibt es eine Gala oder einen Ball nach dem exquisiten Menü im Speisesaal der Ersten Klasse, welcher im Stil des 17. Jahrhunderts gestaltet ist. Bruce Isjune überlegt, ob er es sich heute Abend, an diesem fünften Tag der Jungfernfahrt, nicht lieber gemütlich machen sollte, im Rauchsalon, bei einem Kartenspiel und einem Drink. »Soviel Luxus macht mich wählerisch«, denkt Isjune, »aber wozu lange wählen. Ich gehe Karten spielen.«

Andere Sorgen plagen die zwei Heizer Bill und John. Bei 40 Grad Celsius und ganz unten im Schiffsbauch beim Kesselraum 5, holen sie mithilfe einer Karre Kohlen aus dem Bunker. Anschließend schaufeln sie die Kohlen in einen der Öfen. Hitze und Staub setzen ihnen zu, ihre mit einem Unterhemd bekleideten Oberkörper und die Gesichter sind schwarz von Ruß und Kohlenstaub. John muss husten.

»Das hört sich gar nicht gut an, John, du musst unbedingt zum Arzt.«

»Wie stellst du dir das vor, Bill? Der Schiffsarzt ist doch nur für die da oben und nicht für Unsereinen.«

»Trotzdem, John, was ich sehe und höre gefällt mir gar nicht.«

»Wenn ich zum Arzt gehe, dann erfährt der Kapo, unser Vorarbeiter, dass ich krank bin und ich verliere meine Arbeit. Spätestens, wenn wir in New York sind. Und woher soll ich dann das Geld nehmen, um den Arzt zu bezahlen?« John macht ein verzweifeltes Gesicht und hustet fast eine Minute lang.

In derselben Minute, fünf Meter vor dem Kessel, fängt die Luft an gleißend aufzuleuchten. Bill schreit: »Achtung, John, ein Irrlicht.«

Johns Husten hört auf. Er ist starr vor Schreck, als die Lichterscheinung nachlässt und vier menschliche Gestalten sichtbar werden. Die übrigen Heizer im Kesselraum, bis auf Bill, sind so mit ihrer Arbeit beschäftigt, dass sie die Lichterscheinung und die vier Gestalten nicht weiter beachten.

»Heiliger Klabautermann«, schreit Bill.

John, der seine Sprache wiederfindet, meint: »Sei ruhig. Seit wann erscheinen vier Klabautermänner gleichzeitig. Das können keine sein.«

»Aber sie sind Geister. Du hast doch das helle Licht gesehen.«

»Das wird die Elektrizität sein, die hier überall eingebaut ist, hast du nicht gesehen, wie hell erleuchtet das Schiff am Abend ist?«, beruhigt John.

»Aber das sind keine Menschen. Sieh doch, der eine hat Hosen an, ist aber eine Frau, eine Klabauterfrau mit rosa Schuhen und der andere mit Bart, Hut und Schal ist auch nicht wie ein Mensch gekleidet. Und dann der mit der Weste, an der die vielen Taschen sind. Hast du schon jemals so einen Menschen gesehen.« Bill glaubt immer noch an Geister.

Das X-Team ist zunächst genauso überrascht wie die Heizer. Verwundert schauen sie sich an dem wenig beleuchteten Ort, der bei geöffneten Ofentüren durch die flackernde Glut in ein unwirklich erscheinendes rötliches Licht getaucht ist um. Nachdem Allman sich einen ersten Eindruck von dem Ort verschafft hat, versucht er weitere Informationen zu bekommen und greift in das Gespräch der Heizer ein: »Darf ich die Diskussion der beiden Herren unterbrechen? Ich störe nur ungern, aber können Sie mir sagen, wo wir uns befinden?«

»Bill, hast du das gehört? Der mit dem Schal redet vornehm. Das muss einer aus der Ersten Klasse sein.« Da John glaubt, er habe Bill überzeugt, wendet er sich Allman zu und versucht sich gewählt auszudrücken: »Eure Herrschaft sind hier im Kesselraum 5. Hier ist nicht der richtige Ort für Eure Herrschaft, hier gibt es nur einfache Arbeiter. Wenn Eure Herrschaft die Güte haben wollen, wieder nach oben zu gehen und Ihre Dienstboten mitnehmen würden. Auch für die ist hier nicht der richtige Ort.«

»Lieber Gott, können Sie nicht normal reden?« Allman ist verblüfft.

»Selbstverständlich, Eure Herrschaft. Wenn Eure Herrschaft die Güte hätten, mir zu sagen, wie Eure Herrschaft heißen?«, fragt John.

»Ich bin Professor Emanuel Allman und diese Drei sind meine Begleiter.« Dabei zeigt Allman auf Embassy, Plonk und Daniel. »Und verraten sie mir nun, was das hier für ein Ort ist?«

Bill sieht jetzt klar, wie er meint: »Siehst du nicht, John, wie der Klabautermann mit uns seinen Schabernack treibt? Wenn das ein Professor wäre, würde er nicht fragen, was das hier für ein Ort ist.«

»Mein Gott, Bill, du hast recht.« John hebt abwehrend seine Arme vor den Kopf und verlegt sich aufs Bitten in einem jammernden Ton: »Verschone uns

Klabautermann von deinem Schabernack. Bitte geh und verschone uns, wir müssen arbeiten.«

Allman wendet sich an seine Begleiter: »Ich glaube, es ist sinnlos mit den zwei Gestalten zu reden, die selbst aussehen wie die Klabautermänner und uns bezichtigen solche zu sein. Die anderen Arbeiter hier sehen nicht besser aus. Aber dort hinten ist eine Treppe. Lasst uns einfach nach oben gehen. Wir werden dann schon herausfinden, wo wir sind.«

Das X-Team hat Allmans Kontaktversuch mit Interesse verfolgt und nimmt das Gepäck auf. Schweigend machen sie sich auf den Weg, die Treppe hoch und durch die Tür am oberen Ende der Treppe.

Als das Team verschwunden ist, müssen die Heizer über das aufwühlende Erlebnis reden: »Bill, ein Klabautermann warnt vor Gefahren, die einem Schiff drohen. Ich glaube, das ist ein schlechtes Zeichen, wenn sich einer zeigt.«

»Das ist ein sehr, sehr schlechtes Zeichen, wenn sich sogar vier Klabautermänner zeigen. Ich glaube, John, das Schiff wird bald untergehen.«

»Was redest du für einen Quatsch, Bill? Das Schiff ist unsinkbar. Das haben alle gesagt, und in der Zeitung soll es auch gestanden haben.«

»John, meinst du, wir müssen dem Kapo sagen, was wir gesehen haben?«

»Bloß nicht, Bill, sonst glaubt er, wir hätten unsere Heuer bei der Arbeit vertrunken und wer weiß, was er dann mit uns macht. Dabei ist immer noch etwas übrig von meiner Heuer.«

»Also, dann lass uns weiterarbeiten.«

Als Allman und das X-Team den Kesselraum verlassen haben, kommen sie in einen Gang und bleiben dort zunächst einmal stehen. Heroine seufzt erleichtert: »Gott sei Dank, wir leben noch.«

Plonk fragt scherzhaft: »Ist das sicher oder waren die Kessel unter uns schon der Vorhof zur Hölle?

»Die Hölle, das waren unser Ängste vor der Transposition, jetzt sind wir im Vorhof des Himmels«, erwidert Heroine. »Aber wo sollten wir eigentlich sein?«

Allman antwortet: »Genau genommen müssten wir in einem dem unseren ähnlichen, wenn auch etwas fortschrittlicherem Universum sein.«

Plonk meint: »Wenn so der Fortschritt aussieht – zurück zu den fossilen Brennstoffen – zurück zu den Arbeitsbedingungen des 19. Jahrhunderts, dann möchte ich gern auf den Fortschritt verzichten.«

Dan bekommt einen roten Kopf und verzieht sein Gesicht: »Ich gebe ja zu, dass etwas schief gelaufen ist, aber könnt ihr nicht aufhören mit dem Frozzeln, damit ich über das Problem nachdenken kann?«

Allman beruhigt ihn: »Egal, wo wir sind. Auf jeden Fall möchte ich einen Erfolg feststellen. Wir sind mithilfe des Timeponders im Multiversum an einen anderen Ort transponiert worden und dazu möchte ich dir, Dan, erst einmal ehrlich und herzlich gratulieren.«

Daniels Züge entspannen sich und er lächelt: »Danke, Professor, das tut gut. Aber ich glaube, es ist nicht, egal wo wir sind. Wir sollten erst einmal feststellen, wo und an welchem Datum wir uns hier befinden.«

»Also gut, Dan«, stimmt Allman zu. »Lasst uns weitergehen und soviel wie möglich über dieses Universum herausfinden.«

Sie kommen an einem Schild vorbei mit der Aufschrift »F-Deck III. Klasse.« Allman wendet sich an seine Begleiter: »Im Kesselraum glaubte ich noch, wir wären in einer uralten Fabrik, aber ein solches Schild gibt es nur auf Schiffen.«

»Ich höre Maschinengeräusch und spüre ein leichtes Schwanken. Ich glaube auch, dass wir auf einem Schiff sind«, ergänzt Plonk und macht einen Vorschlag: »Wenn wir eine leere Kabine finden, dann können wir uns dort niederlassen und erst einmal in Ruhe überlegen, was zu tun ist.«

»Achtung Professor, da vorne kommen Leute«, flüstert Dan nervös. Vom Ende des Gangs, der um die Ecke geht, hört man Schritte, feste und trippelnde Schritte, also ein Mann und eine Frau, die miteinander im Gespräch vertieft sind. Die beiden Personen sind noch nicht zu sehen. Das X-Team bleibt stehen und wartet ab. Als das Paar um die Ecke biegt, muss Heroine vor Überraschung kurz auflachen. Sie hebt schnell ihre Hand vor den Mund und verhält sich sofort wieder ernst.

Die Frau trägt ein bis zum Boden reichendes langes Kleid in Dunkelgrau mit Puffärmeln, Rüschen und an der Taille stark eingeschnürt. Offensichtlich hat sie unter dem Kleid ein Korsett, welches die Hüften betont, dafür die Taille einschnürt. Was Heroine zum Lachen angeregt hat, ist der Hut in Schiffsform mit einem darauf befestigten Federgebilde, welches einem Fasan gleicht. Das Kleid sieht abgetragen aus und im Fasan haben Motten ein Festmahl abgehalten. Ihr Begleiter trägt einen Anzug mit Weste aus grobem Stoff, der wohl ehemals schwarz war und zwischenzeitlich durch häufiges Waschen eine dunkelgraue Farbe angenommen hat. Seinen Kopf bedeckt ein Homburger, scherzhaft auch als Melone bezeichnet.

»Männe, schau mal, das müssen die Schauspieler sein, von denen unsere Herrschaften sich erzählt haben.« Deutet die Frau mit einer Hand auf das X-Team.

»Mutter. Das war doch in Birmingham und hier sind wir auf der Gigantic«, weist der Mann seine Frau zurecht.

»Egal, Männe. Die sehen genauso eigenartig wie die Schauspieler aus, von denen unsere Herrschaften geredet haben«, beharrt seine Frau auf ihrer Theorie.

Allman wirft seinem X-Team einen bezeichnenden Blick zu und nutzt dann die falsche Einschätzung der Frau aus: »Guten Abend, die Herrschaften. Der Stewart hat uns gesagt, wir könnten uns eine freie Kabine nehmen, um für die Mitternachtsvorstellung zu proben. Wissen Sie zufällig, ob es in der Richtung hinter Ihnen freie Kabinen gibt?«

»Hast du das gehört, Mutter? Der Mann hat uns als »Herrschaften« bezeichnet. Dabei wollen wir erst in Amerika welche werden.« Als der Mann seine Frau über diese ihm wichtig erscheinende Tatsache aufgeklärt hat, wendet er sich Allman zu: »Mein Herr, die belegten Kabinen hier in der dritten Klasse sind immer offen, weil von den sechs oder acht Personen die darin schlafen, keiner einen Schlüssel besitzt. Nur die nicht belegten Kabinen sind verschlossen und hinter uns gibt es einige verschlossene Kabinen. Aber haben Sie sich nicht in der Tageszeit geirrt? Es ist doch erst früher Nachmittag.«

»Danke für die Auskunft, mein Herr, aber es ist bei unserer Vorstellung am 23.Juni 2037 so spät geworden und wir hatten ein wenig getrunken, sodass wir heute ganz verwirrt sind«, redet Allman weiter.

»Das merkt man, mein Herr. Sie reden sehr verwirrt. Wir haben heute Sonntag, den 14. April 1912.« Der Mann mit der Melone schaut verwundert.

60

Allman schaltet schnell: »Selbstverständlich, mein Herr. Das Datum, das ich nannte, kommt in dem Stück von Jules Verne vor. Sie wissen doch, der bekannte Autor von Zukunftsromanen. Aber jetzt wollen wir Sie nicht weiter aufhalten. Wir müssen außerdem proben.« Damit drängt er an den zwei Personen vorbei. Sein X-Team folgt ihm.

Als die zwei Personen außer Sichtweite sind, muss Heroine über das Erlebnis sprechen: »Kann mir einer erklären, warum die Zwei sich einerseits herausgeputzt haben, aber andererseits so ärmlich in abgewetzter Kleidung herumlaufen?«

Dan und Plonk schauen nur vor sich hin, ohne etwas zu sagen. Allman wirft ein: »Suchen wir uns erst eine Kabine, dann können wir reden.«

Nach wenigen Metern hält Plonk Allman und das X-Team an: »Warten Sie, Professor Allman, lassen Sie mich vorgehen. Es ist meine Aufgabe für Sicherheit zu sorgen. Dan kann mir ja eine Zange oder einen Vierkantschlüssel mitgeben, um die Tür schnell zu öffnen, wenn ich eine leere Kabine finde.«

Wie von ihm vorgeschlagen, macht sich Plonk allein auf die Suche und kommt fünf Minuten später mit einer Erfolgsmeldung zurück. Die letzte Kabine vorne nach 30 Metern hat sich als geeignet herausgestellt. Allman hat noch zwei weitere Male improvisieren müssen, um ihr befremdliches Erscheinungsbild auf harmlose Weise zu erklären. Eine Minute später erreicht die »seltsame« Truppe die Kabine und verschließt die Kabinentür hinter sich.

Die Kabine enthält drei Doppelstockbetten, ein kleines Waschbecken und sechs verschließbare Spinde, in denen Kleider oder persönliche Habseligkeiten untergebracht werden können. Es ist alles sehr eng. Zwischen den Betten gibt es wenig Platz zum Stehen, sodass man sich möglichst nur in den Betten aufhalten kann. Dafür besitzt die Kabine ein Bullauge. Die drei Männer besetzen die unteren Betten, Heroine beschließt, sich oberhalb von Dan niederzulassen.

Allman ergreift zuerst das Wort: »Ich möchte unser bisheriges Wissen über dieses Universum zusammenfassen und interpretieren. Wir befinden uns im Jahr 1912 auf einem Schiff mit Namen Gigantic, das nach Amerika fährt und in der III. Klasse Auswanderer mitnimmt. Die zwei Personen im Gang, denen wir zuerst begegneten, sind arme Dienstboten, welche die abgelegte Kleidung ihrer ehemaligen Herrschaften auftragen. Heute haben sie sich besonders fein gemacht, weil Sonntag ist. Möglicherweise haben sie luxuriös gekleidete Leute der Ersten Klasse gesehen und meinen, auf einem Schiff müsste man so rumlaufen, wie sie es tun. Sie wandern aus nach Amerika, um sich aus bedrückenden sozialen Verhältnissen zu befreien und um etwas Besseres zu werden. Sie können sich allerdings nur die III. Klasse mit den Sechs- oder Acht-Bett-Kabinen leisten. Wahrscheinlich werden wir hier auf diesem Deck weiteren Auswanderern begegnen, die ebenfalls sehr ärmlich sind, die aber trotzdem ihren Stolz haben und etwas darstellen möchten.«

»Danke, Professor Allman. Eigentlich hätte ich selbst auf die Erklärung kommen müssen, aber im Augenblick stürmt soviel Andersartiges auf mich ein. Da bin ich so auf die Schnelle nicht auf die Lösung gekommen«, entschuldigt sich Heroine.

»Der Mann hat vom 14. April 1912 gesprochen. Klingelt es da nicht bei Euch?«, fragt Plonk.

Dan antwortet: »Was soll denn klingeln? Ich bin Ingenieur, unser Professor ist Physiker. Geschichte ist nicht unser Fachgebiet.«

Heroine hat eine Ahnung: »Großes Schiff, 1912. War da nicht der Untergang der Titanic?«

»Genau, das will ich sagen«, erwidert Plonk. »Der Untergang war in der Nacht vom 14. auf den 15. April 1912.«

»Danke, Plonk. Ihre guten Geschichtskenntnisse in Ehren, aber ich glaube, wir müssen uns keine Sorgen machen. Die zwei Personen sprachen von der Gigantic und nicht von der Titanic.« Allman lehnt sich im Bett entspannt zurück und stützt sich auf seine Ellbogen auf.

Heroine erfasst eine innere Unruhe: »Ich möchte trotzdem vorschlagen, uns von hier so schnell wie möglich wieder wegzutransponieren. Ich habe ein sehr ungutes Gefühl.«

Dan setzt zu einer Erklärung an: »In Ordnung, Heroine. Für Gefühle sind Frauen zuständig, das gebe ich zu.« Dann rückt er seine Brille zurecht und spricht unsicher weiter: »Als Ingenieur muss ich abraten, sofort eine weitere Transposition durchzuführen, ohne zu wissen, warum wir im falschen Universum gelandet sind.« Seine Stimme bekommt einen ängstlichen Unterton. »Wenn wir bei der nächsten Transposition wieder falsch landen, dann wird die Situation nicht besser, sondern schlechter. Wie sollen wir jemals wieder an unseren Ausgangspunkt zurückkehren, wenn die Transpositionen nicht dahin führen, wohin wir sie haben wollen?«

Allman macht der Diskussion ein Ende: »Gut, wenn wir uns voraussichtlich hier einige Stunden aufhalten müssen, dann ist Folgendes zu tun: Dan, du musst die Ursache für die fehlerhafte Transposition herausfinden und einen weiteren Timeponder vorbereiten für die nächste. Plonk, sie sollten uns etwas zu essen und zu trinken organisieren. Ich glaube, das geht am besten, wenn Sie sich zuerst die Kleidung eines Stewarts in der Schiffswäscherei besorgen. Dann können Sie sich unauffälliger bewegen. Und, Dr. Embassy, da wir nun mal in diesem Universum sind, möchte ich, dass Sie es so gut wie möglich erkunden, ein paar digitale 3D-Fotos schießen und einen Bericht anfertigen. Vielleicht finden Sie auch irgendwelche Artefakte, die später als Beweis für unsere Anwesenheit auf dem Schiff dienen können. Ach, übrigens glaube ich, Ihre Jeans sind die falsche Kleidung und zu auffällig. Herr Plonk kann Ihnen ein schönes Kleid mitbringen. Ich selbst werde Dan helfen.«

»Männer beteuern immer, sie lieben die innere Schönheit der Frau. Komischerweise schauen sie ganz woanders hin, wenn die Frau ein schönes Kleid trägt«, bemerkt Heroine. »Aber ich werde gerne diese Welt erkunden, sobald ich das passende Kleid dazu hab, Professor Allman.«

Plonk ist ebenfalls einverstanden: »Und ich werde erst einmal ein geeignetes Outfit besorgen. Können Sie mir dazu kurz ihr Jackett ausleihen? Das ist weniger auffällig, als meine eigenen Sachen. Man darf anders denken, als der Zeit entspricht, aber sich nicht anders kleiden. Das habe ich erkannt.«

Allman mahnt: »Und, Plonk, denken Sie daran, binden Sie sich den Kommunikator um das Handgelenk, damit wir miteinander kommunizieren können, wenn es ein Problem gibt. Wir werden unsere Kommunikatoren ebenfalls anlegen. Und Dan hat ja in seinem Wecker am Handgelenk sowieso einen Kommunikator drin.«

Nachdem Plonk das Jackett von Allman angezogen und den Kommunikator in der Größe einer Armbanduhr umgebunden hat, horcht er, ob jemand über den Gang läuft und als alles ruhig ist, macht er sich auf den Weg. Nicht, dass er Angst hätte, jemandem zu begegnen. Aber je weniger Kontakte, desto besser, denkt er sich.

Plonk geht langsam den Gang im F-Deck zurück, den das X-Team hergekommen ist. Er sieht Innentreppen, die nach oben führen, Quergänge die zu Außentreppen führen. Stellenweise wird der Gang breiter, dann wieder schmäler. Alle paar Meter gibt es Kabinentüren oder Türen zu Serviceräumen. Ein Maschinist, der aus einer Servicetür, die wohl zum Maschinenraum führt, herausgekommen ist, grüßt, aber beachtet ihn nicht weiter. Als er sich umdreht, sieht er den Maschinisten eine Tür, aus der Gesprächslärm und Essensgerüche dringen, öffnen. »Aha«, denkt er, »das ist sicher der Speisesaal für die Maschinisten.«

Ein Stück weiter verbreitert sich der Gang zu einem kleinen Platz, von dem aus wieder ein Quergang zu den Außentreppen führt. Am Platz selbst gibt es eine Reihe von Türen. Vor einer steht ein Rollwagen, an dem auf Bügeln die verschiedensten Bekleidungsstücke hängen: Frackjacken mit Schwalbenschwänzen in schwarz oder blau, Uniformjacken in Blau, Livreejacken in blau oder weiß, Hosen mit Seidenborten, den sogenannten Galons in verschiedenen Farben, Frack- oder Livreewesten mit tiefem Ausschnitt, in Dunkelblau, schwarz oder cremefarbig. Er bleibt stehen, um zu überlegen: »Wenn ich mir irgendetwas davon greife und es passt nicht zusammen, dann wäre nichts gewonnen gegenüber meinem jetzigen Aussehen.«

Er entschließt sich, beim X-Team nachzufragen. Dazu hebt er sein Handgelenk hoch bis zum Mund und spricht leise ins Mikrofon seines Kommunikators: »Kann mir jemand helfen? Ich hab hier große Auswahl an Kleidungsstücken. Was soll ich anziehen?«

Heroine hört als Erste den Hilferuf. Ihre Stimme klingt verzerrt aus dem winzigen Lautsprecher: »Ich hab gerade gedacht, meine Freundin ruft an. Seit wann haben Männer die gleichen Probleme wie Frauen, dass sie nicht wissen, was sie anziehen sollen?«

»Heroine, ich bin nicht zum Scherzen aufgelegt. Ich weiß wirklich nicht, was man als Stewart trägt.«

Plonk merkt nicht, wie sich ihm jemand von hinten nähert. »Interessant, der Herr ist Bauchredner?« Ein Mann der Besatzung mit Vollbart in cremefarbener Livreejacke, dunkelblauen Hosen und goldfarbenen Galons steht direkt hinter ihm und hört interessiert zu, wie Heroines verzerrt klingende Antwort scheinbar von Plonk kommt. Vor Schreck zuckt Plonk zusammen.

Heroines Stimme quäkt weiter: »Gut, ich schau mal in die Datenbank meines PDA-Handheld-Computers. Vielleicht finde ich dort eine Information über die Kleidung eines Stewarts.«

»Köstlich, köstlich, der Herr. Wie komisch er seine Rolle spielt. Aber sage er mal, was er mit »Hand Halt komm Pute« meint.«

Plonk findet seine Sprache wieder und hat eine Idee, wie er das Unverständnis seines Gesprächspartners nutzen kann: »Ich übe gerade für meine Darbietung heute Nacht. Das wird eine Überraschung, sage ich Ihnen. Allerdings muss ich mich wie ein Stewart verkleiden. Können Sie mir sagen, wo ich mir die Kleidung eines Stewarts ausleihen kann?«

Heroine hört die Unterhaltung zwischen Plonk und dem Vollbärtigen über den Kommunikator und verhält sich ruhig.

Der Vollbärtige schaut Plonk freundlich an: »Er hat wirklich eine seltsam lustige Sprache. Aber wenn er sich die Livree eines Stewarts ausleihen möchte, dann frage er am besten die Laura in der Wäscherei. Laura ist sehr freundlich und kann ihm sicher helfen. Aber nun muss ich weiter. Die Mittagspause ist knapp. Guten Tag.«

»Danke für die Auskunft, und bitte kein Wort zu anderen. Es soll eine Überraschung werden«, kann Plonk gerade noch antworten. Dann ist der Vollbärtige auch schon um die Ecke und entfernt sich über die Außentreppe nach oben. Plonk ist erleichtert und freut sich über die gut verlaufene Begegnung.

Gegenüber, an einer der Türen, sieht er die kleine Aufschrift »Wäsche« und denkt daran, gleich den Rat des Vollbärtigen zu befolgen. Plonk öffnet die Tür vorsichtig, ohne ein Geräusch zu verursachen. Er sieht ein Lager, in dem links und rechts hohe Wäschekörbe stehen. Er beschließt hineinzugehen und die Tür hinter sich zu schließen. In den Körben liegt schmutzige Wäsche sortiert nach ihrer Art, Handtücher, Laken, Kopfkissen, Hemden, Damenunterwäsche. Alles getrennt, wie er mit einem Blick über die Korbränder feststellt.

Hinter einem Korb versteckt kreischt plötzlich eine Stimme auf: »Hab ich dich endlich, du Unhold. Dich werde ich lehren, Damenunterwäsche zu stehlen.« Mit diesen Worten springt die Wäscherin hinter dem Korb hervor. Dabei schwenkt sie in beiden Händen ein 1 Meter langes Rührholz knapp an Plonks Kopf vorbei. Sie ist eine Frau von vielleicht 45 Jahren, bekleidet mit einer weißen Bluse und einem hellblauen Rock, beide aus grobem Leinen.

Plonk kann gerade noch ausweichen: »Sachte, sachte, gute Frau. Ich bin kein Dieb. Ich hab nur eine Frage.«

Heroine, die das Geschrei der Wäscherin am Kommunikator mitverfolgt, fragt: »Pit, alles in Ordnung? Brauchst du Hilfe?«

Die Wäscherin hält inne. Ihr Mund bleibt für Sekunden halb geöffnet, bevor sie spricht: »Jesus, Maria und Josef. Spricht der Teufel aus dir, du Lump?«

»Gute Frau«, versucht es Plonk noch mal.

»Dir helfe ich mit »guter Frau«. Ich bin die Anna.« Dabei schwingt die Wäscherin wieder bedrohlich ihr Rührholz.

»Also gut, Anna, ich will nicht an deine Unterwäsche. Ich möchte nur mit Laura sprechen wegen einer Livree, die ich dringend brauche.«

»Ach so ist das.« Die Wäscherin schaut sich Plonk genauer an und was sie sieht, gefällt ihr. »Wenn ich's mir recht überlege, dann siehst du gar nicht so aus wie der Unhold, der vorgestern die Damenwäsche gestohlen hat. Wer bist du?«

»Ich bin Pit. Ich möchte mir eine Livree ausleihen für meine Darbietung heute Nacht.«

Die Wäscherin überlegt: »Pit ... Pit ... , ich hab noch nichts von einem Pit gehört. Aber auf dem Schiff hat eine komplett neue Mannschaft angeheuert, fast 900 Leute. Da kann man nach fünf Tagen nicht jeden kennen. Also, Pit, du musst zur Laura gehen. Hier bei mir kommt nur die Schmutzwäsche an. Ich muss die Wäschestücke mit Wäschemarken versehen, damit man nach dem Waschen noch weiß, welcher Lady und welchem Herrn was gehört.«

»Und wo finde ich die Laura?« Pit versucht in seiner Angelegenheit ein Stück weiter zu kommen.

»Die Laura arbeitet in der Wäscherei, übernächste Tür.« Anna betrachtet Pit zunehmend wohlgefälliger.

Pit will gehen: »Danke, Anna. Ich geh dann und wünsch dir einen guten Tag.«

»Warum willst du so schnell gehen? Bleib doch noch und lass uns miteinander reden.« Anna hat an Pit Gefallen gefunden, Pit ist jedoch schon hinausgegangen.

Zwei Türen weiter hinter, dem Rollständer mit den unterschiedlichsten Bekleidungsstücken, sieht er die Aufschrift »Wäscherei«. Plonk betritt den Raum und schaut sich um. Dass von Laura zunächst nichts zu sehen ist, kommt Plonk gelegen, weil er sich dadurch ungestört umschauen kann. Der Raum ist der Vorraum zur eigentlichen Wäscherei. Vor sich sieht er eine kleine Theke, rechts davon mehrere Kleiderstangen, voll mit diversen frisch gewaschenen und gebügelten Kleidern, Uniformen, Dienstkleidungen. Links stehen Regale, in denen die frisch gewaschenen Hemden, Blusen, Pullover und Westen liegen.

Nach einer Minute kommt eine junge Frau von vielleicht 25 Jahren hinter den Regalen hervor. Sie trägt die gleiche weiße Bluse und einen hellblauen Rock wie Anna. Ihr Gesicht war ehemals hübsch, jetzt sieht es verhärmt aus. »Was willst du?«, fragt sie kurz, aber nicht unfreundlich, eher müde.

Pit vermutet, Laura vor sich zu haben und schaut ihr freundlich in die Augen: »Kannst du mir helfen, Laura? Du bist doch Laura? Ich würde mir gerne für meine Darbietung heute Nacht die Livree eines Stewarts ausleihen. Es soll eine Überraschung für die Gäste werden.«

Lauras Blick wird lebhafter und interessierter: »Wer bist du?«

»Laura, ich bin Pit, ein Künstler, und wenn ich dich jetzt sehe, dann stimmt es, was man von dir erzählt: Du siehst nicht nur so aus, sondern du bist wie das Lächeln der Rosen.«

Halb bitter, halb freundlich, mit gewachsenem Interesse, schaut Laura Pit in die Augen: »Ja, du bist ein Künstler. Ihr Künstler seid doch alle gleich. Erst verdreht ihr den Mädchen den Kopf und danach geht ihr auf und davon.«

»Laura, wo denkst du hin. Nie würde ich mir erlauben, dir den Kopf zu verdrehen. Aber was soll ich machen? Soll ich aus meinem Herzen eine Mördergrube machen, wenn mir nach einem Blick in deine Augen plötzlich ist, als erblühe eine Blume in meinem Knopfloch?«

»Mein Herr.« Laura errötet und wird förmlich. »Seid Ihr nicht ein wenig keck mit Euren Reden.«

Aus dem Kommunikator mahnt die Stimme von Heroine: »Pit, treib es nicht zu toll.«

Laura bekommt einen Schreck: »Was war das? Das war doch nicht der Klabautermann?«

Plonk ist nicht um die Antwort verlegen: »Liebes Fräulein, das war nur die Probe meines Könnens. Ich bin bekannt für meine Bauchredekunst.«

»Ja, Ihr seid nicht nur ein Künstler, sondern ein wahrer Herr, der wohl weiß, ein Fräulein richtig anzureden. Mein Herr, wie kann ich Euch dienen?«

Plonk kramt in seinem Gedächtnis. Lauras Sprache kommt ihm geschwollen vor. Er erinnert sich an die historischen Romane, die er gelesen hat, und findet die richtigen Worte: »Liebes Fräulein, ich kam um Eure Hilfe zu erbeten. Wie Ihr schon wisst, benötige ich für meine Darbietung die Livree eines Stewarts.«

»So kommt, mein Herr, und folgt mir. Hier hinter den Regalen könnt ihr gleich probieren, was ich für Euch finde.«

Während Plonk Laura hinter die Regale folgt, denkt er: »Verdammt, ich weiß nicht, wie lange ich dieses geschraubte Reden noch durchhalte.« Laura gibt Plonk verschiedene Bekleidungsteile zum Probieren: Livreejacken, Livreehosen,

Westen und Hemden. Beim Umziehen schaut Laura bewundernd auf seine Muskeln.

Als die Tür zur Wäscherei geöffnet wird und ein Stewart in Livree eintritt, kommt Laura hinter den Regalen hervor und tritt an die kleine Theke, um nach seinem Wunsch zu fragen. Plonk hört mit, was gesprochen wird. »Laura, wo hast du die gewaschenen Kleider von Lady Bradbury? Sie hat mich beauftragt sie abzuholen.«

»Schau mal dort oben an der Stange rechts von der Tür. Die Wäschemarken müssen die Aufschrift BRAD tragen.«

Plonk hört ein leises Stöhnen: »Uff, ich komme in einer Stunde noch mal und hole den Rest. Das sind mir jetzt zu viele.«

Laura antwortet: »Warte John, ich halte dir die Tür auf.«

Blitzartig schießt Plonk eine Idee durch den Kopf, wie er Heroine ein paar Kleider zur Auswahl besorgen kann. »Ich schnapp mir nachher Lady Bradburys Kleider von der Stange«, denkt er sich. Er hört die Tür ins Schloss fallen, dann ist Laura wieder bei ihm. Plonk hat zwischenzeitlich etwas Passendes gefunden und gleich anbehalten. Abgesehen von seinen Schuhen, sieht er aus wie der Stewart Pit. Seine eigenen Kleider hat er einfach in die Jacke von Allman eingewickelt und daraus ein kleines Bündel geformt.

Laura lässt ihrer Bewunderung freien Lauf: »Mit Verlaub, mein Herr, die Livree passt Euch, als sei sie extra für Euch maßgeschneidert. Ihr seht darin sehr attraktiv aus.« Und nach einer Weile meint sie schüchtern: »Darf ich »Pit« zu Euch sagen?«

Plonk denkt sich: »Eine komplizierte Welt, und komplizierte Frauen. Erst waren wir beim Du, dann beim Ihr. Und jetzt will sie mich unbedingt wieder mit meinem Vornamen anreden. Wie soll ich das begreifen?« Laut sagt er: »Nichts lieber als das, Laura. Sag auch gleich das Du dazu.«

Lauras Wangen bekommen Farbe, aber Pit beachtet es nicht weiter. Er überlegt, was er sagen muss, damit er Lady Bradburys Kleider ohne Widerstand mitnehmen kann: »Meine liebe Laura, ich hab vorhin unabsichtlich ein wenig mitgehört, als du mit John sprachst. Auf meinem Weg nach oben komme ich an Lady Bradburys Kabine vorbei. Ich bringe ihr einfach die restlichen Kleider, dann hast du wieder Platz. Und morgen komm ich zu dir, bring dir die Livree zurück und erzähle, wie es mir ergangen ist.«

»Du willst schon gehen, Pit?« Laura wird ein wenig traurig.

»Ich muss, liebe Laura. Ich muss noch üben, will ich gut sein heute Nacht.«

»Dann geh, lieber Pit, geh und bring Lady Bradbury die Kleider. Aber halte dich nicht bei ihr auf. Man hört nichts Gutes.«

Als Plonk mit Lady Bradburys Kleidern über seinem Bündel den Gang entlang in Richtung der Kabine des X-Teams geht, kommen ihm Gewissensbisse. Durfte er Laura hinters Licht führen? »Verflixt noch mal«, murmelt er vor sich hin, »aber ich hatte keine andere Wahl.«

»Das soll ich anziehen?« Heroine ist entsetzt über das blaue, mit Rüschen besetzte, viel zu große Kleid, das Plonk ihr zum Anziehen anbietet. »Ich möchte wirklich nicht rumlaufen wie eine ausgestopfte Weihnachtsgans.«

Plonk versteht nicht, wie Heroine zu so einem unpassenden Vergleich kommt und versucht sie zu beruhigen: »Das Kleid tut deiner Schönheit keinen Abbruch.

Hier geht es nur darum, möglichst unauffällig zu sein, damit wir ungestört das tun können, was wir tun müssen.«

Heroine hat ihre eigenen Vorstellungen: »Wie kannst du nur so gefühllos sein? Wenn ich schon rumlaufen soll, wie der letzte Heuler aus dem vorigen Jahrhundert, dann nehme ich das rote Seidenkleid mit der Perlenstickerei.«

»Da würdest du bestimmt süß drin aussehen. Wenn dir dann die Männer hinterherlaufen, wäre das aber auch nicht unauffällig.« Plonk hat erhebliche Mühe Heroine von seinen Vorstellungen zu überzeugen.

»Pit, bist du etwa eifersüchtig, wenn ich möglicherweise mit einem jungen Schiffsoffizier flirte?«

»Heroine, mir ist das völlig gleichgültig, mit wem du flirtest. Hier geht es um eine rein sachliche Entscheidung und ich bitte dich, nach sachlichen Kriterien zu urteilen.« Plonk zeigt ihr ein braunes Kleid aus festem Baumwollstoff ohne auffällige Verzierungen: »Dieses Kleid ist einfach geschnitten, ein gutes Alltagskleid und wir können es leicht für dich passend machen mit ein paar Sicherheitsnadeln. Du hast bestimmt welche dabei, so wie ich dich kenne.«

Heroine zieht das Kleid über Pullover und Jeans. Sie ist allerdings noch nicht zufrieden: »Hast du mir wenigstens ein paar passende Schuhe mitgebracht?«

»Heroine, das Kleid ist bodenlang, sodass deine rosa Turnschuhe verdeckt werden. Du brauchst keine anderen Schuhe.« Plonk steht Schweiß auf der Stirn, so müht er sich mit Geduld und sanfter Stimme mit seiner schwierigen »Kundin« ab.

Heroine nimmt ihren modischen Rucksack in die Hand und geht zur Tür: »Gut, dann geh ich jetzt, um meine Aufgabe durchzuführen.«

»Halt Heroine, nicht so schnell. Deinen Rucksack solltest du besser hier lassen, sonst kannst du die Fragen, die kommen werden, kaum glaubwürdig beantworten.«

»Ich trenne mich nie von meinem Rucksack. Da ist alles Wichtige drin, mein Handheld-Computer, mein Erste-Hilfe-Set, Vitamine, Kaffeeschoko, Sicherheitsnadeln, ...« Sie ist nicht zu stoppen.

Plonk verlegt sich aufs Bitten: »Bitte, Heroine. Treib mich nicht zum Wahnsinn. Ich versuche hier unser aller Sicherheit zu gewährleisten und du machst mir das Leben schwer.«

»Gut, dass du auch mal Gefühle zeigst, Pit. Und weil du mich gebeten hast, werde ich deiner Bitte Folge leisten«, antwortet Heroine mit sanfter Stimme und verlässt dann die Kabine, um ihre Aufgabe zu erfüllen.

Plonk wendet sich mit einem Schulterzucken zu Allman und Dan und sagt erleichtert nur das eine Wort: »Frauen.«

»Hoffentlich funktioniert das«, denkt Plonk. Er steht vor der Essensausgabe der ersten Klasse im Servicegang des D-Decks und macht sich Gedanken, ob er die richtige Methode gewählt hat zur Fütterung der hungrigen Löwen des X-Teams.

Auf der Suche nach der Schiffsküche ließ er sich von seiner Nase leiten. Je mehr Essenswohlgerüche er schnupperte, desto lauter meldete sich sein Magen, als wollte dieser ihm sagen: »Höchste Zeit. Lass mich nicht länger warten.« Im Servicegang sah er seine derzeitigen Kollegen, Stewarts, die Servierwagen schoben, darauf Terrinen mit silbernen Deckeln bedeckt, unter denen die Wohlgerüche der Luxusküche herausdampften.

Er hatte gesehen, wie es die anderen Stewarts machten. Sie kamen mit einem Servierwagen und bestellten an der Essensausgabe: »Zwei Tagesmenüs für Oberst Astors Kabine.« Oder: »Zweimal Dessert und zwei Kännchen Kaffee für Sir Gordons Kabine und das Gleiche noch mal auf Lichtenberg und Chamfort.« Auf dem Weg war er an mehreren Erster-Klasse-Apartements vorbeigegangen, an denen die Namen ihrer derzeitigen Bewohner verzeichnet standen. Zum Glück hatte er im Servicegang einen einsamen, unbewachten Servierwagen stehen sehen, den er sich sofort schnappte. So brauchte er sich nicht auf die Suche nach dem Depot für Servierwagen machen.

»Steh nicht so rum, ich hab nicht viel Zeit«, herrscht ihn der Koch hinter der Theke der Essensausgabe an und holt ihn aus seinen Gedanken. Plonk schreckt auf und beeilt sich zu sagen: »Viermal Tagesmenü für Sir Bradburys Kabine.«

»Willst du mich auf dem Arm nehmen?«, schnauzt der Koch. »Gerade habe ich das Dessert für die Bradburys ausgegeben. Die werden sicher nicht noch mal ein Menü haben wollen.«

»Mist«, erschrickt Plonk. »Ich war in Gedanken, ich meine natürlich für die Goldbergs.«

»Jetzt schlägt es aber dreizehn. Kannst du dich endlich entscheiden, für wen die Menüs sind? Die Goldbergs haben ebenfalls gerade ihr Dessert gehabt.« Der Koch wird äußerst ungehalten und Plonk zuckt zusammen.

Er versucht sein Glück mit einem französisch klingenden Namen, den er undeutlich ausspricht: »Ich weiß nicht genau, wie man den Namen ausspricht. Es hört sich an wie Rochefoucau.«

»Ach, du meinst Rockford. Warum sagst du das nicht gleich?« kanzelt ihn der Koch ab. »Aber die Kiebitzeier sind aus. Du musst den Kaviar schon so mitnehmen.«

»Oh, das ist Lady Rockford gerade Recht«, murmelt Plonk. »Die mag Kaviar am liebsten in reiner Form.«

Der Koch schafft nach und nach elf silberne Terrinen herbei, eine jede für einen Menügang. Anschließend deutet er auf einen Stapel Karten und sagt: »Dort liegt die Speisekarte. Nimm eine mit, sonst weißt du nicht, in welcher Reihenfolge du die Gänge deinen Herrschaften servieren musst.«

Als Plonk sich mit seinem Servierwagen schon auf dem Weg gemacht hat, hört man den Koch vernehmlich sagen: »Ich möchte nur wissen, wo die Reederei die neue Mannschaft aufgelesen hat. Es wird immer schlimmer mit dem Personal.«

Während Plonk den Servierwagen die Gänge entlang schiebt und er sich in der dritten Klasse von vorbeigehenden Passagieren Bemerkungen anhören muss, wie: »Schau mal einer an, die müssen es aber dicke haben«, oder »Überfluss macht Verdruss«, nimmt er die Speisekarte hoch und staunt nicht schlecht, was er als Tagesmenü gedruckt sieht:

Kaviar und Kiebitzeier
Kraftbrühe mit Gemüse und Verlorene Eier
Forelle blau mit frischer Butter
Hammelrücken mit Chorron Sauce
Pilaff von Wachteln
Masthuhn gebraten
Salat und Kompott

Stangenspargel mit Schaum-Sauce
Erdbeer-Charlotte
Butter und Käse
Früchte

»Sie hat doch funktioniert, meine Methode ans Essen zu kommen«, denkt er sich. »Ein klein wenig Luxus bei unserer aufregenden Expedition ins Multiversum kann sicher nicht schädlich sein.«

Acht Uhr abends: Heroine unternimmt einen weiteren Erkundungsgang auf dem Promenadendeck der Ersten Klasse. Dan und Allman haben alle technischen Komponenten des Timeponders überprüft und keinen Mangel feststellen können. Und doch muss ein Mangel vorhanden sein, sonst wären sie nicht in dieses Universum transponiert worden.

Allman schlägt vor: »Dan, lass uns einen kompletten Probelauf durchführen mit einer Transposition innerhalb der Kabine. Dann werden wir am schnellsten herausfinden, worin das Problem besteht.«

»Gut, Professor, aber ich werde den Vorgang durchlaufen lassen, ohne einen konkreten Gegenstand zu transponieren.« Dan startet den Timeponder. Der hohe Summton ertönt. Vor der gegenüberliegenden linken Wandhälfte erscheint ein gleißend weißes Licht. Der Summton wird lauter. Vor der rechten Wandhälfte wird es hellweiß. Das linke Licht geht aus.

»Teufel auch«, erschrickt Allman. »Siehst du das Gleiche, was ich sehe, Dan?« Anfangs kaum erkennbar schemenhaft, dann immer deutlicher, kristallisiert sich vor der rechten Wandhälfte im gleißenden Licht eine Figur, eine Person, bekleidet mit einer eleganten roten Herrenjacke aus dem 18. Jahrhundert, blauen knielangen Hosen, einer blauen Schärpe um den Bauch, Strümpfen, Lederschuhen und einem Dreispitz auf dem Kopf. In der Schärpe stecken ein Entermesser und eine altertümliche Vorderladerpistole. Die Bewaffnung lässt den Eindruck aufkommen, es handle sich weniger um einen Edelmann als um einen Piraten.

Dan muss sich an die Stirn greifen. Seine Baseballkappe rutscht ein ganzes Stück zurück. »Das gibt's doch nicht. Fauler Zauber«, murmelt er vor Schreck.

»Was soll es nicht geben?«, geifert mit hoher Stimme der Pirat.

Allman hält es nicht aus in seinem Bett. Er steht auf, um die Erscheinung zu prüfen, fasst mit seiner Hand nach der roten Herrenjacke und fasst ins Leere: »Eine Fata Morgana. - Ein Trugbild.« stellt er fest.

Der Pirat greift nach seinem Entermesser, holt aus zum Schlag. Es folgt ein Hieb auf Allmans Hand, durch sie hindurch und nichts geschieht. Die Hand ist unversehrt. Der Pirat schreit: »Deine Worte strafen dich Lügen. Du bist es, der ein Trugbild ist.« Etwas leiser fügt er hinzu: »Doch wie kommt es, dass du mich verstehst und ich dich?«

Jetzt versucht auch Dan den Piraten zu packen, doch nichts geschieht. Er greift ebenfalls ins Leere. Dan versucht mit Worten der Situation Herr zu werden: »Verdammter Klabautermann, wenn du uns verstehst, dann sag, wer bist du?«

Dan hatte eigentlich nicht mit einer Antwort gerechnet, aber offensichtlich ist der Pirat verblüfft über die Erscheinung der zwei ihm fremden Männer und so sagt er neugierig geworden: »Mein Name ist Bonny. Ich bin Kapitän der Revenge. Doch wer seid ihr, wenn ihr nicht Klabautermänner seid?«

Allman beginnt die Situation mit wissenschaftlichem Interesse zu betrachten, und antwortet: »Mein Name ist Allman, Emanuel Allman, Professor an der Albert-Einstein-Universität von Quantum City und dieser Herr neben mir«, dabei deutet Allman auf Dan, »das ist mein Assistent Daniel Josten.«

»Ihr seid also ein Mann von hohem Stand und Bildung. Dann könnt Ihr mir verraten, warum Ihr mir wie ein Klabautermann erscheint?«, fragt Kapitän Bonny mit seiner hohen Stimme.

»Ich habe eine Maschine erfunden, die es uns ermöglicht einander zu sehen und miteinander zu sprechen, auch wenn wir aus verschiedenen Zeiten oder Welten stammen. Können Sie mir sagen, in welchem Jahr Sie leben, Kapitän?«

»Wir haben das Jahr Anno Domini 1718. Ich bin im Auftrag der Krone unterwegs in der Karibik mit meiner Fregatte, der Revenge. Doch was ist das, ich sehe euch auf einem Schiff, das raucht. Wo sind eure Segel?«

Allman ist aufs Äußerste gespannt: »Von unserem Schiff erzähle ich Ihnen später. Bitte sagen Sie mir, was Sie noch sehen?«

»Oh ich sehe Seemannstod und Ungemach. Noch ist Zeit, bevor es eintritt. Ihr müsst euch retten. Nehmt ein Boot, verlasst das Schiff, solange es geht.«

»Kapitän, wir würden am liebsten so schnell wie möglich von hier verschwinden, das können Sie mir glauben, aber im Augenblick geht es noch nicht. Können Sie mir Genaueres darüber sagen, was Sie sehen?«

»Ich sehe Nebel, Eis, zum Teufel mit euerm Kapitän. Ein Mann, der schlafen geht und Gefahr nicht erkennt. Rettet Euch.« Die Stimme von Kapitän Bonny wird eine Spur schriller.

»Wovor sollen wir uns retten, Kapitän? Ich glaube, wir sind hier sicher im stählernen Schiffsbauch.« Allman kann nichts Dramatisches an der Situation des X-Teams erkennen.

»Ich sehe euern Tod, wenn ihr nicht geht und das Schiff verlasst.« Kapitän Bonny wird immer aufgeregter.

Allman macht Dan leise auf einen ihm wichtig erscheinenden Umstand aufmerksam: »Kapitän Bonny scheint von uns ein Bild aus einem weiteren parallelen Universum zu sehen, das geringfügig in die Zukunft verschoben ist. Das hilft uns vielleicht, die Fehlfunktion des Timeponders einzukreisen.«

Kapitän Bonny lässt nicht locker: »Was führt ihr da für Reden? Zögert nicht. Geht, sonst ist es euer sicherer Tod.«

Dan fängt an rumzuzappeln. Ihm geht das Gespräch auf die Nerven: »Professor, ich schalte den Timeponder ab. Ich glaube, wir haben genug Informationen, um die Fehler einkreisen zu können.« Während er das sagt, drückt er die roten Schalter auf der linken Seite des Timeponders herunter. Das gleißende weiße Licht verlöscht und mit dem Licht verschwindet die Erscheinung von Kapitän Bonny.

Allman ist erleichtert: »Uff, der Timeponder ist doch immer wieder eine aufregende Angelegenheit. Hast du eine Erklärung für die Erscheinung von Kapitän Bonny, Dan? Normalerweise sollte unser Timeponder Transpositionen durchführen und nicht holografische Bilder erzeugen.«

Dan fühlt mit Stolz, dass er etwas besser weiß, als sein Professor und antwortet: »Professor, das waren keine holografischen Bilder.«

»Wieso glaubst du das?«

Dan ist sich sicher: »Bilder können nach der Aufnahme nicht mit dem Betrachter in Interaktion treten. Sie können uns nicht verstehen und auf unsere

Reden antworten. Das können nur Personen. Bei dem Kapitän handelt sich deshalb um die dreidimensionale Projektion einer realen Person aus einem parallelen Universum.«

»Weißt du was das bedeutet, Dan?« Allman wartet Dans Antwort nicht ab, sondern redet aufgeregt weiter: »Wir haben gemeinsam eine neue Entdeckung gemacht. Wir können mit dem Timeponder eine Art Bildtelefonverbindung in andere Universen aufbauen. Das wird die Beweisführung, ob Reisen in andere Universen praktisch möglich sind, ein gutes Stück erleichtern.

Dan ist skeptisch: »Professor, die Freude über unsere Neuentdeckung der Bildtelefonie mit anderen Universen hält sich bei mir in Grenzen. Ich weiß nicht, ob das wirklich so gut war, was wir gerade erlebt haben.«

Allmans Aufregung legt sich sofort: »Du hast Recht, Dan. Was auch mich an der Angelegenheit beunruhigt, ist die Warnung, die Kapitän Bonny aussprach. Wenn Bonny kein holografisches Bild, sondern die dreidimensionale Projektion einer realen Person ist, müssen wir seine Warnung sehr ernst nehmen. Und dann ist da noch die interessante Tatsache hervorzuheben, dass Bonny ein Stück weit in die Zukunft sehen konnte. Offensichtlich sah er unser derzeitiges Universum und gleichzeitig eines das sich von unserem vielleicht nur um wenige Stunden unterscheidet.«

»Professor, ich sehe erst einmal, dass die Betriebs-Software des Quantenrechners im Timeponder fehlerhaft funktioniert. Ich möchte sogar behaupten, sie funktioniert so fehlerhaft, dass nur ein Computervirus die Ursache sein kann. Was die Warnung des Kapitäns Bonny betrifft, so glaube ich nicht, dass seine Zukunftsschau eintreffen muss.«

»Ich vermute, du spielst darauf an, dass es zwar viele parallel existierende Universen gibt, wir aber nicht unbedingt in dem sein müssen, wo das von Bonny Gesehene passiert.«

»Ja, so denke ich, Professor. Wir sollten unser Hauptaugenmerk darauf legen, wie wir den Virus aus dem Rechner entfernen können.«

»Wenn der Virus den gleichen Verursacher hat, wie die Mängel am Timeponder, dann kann ich nur sagen, das war ein Anschlag auf unsere Sicherheit und unser Leben. Praktisch ein Mordanschlag. Aber es nützt uns nichts, darüber zu spekulieren. Packen wir es also an und schauen, dass wir so schnell wie möglich den Computervirus los werden.«

»Wo bleibt bloß Dr. Embassy?« Allman ist besorgt. »Jetzt ist kurz vor Mitternacht Ortszeit. Dr. Embassy hätte sich auch mal melden können.«

Plonk beruhigt ihn: »Wir haben ausgemacht, dass Heroine auf ihrem Erkundungsgang den Kommunikator ausgeschaltet lässt, damit wir sie nicht versehentlich in eine brenzlige Situation bringen. Ich sehe keinen Grund zur Besorgnis. Schließlich kann sie hier auf dem Schiff nicht verloren gehen.«

»Aber es könnte sein, dass man sie als blinden Passagier aufgegriffen und festgesetzt hat.« Allmans Besorgnis nimmt nicht ab, trotz Plonks beruhigender Worte.

In dem Augenblick geht ein Rütteln durch das Schiff. Plonk springt von seinem Bett hoch, geht zum Bullauge und schaut auf die spiegelglatte See im Mondlicht. »Ich sehe weiter entfernt kleinere Eisspitzen aus dem Wasser ragen. Wir haben offensichtlich an Fahrt verloren. Möglicherweise wurden die Motoren gedrosselt.«

Plonk hat noch nicht zu Ende geredet, als ein seitlicher Stoß von Steuerbord das Schiff erschüttert. Allman und Plonk, die jetzt beide stehen, müssen sich am Bettpfosten festhalten, um nicht umzufallen. Dan kann nicht umfallen, er sitzt auf seinem Bett und arbeitet an einem Timeponder. Ein weiterer Timeponder, der frei auf dem Boden steht, kippt dagegen krachend um.

Direkt nach dem Stoß folgt ein brechendes, knirschendes Geräusch, als würde jemand im großen Stil Eiswürfel für Getränke aus einer Gefrierform brechen. Danach hört man Eisenplatten knarren und Nieten knallen. Allman und Plonk schauen wie gebannt aus dem Bullauge, sehen aber für einige Sekunden nur eine weiße Wand.

Als die Sicht auf die spiegelglatte See zurückkehrt, krampfen sich Allmans Bauchnerven zusammen: »Ich hab ein ganz miserables Gefühl und das wird sicher erst besser, wenn wir bald von hier verschwinden.«

Plonk erwidert: »Ich denke, wir sind auf der Gigantic. Von der ist uns geschichtlich keine Havarie überliefert. Also kann das, was wir gerade gehört und gesehen haben, kein größeres Problem sein. Aber wenn es sie beruhigt, Professor Allman, dann schaue ich mich auf dem Schiff um, um zu sehen, ob irgendein Grund zur Besorgnis besteht.«

»Dann schauen Sie, dass Sie irgendwo Dr. Embassy finden«, gibt Allman als Anweisung. »Dr. Embassy sollte schnellstens zurückkommen, damit wir uns in unser eigentliches Zieluniversum, die Fortschrittswelt transponieren können.«

Als Plonk sich auf den Weg gemacht und die Kabinentür geschlossen hat, sagt Dan erleichtert: »Ich bin im Grunde mit der Virusbeseitigung an diesem Gerät fertig. Ich habe eine Sicherungskopie des virenverseuchten Zustands hergestellt, damit wir gegebenenfalls den Täter, der uns ans Leder will, entlarven können und damit wir die Bildtelefonverbindung in andere Universen später noch mal nachvollziehen können.«

Allman steht die Besorgnis ins Gesicht geschrieben: »Hast du die zwei anderen Timeponder überprüft, ob dort ebenfalls ein Virus beseitigt werden muss?«

»Ja, Professor. Wir sind doch nicht auf der Titanic, oder?«, ängstigt sich Dan. Er fühlt sich nach wie vor verantwortlich für das Funktionieren der Timeponder und glaubt, es sei seine Schuld, dass das X-Team am falschen Ort gelandet ist. Wenn er sich jetzt auch noch Sorgen um die Sicherheit ihres Aufenthaltsortes machen muss, dann wird ihm die Last der Verantwortung fast unerträglich.

»Nein, Dan. Wir sind auf der Gigantic. Das steht fest, nachdem wir die Aufschrift auf der Speisekarte gesehen haben:

»Warum machen Sie dann ein so besorgtes Gesicht, Professor?«

»Weil es sein könnte, dass in diesem Universum der Gigantic das gleiche Schicksal widerfährt, welches die Titanic in unserem Universum erfahren hat.«

»Professor, jetzt sehen Sie mich völlig verblüfft. Ich dachte immer, die Vergangenheit steht fest. Außer, irgendwelche Zeitreisende, wie wir es sind, verändern sie.«

»Dan, die Vergangenheit eines Universums steht fest für immer und ewig und kann durch Zeitreisende nicht verändert werden.«

»Aber Professor, verändern wir denn nicht gerade die Vergangenheit dieses Universums?«

»Nein Dan. Wir verändern die Zukunft dieses Universums, in dem wir uns befinden.«

»Jetzt bin ich verwirrt, Professor. Wo ist der Schlüssel zum Verständnis Ihrer Aussagen?«

»Also gut, Dan, ich werde es erklären. Du kennst doch die Viele-Welten-Theorie?«

»Selbstverständlich, Professor. Die Viele-Welten-Theorie beruht auf einer Interpretation der Quantenmechanik von Hugh Everetts. Sie hat durch unsere Transposition in dieses Universum sogar einen weiteren experimentellen Beweis erfahren.«

»Dann weißt du auch, dass jedes zufällige Ereignis das aktuelle Universum in zwei teilt. Eines, in dem das Ereignis passiert und eines, in dem es nicht passiert.«

»Klar, Professor, den Kindern in der Schule erklärt man es mit dem Wurf einer Münze. Wenn in einem Universum die Münze beispielsweise Zahl zeigt, dann hat man gleichzeitig mit dem Münzwurf ein paralleles Universum erzeugt, in dem die Münze Kopf zeigt.«

»Genauso ist es, Dan. Wenn in einem Universum die Titanic durch irgendwelche dummen Zufälle untergeht, dann gibt es ein paralleles Universum, wo sie nicht untergeht.«

»Und sie wollen damit sagen, Professor, wenn in einem Universum die Gigantic völlig unbehelligt bleibt ...« Dan stockt. Die nachfolgende Erkenntnis nimmt ihm fast den Atem »... Dann gibt es ein paralleles Universum, in dem sie untergeht.«

»So ist es Dan, und nicht nur das. Wenn wir uns als Zeitreisende betätigen, teilen wir jedes Mal unser Zieluniversum in eines mit unveränderter Vergangenheit und Zukunft und ein dazu paralleles Universum, welches eine eigene Zukunft hat. Und wir befinden uns in einem solchen parallelen Universum mit eigener, uns unbekannter Zukunft.«

Dan schöpft wieder Hoffnung; das X-Team würde nicht zwangsläufig den Seemannstod erleiden müssen. Aufatmend sagt er: »Dann wissen wir doch gar nicht, ob die Gigantic untergehen wird.«

»Das ist richtig, Dan. Aber wenn wir durch unseren Willen und unsere Möglichkeiten keinen wesentlichen Einfluss auf den Ablauf der Ereignisse dieses Universums nehmen, dann wird das passieren, was wir von der Geschichte her kennen, vielleicht mit geringfügigen Modifikationen.«

»Und warum ändern wir nicht die Geschichte dieses Universums, Professor?«

»Ich fürchte, wir haben nur noch die Möglichkeiten für uns selbst und unser X-Team die Ereignisse zu verändern. Für das Schiff wird es zu spät sein. Ich glaube, es hatte bereits die Kollision mit dem Eisberg.«

»Professor, Sie machen mir Angst.« Dan fummelt in seinen vielen Taschen und sucht nach einem Mentholbonbon. Schließlich findet einen, reißt das Papier auf und stopft es hastig in den Mund. Während er nach frischer Luft hechelt, stößt er aus: »Merken Sie es auch? Das Schiff neigt sich bereits nach vorne.«

»Ich merke noch mehr, Dan. Schau mal auf den Boden.«

Dan kann seinen Schrei nicht unterdrücken: »Millionen-Kreuz-Donnerwetter. Durch die Kabinentür fließt Wasser rein.« Er schaut fassungslos auf den Kabinenboden. Dieser ist einen halben Zentimeter hoch mit Wasser bedeckt. »Ist das unser Ende? Kalt und nass?«

»Mama, Mama, da ist ein böser Mann am Telefon. Der hat geschrien und er will dich sprechen.« Charlotte, die das Telefon abgenommen hat, rennt außer sich vor

Empörung und zitternd in den Garten des großzügigen Landhauses der Allmans. Elisabeth Allman ist gerade dabei, im Garten Sträucher zu schneiden. Raul, ihr Hirtenhund sucht nach seinem vergrabenen Knochen.

»Schatz, wenn das ein böser Mann ist, der schreit, warum hast du nicht einfach aufgelegt?« Elisabeth ist nicht so schnell aus der Ruhe zu bringen. Sie ist für ihre pragmatischen Lösungen bekannt.

»Er hat geschrien, dass es für meinen Papa schlimm ausgehen würde, wenn ich auflege«, erzählt Charlotte, während ihre Mutter seelenruhig den Rosenstrauch zurückschneidet. »Er wollte Papa sprechen.«

»Ja, Schatz, und dann?«

»Ich hab die Bildübertragung ausgeschaltet. Er sah so schrecklich aus. Dann hab ich gesagt, dass Papa nicht da ist.«

»Das war gut, dass du die Bildübertragung ausgeschaltet hast. Und was war weiter?«

»Er hat geschrien, dass er dich sprechen will, wenn mein Papa nicht da ist«, erzählt Charlotte immer noch zitternd.

»Hat er auch gesagt, wie er heißt, Schatz?«

»Pinsch Hin hat er geschrien. Doktor hat er auch geschrien. Ist das der Dr. Pinchin, von dem Papa erzählt hat?« Charlotte beruhigt sich langsam und fängt an neugierig zu werden.

»Das wird er wohl sein, der berüchtigte Dr. Pinchin. Hat er nicht gesagt, was er von mir will?«, fragt Elisabeth seelenruhig und schneidet einen verdorrten Zweig ab.

»Er hat geschrien, wenn du Papa nicht herbeischaffst, dann wisse er schon, dass Papa gegen seine Anordnungen verstoßen hat. Du sollst ans Telefon kommen, um ihm Rechenschaft abzulegen.«

»Ich glaube, dieser Dr. Pinchin hat jedes Maß und jeden Anstand verloren«, fängt Elisabeth an, sich zu empören.

»Und dann hat er noch geschrien, Papa wäre ein Schwindler und Betrüger.« empört sich jetzt Charlotte erneut.

»Und das hast du dir alles anhören müssen, Schatz?« In ihrer Empörung kommt Elisabeth eine Idee, wie sie Dampf ablassen kann. »Na, dann wollen wir mal Raul bitten, für uns zu telefonieren.«

Raul lässt von der Knochensuche ab. Er schaut bei seinem Namen und dem Stichwort Telefonieren aufmerksam hoch. Die beiden Mädchen Charlotte und Kathrin haben sich einen Spaß gemacht, ihm das Telefonieren beizubringen. Wenn Raul mit seinen Hundepfoten die richtigen Tasten drückte, bekam er immer eine extra Portion Wurst. Da Raul nicht sprechen kann, musste er immer ins Telefon hineinbellen. Solange, bis eines der Mädchen dann »Auf Wiederhören« sagte. Daraufhin drückte er die Taste für die Gesprächsbeendigung. Für Raul war das genauso ein Riesenspaß wie für die Mädchen. Er durfte nach Herzenslust ins Telefon hineinbellen, bekam am Ende des Telefonats ein dickes Lob und wurde gestreichelt. Die Extraration Wurst tat ein Übriges, um seinen Lerneifer beim Telefonieren anzustacheln.

Elisabeth ruft Raul herbei, streichelt ihn und gibt ihm die Anweisung: »Raul, geh telefonieren.«

Freudig macht Raul einen Satz, rennt zum Telefon und fängt an zu bellen.

Etwa eine Viertelstunde später drückt Raul die Taste für die Gesprächsbeendigung und kommt schwanzwedelnd zu Elisabeth zurück.

An diesen Tag wird sich Raul lange erinnern. So eine dicke Wurst wie heute bekam er noch nie.

Eben war der Kabinenboden einen halben Zentimeter hoch mit Wasser bedeckt. Minuten später sind es schon zwei Zentimeter. Allman und Dan schauen entsetzt, wie schnell das Wasser steigt. Nur langsam verdichtet sich in Allmans Kopf eine Lösung.

Dans panischer Gesichtsausdruck verstärkt sich: »Professor, wir müssen uns hier weg transponieren, schnell.«

»Bezähme deine Panik, Dan, wir können doch nicht Dr. Embassy und Plonk einfach zurück lassen. Wir müssen in Ruhe überlegen, was wir tun können.«

»Ruhe? Ruhe? Woher soll ich Ruhe haben, wenn wir gleich ertrinken.« Dan nestelt an einer seiner Taschen, um sich einen weiteren Pfefferminzbonbon zu suchen. Erst als er auch diesen in seinen Mund stopft, lässt seine Panik-Attacke nach.

»Professor, wir müssen Plonk zurück rufen mit dem Kommunikator.«

»Ich glaube das ist sinnlos. Plonk wird sich erst wieder melden, wenn er Dr. Embassy gefunden hat. Ein Grundprinzip seiner militärischen Ausbildung ist, keinen Kameraden in Stich zu lassen. Er vermutet wohl zu Recht, dass wir uns schon zu helfen wissen, während Dr. Embassy bestimmt seine Hilfe benötigt.«

»Was machen wir dann? Hier können wir nicht bleiben.« Dan runzelt die Stirn, zieht an seinem Ohr und zappelt herum. »Professor, wir müssen uns be-eilen.«

»Dan, ich weiß. Aber wir brauchen eine leere Kabine an einer Stelle, die noch möglichst lange nicht überflutet wird. Dorthin müssen wir das ganze Gepäck schaffen und warten, bis Plonk sich meldet.«

Dan erscheint die Lage wenig aussichtsreich. Seine Stimme schraubt sich hoch: »Wir können doch nicht einfach das Schiff nach leeren Kabinen absuchen. Bis wir eine gefunden haben, ist hier unten unser ganzes Gepäck abgesoffen. - Und mit doppeltem Gepäck auf dem Rücken, unserem und dem von Plonk und Dr. Embassy, können wir kaum gehen. – Suchen schon gar nicht.«

»Nach der Legende soll der Klabautermann in Gefahren helfen, wenn er nicht gerade einen Schabernack treibt.«

Dan dreht schier durch: »Professor, machen Sie keine Scherze. Meine Nerven vertragen das im Augenblick überhaupt nicht.«

»Mir ist es ernst, Dan. Denk doch an Kapitän Bonny, der sieht mehr über unser Universum, als wir hier in der Kabine.«

In Dan keimt auf einmal eine Hoffnung auf: »Professor, das ist es. Ich spiele sofort die virenverseuchte Software wieder in unseren Timeponder ein. Dann holen wir uns Kapitän Bonny noch mal her.«

Zehn Minuten später, das Wasser in der Kabine ist mehrere Zentimeter hoch, die virenverseuchte Softwareversion in den Quantenrechner des Timeponders eingespielt, wiederholt Dan den Probelauf, der zum Erscheinen von Kapitän Bonny geführt hat.

Allman und Dan sehen Kapitän Bonny deutlich schlaftrunken in seinem Bett liegen.

»Ihr schon wieder? Lasst mich in Ruhe.« Kapitän Bonny ist ungehalten.

Allman versucht, ohne Umschweife sein Ziel zu erreichen: »Kapitän Bonny, bitte, helfen Sie uns. Sagen Sie, wo es eine freie Kabine gibt, die bis zum Schluss über Wasser bleibt.«

»Ihr verdammtes Pack, warum sollte ich euch helfen? Lasst mich schlafen.« Kapitän Bonnys hohe Stimme überschlägt sich fast.

»Wir werden Sie nicht mehr belästigen, wenn Sie uns helfen, Kapitän Bonny.« Allman lässt nicht locker.

»Schert euch zum Teufel.« Kapitän Bonny zeigt keine Anstalten, helfen zu wollen.

Allman wechselt seine Sprache und wird grob: »Bonny, wir werden dich bis in die Hölle verfolgen, wenn du uns jetzt nicht hilfst.«

Die letzten Worte zeigen bei Kapitän Bonny Wirkung. Er knurrt: »Also gut, wenn ihr versprecht, nie mehr in meinem Leben aufzutauchen, dann helfe ich euch. Aber nur dieses eine Mal. Verstanden?«

Allman nickt.

»Was soll ich also tun?«

Allman wiederholt seinen Wunsch: »Nennen Sie uns eine leere Kabine, die bis zum Schluss über Wasser bleibt.«

»Ein rauchendes Schiff und ohne Segel, so etwas Verrücktes. Das konnte nicht gut gehen. Jetzt habt ihr's. Hättet ihr das Schiff rechtzeitig verlassen, wie ich euch geraten hab, dann bräuchtet ihr keine Hilfe.«

»Schon gut, Kapitän Bonny. Sie haben recht. Aber beantworten Sie bitte meine Frage.«

Kapitän Bonny spricht langsam und nachdenklich: »Ich sehe im dritten Deck von oben auf der Steuerbordseite hinten eine leere Kabine mit drei Räumen. In dem Gang ist sie die vorletzte Kabine.«

Allman interpretiert für Dan: »Das dritte Deck von oben, das muss das C-Deck sein.« Zu Kapitän Bonny gewandt: »Danke, Kapitän Bonny. Sehen Sie, wie ich am schnellsten dorthin komme?«

»Nehmt die Außentreppen. Die Innentreppen sind mit Gittern verschlossen.«

»Danke, Kapitän Bonny. Wenn wir Ihnen auch mal helfen können, melden Sie sich bei uns. Sie haben etwas gut.«

Während Allman die letzten Worte spricht, hat Dan den Timeponder ausgeschaltet und somit die Verbindung augenblicklich unterbrochen.

Dan und Allman binden sich das Gepäck wie Rucksäcke mit Riemen auf den Rücken. Dan trägt zwei Timeponder und sein privates Gepäck. Allman trägt nur einen Timeponder, dafür aber das private Gepäck von Dan und Heroine. Die schwere Last lässt sie nicht aufrecht stehen. Sie müssen sich nach vorne beugen, um das Gleichgewicht zu halten. Dazu kommt noch, dass die Beine knietief im eiskalten Wasser stehen.

Schwankend machen sie sich auf den Weg, den Gang zurück Richtung Schiffsmitte. Menschen in Panik drängen und platschen an ihnen vorbei. An einer Treppe bleiben sie kurz stehen. Allman keucht: »Sollen wir die Treppe hoch?«

Dan keucht nicht weniger: »Ich glaube, es bleibt uns keine andere Wahl.«

Ein Mann und eine Frau schubsen Allman und Dan fast um und stürmen die Treppe hoch. Der Professor setzt langsam einen seiner vor Kälte schon tauben Füße nach dem anderen auf die Stufen und zieht sich selbst am Geländer hoch. Dan folgt ihm ebenso mühselig.

Nach einer endlos lang erscheinenden Zeit, in Wirklichkeit sind es nur drei Minuten gewesen, kommen sie hinter einer Gruppe von Personen zum Stehen. Drei, vier Männer rütteln an einem Gitter, welches den Weg versperrt. »Zurück, Dan, wir müssen einen anderen Weg suchen«, ruft Allman. Er geht auf die gleiche mühselige Weise rückwärts die Treppe herunter, die er gerade noch aufwärts ging. Unten stehen die Beine erneut im eiskalten Wasser.

So schnell es geht, hecheln sie den Gang weiter entlang, bis sie an einer weiteren Treppe ankommen. Zwischenzeitlich hat die Wasserhöhe schon ihre Oberschenkel erreicht. Allman feuert sich und Dan an: »Los, hoch. Schnell, schnell.«

Diesmal werden sie von keinen panischen Menschen geschubst, aber die Beine sind noch steifer als bei der letzten Treppe. Stufe für Stufe ziehen sie sich am Treppengeländer hoch. An der obersten Stufe geht es um die Ecke. Schwer keuchend kommen sie oben an und sind entsetzt. »Verdammt, will man uns hier ertränken?«, schreit Dan wütend los.

Allman sagt nur ermattet: »Schon wieder ein Gitter.« Plötzlich fällt ihm Kapitän Bonnys Rat ein und er sagt: »Dan, wir müssen die Außentreppe suchen. Schnell zurück, bevor das Wasser weiter steigt.«

Wieder gehen sie die Treppe mühselig am Geländer hangelnd rückwärts herunter. Die Wasserhöhe im Gang erreicht bereits den halben Oberschenkel. Platschend und spritzend hasten sie weiter. Zehn Meter vor sich sieht Allman etwas und bleibt stehen: »Da, Dan. Da auf der Tür steht es drauf: Außentreppe. Hoffentlich ist die nicht abgeschlossen.«

Sie erreichen die Tür, ein hastiger Griff zum Drücker und Allman ist erleichtert: »Offen. Sie ist offen.«

Zehn Minuten später haben Sie die von Kapitän Bonny vorgeschlagene Kabine erreicht. Mehrere Stewarts eilen an Ihnen vorbei, als sie die Kabine mit einer Zange öffnen, die Dan aus einer seiner Taschen hervorgezaubert hat. Keiner hält sie auf, keiner will etwas von ihnen, jeder scheint eine wichtige Aufgabe zu haben, von der er sich nicht abbringen lassen will.

»Herr Andrews, was kann ich noch anordnen, damit das Schiff so stabil bleibt, wie es ist?« Vor dem Gymnastikraum auf dem Bootsdeck beraten zwei Männer die Situation, Harold Lowe, fünfter Offizier der Gigantic und Daniel Andrews, Konstrukteur des Schiffs, der die Jungfernfahrt aus beruflichem Interesse mitmacht.

»Sie können jetzt nur noch beten, Herr Lowe«, antwortet Andrews. »Ich habe bereits jeden, der mir begegnet ist, versucht zu überzeugen, dass er ein Rettungsboot besteigen muss. Doch die meisten glauben, sie seien hier auf dem großen Schiff sicherer als in den wackeligen Rettungsbooten.«

»Ist es denn nicht so, Herr Andrews?«, fragt Lowe verwundert. »Ich denke, das Schiff soll unsinkbar sein, so stand es wenigstens in den Zeitungen.«

»Ihr Vertrauen in meine Konstruktion ehrt mich, Herr Lowe. Richtig ist, dass dieses Schiff durch seinen doppelten Boden einen höheren Sicherheitsstandard besitzt, als alle bisher gebauten Schiffe. Aber dass es unsinkbar wäre, habe ich nie behauptet. Das entspringt der Sensationsgier der Zeitungen.«

Harold Lowe ist immer noch nicht überzeugt: »Aber es sieht doch stabil aus, keine Schlagseite, nur der Bug ist unter Wasser. Die Trimmung des Schiffs beträgt vielleicht fünf Grad Richtung Bug, was ich nicht als bedrohlich wahrnehmen kann. Den Passagieren geht es ebenso. Schauen Sie, welch heitere Atmosphäre die Bordkapelle nur zwanzig Meter von uns entfernt mit ihrer Ragtime-Musik erzeugt.«

Andrews Stimme wird energischer: »Herr Lowe, wenn eine Kapelle im Vorhof zur Hölle heitere Weisen anstimmt, kann ich das nicht als eine heitere Atmosphäre ansehen. Ein ähnliches Gespräch musste ich vor zehn Minuten mit einem Herrn führen. Dieser bestellte sich gerade einen Cocktail mit dem Eis, das bei der Kollision vom Eisberg abbrach und auf Deck fiel.«

»Ja, und? Wovon wollten Sie ihn eigentlich überzeugen?«

»Verdammt noch mal, dass er sich in ein Rettungsboot begibt«, bricht es aus Andrew heraus.

»Herr Andrews, selbst wenn er das getan hätte, hätte es ihm nichts genutzt. Ich habe den Mannschaften Anweisung gegeben, nur Frauen und Kinder in die Rettungsboote zu lassen. Wir Männer sind schließlich keine schwachen, ängstlichen Naturen und können diese kleine Unannehmlichkeit hier auf der Gigantic durchstehen bis Rettung kommt. Und schauen Sie mal, weit draußen schwimmen die Boote mit den Frauen, die sich dort fürchterlich langweilen müssen, ohne Unterhaltungsmusik und ohne Cocktails. Deswegen sind manche Boote nur halb besetzt.«

»Herr Lowe, kommen Sie endlich in der Realität an. Lassen Sie die halb besetzten Boote zurückholen, damit mehr Menschen gerettet werden können.«

»Selbst wenn es mir möglich wäre, denke ich nicht daran, Herr Andrews.«

»Wie kann ich Sie nur überzeugen, Herr Lowe? Haben Sie nach der Havarie einen Inspektionsgang unter Deck durchgeführt?«

»Ja sicher. Sechs Abteilungen sind beschädigt. Ich hab sofort alle Schotten dichtmachen lassen. Chefingenieur Bell hat mir versichert, er wird mit seinen vierunddreißig Ingenieuren und Technikern die Kessel weiter betreiben, um die Dampfversorgung der Stromgeneratoren zu gewährleisten, damit Energie für Pumpen, Funk und Beleuchtung zur Verfügung steht. Durch gezieltes Ab- und Umpumpen von Wasser sorgt er dafür, dass die Gigantic keine Schlagseite bekommt. Was soll uns also passieren?«

»Herr Lowe, ich kann Ihnen versichern, die Gigantic ist von mir so konstruiert, dass sie mit bis zu vier überfluteten Abteilungen schwimmfähig bleiben kann. Wenn aber sechs Abteilungen beschädigt sind, dann werden sechs Abteilungen überflutet, wenn sie es nicht schon sind. Die Gigantic kann nicht mehr lange schwimmfähig bleiben, und wenn der Strom ausfällt, dann ist es sowieso in wenigen Minuten aus.«

»Warum sollte der Strom ausfallen?«

Ein Stewart mit einer Narbe auf der rechten Wange, unschwer als Plonk zu erkennen, nähert sich den beiden: »Guten Abend. Entschuldigen Sie, dass ich störe, aber ich suche dringend nach einer Frau mit halblangen mittelblonden Haaren, ovalem hübschem Gesicht und braunem Kleid aus festem Baumwollstoff ohne auffällige Verzierungen. Sie ist ein wenig verwirrt und wird von ihrem Mann verzweifelt gesucht, seit sie einfach unbemerkt fortgegangen ist.« Plonk greift zu dieser kleinen Ausrede, um seine Suche nach Heroine plausibel erscheinen zu lassen.

Harold Lowe antwortet: »Die Frau muss allerdings sehr verwirrt sein, wenn es die ist, die ich vor drei Stunden festnahm. Die lief hier mit offenem Haar herum, wie das keine anständige Frau tut und dann konnte Sie auch nicht sagen, zu welcher Kabine sie gehört. Ich musste sie festsetzen, bis die Angelegenheit geklärt ist, und sperrte sie zur Rudermaschine hinter dem Gymnastikraum. Wenn Sie bitte nachschauen und mir dann berichten, ob es die Gesuchte ist.«

Nachdem Plonk kurz »danke« gemurmelt und sich entfernt hat, fragt Lowe: »Herr Andrews, wo waren wir stehen geblieben? Ach so, ja, warum sollte der Strom ausfallen?«

»Herrgott, Herr Lowe. Ist es für Sie so schwer vorstellbar, dass bald auch der letzte Kesselraum überflutet sein wird?«

»Hallo, Plonk, bitte melden. Hallo, Plonk, hallo.« Allman versucht seit einer Viertelstunde ununterbrochen Plonk über den Kommunikator zu erreichen, um ihn über das neue Quartier zu informieren. Die Kabine ist luxuriös ausgestattet mit einem Wohnzimmer, zwei Schlafzimmern, WC und Bad.

»Hier könnte ich eine Kreuzfahrt aushalten, ganz ohne Technik«, meint Dan, als er sich an dem Sekretär aus edlem Wurzelholz niederlässt und seinen Timeponder auf die lederne Schreibunterlage stellt.

»Dan, ich werde langsam nervös. Keiner meldet sich, weder Dr. Embassy noch Plonk. Ich weiß nicht, ob ich es hier drin noch lange aushalte. Von einer Kreuzfahrt mag ich gar nicht reden«, antwortet Allman.

»Professor, das ist Galgenhumor. - Wenn ich an den Wassereinbruch in unserer Kabine der Dritten Klasse denke, dann kann ich nur sagen, wir müssen hier von diesem Schiff verschwinden und das ganz schnell. - Ich werde jetzt den Timeponder prüfen, der uns wegtransponieren soll.«

Auf einmal hören beide Ragtime-Musik aus Allmans Kommunikator. Plonks Stimme folgt: »Hallo, Professor Allmann, hören Sie mich?«

Allman ist erleichtert: »Gott sei Dank, Plonk. Ich muss Sie informieren. Wir sind jetzt auf dem C-Deck, Erste Klasse, vorletzte Kabine Steuerbord. Die Dritte Klasse im Bug ist überflutet.«

»In Ordnung, Professor Allman. Ich hab schon vermutet, dass Sie eine trockene Kabine, dem kühlen Bad vorne im Bug vorziehen. Von meinem Standplatz auf dem Bootsdeck kann man vom Bug nichts mehr sehen, der ist vollständig unter Wasser. Warum ich mich melde: Ich hab eine Spur von Heroine. Sie ist möglicherweise im Raum der Rudermaschine eingesperrt.«

Allman gibt einen Seufzer der Erleichterung von sich: »Ich bin sicher, Sie werden Sie da rausholen.«

»Ich werde es versuchen, Professor Allman. Aber das Wichtigste, was ich sagen wollte: Ich habe von einem Gespräch zwischen dem Konstrukteur des Schiffes und einem Offizier ein wenig aufgeschnappt. Ich glaube, das Schiff wird sehr bald instabil werden. Wir müssen auf das Schnellste hier verschwinden, sobald ich Heroine gefunden und befreit hab. Bitte sorgen Sie dafür, dass der Timeponder für die Transposition bereit ist und uns innerhalb einer Minute wegtransponieren kann, sobald ich mit Heroine zur Kabinentür herein komme.«

»In Ordnung, Plonk. Es wird alles bereit sein«, antwortet Allman. Aber Plonk hört es schon nicht mehr, da er seinen Kommunikator bereits wieder ausgeschaltet hat.

»Schei ...« Mit verzweifelter Stimme sagt Dan nur das eine Wort und ballt die rechte Faust.

»Was ist denn los, Dan?«, fragt Allman verwundert. »Sonst hast du eine gepflegtere Sprache.«

»Oh, nein«, stöhnt Daniel.

»Bitte klär mich auf, Dan.« Allman wird bleich, weil er ahnt, dass irgendetwas völlig schief läuft.

»Die zwei Timeponder die auf dem Boden in unserer vorherigen Kabine standen, sind nass geworden, als die Kabine knietief mit Wasser überflutet wurde«, presst Dan heraus.

»Ja, das hab ich mir gedacht. Aber du hast doch noch den trockenen, den du ins Bett gestellt hattest, um ihn auszuprobieren«, beruhigt Allman.

»Das ist es doch Professor«, jammert Daniel. »Ich hab zwei Timeponder hierher getragen, einen nassen und den trockenen.

»Was willst du damit sagen?«

»Professor, jetzt sind beide nass.«

Allman muss schwer schlucken: »Ich will nicht fragen, wie das passiert ist. Mir ist wichtiger: Was bedeutet das für die Transposition?«

Dans Stimme wird schwach: »Wenn wir das Gerät an der Luft trocknen, dann müssen wir mehrere Stunden warten, bevor wir es wieder einschalten dürfen.«

»Bist du noch bei Trost?« Allman verliert beinahe die Fassung. »Wir müssen es einschalten und die Transposition durchführen. Komme, was wolle.«

Dans Stimme klingt ängstlich. »Professor, Sie wissen doch, wenn wir den Timeponder zu früh einschalten, dann gibt es entweder einen Kurzschluss oder wir sehen aufgrund einer Fehlfunktion so aus, wie die arme Ratte während der Präsentation im großen Hörsaal.«

»Erinnere mich nicht noch einmal an die Ratte.« Allman wird wütend. »Es ist mir völlig egal, was passiert. Aber wir müssen, wir werden, die Transposition starten. Die Alternative, hier auf dem Schiff zu bleiben, und aller Wahrscheinlichkeit nach zu ertrinken ist nicht schmeichelhafter.«

»Ich kann noch nicht einmal den Computervirus entfernen, weil ich das Gerät in nassem Zustand nicht einschalten darf«, jammert Dan weiter. Er sieht keine Rettung mehr. Die Furcht vorm Ertrinken lähmt seinen Geist.

»Wie, wie sind Sie hereingekommen?«, stottert Capiello. Er sitzt am späten Abend gemütlich vor einer Flasche Rotwein im Wohnzimmer seiner großzügigen Villa in der edelsten Wohngegend von Quantum City, als Bella Blackbeard überraschend vor ihm in seinem Wohnzimmer steht.

»Nein, Capiello, ich habe mich nicht teleportiert. Soweit bin ich mit meinem Multiversumtor noch nicht.« Bella Blackbeard lacht abgehackt. »Glauben Sie etwa, Ihre Haushälterin sei ein Hindernis für mich, wenn ich zu Ihnen will?«

»Aber«, wagt Capiello einzuwenden, »zu so später Stunde habe ich keine Besuchszeit mehr.«

»Auf die Stunde kann ich keine Rücksicht nehmen, Capiello. Ich muss Ihnen dringend einen für Sie ehrenvollen Vorschlag machen.«

»Nun gut, Professor Blackbeard. Wenn Sie schon mal da sind, dann setzen Sie sich und trinken mit mir ein Gläschen von diesem guten Château Lafitte.« Capiello bestellt bei seiner Haushälterin ein leeres Glas für BB.

Nachdem er BB aus der Rotweinflasche eingeschenkt hat und sich beide zugeprostet haben, fragt Capiello: »Wo brennt's denn? Was ist so wichtig, dass Sie mich am späten Abend in meinem Haus belästigen?«

Aus BB bricht es heraus: »Dieses Multiversumtor bringt mich noch um. Nichts daran funktioniert richtig und das nur, weil es zu wenig Energie bekommt.«

»Ja und, warum geben Sie dem Tor nicht mehr Energie, wenn es das so haben will?«, fragt Capiello belustigt.

»Typisch unverständiger Laie«, schimpft BB. »Die Energiegeneratoren, die ich eingebaut hab, geben einfach nicht mehr her. Die arbeiten nach dem Prinzip der kalten Fusion und die hat ihre physikalischen Grenzen.«

»Wo ist das Problem? Bauen Sie doch einfache andere Energiegeneratoren ein, die genug Energie liefern.« Capiello sieht die Angelegenheit locker.

»Genau, das will ich machen, aber für die Vakuumenergiegeneratoren, die aus dem Quantenvakuum fast unbegrenzte Energiemengen extrahieren können, fehlt mir das Geld.«

Capiello nimmt schlürfend einen Schluck aus seinem Glas und rollt genießerisch mit den Augen, bevor er schulterzuckend antwortet: »Wenn Sie kein Geld dafür haben, dann müssen Sie es eben lassen. Können wir von etwas anderem reden?«

»Eben nicht, Capiello.« Bella Blackbeard knallt ihr Weinglas auf den transparenten Couchtisch, nachdem sie einen kräftigen Schluck zu sich genommen hat. »Ich will Sie jetzt bei Ihrer Ehre packen.«

»Bei was wollen Sie mich packen? Da kann ich nur lachen«, schnaubt Capiello. »Wir wollen lieber nicht von der Ehre reden. Nicht dass ich hinterher meine silbernen Löffel zählen muss.«

BB, welche Capiellos Beleidigung nicht verstanden hat, macht ihm einen Vorschlag: »Capiello, ich möchte Sie als Sponsor gewinnen für die Anschaffung eines Vakuumenergiegenerators. Als Gegenleistung könnte ich mich für Sie starkmachen, dass Sie von der Francis-Drake-Universität die Ehrendoktorwürde erhalten.«

»Das ist wirklich stark,« lacht Capiello, »wo es doch die größte Ehre für mich wäre, ein großes Geschäft mit dickem Gewinn abzuschließen. Und Sie wollen mir einreden, ein Stück Büttenpapier und die Laudatio Ihres Dekans wären eine Ehre.«

BB ist verblüfft: »Ich dachte immer, dass die drei wichtigsten Dinge der Menschen Ehre, Reichtum und Vergnügen seien. Das Erste hätte ich Ihnen beschaffen können.«

»Wenn Sie mir das Zweite oder Dritte angeboten hätten, dann hätte ich es mir überlegt. So sage ich definitiv Nein. Bitte gehen Sie jetzt und lassen mich meinen Wein in Ruhe genießen.« Damit beendet Capiello das Gespräch.

Mit einer unbändigen Wut im Bauch und ohne ein weiteres Wort zu verlieren, verlässt Bella Blackbeard die Villa.

In der Luxuskabine scheint Allman das eiskalte Wasser weit entfernt. Er kann nicht glauben, dass er wegen nasser Timeponder in Kürze ertrinken soll: »Mensch, Dan, reiß dich zusammen. Du kennst meinen Spruch: Wer nicht kämpft, hat schon verloren. Geh, hole im Badezimmer trockene Handtücher, und dann versuchen wir den Timeponder so schnell wie möglich auszuwischen und auszutrocknen.«

Widerstrebend geht Dan ins Badezimmer. Er glaubt nicht an eine Chance, dem unausweichlich erscheinenden Schicksal zu entrinnen und gibt sich verloren. Lustlos mustert er die Handtücher, die an vernickelten Messingstangen hängen. Sein Blick gleitet über das Waschbecken, das in eine marmorne Ablage eingebettet ist. Auf der Ablage liegt ein Stapel Handtücher und darauf ein winkelförmiges elektrisches Gerät mit vernickeltem Gehäuse. Ein stoffumwickeltes Kabel kommt aus dem Griff heraus und am anderen Ende des Gehäuses gähnt eine Öffnung, groß wie ein Taler. Dan, der zuerst unaufmerksam und unlustig über das Gerät hinweg geschaut hat, stutzt. Er schaut ein zweites Mal hin, diesmal viel genauer. Plötzlich wird er lebhaft, nimmt das vernickelte Gerät auf, stürzt aus dem Badezimmer auf Allman zu und schreit fast, während er das Gerät Allman dicht unter die Augen hält: »Professor, sehen Sie das?«

»Wenn du mir das Ding direkt vor die Augen hältst, sehe ich gar nichts, Dan.«

»Natürlich, Professor.« Dan vergrößert den Abstand. Bevor Allman etwas sagen kann, redet er selbst weiter: »Das ist einer der ersten Haarföhne der Welt. Ich hätte nicht gedacht, im Jahr 1912 einen zu finden. Jetzt sind wir gerettet.«

»Ob wir gerettet sind, möchte ich so nicht sagen, aber es erleichtert uns die Rettung, Dan«, meint Allman sichtlich erfreut.

Dan findet in Bodennähe eine Steckdose, in der das Kabel der Stehlampe steckt. Er reißt das Kabel aus der Dose, steckt dafür den Stecker des Föhns ein und beginnt mit Warmluft den Timeponder auszutrocknen.

»Hallo, Heroine, wie gefällt dir das Luxusleben auf diesem Dampfer?« Plonk steht vor der verschlossenen Glastüre zur Rudermaschine, klopft an die Scheibe und macht Heroine auf sich aufmerksam. Heroine sitzt in einer Ecke des Raumes auf einem Metallkasten, festgekettet mit Handschellen an einer Stange und macht ein finsteres Gesicht. Eine weitere Stange vor ihrem Oberkörper hindert sie daran, sich zu ihrem Kommunikator am Handgelenk herabzubeugen, um Hilfe herbeizurufen.

Als Plonk klopft, wird sie wütend: »Du Mistkerl, dir ist wohl der Ernst der Lage nicht bewusst. Ich habe das Gefühl, das Schiff macht es nicht mehr lange. Hole mich endlich hier raus.«

»Doch Heroine, ich weiß um die Gefahr und hatte Angst, dass ich dich nicht rechtzeitig finde.«

»Ob es rechtzeitig ist, wird sich zeigen. Das Licht fängt schon an zu flackern. Pit, mach endlich.«

Plonk, dem in der Stewartlivree nicht die gewohnten Taschen mit allen möglichen Gegenständen und Werkzeugen zur Verfügung stehen, nestelt an der rechten Hosentasche und holt das einzige Werkzeug heraus, welches er bei sich hat: ein Schweizer Messer mit anhängender kleiner LED-Lampe. Er klappt den Schraubenzieher heraus und schraubt den Türbeschlag aus Messing ab. Dann schaut er sich das Schloss genauer an: »Mist«, schimpft er leise vor sich hin. »Wie soll man ohne geeignetes Werkzeug ein Schloss öffnen?«

Das Licht flackert. Heroine ruft: »Mach endlich, schlag die Scheibe ein.«

In dem Augenblick geht auf dem ganzen Schiff das Licht aus. Alles liegt im Dunkeln und wird nur noch vom Mondlicht beschienen. Plonk tastet sich zur Wand, an der ein Feuerlöscher hängt. Er reißt ihn aus der Halterung, holt aus und benutzt ihn wie einen Hammer. Die Scheibe zur Rudermaschine zerspringt und er steigt durch die zerbrochene Scheibe in den Raum. Er nimmt die angeschaltete LED-Lampe in den Mund, klappt einen Stift aus seinem Schweizer Messer heraus und macht sich damit an Heroines Handschellen zu schaffen. Sekunden später ist sie frei.

»Warum muss jetzt auch noch die Sicherung raus fliegen?« Dan bekommt einen Schreck, als es in der Kabine dunkel wird und der Föhn aufhört zu arbeiten. Allman schnellt von seinem Sitz hoch, reißt die Kabinentür auf und schaut in den Gang: »Nirgends Licht zu sehen. Das ist nicht die Sicherung. Das ist das ganze Schiff.«

Allman holt seine LED-Lampe aus der Tasche, um wenigstens etwas Licht zu haben. Dan lässt sich in den ihm am nächsten stehenden weich gefederten Sessel sinken: »Oh, Gott. Jetzt ist es aus.«

»Dan, was faselst du?«

Dan ist wie weggetreten.

»Komm zu dir. Bereite den Timeponder vor.« Allman spricht Dan mit energischer Stimme an und rüttelt ihn. Gleichzeitig hört man das laute knarrende Geräusch von gepeinigtem Stahl durch das Schiff wandern.

Allman baut das gesamte Gepäck vor der einzigen freien Kabinenwand auf. »Dan, steh auf und stell dich hierher zum Gepäck.«

Nachdem Allman Dan geschüttelt hat, steht dieser tatsächlich auf und stellt sich zum Gepäck.

Die Schräglage des Schiffes vergrößert sich. Der durch die ungleich verteilte Wasserlast überbeanspruchte Stahl hört nicht mehr auf zu ächzen. Allman schaltet den Timeponder an, startet aber zunächst nicht das Transpositionsprogramm. »Hoffentlich hält das Schiff noch einige Minuten seine Lage«, denkt er laut und sein Herz klopft stark. Er versucht Plonk, über den Kommunikator zu erreichen.

In dem Augenblick wird die Kabinentür aufgerissen. Plonk und Heroine stürzen herein. Plonk glaubt, das Transpositionsprogramm sei schon gestartet. Atemlos ruft er: »Halt, nehmt uns mit.«

Die Geräusche im Stahlkörper des Schiffs nehmen ein Ausmaß an, dass jeder, der noch nicht an ein Auseinanderbrechen glauben konnte, nun eines Schlechteren belehrt wird. Das Auseinanderbrechen steht unmittelbar bevor.

»Schnell. Stellt euch zu Dan.« Allman drückt Plonk und Heroine in Richtung des aufgebauten Gepäcks, dann startet er das Transpositionsprogramm.

Während er sich selbst zu seinem X-Team stellt und die ganze Gruppe in gleißendes Licht gehüllt wird, denkt er: »Bitte, lass alles gut gehen, ohne Fehlfunktionen«, wobei er sich nicht darüber im Klaren ist, an wen er seine Bitte richtet.

Als die Eisennieten in der Schiffsmitte mit enormem Getöse brechen, das Vorderteil der Gigantic abreißt und im Meer versinkt, die hintere Hälfte erst aufs Meer platscht und sich Sekunden später senkrecht aufrichtet, da fliegt von der Schwerkraft angezogen, außer den Möbeln nur noch ein einsam zurückgebliebener Timeponder auf die Kabinenwand, an der sich Sekunden vorher das X-Team befand.

Kapitän Bonny

Seit Tagen brennt die Sonne gnadenlos. Kein Lüftchen rührt sich und die Segel der Revenge, einer flach gebauten Dreimastfregatte, hängen schlaff an den Masten herunter. Der Gestank von billigem Rum und die Ausdünstung der Mannschaft wabern übers lange Deck. Schiff und Mannschaft warten an diesem 15. April 1718 deprimiert auf eine frische Brise, genauso wie unzählige Tage davor.

Das Unglück wollte es, dass die Revenge vor vier Wochen bei ihrem letzten Überfall auf eine spanische Galeone siebenunddreißig Mann verlor, weil die Mannschaft des gekaperten Schiffs sich unerwartet heftig verteidigte. Zu allem Überfluss begann, das Trinkwasser in der Hitze zu faulen. Auch das Verdünnen des Wassers mit Rum nutzte nichts. Alle Mann, mit ganz wenigen Ausnahmen, zu denen auch der Kapitän gehört, bekamen hohes Fieber und Durchfall. Ein Drittel der Männer starben. Jetzt sind sie noch 93 an Zahl und überwiegend geschwächt. Sie sehnen sich danach, ihre zu den Bahamas gehörende Heimatinsel New Providence zu erreichen. Dort können sie sich auskurieren und neue Kräfte schöpfen. Dort ist ihnen auch der englische Gouverneur wohlgesonnen.

Die Mannschaft führt ein Leben, das sie ohne Rum nicht durchstehen wollte. Es ist das Getränk, das die Männer in den Stand versetzt, Dinge zu tun, die kein anständiger Mensch anpacken würde. Rum gibt den Männern Mut, wenn sie einen bewaffneten Kauffahrer kapern sollen. Rum betäubt sie, wenn nach einer Schlacht ein Arm oder ein Bein amputiert werden muss. Rum hilft ihnen, den Gestank, die Ratten und Kakerlaken nachts unter Deck zu ertragen. Rum ist ihre Medizin. Rum macht ihr fauliges Trinkwasser erst trinkbar. Kurzum, Rum ist ihr alltägliches Leben. Und wenn der Kapitän sie bestrafen will, dann kürzt er einfach ihre Rumrationen.

Alle Freiheit hat ihren Preis; auch die der Freibeuter. Ein Preis des Freibeuterlebens ist das Verbot von Frauen an Bord. Aber Kapitän Linda Bonny zählt unter den Freibeutern nicht als Frau. Als einziges Kind des bekannten Freibeuters Ben Bonny, der in der Karibik über 100 Schiffe kaperte, begleitete sie ab dem 16. Lebensjahr ihren Vater auf allen Fahrten. Das war nur möglich, indem sie sich als Mann verkleidete.

Auf einer der Fahrten ihres Vaters äußerte einmal ein großmäuliger Typ seinen Unmut darüber, dass eine Frau anwesend wäre. Sie zögerte nicht lange, sondern tötete ihn mit einem Messerstich ins Herz. Seitdem gilt sie als Mann ehrenhalber.

Nachdem ihr Vater, getroffen von einer Kanonenkugel, verschied und auf See beerdigt wurde, galt sie als Anwärter für den Kapitänsposten. Kapitän wurde sie, weil sie selbst keinen Alkohol trank, auch keinen Rum. Als das Schiff, auf dem sie Dienst tat, einem spanischen Kriegsschiff begegnete, versteckte sich die völlig betrunkene Mannschaft unter Deck. Bonny hielt als Einzige die Stellung. Es gelang ihr, die Soldaten des Kriegsschiffs von der Harmlosigkeit ihres eigenen Schiffs zu überzeugen. Das war der Grund, warum die Mannschaft sie anschließend zum Kapitän wählte.

In den Hafenkneipen von Nassau, der Hauptstadt der Bahamas, erzählt man sich, sie habe das spanische Kriegsschiff durch eine List getäuscht. Sie soll die spanische Flagge aufgezogen haben und darunter die gelbe Seuchenflagge. Die

Seuchenflagge warnt jeden fremden Kauffahrer, sich zu nähern, wenn er nicht selbst die Pest an Bord haben möchte.

In ihrer Eigenschaft als Kapitän achtet Bonny streng, aber gerecht auf die Einhaltung von Regeln. Jeder Mann muss ein Papier mit diesen Regeln unterschreiben, bevor er an Bord kommen darf. Beispielsweise müssen Lichter und Kerzen unter Deck um acht Uhr abends gelöscht sein. Wer nach acht Uhr noch weiter trinken will, muss das am Oberdeck tun. Eine weitere Regel ist das Verbot, Kameraden zu bestehlen. Wer es dennoch tut, wird mit dem Abschneiden eines Ohres oder der Nase bestraft.

Während eines Gefechts besitzt der Kapitän die absolute Befehlsgewalt, um die Disziplin unter der Mannschaft aufrechtzuerhalten und den Erfolg sicherzustellen. Wer dann die Anordnungen des Kapitäns missachtet, darf sofort bestraft werden. Bonny hat mehr als einmal während eines Gefechts einen der eigenen Männer erschossen, der seine Gefechtsstation verließ. Deshalb ist sie gefürchtet, aber auch geachtet.

Einerseits führt sie das Schiff mit harter Hand, andererseits sorgt sie für die Unterhaltung der Männer, so, wie das auf großen Freibeuterschiffen üblich ist. Bonny hat für die Revenge eine Kapelle angeheuert, deren Aufgabe darin besteht, tagsüber die Männer mit Musik zu unterhalten. Nicht jedes Freibeuterschiff kann sich solch eine Kapelle leisten und auch nicht auf jedem ist eine Kapelle erwünscht, denn die Musiker erhalten einen Anteil an der Beute. Doch die Revenge hat in der Vergangenheit gute Prisen gemacht, sodass es immer genügend zu verteilen gab.

In Kampfsituationen muss die Kapelle die angegriffene Schiffsmannschaft mit fürchterlichem Lärm erschrecken und die eigene Mannschaft anfeuern. Sie bekommen dafür immerhin Dreiviertel des Anteils an der Beute, den ein Kämpfer erhält. Als Kapitän erhält Bonny den größten Batzen, nämlich Zwei-und-einen-halben-Anteil.

Zwischen England und Spanien herrscht zu Kapitän Bonnys Zeiten Krieg. Deshalb geben die Regierungen Kaperbriefe aus, um die Wirtschaft des Feindes empfindlich zu schwächen. Bonny ließ sich vom Gouverneur der Bahamas einen Kaperbrief ausstellen. Dieser Brief erlaubt es ihr, die spanischen oder auch französischen Galeonen aufzubringen und die Beute aufzuteilen. Verboten dagegen ist es, englische Handelsschiffe zu kapern. Eine Zuwiderhandlung wäre aus der Sicht der Engländer nicht die erlaubte Freibeuterei, sondern verbotene Piraterie, die mit der Todesstrafe bedroht wird. Nicht verschweigen sollte man in diesem Zusammenhang die spanische Sicht der Dinge. Die Spanier sind nicht begeistert über die Kaperbriefe, die der englische Gouverneur der Bahamas ausstellt. Sie verfolgen die Freibeuter mit Kriegsschiffen und hängen sie als Piraten auf, sofern sie ihrer habhaft werden.

Wenn Bonny doch einmal ein englisches Schiff kapert, achtet sie darauf, dass kein Mann überlebt, der von ihrem unrechtmäßigen Tun berichten könnte.

Wie schon erwähnt, liegt die Revenge an diesem 15. April 1718 bei Flaute ruhig in der See. Um trotzdem in Richtung ihres Heimathafens voranzukommen, lässt Bonny vierundzwanzig der am wenigsten geschwächten Männer in ein Beiboot setzen. Diese legen sich schwitzend und fluchend in die Riemen, um die Revenge zu ziehen. Der Obermaat gibt den Rudertakt vor.

»Eins, zwei, eins, zwei. Verdammt, ihr Hundesöhne bleibt im Takt, sonst geht's nicht voran.«

»Obermaat, blas dich nicht so auf«, schreit der einäugige Joe und die anderen Männer murmeln beifällig, »Du bist auch nichts Besseres als wir.«

»Zier dich bloß nicht, wie eine Jungfrau, Joe.« Der Obermaat hat einige Lacher auf seiner Seite. »Wenn Euch Saufköpfen niemand den Takt angibt, dann sind wir Weihnachten immer noch auf See. Also, jetzt im Takt, sonst bläst Euch die Kapelle den Marsch. Eins, zwei, eins, zwei.«

Die Drohung wirkt. Alle rudern wieder im Takt. Jeder weiß, dass die Kapelle immer dann den Marsch bläst, um die Schmerzensschreie zu übertönen, wenn jemand mit der neunschwänzigen Katze bestraft wird.

Der Rest der Mannschaft, bis auf den Schiffszimmermann, döst in der Mittagshitze unter Deck in ihren Hängematten, wenn es wenig zu tun gibt. Das Schwein, das man zur Frischfleischversorgung mitnahm, hat sich aus seinem wurmstichigen Lattenverschlag an Deck befreit und schnüffelt suchend über die Planken.

Der Schiffszimmermann Joseph Gibson, mit fünfundvierzig das älteste Besatzungsmitglied, ist allein an Deck. Er wechselt zerbrochene Latten aus.

Plötzlich wird das Deck in einen hellen Lichtschein getaucht, heller als die brennende Sonne. Gibson schaut auf und sieht drei Meter vor sich ein mannshohes Loch, aus dem ein höllisches Feuer scheint. Obwohl es sich um ein kaltes Licht handelt, wird ihm heiß unter der brennenden Sonne. Er hat eine lange Lebenserfahrung, aber so etwas hat er noch nie gesehen und bekommt einen furchtbaren Schreck. Ihm entfährt ein lauter Angstschrei: »Ihhh, alle Teufel, die Hölle, sie verschlingt uns.«

Der einbeinige Schiffskoch Sydney Green, der sich jetzt mehr schlecht als recht um das leibliche Wohl der Mannschaft kümmert, ruft von seiner Hängematte unter Deck nach draußen: »Kann man nicht mal in Ruhe schlafen, was machst du für einen Lärm, Joseph?«

Joseph Gibson beruhigt sich nicht und schreit weiter: »Hilf. Das Jüngste Gericht.«

Zwischenzeitlich sind auch der Segeltuchmacher Francis Gore und der Schmied William Wilkinson wach geworden. »Verdammt, Joseph, du Saufkopf. Trink nicht soviel Rum und lass uns schlafen«, schreit Wilkinson nach oben.

»Herr, ich bereue. Ich schwöre bei allem, was mir heilig ist, nicht mehr zu sündigen«, kommt die Antwort von Gibson.

Dem Segeltuchmacher Gore wird es zu bunt: »Zum Teufel mit dir, Joseph. Führ hier keine Schmierenkomödie auf. Was ist dir schon heilig, so, wie du sonst immer bei deiner Arbeit fluchst.« Nachdem der Schiffszimmermann als Antwort die Heiligen anruft, springt Gore aus seiner Hängematte: »Ich komme hoch, du Bastard und stopfe dir das Maul.«

Gore steigt die Leiter hinauf an Deck. »Heiliger Klabautermann«, entfährt es ihm und er bekreuzigt sich, als er die Lichterscheinung sieht.

Das Geschrei wird auch in den Kajüten am Oberdeck gehört. »In drei Teufels Namen, welcher Pfaffe hat Euch den Kopf verdreht und die Heiligen anrufen gelehrt?« brüllt der einarmige Schiffsmeister Isaac Pickersgill, aus seiner Oberdeck-Kajüte.

»Komm raus und schau dir doch an, was los ist, Pickersgill. Auch wenn du mit einem Arm gar nicht richtig beten kannst«, gibt der Segeltuchmacher Gore respektlos und mit einer Lautstärke zur Antwort, dass es selbst die hartnäckigsten Säufer unter Deck aus ihrem Rausch hochreißt. Eine Minute später stehen vielleicht fünfundzwanzig Mann an Deck und glotzen sprachlos auf das Schauspiel, das sich ihnen bietet.

Wenige Meter vor ihnen scheint sich ein mannshohes Loch in der Welt aufzutun und den Blick in eine andere freizugeben. Die Helligkeit des Lochs ist weit größer als die umgebende Helligkeit des Sonnenlichts, sodass die Mannschaft nur mit zusammengekniffenen Augen zuschauen kann. In dem Höllenloch stehen vier seltsam gekleidete Gestalten vom Licht umgeben, Teufeln aus manchen Erzählungen nicht unähnlich. Allmählich verringert sich die Helligkeit. Der Blick in die fremde Welt verblasst, bis er ganz verschwindet. Die Gestalten materialisieren sich währenddessen auf dem Deck des Schiffs.

»Seht ihr, was ich sehe?« Heroine findet als Erste ihre Sprache wieder, nachdem das X-Team an Deck der Revenge materialisiert wurde - direkt vor dem stinkenden Schweinestall. Das befreite Schwein hat einen Haufen Kot hinterlassen. Es ist quiekend zur Seite gesprungen, als die Lichterscheinung aufkam, und nähert sich nun grunzend der Gruppe.

»Professor, sagen Sie mir, soll dies hier die Fortschrittswelt sein? Ein schwimmender Schweinestall?« Heroine ist sprachlos.

Plonk antwortet anstelle von Allman, der sich umschaut, aber noch keine Worte findet: »Sei nicht so zickig, Heroine. Gerade habe ich dich vom Luxusdampfer retten müssen, weil die dortige feine Gesellschaft dich nicht akzeptieren wollte. Sie sperrte dich ein und jetzt in Freiheit ist es dir wieder nicht Recht.«

»Ich sehe ein, dass die feine Gesellschaft der Gigantic nicht das Richtige war, aber ich glaube, ich bin für diese Gesellschaft um mich herum mit meinem Kleid zu elegant angezogen. Schau nur, wie die hier uns umringen und mit offenen Mündern angaffen. Was sind das bloß für eigenartige, zerlumpte, stinkende, hohlwangige Gestalten mit tief liegenden, schwarz umrandeten Augen. Dem da vorne ..«, dabei deutet sich mit dem Arm auf Stephen Hicks, einen Kanonier, als sei dieser ein seltsames Tier im Zoo, »... dem fehlen die Schneidezähne und er hat eine platt gedrückte Nase. Der dort ..«, dabei deutet sie auf den Schiffskoch, »... der hat ein Holzbein. Und dann schau dir nur die anderen an. Irgendetwas fehlt jedem: ein Auge, ein Ohr, eine Nase oder ein Arm. Wenn die nicht alle blitzblanke Waffen in ihren Gürteln stecken hätten, würde ich glauben, ich wäre auf einer Invalidenstation.«

Dan, der sich schon zerbröselt oder aufgelöst wähnte und nun erkennt, dass er noch lebt, muss lächeln: »Wunderschön. Ist das Leben nicht schön?«

Heroine schaut verwirrt auf Dan, während sie ihren rechten Fuß aus einem grünbraunen, stinkenden Haufen herauszieht: »Dan, bist du jetzt irre? Was soll hier schön sein? - Vor einer Stunde schritt ich noch über die flauschigen Perserteppiche der Ersten Klasse und nun stehe ich im matschigen Schweinekot.«

Allman, der sich erst ein Bild der Situation gemacht hat, meldet sich zu Wort: »Wie wohl zwischenzeitlich jeder gemerkt hat, sind wir unbestreitbar im falschen Universum. Aber wir leben noch und mehr durften wir nach unserer hektischen Transposition mit fehlerhaftem Gerät aus der Gefahrenzone des Gigantic Untergangs nicht erwarten. Dan hat uns gerettet, nur das zählt.«

Dan ist die Fehlfunktion des Timeponders, für die er sich verantwortlich wähnt, peinlich. Andererseits freut er sich, dass ihm sein Professor deswegen nicht böse zu sein scheint. So antwortet er frohgemut: »Klar, Professor. Sie haben Recht und wir haben noch zwei Timeponder. Ich hatte wegen des Bildtelefongesprächs mit Kapitän Bonny die virenverseuchte Software nochmals aufgespielt und konnte sie vor unserem überstürzten Aufbruch nicht mehr entfernen. Deshalb brauchen wir nur etwas Zeit, um den Computervirus endgültig zu beseitigen. Danach können wir zur Fortschrittswelt aufbrechen.«

Plonk berührt mit seiner rechten Hand Allmans Schulter: »Professor, ich glaube, wir sollten es wenigstens versuchen, mit dem Kapitän des Schiffes zu sprechen und eine friedliche Übereinkunft treffen. Er muss uns solange eine Kajüte zur Verfügung stellen, bis Dan die Timeponder in Ordnung gebracht hat.«

Allman macht ein bedenkliches Gesicht: »Daran dachte ich auch schon, Plonk. Aber haben Sie eine Idee, was wir dem Kapitän als Gegenleistung dafür geben könnten? Ich glaube nicht, dass wir umsonst, ohne ihm etwas zu zahlen oder zu schenken an die Kajüte kommen.«

»Reden wir doch erst mal mit dem Kapitän, Professor. Dann kommt uns vielleicht die Idee, wie wir ihn überzeugen. Schauen Sie, da steigt jemand die Treppe vom Oberdeck herunter, das wird er sein«, antwortet Plonk.

Der Kapitän mit seinem Dreispitz auf dem Kopf kommt Allman bekannt vor. In seiner um den Bauch gewundenen blauen Seidenschärpe stecken eine silberne einläufige Pistole, ein Entermesser und ein Dolch. Er trägt halblange Hosen, Seidenstrümpfen und Schuhe aus feinem Leder.

»Mein Gott, Plonk, den hab ich schon gesehen. Der hat uns geholfen, als es mit der Gigantic zu Ende ging.« Allman weiß nicht, ob er sich freuen soll.

»Was haltet ihr Maulaffen feil?«, schreit plötzlich der Schiffsmeister seine glotzende Mannschaft an, die das X-Team in drei Meter Abstand umringt. »Lasst Kapitän Bonny durch.«

Die Matrosen rempeln und schubsen sich gegenseitig zur Seite, bis ein Durchgang für den Kapitän entsteht. Bonny geht im schwankenden Seemannsgang durch die Gasse in den Kreis auf Allman zu, stutzt erst, dann verfinstert sich sein Gesicht. Er greift nach Allmans Schal, nahe am Hals und hält ihn fest.

»Du da, du bist ein elender Lügenbold«, geifert Bonny mit hoher Stimme und zieht Allmans Schal vor und zurück, sodass es aussieht, als würde der Professor zustimmend nicken. »Hast du mir nicht versprochen, du würdest mich nie mehr belästigen? Und was machst du stattdessen? Du bringst meine Mannschaft völlig durcheinander. Schau sie dir nur an, wie sie Maulaffen feilhalten. Du bestärkst ihren Aberglauben.« Dabei zieht Bonny Allmans Schal wieder kräftig vor und zurück.

Allman hustet wie ein Erstickender und kann aufgrund der Schalklemme nicht reden.

Plonk baut sich neben Bonny bedrohlich breitbeinig auf und stützt seine Hände in seiner Hüfte ab: »Jetzt mal langsam, Kapitän, so spricht man nicht mit uns.«

Offensichtlich hat die allgemeine Furcht vor dem höllischen Licht, aus dem das X-Team kam, nachgelassen. Schneller als man schauen kann, ziehen die umstehenden Matrosen ihre Entermesser aus den Gürteln und halten sie vor sich, mit den Spitzen bedrohlich in Richtung des X-Teams.

Heroine, die noch immer das Kleid von 1912 trägt, glaubt, sie könne zur Entspannung der Situation beitragen und versucht zu beschwichtigen: »Freunde, wir können euch das erklären. Steckt doch erst mal eure gefährlichen Schwerter weg, dann reden wir über alles.«

Der Schmied Wilkinson, ein muskulöser Mann, dem man die Strapazen der letzten Prise und der vorangegangenen Krankheit weniger ansieht, als den anderen, tritt einen Schritt vor und fährt sie roh an: »Halts Maul, Weiber haben hier nichts zu sagen, die dulden wir nicht auf unserem Schiff. Die hängen wir einfach oben an der Rahspitze auf.« Und zu den drei Männern des X-Teams: »Ihr wollt Männer sein? Ihr seid auch nichts anderes als Weiber, wenn ihr an den Rockzipfeln von der da hängt und die für euch reden lasst.« Dabei zeigt er mit dem Entermesser auf Heroine. »Ihr gehört genauso an der Rahspitze aufgehängt zur Warnung für alle Memmen.«

Allman versucht, Luft zu bekommen. Er packt mit der Rechten Bonnys Handgelenk und entreißt ihr mit der Linken seinen Schal. Sein Kopf ruckt nach vorne. Dann ist er frei und kann wieder ungehindert atmen.

Bonny lässt es geschehen, knurrt aber: »Es gibt nichts zu reden, Ihr seid wortbrüchig.«

Heroine, die ein Gespür dafür hat, ob sich jemand mit den Attributen des anderen Geschlechts schmückt, gibt sich nicht geschlagen und faucht den Schmied an: »Dein Hirn ist wohl von der Sonne ausgetrocknet. Den Mangel kannst du weder mit Muskeln, noch mit einem Schwert ausgleichen. Siehst du nicht, dass euer Kapitän selbst eine Frau ist?«

Wilkinson gehen die mentalen Argumente aus, deswegen setzt er die Diskussion mit schlagkräftigen Argumenten fort. Er holt mit seinem Entermesser aus, um Heroine einen Hieb zu versetzen und brüllt: »Du beleidigst unsern Käpt'n nich, du nich.«

Katzenhaft weicht Heroine aus und ein Stück zur Seite, sodass das Entermesser nur das lange Kleid unten aufschlitzt und ihre Bluejeans und ein rosa Turnschuh vorscheinen.

»Halt ein, Wilkinson«, schreit Linda Bonny. »Ich kann meine Ehre selbst verteidigen.« Als Wilkinson sein Entermesser sinken lässt, fügt sie ruhiger hinzu: »Ich möchte von diesen seltsam gekleideten Gestalten hören, was sie zu sagen haben.« Sie deutet auf Allman und sein X-Team.

Als Allmans Hals von der Schalklemme befreit ist, kann er wieder reden: »Danke, Kapitän Bonny. Bonny, das ist doch Ihr Name, wenn ich mich recht an unsere letzte Begegnung erinnere?«

Bonny knurrt: »Sag endlich, was du zu sagen hast.«

»Okay, Kapitän, ich weiß nicht, wie ich es genau erklären soll, aber uns hat es aufgrund eines Unfalls hierher verschlagen. Wir kommen aus der Zukunft, aus einem anderen Universum und wollten wirklich nicht hierher. Wenn Sie uns in Ruhe unsere Geräte reparieren lassen, dann sind wir in wenigen Stunden wieder weg und werden Sie nicht mehr stören.« Allman ist sich nicht sicher, ob die von ihm gewählte Erklärung für das Jahrhundert, in dem Kapitän Bonny lebt, verständlich ist, aber ihm fällt auf die Schnelle nichts anderes ein.

Bonny weiß nicht, was sie mit Allmans Erklärung anfangen soll: »Aus der Zukunft? Etwa vom Jüngsten Gericht? Aber ihr seid der Hölle entsprungen, ich hab es selbst gesehen. Und ich glaube nur, was ich sehe. Ihr seid Teufel. Gebt das endlich zu.«

Als die Mannschaft das Wort »Teufel« hört, gibt es ein Rumoren und alle drängen vorsichtig einen halben Meter zurück.

Kapitän Bonny schreit ihre Mannen an: »Bleibt stehen oder wollt ihr, dass ich euch persönlich in die Hölle schicke?« Etwas ruhiger fügt sie hinzu: »Diese

Teufel werden euch bestimmt nicht gefährlich. Sie sind nur lästig. Deshalb will ich sie schnellstens wieder los werden, bevor sie noch Schaden anrichten.«

Langsam und vorsichtig rücken Bonnys Leute wieder einen halben Schritt näher an das X-Team heran. Bonny fragt Allman: »Du da, kannst du beweisen, was du sagst?«

Allman kommt eine Idee: »Kapitän Bonny, würden Sie uns glauben, wenn wir Ihnen zeigen, wie ein ganzes Orchester in einer kleinen Dose, so groß wie eine Schnupftabakdose Platz findet und laute Musik spielt?« Allman denkt, er könne mit dem MP3-Player von Heroine den Kapitän und seine Mannschaft von der überlegenen Zukunftstechnik seiner eigenen Welt überzeugen und indirekt davon, dass er aus einem anderen Universum stammt und nicht aus der Hölle.

Bonny macht ein interessiertes Gesicht: »Wenn euch das gelingt, dann will ich euch glauben.« Und an den Schiffsmeister gerichtet: »Pickersgill, holt mir die Kapelle an Deck. Die faulen Stinktiere sollen sich beeilen und ihre Instrumente mitbringen.«

»Halt«, ruft Allman, der Angst bekommt, das Missverständnis würde sich nachteilig für die Situation des X-Teams auswirken, »ich brauche kein Orchester, das ist schon in der Dose drin.«

Bonnys Gesicht verfinstert sich: »Wenn du jetzt dein Versprechen zurücknimmst, dann lasse ich euch Vier den Marsch blasen.« Die Mannschaft, die weiß, was »den Marsch blasen« bedeutet, fängt an zu grinsen, während Bonny weiterspricht: »Und jeder bekommt zwanzig Hiebe mit der neunschwänzigen Katze.«

Heroine, die Allmans Gedanken erkannte, hat zwischenzeitlich den MP3-Player aus ihrem modischen, nicht so recht in das Goldene Zeitalter der Piraten passenden Rucksack herausgezogen und reicht ihn Allman herüber.

Der ergreift das gelbe tabakdosengroße Gerät. Außer dem üblichen Display und einem Kopfhöreranschluss besitzt es einen hocheffektiven Gehäuselautsprecher. Dieser kann mithilfe modernster computergesteuerter Ultraschalltechnik auf eine einzelne Person konzentriert werden. Er beschallt dann diese Person mit einem konzertsaalstarken Sound, während die Umstehenden kaum etwas hören.

Allman drückt ein paar Knöpfchen zur Einstellung von Bonnys Standplatz und startet dann das erste Musikstück, welches gerade im Display angezeigt wird, ein klassischer Pop-Rock.

Kapitän Bonny erstarrt, als sie die ersten Töne hört. Gebannt schaut das X-Team auf Bonny und wartet schweigend auf die Reaktion. In Bonnys Gesicht zeichnet sich Minuten lang Erstaunen ab, ohne dass sie etwas sagt. Bonnys Mannschaft, die nichts hört, fängt an, unruhig zu werden. Plötzlich wird Bonnys Gesicht ärgerlich und sie schreit: »Wo ist jetzt euer Orchester? Ich höre nur das Gebrüll von Teufeln und das Geräusch der Blasebälge, die das Feuer in den riesigen Höllenöfen entfachen. Ihr habt mich wieder angelogen. Ihr Ausgeburten der Hölle. Seht, dort steht meine großartige Kapelle.« Dabei zeigt Bonny auf die fünf neu dazugekommenen Jammergestalten mit ihren vom Alkohol aufgedunsenen hochroten Köpfen. Einer, dem beide Ohren fehlen, trägt die Posaune. Ein anderer, der nur noch ein Auge besitzt, die Trompete. Ein Dritter den Dudelsack, der Vierte mit dem Holzbein eine Trommel und der Fünfte und Zahnlose ein undefinierbares Zupfinstrument. Auf ein Zeichen hin fangen die Fünf an zu spielen.

Das X-Team hört entgeistert die von der sogenannten Kapelle erzeugte Geräuschkulisse. Von Musik kann keine Rede sein. Jeder der Möchtegernmusikanten spielt so laut wie möglich irgendetwas auf seinem Instrument. Dabei gibt es keinen Zusammenklang und keine Harmonie. Die erzeugten Geräusche sind allenfalls geeignet, während der Kaperung eines fremden Schiffes den Gegner zu verwirren, aber nicht um dem Zuhörer einen Musikgenuss zu bescheren.

Kapitän Bonny bekommt ein verzücktes Gesicht: »Hört meine Kapelle. Wenn ihr mir so eine großartige Musik präsentiert hättet, dann hätte ich euch geglaubt. Aber ich will euch eine letzte Chance geben. Wenn ihr die Wahrheit sagt und gesteht, dass ihr aus der Hölle kommt, dann lasse ich euch leben. Wenn ihr abermals lügen solltet, war es das letzte Mal. Ich lasse euch dann hängen, die Glieder abhacken und die Augen von den Möwen auspicken. Euch zur Strafe und allen anderen zur Mahnung.«

Allman macht ein betretenes Gesicht, genauso wie die übrigen X-Team Mitglieder. Er hatte fest geglaubt, mit dem Hightech MP3-Player Kapitän Bonny beeindrucken zu können. Jetzt hat er den Eindruck, dass Bonny nicht richtig tickt.

Er entschließt sich für eine andere Taktik, nämlich Bonnys Geist mithilfe einer harten Denknuss zu verwirren, um sie von ihrer vorgefassten Meinung abzubringen. »Kapitän Bonny, wie wollen Sie überhaupt entscheiden, ob ich lüge oder nicht. Ich erzähle Ihnen gleich ein einfaches Rätsel und Sie werden nicht einmal da entscheiden können, ob das eine Lüge ist oder nicht. Hören Sie: *»Ich bin gekommen, um Sie zu belügen.«* Sagen Sie mir, ist die Aussage eine Lüge oder nicht?«

Kapitän Bonny ist verblüfft. Dann legt sie ihre Stirn in Denkfalten. Nach einer Weile wendet sie sich fragend ihrem Schiffsmeister zu und flüstert: »Pickersgill, du führst über alles Buch, hast am meisten Bildung von uns allen und kannst logisch denken. Was meinst Du?«

Pickersgill, erfreut über das Lob, logisch denken zu können, versucht eine Antwort: »Nun, Käpt'n, wenn wir davon ausgehen, dass dieser Teufel mit dem Seidenschal uns anlügt, dann ist es eine Lüge, was er uns gesagt hat.«

Bonny schaut Pickersgill groß an: »Das heißt also, seine Aussage, er sei gekommen um uns zu belügen, ist gelogen. Das bedeutet, er sagt die Wahrheit.«

Pickersgill bemerkt verblüfft: »Ähh, Käpt'n, ich glaube, dann müssen wir davon ausgehen, dass er die Wahrheit sagt.«

Bonny faucht ihren Schiffsmeister ungehalten an: »Pickersgill, ich dachte du bist einer der wenigen auf diesem großartigen Schiff, dessen Geist nicht vom Rum benebelt ist. Was du sagst, kann nicht stimmen. Wenn dieser Teufel die Wahrheit redet, dann stimmt es, dass er gekommen ist, um uns zu belügen. Er lügt also. Wir sind aber in der Überlegung davon ausgegangen, dass er die Wahrheit sagt. Sagt er jetzt die Wahrheit oder lügt er?«

Kleinlaut gibt Pickersgill zu: »Käpt'n, der Fremde verwirrt unseren Geist auf teuflische Weise. Der und die anderen können nur Teufel sein und aus der Hölle stammen.«

Bonny schüttelt ungehalten den Kopf: »Das ist nicht die Lösung, Pickersgill. - Was soll ich denn jetzt machen?«

Pickersgill weiß Rat: »Stellen wir sie einfach vor die Wahl wie sonst auch, wenn wir Gefangene haben. Die Männer sollen sich entscheiden, ob sie sich uns anschließen wollen. Und die Frau verkaufen wir auf dem nächsten Sklavenmarkt. Die ist blond, mit schöner heller Haut, das ist gefragt.« Gleich darauf verzieht

Pickersgill sein Gesicht: »Allerdings ist sie ziemlich mager und wird nicht so viel einbringen wie eine gut Genährte. - Aber besser als gar nichts.«

Der Mannschaft ist es egal, ob das X-Team sich entschließt Freibeuter zu werden. Wenn jemand nicht mitmachen will, dient er als Übungsobjekt für die Kampfkünste der Mannschaft und darf sich mit einem Stock gegen das Entermesser eines Besatzungsmitglieds verteidigen. Das bietet meist ein unterhaltsames Schauspiel.

Als Bonny Allman die wenig schmeichelhafte Alternative eröffnet, wird dieser bleich: »Das ist unfair, Kapitän Bonny. Das können Sie doch nicht machen. Haben Sie denn gar keinen Anstand?«

Eine Frau, die als Sklavin verkauft werden soll, darf von der Mannschaft dann nicht angerührt werden, wenn sie noch Jungfrau ist, denn Jungfräulichkeit bringt auf dem Sklavenmarkt einen hohen Preis. Die Mannschaft glaubt jedoch, Heroine sei zu alt für eine Jungfrau. Deshalb fangen die Männer an, sich über den vermeintlich bevorstehenden Spaß mit ihr zu freuen. Einige legen ein breites Grinsen an den Tag, das ihre Zahnlücken voll zur Geltung bringt. Sie rücken langsam näher und näher an Heroine heran.

Unterdessen holt Dan auf ein verabredetes Zeichen, vorsorglich Plonks Kampfanzug aus dem Gepäck. Er hält den Anzug bereit und verfolgt mit großen Augen das Geschehen.

Plonk gibt Allman einen Wink und flüstert ihm ins Ohr: »Keine Sorge Professor, ich werde an Ihrer und an Dans Stelle kämpfen. Heroine kann selbst auf sich aufpassen.« Laut sagt er: »Kapitän Bonny, wir werden uns ihrer Mannschaft nicht anschließen, und wenn Sie glauben, wir sollten mit einem Stock für unsere Freiheit kämpfen, dann tun mir ihre Männer schon jetzt leid. Ich allein nehme es mit Dreien gleichzeitig auf.«

»Oho, du Lackaffe, nimm den Mund nicht zu voll«, lacht Bonny höhnisch.

Plonk, der immer noch die Stewartlivree von der Gigantic trägt, sieht in der Tat nicht sehr zum Fürchten aus, sondern eher wie die Figur, die Bonny so treffend bezeichnete. Er zieht es allerdings vor, nicht auf die Beleidigung zu antworten. Er wartet lieber auf die Gelegenheit für seine schlagkräftigen Argumente.

Bonny fährt fort: »Allein der Schmied macht mit seinem Entermesser Hackfleisch aus dir, ehe du dich versiehst. Aber bitte, wenn du unbedingt gegen drei gleichzeitig kämpfen willst, den Gefallen kann ich dir tun.«

Bonny gibt dem Schmied und zwei kräftig aussehenden Kanonieren ein Zeichen. Die Mannschaft vergrößert den Abstand zum X-Team, um Platz zu schaffen für den zu erwartenden Kampf. An der Stelle, an der das X-Team steht, entsteht ein ca. 8 m breiter Korridor über die ganze Schiffsbreite bis zur Reling. Das Beiboot, das normalerweise in der Mitte des Korridors liegt, zieht immer noch die Revenge übers Meer. Außer dem X-Team befinden sich nur noch die drei Kämpfer, Kapitän Bonny und das Schwein im Korridor. Irgendjemand hat einen etwa zwei Meter langen Stock besorgt und wirft ihn in die Mitte vor Plonks Füße.

»Nehmt Aufstellung«, ruft Bonny, »Du, Lackaffe, gehst nach Backbord und meine Männer nach Steuerbord. Auf mein Zeichen hin fangt ihr an.«

Plonk bückt sich, zieht innerhalb weniger Sekunden seine Livree aus und den von Dan vorbereiteten Kampfanzug an. Beim Aufrichten hebt er den Stock vom Boden auf. Dann wechselt er zur Backbordseite.

Auf der Steuerbordseite nehmen der Schmied und die beiden Kanoniere links und rechts von ihm Aufstellung. Sie halten ihre schwertähnlichen Entermesser in der rechten Hand, bereit, sie wie Fleischerhackbeile zu erheben, speziell zum Filetieren von Menschenfleisch.

Plonk überlegt, mit welcher Taktik er dem zerteilt werden, entkommen und einen Vorteil gewinnen kann. Ihm ist klar, dass die drei Piraten - denn nichts anderes sind diese Freibeuter - ihre Entermesser erheben werden, um einen Schlag von oben zu führen. Sein Kopf darf also auf keinen Fall im gleichen Augenblick nach oben ragen, wenn die Messer oben sind. Nichts von seinem Körper darf vorne unten in die Bahn der Messer geraten, wenn diese sich senken. Außerdem muss er ungefähr in der Schiffsmitte auf seine Angreifer treffen, damit er genügend Platz hat zum Agieren.

Mit seiner Taekwondo-Kampfsportgruppe übt er immer wieder die Beherrschung ähnlicher Situationen. Er weiß, dass es auf das genaue Timing, den richtigen Krafteinsatz zum richtigen Zeitpunkt ankommt, wenn nichts schief gehen soll. Deshalb sind seine Nerven stark angespannt und er konzentriert sich, um den richtigen Zeitpunkt für seine Gegenreaktion zu erwischen.

Auf ein Zeichen von Bonny stürmen die drei Piraten fast gleichzeitig vor. Sie heben ihrer Entermesser schräg nach oben und brüllen wie die Stiere. Gleichzeitig setzt die Kapelle ein mit Trommelwirbeln, Trompeten- und Posaunenschall. Plonk hat nur darauf gewartet. In aufrechter Körperhaltung schnellt er auf seine Gegner zu. Dabei hält er den Verteidigungsstab vor sich waagrecht in Kopfhöhe. Er will die Piraten links und rechts des Schmieds zur Seite drängen. Diese werden dem Stock ausweichen müssen, wenn sie nicht am Kopf getroffen werden wollen. Seine aufrechte Körperhaltung dient als Köder, weil er weiß, dass die Piraten ihm am liebsten den Kopf abhacken würden.

Im letzten Augenblick, als der Schmied ihn fast erreicht, duckt sich Plonk, bringt damit seinen Kopf in Sicherheit und den Stock blitzschnell in Schräglage. Das eine Ende des Stocks fixiert er mit dem linken Fuß am Boden, das andere Ende richtet er schräg nach vorne auf den Bauch des Schmieds.

Der Schmied kann dem schnellen Wechsel seines Gegners weder folgen noch sich bremsen. Er rennt mit voller Wucht gegen den Stab und rammt sich dessen stumpfes Ende in den Bauch. Ein röhrendes Röcheln lässt seinen Angriffsschrei ersterben. Durch seine eigene Bewegungsenergie bäumt er sich auf.

Gleich darauf löst Plonk die Fixierung des Stabs. Danach ergreift er mit beiden Händen die Beine des Piraten und verstärkt den Schub nach oben. Dazu ist nur wenig Kraft notwendig, da der Stab den Schmied bereits in eine Bewegung nach oben gezwungen hat. Der zusätzliche Schub lässt ihn über Plonk hinweg eine Rolle vollführen. Plonk dreht sich blitzschnell um, schnellt hoch und hat den Schmied zu seinen Füßen liegen.

Die beiden Kanoniere, die ihren Gegner in der Mitte zwischen sich wähnen, können dem schnellen Austausch der Standorte von Plonk und Schmied nicht folgen. Ihre Entermesser sausen nieder. Zum Glück für den Schmied handelt es sich eher um ein Ausschwingen des kreisförmigen Schlags, weil sie sich auf einen aufrechten Gegner eingestellt hatten. Die Entermesser schlitzen die Leinenhose des Schmieds auf, dringen in das Fleisch seiner beiden muskulösen Oberschenkel ein und hinterlassen klaffende Wunden. Die Wunden sehen schlimm aus, sind aber nicht lebensgefährlich. Die Kapelle übertönt den Schmerzensschrei. Auf ein Zeichen von Bonny hört sie auf zu Spielen. Durch die

Mannschaft geht ein Raunen. Das hätten die Männer nicht erwartet, dass einer ihrer wildesten Raufbolde, der Schmied, so schnell zu Boden geht.

Allman kann trotz der Angst, die er um Plonk hat, ein zufriedenes Lächeln nicht verbergen. Bonnys Gesicht dagegen verfinstert sich zusehends: »Das war nur Glück, dir wird das Lachen gleich vergehen.«

Plonk ist sich bewusst, dass er sehr schnell einen der Kanoniere ebenfalls ausschalten muss, um den letzen dann in Ruhe und gefahrlos fertigzumachen. Dummerweise liegt der Schmied auf seinem Stock. Andererseits sind die Kanoniere noch geschockt über das, was sie angerichtet haben. In wenigen Sekunden wird sich das ändern.

Plonk geht ein paar Schritte zurück und tut so als sei er ebenfalls im Schock. Plötzlich und unvermittelt rennt er auf den Linken der beiden Kanoniere zu und stößt einen furchterregenden Kampfschrei aus. Die Kanoniere zucken zusammen. Zu spät heben sie ihre Entermesser, um Plonks Ansturm abzuwehren.

Plonk setzt zum Hochsprung an. Im letzten Augenblick vorm Sprung ändert er seine Richtung und zielt nicht auf den linken Kanonier, sondern auf den rechten. Im Flug schiebt er die Beine vor und trifft mit den Füßen dessen Brustkasten. Völlig überrascht fällt der Kanonier auf den Rücken. Plonk über ihm holt aus zum Faustschlag. Der Schlag trifft den Kanonier mit voller Wucht an der Schläfe. Sein Kopf fällt auf die Seite, die Augen drehen sich nach oben und bekommen einen leeren Blick. Schlaff und bewusstlos fällt der Kopf zur Seite.

Das Schwein, das immer noch am Rand des Korridors herumstreunt, ist in höchstem Maße beunruhigt über die Kampfeshandlungen. Es saust quiekend von einer Seite auf die andere und wieder zurück und versucht den Kämpfenden auszuweichen. Als der Kanonier umfällt, springt es zur Seite und als Plonk einen Schritt hinter sich tritt, versucht es eine ruhigere Stelle an der Reling zu finden.

Der linke Kanonier, dessen Hieb mit dem Entermesser ins Leere ging, holt aus zum weiteren Hieb. Plonk weicht nach rückwärts Richtung Reling aus. Er hat die Reling fast erreicht, doch das Schwein steht im Weg und wird von seinem Fuß berührt. In die Enge getrieben, stürmt es vorwärts unter den Beinen von Plonk durch. Plonk verliert seinen sicheren Stand, bekommt Übergewicht und kippt rücklings die Reling herunter.

Vor Schrecken starr schauen Allman und Dan zu, wie Plonk versucht, sich noch mit einer Hand zu halten. Heroine stößt einen Schrei aus und will zur Reling laufen, um Plonk zu helfen, als der üble Atem eines Piraten von hinten an ihre Nase dringt. Gleichzeitig drängt sich ein stinkender Körper an sie heran. Eine grobe Hand grapscht um sie herum und hält sich an ihrer Taille fest. Reflexartig dreht sich Heroine um, drückt ihre verschränkten Ellenbogen zwischen sich und den Piraten, um einen kleinen Abstand zu gewinnen und haut ihr rechtes Knie mit Gewalt nach oben direkt in seine Weichteile.

Der Pirat schreit vor Schmerz und lässt sie los, aber Heroine gönnt ihm kein Pardon. Sie vergrößert ihren Abstand und tritt mann mit ihrem hammerartig vorschnellenden rechten Fuß nach. Als der Pirat schreiend in die Knie geht, schaut sie sich um, ob sie noch etwas von Plonk sieht. Plonks rechte Hand hat die Reling losgelassen. Von ihm selbst ist nichts zu sehen. Gut ein Dutzend Piraten stehen bereits an der Reling.

»Mann über Bord«, schreit einer. »Wo ist er, ich sehe ihn nicht«, schreit ein anderer. »Lass ihn ertrinken«, schreit ein Dritter, »der ist doch nur ein fremder Teufel«, und wendet sich ab.

Die Piraten ziehen den Ring um Allman, Dan und Heroine enger. Ein besonders widerlicher, dreckiger Typ mit einem einzigen Auge, fehlenden Schneidezähnen und fehlender Nasenspitze, drängt sich zwischen Allman und Heroine. Er grapscht nach ihr.

Allman, im Allgemeinen besonnen und überlegen reagierend, ist das dann doch zu viel: »Du elender, stinkender Pirat. Ist dir denn gar nichts heilig?«, schreit er, während sein Kopf sich rötet. Gleichzeitig greift er mit beiden Händen von hinten an die Ohren des Piraten und reißt mit Gewalt an diesen. Der daran anhängende Kopf fliegt zurück und der Pirat lässt von seinem ursprünglichen Tun ab.

Er versucht, sein rechtes Ohr aus Allmans festem Griff zu befreien. Dabei hält er mit beiden Händen des Professors rechten Unterarm fest, vollführt eine Körperdrehung um seine eigene Achse, während er den Unterarm seines Gegners weiter festhält.

Das Ergebnis der Aktion ist, dass Allmans rechter Arm auf den Rücken gedreht wird. Der Pirat schreit ihn an: »Du wirst mich nicht mehr hindern das zu tun, was ich will.« Dann dreht er weiter kräftig an dessen Arm.

»Halt endlich ein«, stöhnt Allman, doch der Pirat kümmert sich nicht darum. Ein kräftiger Ruck und Allmans Arm ist ausgekugelt. Danach lässt der Pirat ihn los. Halb ohnmächtig vor Schmerz stöhnt der Professor: »Feiges Pack.« Den Piraten kümmert es nicht mehr. Er lacht nur dreckig und wendet sich erneut Heroine zu.

Heroine weiß, dass sie verhandeln muss, denn mit Kämpfen wird sie nicht auf Dauer gegen die Übermacht der Piraten bestehen können. Trotzdem wird sie zunächst handeln. Das heißt also, kämpfen müssen. Dan darf sie dabei nicht um Hilfe bitten. Er ist der Einzige, der weiß, wie die Timeponder zu bedienen sind. Deshalb darf er nicht gefährdet werden. Allman braucht selbst Hilfe bei seinem ausgekugelten Arm und Plonk ist entweder ertrunken oder schwimmt irgendwo im Meer, während die Revenge sich immer weiter von ihm entfernt.

Sie schaut über die Köpfe der näher an sie herandrängenden Piraten und sieht unweit Kapitän Bonny mit dem Schiffsmeister verhandeln. Blitzschnell denkt sie sich eine Taktik aus. Sie bückt sich zu dem Saum ihres Kleides, der aus einem Rüschenband besteht. Mit einem Ruck rupft sie daran und reißt die Rüschen ab. Sie schleudert diese hoch, weit vor sich und ruft: »Hier habt ihr eure Trophäe, wer sie besitzt, der bekommt auch mich ... « Leiser fügt sie hinzu: «... und mein Schwert zu spüren.«

Die meisten Piraten verstehen nur den ersten Teil ihres Satzes. Sie verfolgen, wie die Trophäe durch die Luft fliegt, drängen an die Stelle, an der diese heruntergeht, und fangen an, um ihren Besitz zu raufen.

Auch die zwei neben ihr stehenden Piraten sind abgelenkt. Darauf hat Heroine nur gewartet.

Sie reißt den beiden die schwertähnlichen Entermesser aus den Gürteln. Einer der Piraten ist der dreckige Typ, der Allmans Arm auskugelte.

Die allgemeine Rauferei um die Trophäe lässt Heroine Platz um sich herum gewinnen. Sie nimmt nun in jede Hand ein Schwert, fängt an sich schnell um ihre eigene Achse zu drehen, breitet ihre Arme erst wenig und mit zunehmender Drehung weiter aus. Sie ritzt mehreren Piraten Brust, Oberarm oder Rücken. Blut spritzt.

Die vom Schwert Bedrohten drängen nach außen, um der Gefahrenzone zu entrinnen. Sie schreien gellend, wohl weniger vor Schmerz, als aus Wut und aus Angst bei Heroines nächster Umdrehung voll getroffen zu werden.

Das Gedränge und Stolpern hin zum Außenbereich des Gefahrenkreises führt dazu, dass bald die Hälfte der Piraten hinfallen und sich am Boden wälzen.

Die ganze Drehaktion dauert nur wenige Sekunden, sodass die in Kampftechniken geübte Heroine frei vom Drehschwindel bleibt. Während des Drehens beobachtet sie, wie Kapitän Bonny und der Schiffsmeister frei stehen. Um die beiden herum liegen die Piraten auf den Planken.

Als ihr die Gelegenheit günstig erscheint, stoppt Heroine abrupt ihre Drehung, lässt das linke Entermesser fallen, tritt mit schnellem, geübtem Schritt über die am Boden liegenden Leiber hinweg und erreicht den Schiffsmeister. Dieser kann sich mit seinem einzigen Arm nur schlecht verteidigen. Sie drückt ihm die Schneide des Entermessers gegen die Kehle, während sie ihn mit der freien Hand Richtung Reling zieht. Sie will einen freien Rücken haben. Dabei schreit sie: »Macht Platz, sonst könnt ihr mit dem Kopf von euerem Schiffsmeister Fußball spielen.«

Die ganze Aktion kommt so überraschend, dass weder Kapitän Bonny noch irgendeiner der Piraten an eine Gegenreaktion denkt. Alle beschäftigen sich vielmehr mit ihrer eigenen Sicherheit und wie sie sich möglichst von der Gefahrenzone fernhalten. Deswegen wählen die Piraten einen sicheren Abstand von der »verrückten Frau«, die aus dem Höllenloch kam und die sich entgegen aller Lebenserfahrung gar nicht so verhält, wie man es von einer Frau erwartet. Die Drohung, den Schiffsmeister zu köpfen, tut ein Übriges, um sich bei der Schiffsmannschaft Respekt zu verschaffen.

An der Reling stehend, hinter sich das Meer, vor sich den Schiffsmeister mit dem Entermesser am Hals, sieht Heroine den Schmied in fünf Meter Entfernung vor sich liegen. Sie vermutet, dass er ein Wortführer der Mannschaft ist. Aus seinen Wunden am Oberschenkel sickert immer noch Blut. »Wilkinson. Ich hab mir deinen Namen gut gemerkt. Siehst du das Entermesser am Hals des Schiffsmeisters?«

Wilkinson glotzt nur blöde, kneift vor Schmerzen den Mund zusammen und gibt keine Antwort.

»Antworte mir, Wilkinson, oder willst du, dass ich dir zu deinem eigenen Blut noch das Blut des Schiffsmeisters über den Kopf gieße, um dich aufzuwecken?« Heroine fühlt, wie der Schiffsmeister unter ihrem Arm anfängt zu zittern.

Kapitän Bonny greift aus Angst, ihrem wichtigen Schiffsmeister könnte etwas passieren, ein: »Los, Wilkinson, antworte ihr.«

Widerwillig presst Wilkinson raus: »Ja, ich sehe das Messer.«

Heroine hat mit einer winzigen Forderung angefangen. Sie will Satz für Satz den Piraten weitere Zugeständnisse abringen. »Wilkinson, siehst du wie der Schiffsmeister um sein Leben zittert?«

Weil Wilkinson auf Geheiß von Bonny schon einmal mit »Ja« geantwortet hat, fällt es ihm nicht mehr so schwer, ein weiteres Mal zu antworten: »Ja, ich sehe es«, stöhnt er.

»Gib es zu, Wilkinson, dass ich genauso wie euer Kapitän etwas zu sagen habe, auch wenn ich eine Frau bin.« Heroine ändert Schritt für Schritt die Grundeinstellung der Mannschaft.

»Verdammt, ja. Aber lass jetzt den Schiffsmeister Pickersgill los«, krächzt Wilkinson.

»Noch nicht, Wilkinson. Erst hätte ich gern weitere Fragen beantwortet. Hast du gesehen, dass ich, anstatt mir Pickersgill zu greifen, genauso gut auch Kapitän Bonny hätte töten können?«

Das ist stark, entspricht aber der Wahrheit und Wilkinson sieht das ein. Nachdem er schon mehrfach »ja« gesagt hat, kann er nicht mehr richtig denken. Dennoch zögert er. Deshalb hilft Heroine noch mal nach: »Gib es schon zu, Wilkinson. Oder möchtest du, dass ich die Richtigkeit meiner Worte beweise?« Gleichzeitig nimmt sie den zitternden Pickersgill mit ihrem linken Arm in den Schwitzkasten und hält mit der rechten das Entermesser hoch. Es ist gefährlich anzusehen.

»Halt«, schreit Wilkinson, der nicht mehr weiß, wo ihm der Kopf steht. »Ich gebe es ja zu.«

Heroine wendet sich an Bonny: »Sehn Sie, Kapitän Bonny, Ihre Mannschaft hat das klar erkannt, dass ich Sie verschonen wollte und ich werde vielleicht auch Pickersgill verschonen.«

Bonny, der das Verhalten dieser mutigen fremden Frau aus dem Höllenloch irgendwie imponiert, fragt milde gestimmt: »Was willst du dafür, dass du Pickersgill freigibst?«

Heroine sieht die Gelegenheit gekommen, ihre Hauptforderung zu stellen: »Gib uns für ein paar Stunden eine Kabine und lass uns in Ruhe, damit wir unsere Maschine reparieren können. Dann verschwinden wir wieder, wie wir gekommen sind. Und noch etwas: Lass zurückrudern, um nach unserem Gefährten zu suchen, der ins Wasser gefallen ist. Den würden wir gern wieder mitnehmen in unsere Welt.«

Nach den Regeln der Piraten kann der Kapitän in wichtigen Angelegenheiten nicht allein entscheiden, sondern jeder Mann hat ein Mitspracherecht. Aus diesem Grund zögert Bonny und sagt nach einer Weile: »Das Einzige, was ich dir anbieten kann, ist ein Waffenstillstand. Wir tun dir und deinen Gefährten nichts an. Aber euer Gepäck, das bei deinen Gefährten steht, das nehme ich in Verwahrung, bis ich mit meiner Mannschaft beraten habe und wir wissen, was geschehen soll. Eine Kabine kann ich euch nicht geben. Das würde die Mannschaft nicht verstehen, die in Hängematten auf dem Zwischendeck schlafen muss. Ihr könnt in den hinteren Stauraum ganz unten im Schiff gehen. Dort seid ihr erst einmal sicher vor der Rache derjenigen, die ihr verletzt habt. Ihr dürft aber nicht raus. Mehr kann ich dir nicht anbieten. Du kannst das annehmen oder auch lassen.«

Heroine schluckt: »Und was ist mit meinem Gefährten, der ins Wasser gefallen ist?«

Bonny antwortet knapp: »Ich werde nicht zurückrudern lassen.«

Heroine ist unschlüssig: »Wie kann ich dir trauen, wirst du den Waffenstillstand einhalten?«

Bonny, die eine derartige Frage wohl erwartet hat, antwortet gelassen: »Ich bin es gewohnt, mein Wort zu halten, im Gegensatz zu euch Lügenbolden. Und eine andere Wahl, als es darauf ankommen zu lassen, bleibt dir nicht.«

Heroine plagt eine furchtbare Entscheidung. Darf sie Plonk einfach aufgeben? Kann sie es zulassen, dass das X-Team den Zugriff auf die zwei Timeponder verliert? Hat sie überhaupt eine andere Alternative? Kann sie mehr erreichen, wenn sie Pickersgill köpft und Kapitän Bonny gefangen nimmt? Das Köpfen von

Pickersgill kann höchstens ihre Entschlossenheit demonstrieren, bringt sie jedoch in ihren Forderungen nicht weiter. Wenn sie Kapitän Bonny gefangen nimmt, Bonny aber offensichtlich außerhalb von Kampfeshandlungen nicht die absolute Entscheidungsgewalt auf dem Schiff hat, dann wird seine Gefangennahme kaum mehr bringen, als ihr schon jetzt angeboten wurde. Irgendeine andere Alternative, wie sie ihre Lage verbessern könnte, fällt ihr auf die Schnelle nicht ein. Dabei muss sie auch berücksichtigen, dass Allman sich mit seinem ausgekugelten Arm nicht mehr verteidigen kann. Sein Arm muss schnellstens wieder eingerenkt werden. Wenn die Piraten ihrerseits auf die Idee kämen, ihn als Geisel zu nehmen, würde die Lage wesentlich schlechter aussehen. Unter diesen Umständen kann sie gar nichts für die Rettung von Plonk tun. Sie schaut zu Allman herüber und sieht, wie er trotz seines schmerzverzerrten Gesichts zustimmend nickt.

Plötzlich fällt ihr siedend heiß ein, dass das Wichtigste von allem die Sicherung der Timeponder ist. Ohne Timeponder gibt es keine Rückkehr in ihre Ausgangswelt. Deshalb versucht sie es noch mal, ob sie Bonny überzeugen kann, ihnen wenigstens die zwei in silbernen Schutzhüllen steckenden Timeponder zu überlassen. »Kapitän Bonny, ich möchte dir selbst nichts Böses antun, wie du gesehen hast, und ich möchte auch nicht, dass deinem Schiff und deiner Mannschaft etwas Schlimmes passiert. Deshalb muss ich dich vor unserem Gepäck warnen. Wenn einer von deiner Mannschaft die zwei in den silbernen Hüllen steckenden Gepäckstücke berührt, dann wird etwas Schlimmes passieren. Möglicherweise werdet ihr alle in einem höllisch leuchtenden Loch verschwinden und nie mehr wiederkehren. Das Beste ist, du überlässt diese Gepäckstücke uns. Wir wissen, wie man damit umgehen muss, damit nichts Schlimmes passiert.«

Bonny wirkt ungehalten: »Wenn ich mich einmal entschieden habe, dann bleibt es dabei. Euer Gepäck bleibt an Deck stehen, ich werde dafür sorgen, dass es keiner berührt.«

Das war von Bonny so entschieden ausgesprochen, dass es keinen Widerspruch mehr duldete. Heroine hatte wenigstens erreicht, dass sich niemand an dem Gepäck vergreifen wird, mehr lag nicht drin. Hauptsache, sie konnte in Ruhe Allmans Arm wieder richten.

»Also gut, Kapitän Bonny. Es gilt als abgemacht. Ich verlass mich auf dein Wort und lasse im Gegenzug Pickersgill frei.« Als Heroine Pickersgill loslässt, versagen diesem die Beine und er sackt zusammen. Sie hat gerade noch rechtzeitig den Waffenstillstand abgeschlossen.

Der hintere Stauraum ganz unten im Schiff erweist sich als stickig und dunkel. Der einzige Zugang, durch den auch etwas Licht dringt, ist eine zwei mal zwei Meter große Öffnung in der Decke, von der aus eine Holztreppe etwa drei Meter nach unten führt. Normalerweise ist die Öffnung durch eine Falltür verschlossen. Damit das X-Team nicht erstickt, bleibt die Falltür offen.

Oberhalb des Lochs hängt ein Flaschenzug, mit dessen Hilfe die Fässer und Kisten, die den Stauraum fast vollständig ausfüllen, nach unten gehievt wurden. Die einzige Bequemlichkeit sind drei Hängematten, die Kapitän Bonny für das X-Team anbringen ließ und die nun zwischen den Kisten und Fässern hängen.

Fred Monkhouse, ein etwa 1,60 m großer, stark abgemagerter Vollmatrose, der noch alle Gliedmaßen, sowie beide Augen und Ohren besitzt und als einziges auffälliges Merkmal zwei vorstehende Schneidezähne hat, ist abgestellt worden, das X-Team zu bewachen. Er soll Essen und Trinken bringen und dafür sorgen, dass zwischen dem X-Team und der Mannschaft keine Kontakte stattfinden. Zu diesem Zweck hat er sich seine Hängematte oben an der Öffnung neben der Bodenöffnung aufgehängt. Allerdings ist er von den Hängematten des X-Teams weit genug entfernt, dass er ein leise geführtes Gespräch zwischen den Teammitgliedern praktisch nicht versteht. Insbesondere da das Rauschen des am Schiffsrumpf entlang fließenden Wassers und das beständige Knarren des Holzes jedes leise Gespräch übertönt.

Allman stöhnt vor Schmerz, als er sich in seine Hängematte setzt und seinen ausgekugelten Arm dabei versehentlich anstößt.

»Ich glaube, ich muss als Erstes Ihren Arm wieder einkugeln, Allman. Wenn ich nur etwas mehr Licht hätte, damit ich mir die Bescherung genauer ansehen kann und nicht noch an der falschen Stelle anfasse.« Heroine fühlt sich zwar erschöpft von ihrer vorangegangenen Aktion, weiß aber, dass sie selbst keine Ruhe findet, wenn Allman noch nicht verarztet ist.

»Oh, Licht ist kein Problem«, meldet sich Dan zu Wort. »Ich habe bestimmt in einer von meinen Jackentaschen eine superhelle LED-Leuchte, die uns mit ihrem Batteriesatz auch tagelang Licht geben kann.« Dan kramt in einer von seinen vielen Taschen, seiner Safarijacke und fördert tatsächlich eine kleine LED-Leuchte mit einer Klemme hervor. Er gibt sie Heroine zusammen mit zwei schmerzstillenden Tabletten.

Wirklich toll, dass du immer genau das findest, was man gerade braucht.« Heroine lächelt Dan dankbar an.

Heroine zieht sich ihr Kleid aus, das seinen Dienst getan hat, und reißt einen großen Stoffstreifen heraus, den sie benötigt um für Allman eine Schlinge anzufertigen, in die er seinen kranken Arm einlegen und ruhig stellen kann.

Nach kurzer Untersuchung renkt sie ihm mit einem schnellen schmerzhaften Ruck den Arm wieder ein. Er stöhnt kurz auf, verbeißt sich dann aber den abklingenden Schmerz und gibt keinen weiteren Ton von sich. Die Ereignisse der letzten Stunden waren für ihn so anstrengend, dass er in einen tiefen heilsamen Schlaf fällt.

Heroine und Dan sind vor Aufregung überhaupt nicht müde und müssen erst die Ereignisse vor ihrem geistigen Auge Revue passieren lassen. Dan räsoniert: »Irgendwie habe ich das Gefühl, dass wir hier nur bessere Gefangene mit einem Wärter sind.«

Heroine verteidigt sich: »Mehr lag nicht drin und ich bin lieber eine bessere Gefangene, als eine bessere Leiche, zerhackt durch ein Entermesser.«

Dan beschwichtigt sie: »Ich bin ja froh, am Leben zu sein. Ich mache mir selbst Vorwürfe, dass ich die Timeponder nur so mangelhaft reparieren konnte. Deshalb bin ich wohl schuldig an unserer Situation.«

»Hör bloß auf, dir auch noch selbst Vorwürfe zu machen, Dan. Mit Vorwürfen und Schuldgefühlen kommen wir nicht weiter.«

»Als Ingenieur ist es für mich wichtig, darüber nachzudenken, was ich falsch gemacht habe, damit ich es das nächste Mal besser machen kann. Aber du hast Recht, »Vorwürfe machen« ist nicht die richtige Situationsbewältigung.«

In dem Augenblick ruft Fred Monkhouse, ihr Wächter und Diener, von oben herab: »Habt ihr Hunger oder Durst?«

Heroine und Dan schauen sich fragend an. Dan nickt. Heroine antwortet: »Ich hab zwar vor wenigen Stunden erst Forelle blau und Kaviar gegessen und mit

Champagner nachgespült, aber ein delikates Menü kann nie schaden. Womit werden wir denn heute verwöhnt?«

»Ihr bekommt das Gleiche, was die Mannschaft auch bekommt. Forelle und Kaviar kenne ich nicht, so etwas gibt es bei uns nicht«, erwidert Monkhouse und entfernt sich. Nach zehn Minuten kommt er zurück und jongliert in der linken Hand einen großen und einen kleinen Krug aus Keramik, während er in der rechten einen Teller trägt, auf dem ein kleiner Berg von im Halbdunklen schwer Erkennbarem liegt. Er trägt die Dinge zu ihnen hinunter in den Stauraum und stellt alles auf der zweituntersten Treppenstufe ab.

Heroine fragt ihn: »Sag mal, wenn wir schon eine Weile zusammenbleiben müssen, wie heißt du eigentlich?«

»Mein Name ist Fred Monkhouse, aber meine Freunde nennen mich Monky, weil ich so klein bin. Nur diejenigen, die mich ärgern wollen, nennen mich Hasenfuß wegen meiner zwei vorstehenden Schneidezähne. Dabei stehe ich genauso wie die anderen meinen Mann, wenn's um das Entern von Schiffen geht. Du darfst mich Monky rufen, wenn du willst.« Dabei strahlt er mit seinen hervorstehenden Schneidezähnen Heroine an.

»In Ordnung, Monky. Wie lange bist du eigentlich schon bei der Mannschaft?«, führt Heroine den Smalltalk weiter.

»Ich war vor einem halben Jahr noch Matrose auf einem englischen Handelsschiff und hatte mit der Freibeuterei nichts am Hut. Als mein Schiff gekapert wurde, hat man mir die Wahl gelassen, hier auf der Revenge anzuheuern oder getötet zu werden. Ich hab es vorgezogen zu leben. Jetzt darf ich erst wieder aufhören, wenn mein gesamter Beuteanteil mindestens 1000 englische Pfund beträgt. Das hab ich unterschreiben müssen. Da, wo ihr herkommt, wird man dort auch zur Freibeuterei gezwungen?«

»Was meinst du, Dan?« Heroine gibt Dan ein Zeichen, damit er dem Gespräch seine volle Aufmerksamkeit zuwendet. »Wird man da, wo wir herkommen, zur Freibeuterei gezwungen?«

Dan hat begriffen, dass sich eine Chance auftut und antwortet: »Da wo wir herkommen, da wird man zu gar nichts gezwungen. Bei uns kann jeder tun oder lassen, was er gern möchte, solange er nicht die gleichen Rechte eines anderen beeinträchtigt. Wir kommen aus einem Land, in dem die Freiheit des Einzelnen von der Verfassung geschützt wird.«

»Oh, ihr habt es gut. Hier schützt einen die Verfassung des Kapitäns vor gar nichts. Besonders, wenn er in schlechter Verfassung ist, wird man zu irgendetwas gezwungen, was man nicht tun möchte. Und werdet ihr dorthin zurückkehren, wo ihr vor der Verfassung eures Kapitäns geschützt seid?«

Dan ist sich nicht sicher, ob er Monkhouse einen Vortrag darüber halten soll, was die Verfassung eines Staates bedeutet, doch dann entschließt er sich einfach seine Frage zu beantworten: »Das würden wir schon gerne, und wenn es uns möglich ist, werden wir es auch tun. Aber warum fragst du, Monky?« Dan hat das Gefühl, dass das Gespräch auf eine für das X-Team vorteilhafte Richtung zusteuert und versucht das durch seine Fragen in Gang zu halten.

Monkhouse reduziert die Lautstärke seiner Stimme: »Ich bitte euch, nehmt mich mit, wenn ihr wieder in euer Land zurückkehrt.«

Heroine tut verwundert: »Warum möchtest du das, Monky? Gefällt es dir hier nicht?«

Aus Monkhouse bricht es heraus: »Es ist schrecklich. Diese Freibeuter sind doch alles nur Piraten. Immer wieder muss ich mithelfen Menschen zu töten, wenn ich selbst leben will. Bitte nehmt mich mit in euer Land, ich will nicht mehr töten.« Das klang ziemlich verzweifelt und Heroine schweigt betroffen.

Daniel, als Ingenieur und Techniker sonst weniger im sozialen Umgang mit Menschen geübt, fühlt die Gelegenheit gekommen, die entscheidende Frage zu stellen: »Wärest du bereit, uns zu helfen, wenn wir dich mitnehmen, Monky?«

Monkhouse schaut verstört, weil er sich bewusst wird, dass er eine Grenze überschreitet, hinter der er nicht mehr zurück kann: »Was erwartet ihr von mir?«, fragt er ängstlich.

»Nicht viel, Monky«, antwortet Dan in vertrauenerweckendem Ton. »Wir benötigen nur zwei Gepäckstücke. Die mit den silbern glänzenden Hüllen, die an Deck stehen.«

Monkhouse erschrickt: »Das kann ich nicht machen. Kapitän Bonny hat der Mannschaft strengstens verboten, überhaupt in die Nähe von euerm Gepäck zu kommen.«

»Tja, Monky, ich glaube, dann wird wohl nichts aus dem Mitkommen in unser Land.« Dan zuckt bedauernd mit den Schultern.

Monkhouse ist unschlüssig: »Wenn ich mir das so überlege ....« Er zieht seine Stirn in Falten und kratzt sich am Hinterkopf. »... Dann geht es vielleicht doch. Die Mannschaft muss um acht Uhr abends unter Deck schlafen gehen. Wer dann noch weiter trinken will, muss das am Oberdeck tun. Aber meistens ist keiner mehr am Oberdeck und wenn, dann schnarcht er spätestens um 10:00 Uhr stockbesoffen, dass sich die Balken biegen. Wenn ich so tue, dass ich auch weiter trinken will, brauche ich nur zu warten, bis die anderen alle schlafen. Dann kann ich euch die beiden Gepäckstücke bringen.«

Dan kann seine Begeisterung nur mühsam zügeln: »Monky, das wäre prima, wenn du das hinbekommst. Ich zähle auf dich.«

Monkhouse fühlt sich unwohl, während er nach oben horcht und flüstert: »Hast du das Knarren gehört? Da ist doch jemand.«

Dan spricht beruhigend auf ihn ein: »Sei doch nicht so nervös, Monky. Da ist niemand. Ich höre es schon die ganze Zeit knarren, seit wir hier unten sind. Das ist normal für ein Holzschiff. Es knarrt immer. Auch wenn niemand da ist.«

Monkhouse fühlt sich beruhigt und spricht in normaler Lautstärke weiter: »Und dann kehrt ihr sofort in euer Land zurück und nehmt mich auch sicher mit?«

»Sofort geht nicht, Monky. Ich muss vorher ein Gerät einstellen. Weißt du, das ist so ähnlich, wie bei einer mechanischen Uhr, die man erst aufziehen und dann die Zeiger einstellen muss. Nur dass es mindestens eine Stunde dauert. Aber ich verspreche dir, wir werden in der gleich Nacht vom Schiff verschwinden und in unser Land zurückkehren.« Dan versucht, seine technisch notwendigen Vorbereitungen in einer für Monkhouse verständlichen Art zu erklären. Monkhouse hat Angst, dass es nicht klappen könnte: »Aber ihr werdet mich doch sicher mitnehmen, oder?«

Dan beruhigt ihn: »Keine Sorge, Monky, wenn du wirklich mit uns mitkommen willst, brauchst du nur bei uns zu bleiben, nachdem du uns die Gepäckstücke gebracht hast. Du wirst dann zusammen mit uns von diesem Schiff verschwinden.«

Monkhouse ist erleichtert: »Also gut, ich vertraue dir. Aber jetzt muss ich nach oben, vor die Öffnung. Man braucht mich nicht dabei zu erwischen, wie ich hier unten mit euch rede.«

Als Monkhouse es sich wieder oben vor der Öffnung in seiner Hängematte gemütlich macht, riechen Dan und Heroine an den beiden Krügen, die Monkhouse auf der Treppe abgestellt hat. Heroine rümpft ihre Nase: »In dem großen Krug scheint Wasser zu sein, aber es stinkt faulig. Der kleine Krug stinkt nach billigem Fusel. Das kann man nicht trinken, das Zeug.«

Dan antwortet: »Nun, Heroine, Champagner riecht anders, das ist sicher. Aber wenn wir nicht verdursten wollen, wird uns nichts anderes übrig bleiben, als wenigstens einen Teil des Fusels in das Wasser zu kippen, um es keimfrei zu machen und das Gemisch dann zu trinken.«

»Ich hab gar nicht gewusst, dass du zu den heimlichen Alkoholikern gehörst, Dan, wenn du sogar zum Fusel greifst. Ich jedenfalls verzichte«, versichert Heroine standhaft, während sie sich schon dem Teller zuwendet und diesen mit der LED-Leuchte erhellt. »Schauen wir uns unser Freibeutermenü an.«

Auf dem Teller liegt Zwieback, von dem Heroine ein Stück hochnimmt und genauer betrachtet. »Das wird nicht meinen Speiseplan bereichern, auch wenn es biologisch aktiver Zwieback mit hochwertigen Proteinen ist«, sagt sie mit Bestimmtheit.

Dan, der ebenfalls einen Blick auf den Zwieback wirft, fängt an zu würgen: »Ääh, der Zwieback ist ja voll von fleischigen Maden. Wie hoch war noch mal die Aufnahmegebühr im Verein der bekennenden Vegetarier?«

Heroine lächelt müde: »Bevor du zum Vegetarier wirst, Dan, treten die Piraten alle in ein Kloster ein. Aber mal was anderes: Sollten wir nicht nachschauen, was hier unten in den Kisten und Fässern drin ist. Vielleicht finden wir etwas, das hilfreich in unserer Lage ist.«

»Okay, Heroine, da möchte ich dir nicht widersprechen, aber wir sollten warten, bis unser Freund dort oben uns verlässt und aufs Oberdeck geht. Er braucht nicht mitzubekommen, wenn wir alles durchfilzen.«

Die Zeit wird Heroine und Dan nicht lang. Sie diskutieren, ob Plonk eine Überlebenschance hat und es nicht doch eine Möglichkeit gibt, nach ihm zu suchen.

»Ich hab schon mehrfach versucht, Plonk über den Kommunikator zu erreichen, er hat sich aber nicht gemeldet«, erzählt Dan.

»Das kannst du bleiben lassen«, meint Heroine. »Wenn er im Wasser schwimmt, dann wird der Kommunikator nicht funktionieren. Selbst wenn der Kommunikator im Wasser funktionieren würde, was könnten wir tun, wenn er kilometerweit von uns entfernt irgendwo von Haien umkreist wird? Wir könnten ihn doch nicht retten. In jedem anderen Fall hätte er bestimmt selbst schon versucht uns zu erreichen.«

Nachdem sie alle Argumente abgewogen haben, kommen sie zu dem Schluss, dass es keine Möglichkeit gibt, Plonk zu finden. Sie müssen sich mit seinem Tod abfinden. Als ihnen diese Erkenntnis bewusst wird, sind sie ziemlich deprimiert und schweigen für einige Zeit.

Etwas später diskutieren sie weiter im Flüsterton, ob Monkhouse ihnen wirklich helfen kann. Wie groß das Risiko ist, dass Monkhouse erwischt wird und ob sie ihn tatsächlich mitnehmen sollen, wenn alles nach Plan verläuft. Heroine ist der Meinung Monkhouse lieber nicht mitzunehmen, weil er für die weitere Expedition nur hinderlich ist oder diese sogar unmöglich machen würde.

Dan fühlt sich dagegen im Wort. Er meint, Versprechen sollte man halten und, dass es Monkhouse sicher schlecht ergehen würde, wenn sie ihn nicht mitnähmen. Sie seien praktisch verpflichtet, ihn aus Dankbarkeit mitzunehmen. Die Diskussion geht hin und her.

Als die Schiffsglocke die Schlafenszeit ankündigt und Monkhouse zu ihnen herunterruft, er würde jetzt wie besprochen ans Oberdeck gehen, einigen sie sich darauf Allman entscheiden zu lassen, wenn er aus seinem tiefen Schlaf aufwacht.

Gleich, als Monkhouse gegangen ist, machen sie sich daran zunächst die Fässer zu untersuchen. Einige sind außen etwas feucht und der Geruch sagt ihnen, dass sie entweder fauliges Wasser oder Rum enthalten.

Bei anderen Fässern lässt sich der Deckel abheben. Sie finden eingepökeltes Fleisch und von Maden durchsetzten Schiffszwieback. In weiteren Fässern finden sie Nägel, Werkzeuge, Pech zum Abdichten des Schiffs und allerlei Ersatzteile. Oben auf den Fässern liegen dicke Ballen von Segeltuch.

Nachdem sie alle Fässer, bis auf diejenigen durchsucht haben, an die sie schlecht herankommen, gehen sie daran die Kisten zu erforschen. Die meisten Kisten lassen sich öffnen. Sie finden Mehl, Flaschen mit Flüssigkeiten, deren Inhalt sie nicht überprüfen können, ohne sie vorher zu entkorken, weiteres Werkzeug, Werg zum Herstellen von Tauen und allerlei Dinge, die für den Schiffsalltag nötig sind. Es bleiben drei mit Nägeln verschlossene, etwa vier Fuß breite Kisten übrig.

Sie beraten, ob sie diese auch öffnen sollen, da sie bisher nicht viel Verwertbares gefunden haben. Der Verschluss mit Nägeln scheint darauf hinzudeuten, dass der Inhalt wertvoller ist. Heroine befürchtet, es könnte ihre Situation verschlechtern, wenn man entdecken würde, dass sie die Kisten aufgebrochen haben.

Doch Dan sieht darin kein Problem. Er ist sicher, dass er die Kisten mit den aufgefundenen Nägeln und dem Werkzeug genauso wieder zunageln kann, sodass niemand etwas merken wird.

Schließlich siegt die Neugier auch bei Heroine. Die erste der drei zugenagelten Kisten lässt sich aufgrund ihres Gewichts nicht anheben. Dan hebelt sie mit dem vorgefundenen Werkzeug auf. Sie ist bis zum Rand gefüllt mit silbernem Tafelgeschirr, silbernen Tabernakeln, silbernen Spiegeln, silbernen Kämmen und weiteren Gegenständen aus Silber.

Die zweite der drei Kisten, die sich leicht anheben lässt, ist fast leer. Unter einem blauen Tuch, das sie entfernen, finden sie Schmuck, Perlenketten, Ketten aus verschiedenen durchsichtigen bunten Steinen, Steine in Gold gefasst und einige massive Goldketten. Wie wertvoll das Ganze ist, können sie nicht beurteilen, da beide keine Ahnung haben, was für Steine sie in den Händen halten. Sie legen alles ordnungsgemäß zurück und nageln beide Kisten wieder zu.

Schließlich bleibt als Letztes eine schwere Kiste übrig. Auch diese wird von Dan vorsichtig geöffnet. Nach dem Abheben des Deckels kommt ein rotes samtartiges Tuch zum Vorschein. Dan legt es beiseite und findet Gegenstände, die ebenfalls in rotes Tuch eingewickelt sind. Dan nimmt einen Gegenstand hoch und wickelt ihn aus. Es ist ein feiner Kristallpokal. Die weiteren ausgewickelten Gegenstände sind feine Kristallgläser. Eigentlich hat er keine Lust, das ganze Kristall auszupacken, so prüft er nur grob die Formen der anderen Gegenstände bis seine Hand an einer ihm wohlbekannten Form hängen bleibt. Dan wickelt den

Gegenstand aus und hätte fast einen Luftsprung gemacht. Den Freudenschrei kann er gerade noch unterdrücken.

Heroine, die hinter ihm steht und nur Kristallwaren erkennt, fasst Dan bei der Schulter: »Ruhig, Dan, bleib ruhig. Was hast du denn Aufregendes gefunden?«

Dan dreht sich um und zeigt ihr etwas Glitzerndes.

»Eine kristallene Pyramide mit einer Grundfläche von 10 cm im Quadrat? Was ist daran so Aufregendes?« Heroine sieht in dem Kristall nur schönen Nippes.

»Wenn es das ist, wofür ich es halte, dann hat sich unsere Expedition bereits gelohnt. Wir können zurückkehren in unser Universum nach Quantum City und Allman wird den Forschungspreis gewinnen.« Daniels Stimme überschlägt sich beinahe vor Erregung.

Heroine will es genau wissen: »Wie kann Nippes aus Kristall für den Erfolg unserer Expedition stehen? Das musst du mir erklären.«

»Das ist keine Pyramide aus Kristallglas, das ist ein künstlicher Diamant«, antwortet Dan mit begeisterter Stimme.

»Was redest du, Dan? Um 1700 konnte man keine künstlichen Diamanten herstellen.«

»Machen wir doch einfach die Probe, Heroine. Ein Diamant ist härter als alle anderen bekannten Materialien. Wenn die Spitze der Pyramide die Kristallgläser ritzen kann, dann besteht die Pyramide nicht aus Kristallglas, sondern ist härter.«

Heroine nimmt die Pyramide selbst in die Hand und führt die Spitze über ein Kristallglas. Man hört ein ritzendes Geräusch wie bei einem Glasschneider. »Tatsächlich, Dan, du hast Recht. Die Pyramide ist härter als Glas. Aber was mich wundert, wie kann sie in diese Welt gekommen sein und was ist ihr Zweck?«

Dan ist in seinem Element: »Professor Allman geht davon aus, dass die diamantenen Pyramiden durch Multiversumreisende hinterlassen wurden. Da Diamanten unglaublich stabil sind und auch Millionen Jahre problemlos überdauern können, eignen sie sich hervorragend zur Speicherung von Informationen, die an zukünftige Generationen weitergegeben werden sollen. Allman hat schon einmal eine diamantene Pyramide in einem alten Mayatempel auf Yucatán gefunden. Er untersuchte sie an der Uni mit den modernsten Instrumenten und stellte fest, dass sie ein Datenspeicher mit unvorstellbar riesigem Speichervolumen ist. Leider sind die Daten so codiert, dass man sie erst dann vollständig entschlüsseln kann, wenn man sechs diamantene Pyramiden besitzt, die zu einem Würfel von 10 cm Kantenlänge zusammengesetzt werden können. Aber schon zwei diamantene Pyramiden zusammen ermöglichen es, einen kleinen Teil der gespeicherten Informationen zu entschlüsseln.«

Heroine hört fasziniert zu und fragt weiter: »Und was glaubt Professor Allman, was für Informationen die Pyramiden enthalten?«

»Nun, er geht davon aus, dass es sich um die Lösung der größten Rätsel unseres Multiversums handeln muss. Denn sonst hätte man sich nicht die Mühe gemacht, einen derart stabilen, die Zeit überdauernden Datenspeicher zu erstellen.«

»Als Ärztin bin ich immer davon ausgegangen, dass das größte Rätsel im Multiversum der Mensch ist. Aber Physiker und Ingenieure sehen das wohl anders?«

»So ist es, Heroine. Für Physiker ist das derzeit größte Rätsel die Weltformel. Sie ist der Schlüssel für das Multiversum. Wenn wir die Weltformel kennen,

104

können wir alles, aber auch wirklich alles physikalische Wissen daraus ableiten. Das wird die Welt ähnlich revolutionieren wie Einsteins Relativitätstheorie oder die Quantentheorie, nur noch viel umfassender. Und Allman glaubt, dass in jeder der sechs diamantenen Pyramiden, die einen Würfel bilden, ein Teil der Weltformel steckt. Da er selbst schon einen Teil der Weltformel entdeckt hat, werden ihm ein paar der diamantenen Pyramiden den fehlenden Rest liefern. Sofern er sie nur entschlüsseln kann.«

»Auch wenn ich keine Informatikerin bin, würde ich sagen: In den Datenspeicher passt bestimmt viel mehr Information, als nur die Weltformel.« Heroines Neugier wächst weiter.

»Allman nimmt an, es enthalte Geheimnisse des Lebens, des Bewusstseins und der Intelligenz. Es könnten DNS-Baupläne sein, mit deren Hilfe man künstliches, intelligentes Leben erzeugen kann oder es sind fortgeschrittene Programme für künstliches Bewusstsein und Intelligenz. Das zielt auf den Menschen und auf das, was für dich als Ärztin eines der größten Rätsel im Multiversum ist.«

»Wie kommt Allman darauf? Das sind doch bestimmt alles nur Spekulationen.« Heroine ist skeptisch.

»Nein, so ist es nicht. Allman hat die Speichermuster der gespeicherten Daten seiner diamantenen Pyramide mit den aktuellen Informationsmustern aktueller Forschung verglichen. Er ist in den erwähnten Bereichen auf statistisch signifikante Ähnlichkeiten gestoßen. Die Hoffnung, mithilfe der diamantenen Pyramide die großen Rätsel des Multiversums zu lösen, ist deshalb keine Spekulation, sondern realistisch.«

»Dan, daraus ergeben sich auch für mein Wissensgebiet ungeahnte Möglichkeiten. Steck einfach die diamantene Pyramide in eine deiner unergründlichen Taschen«, schlägt Heroine vor. »Hüte sie wie deinen Augapfel. Und wir dürfen wir auch nicht vergessen, die Kiste wieder zu verschließen.«

Wie vorgeschlagen geschieht es. Erst jetzt merken sie die Anstrengungen der letzten Stunden und beschließen sich in ihre Hängematten zu legen und schlafen auf der Stelle ein.

An Bord und unter Deck herrscht Ruhe. Nur noch wenige Männer, die in ihren leicht schaukelnden Hängematten liegen, flüstern miteinander. Einer von ihnen ist der Obermaat John Bird, der von den Geschehnissen an Bord zunächst nichts mitbekommen hat, weil er tagsüber im Beiboot den Rudertakt angeben musste. Ihm wurde erst nachträglich alles erzählt.

Vom Alkohol benebelt, empört er sich etwas lauter: »Kreuzdonnerwetter, was reißen bei uns für neue Sitten ein. Ist Bonny noch bei Trost, aus unserem Schiff eine Sommerfrische für Landratten zu machen, bei freier Kost und Logis. Wir haben schon seit Wochen kein Schiff gekapert und hocken da wie alte Weiber, anstatt mal wieder Beute zu machen. Da muss doch einer für Gerechtigkeit sorgen.«

»Psst, nicht so laut. Lass das bloß nicht Bonny zu Ohren kommen«, beschwichtigt Flower, einer der Leute, die mit beim Rudern dabei waren.

»Ich lass mir von Bonny überhaupt nichts sagen. Das wollen wir doch mal sehen, ob nicht die Mannschaft hinter mir steht, wenn ich für Gerechtigkeit sorge und die fremden Teufel in Ketten lege. Im nächsten Hafen verkaufen wir sie als Sklaven.« Bird redet sich trotz schwerer Zunge in Rage.

Flower protestiert leise: »Was geschehen soll, muss doch mit der Mannschaft besprochen werden. Jeder Mann hat in wichtigen Angelegenheiten ein Mitspracherecht.«

»So ein Quatsch. Wer will sich gegen mich stellen, wenn ich für Gerechtigkeit sorge? Der Schmied ist verletzt. Jetzt bin ich der Stärkste von allen.« Bird plustert sich auf und rülpst: »Oder bist du etwa gegen mich?«

Flower muss sich die Nase zuhalten, traut sich aber nicht offen gegen Bird zu sein: »Natürlich nicht, Obermaat. Ich bin auch für Gerechtigkeit. Aber für eine Gerechtigkeit, die keinen Ärger macht mit diesem Weib.«

»Was heißt das, Flower?«, knurrt Bird unwirsch.

»Die anderen haben erzählt, dass heute eine einzige schwache Frau die halbe Mannschaft umgeworfen hat, dass sie eine Teufelin ist und Bonny ist auch eine Teufelin. Außerdem wurde sie von der Mannschaft zum Kapitän gewählt. Solange du nicht selbst zum Kapitän gewählt bist, musst du vorsichtig sein. Sonst kann dich Bonny wegen Meuterei bestrafen.« Flower versucht, Bird zu bremsen.

»Meuterei? Na und? Glaubst du, ich würde mich vor einer Frau fürchten?« Bird nimmt den Mund reichlich voll.

Flower wird es angst: »Sei leiser, Obermaat. Du weißt, Kapitän Bonny hat schon mehr als einmal einen Meuterer erschossen.«

»Pah, das werden wir doch sehen. Ich gehe jetzt und lege die fremden Teufel in Ketten. Kommst du mit, Flower? Du weißt: wer nicht für mich ist, der ist gegen mich.«

Der körperlich unterlegene Flower stimmt missmustig zu: »Also gut, machen wir, was du sagst, Obermaat.«

»Ich hab gar nichts anderes erwartet, Flower«, triumphiert Bird. »Weck mir Clerk, Collett, Wycombe und Peckover. Die sind garantiert auch auf der Seite der Gerechtigkeit und werden mitmachen.«

Zehn Minuten später stehen sechs Mann an Deck, teilweise schlaftrunken und nur vom Mondschein beleuchtet. Flower trägt eine Blendlaterne, deren Lichtschein er zugedeckt hat, damit man ihr Vorhaben nicht vorzeitig entdeckt. Wycombe und Peckover tragen Ketten mit sich, mit denen das X-Team gefesselt werden soll. Flower, ängstlicher und aufmerksamer als die anderen, schaut sich auf Deck um und flüstert: »Seid mal ruhig. Ich glaube, da hat sich etwas bewegt. Dort, beim Gepäck der fremden Teufel.«

Bird, an der frischen Luft nüchterner und vorsichtiger als unter Deck, sieht ebenfalls etwas und antwortet leise: »Den schnappen wir uns und stopfen ihm das Maul. Flower, Collett und Wycombe, ihr schleicht euch von Backbord an, wir anderen von Steuerbord.«

Wie gesagt, so getan. Zwei Minuten später hört man einen erstickten Schrei, dann poltert jemand aufs Deck. Bird sagt in verhaltener Lautstärke, sodass es die anderen verstehen können: »So, der schläft erst mal seinen Rausch aus. Flower, leuchte kurz mit deiner Laterne, damit wir sehen, wen wir erwischt haben.«

Als der Lichtschein das Gesicht des Bewusstlosen erhellt, stößt Bird einen leisen Pfiff aus: »Sie mal einer an, unser Hasenfuß Monkhouse. Das hätte ich nicht gedacht, dass ausgerechnet der Bonnys Spion ist. Egal, wir führen unsere gerechte Sache weiter durch. Flower, binde ihn an den Hauptmast, damit er uns nicht stören kann, falls er zur Unzeit aufwacht.«

Flower tut wie ihm befohlen. Weitere zwei Minuten später stehen Bird und seine Kumpane im hinteren Stauraum vor den Hängematten der schlafenden X-

Team Mitglieder. Je zwei Piraten haben sich vor einer Hängematte aufgebaut. Auf ein Zeichen von Bird packen sie gleichzeitig zu. Sie kippen die X-Team-Mitglieder aus den Hängematten und schließen blitzschnell eiserne Ringe um deren Handgelenke und Fußknöchel. Die Ringe an Hand und Fuß sind so mit kurzen Ketten verbunden, dass man nur noch in hockender Stellung am Boden sitzen kann. Aufstehen oder Gehen ist nicht mehr möglich. Das Ganze kommt so überraschend für die schlafenden X-Team Mitglieder, dass an Gegenwehr nicht zu denken ist.

Schlaftrunken richtet Dan als einziger des X-Teams das Wort an den ihm nächststehenden Piraten, den er mehr spürt und riecht als sieht: »Sag mal, Monky, was ist auf einmal in dich gefahren? Haben wir uns vorher nicht freundschaftlich unterhalten?«

»Halts Maul, du fremder Teufel«, fährt ihn Bird roh an. »Jetzt ist Schluss mit eurem Luxusleben. Essen und Trinken nehmen wir wieder mit. Ihr sollt mal sehen, wie das ist, wenn man Hunger und Durst leidet. Und im nächsten Hafen verkaufen wir euch als Sklaven. Hier ist schließlich kein Hotel.« Bird lacht höhnisch. »Ach ja, was ich noch sagen wollte, fühlt euch wie bei euch zu Hause. Wie in der Hölle, aus der ihr kommt.« Dabei versetzt er jedem einen kräftigen Fußtritt. Die X-Team-Mitglieder verbeißen sich den Schmerz und sagen nichts.

Zufrieden wendet sich Bird an seine Kumpane: »Seht ihr, so sorge ich für Gerechtigkeit. Ihr werdet mich doch zu eurem Kapitän wählen?«

Als Bird nur ein unverständliches Gemurmel als Antwort hört, meint er: »Gehen wir zurück zu unseren Hängematten und schlafen eine Runde. Morgen feiern wir unseren Sieg über die fremden Teufel. Und denkt daran, ich bin derjenige, der für Gerechtigkeit sorgt. Das Geld, das uns der Sklavenhändler für die gibt, teilen wir gerecht unter uns.«

Bei diesen Worten verlassen die Piraten den Stauraum. Die Falltür, durch die der Stauraum mit frischer Luft versorgt wird, fällt zu.

Allman fängt als Erster an zu husten und keuchen: »Wenn nicht bald Luft hereinkommt, dann ist unsere Expedition zu Ende.«

Heroine, der aus Luftmangel dicke Schweißperlen auf der Stirn stehen, fügt hinzu: »Nur das Ende der Expedition?«

Dan denkt nur an seine Pyramide: »Kein Problem, nach dem Erfolg können wir die Expedition gern beenden.«

Allman stößt mühsam hervor: »Welcher Erfolg? Verwechselst du dich im Wahn schon mit den Piraten, Dan?«

Dan, dem der Luftmangel bisher am wenigsten auszumachen scheint, antwortet leicht euphorisch: »Oh, ich vergaß, Professor. Während Sie schliefen, haben wir in einer Kiste eine diamantene Pyramide gefunden, wie Sie schon eine besitzen. Wenn das kein Erfolg ist ....?«

Für einen kurzen Augenblick hellt sich Allmans Stimmung auf: »Großartig, das ist ....« Dann würgt ihm ein Hustenanfall die weitere Rede ab. Als er wieder reden kann, formuliert er mühsam: »Ich glaube, wir haben keine Gelegenheit mehr, den Erfolg zu feiern.«

Heroine, den Tod vor Augen, immer noch zu Scherzen aufgelegt, spricht ganz langsam: »Hier feiern? ... Das wäre keine gute Idee. ... Es gibt hier keinen Champagner und das Dienstpersonal, ... das Dienstpersonal ist reichlich ungehobelt.« Die letzten Worte sind durch ihr zunehmendes Keuchen schwer verständlich.

Dan, der unter anderen Umständen ernst und nüchtern formuliert, scheint trotz schwächer werdender Stimme in dieser aussichtslosen Situation von ungeahnter Fröhlichkeit erfüllt: »Sagen wir uns einfach Auf Wiedersehen. .... Vereinbaren wir ein neues Treffen an einem höheren Ort. ... Lasst uns feiern auf dem Olymp, an der Tafel der Götter.«

»Bis bald«, flüstert Allman.

»Mit Freuden«, fügt Heroine schwach hinzu.

»Bis jetzt ist alles gut gegangen. Dieses Chamäleon, der Foliensack, der uns fast unsichtbar macht, ist eine tolle Sache«, begeistert sich Nummer Eins. Er und seine drei Kumpanen, Nummer Zwei, Nummer Drei und Nummer Vier stehen mitten in der Nacht im Gang des Versuchslabors der Extraterrestrical Inc., dort wo die Versuchsreihen für die Entwicklung des sensationell neuen Medikaments gegen Strahlenkrebs durchgeführt werden. Sie sind gekommen, um Capiellos Auftrag auszuführen. Die Überwachungskameras, die an der Decke hängen, sehen nichts Verdächtiges.

»Was tun wir jetzt?«, möchte Nummer Drei wissen, der Mann mit der Boxernase, die man genauso wenig sieht, wie die dunkle Kleidung, die die vier Männer unter ihren Chamäleon-Säcken tragen.

»Ich werde es jetzt zum letzten Mal wiederholen und dann möchte ich, dass jeder von Euch funktioniert«, antwortet Nummer Eins und fährt fort: »Ihr wisst, wir dürfen keine groben Sachen anstellen. Hier wird nicht wild drauflos etwas zerstört. Alles was wir tun, muss nach Verschleiß oder Schlamperei der Angestellten aussehen. Nur dann gibt's Geld für unsere Arbeit. Habt ihr das verstanden?«

»Ja, Chef«, bestätigen die anderen im Chor.

Nummer Eins gibt seiner Mannschaft eine kurze Zusammenfassung der Laborfunktionen: »Okay, ihr wisst, dass hier im Labor viele Arbeiten automatisch ablaufen. Eine Vielzahl von Laborarbeiten wird durch ein rechnergestütztes Laborautomatisierungssystem gesteuert. Dazu gehört die automatische Durchführung von Messungen aller Art mit Hilfe von Sensoren und Analysatoren. Dazu gehört auch die Ansteuerung der Aktoren wie Pumpen, Ventile und Roboter. Das Laborjournal, sowie die Filterung und Auswertung von Informationen, sind typische rechnergestützte Laborarbeiten. Damit haben wir zahlreiche Angriffspunkte für unseren Auftrag. Nummer Zwei, unser Mann fürs Grobe, wird sich um die Verdrahtung und die elektrischen Steckverbindungen kümmern. Ich möchte keine rausgerissenen Kabel sehen, Nummer Zwei. Es darf nur Knicke oder unsichtbare Brüche geben. Hast du verstanden?«

Nummer Zwei bestätigt mit rauer Stimme: »Ich bin doch nicht blöd, Chef.«

»Also gut, dann kommen wir zu Nummer Drei und Vier. Ihr kümmert euch um die Sensoren und Aktoren. Nach eurer Arbeit muss es Ventile geben, die nicht mehr richtig schließen. Vakuumpumpen, die nur so tun, als würden sie absaugen, oder Thermostate, bei denen die Eichung leicht verändert wurde. Ist das klar?«

»Natürlich, Chef, das ist doch unsere tägliche Arbeit«, bestätigen Nummer Drei und Vier.

»Gut, ich glaube ihr habt verstanden. Ich selbst kümmere mich um den Prozessleitrechner und bringe dort einen von mir speziell entwickelten

Computervirus ein. Das wird einen hübschen, optimalen Verfahrensablauf geben«, kichert Nummer Eins. »Also, dann los, fangt an.«

Die Männer verteilen sich und beginnen mit ihren zweifelhaften Arbeiten.

Zunächst geht alles ruhig und ohne Geräusche vor sich. Nach einer Viertelstunde hört man Nummer Zwei: »Verdammter Mist.« Etwas Schweres poltert zu Boden. Es zerbricht klirrend. »Bloß weg«, schreit Nummer Zwei in Panik. »Die beißen.«

Eins, der gerade dabei war, Viren in den Prozessleitrechner einzuspielen, lässt seine Arbeit liegen und stürzt in den Nachbarraum, wo das Geräusch herkam. Dort sieht er das Problem: »Auf dem Boden schlängeln sich zwischen den Scherben des Terrariums ein gutes Dutzend bleistiftdicker grüner Schlangen, die giftigste Sorte, die bekannt ist. Ihr Biss führt innerhalb von Minuten zum Tod.«

Von Nummer Zwei, der sich in die hinterste Ecke des Laborraums geflüchtet hat, kann man sein verzweifeltes Gesicht nicht sehen. Das Chamäleon lässt ihn durchsichtig erscheinen, als würde er selbst aus Laborgegenständen bestehen. Nummer Eins erkennt natürlich die leichte Parallaxe, die das Chamäleon verursacht, und schimpft zu ihm rüber: »Was ist in dich gefahren? Wer hat denn gesagt, du sollst irgendetwas anderes anfassen, als die Kabelverbindungen?«

Nummer Zwei ist schuldbewusst und kleinlaut: »Tut mir Leid, aber hinter dem Glaskasten waren Stecker und Kabel. Da wollte ich ran.«

»Also gut. Kümmere dich nicht mehr um die Schlangen. Bleib in deiner Ecke. Da gibt es bestimmt genügend Kabel, die du bearbeiten kannst«, befiehlt Nummer Eins und geht, um seine eigene Arbeit zu erledigen. »Verdammtes Pack. Man sollte wirklich alles alleine machen. Wenn es nur nicht soviel zu tun gäbe«, knurrt er im Rausgehen und beruhigt sich im nächsten Augenblick wieder: »Für die viele Arbeit gibt es wenigstens eine anständige Bezahlung. Da kann man nicht meckern.«

Während seiner Arbeit stöhnt Nummer Zwei ununterbrochen so laut, dass ihn Nummer Drei und Nummer Vier in den anliegenden Räumen hören. »Das kann man ja nicht mit anhören, halt endlich dein Maul«, schreit Nummer Vier.

Als Antwort kommt ein angsterfüllter, gellender Schrei: »In meinem Chamäleon ist sie. Sie beißt.«

Nummer Eins, Drei und Vier stürzen in den Nachbarraum und sehen die Bescherung. Nummer Zwei hat sich aus Angst vor einer Schlange das Chamäleon vom Leib gerissen. Darunter kommt ein dicker, ungepflegter und unrasierter Typ zum Vorschein, der voll im Visier der Überwachungskameras steht.

Nummer Eins reagiert als Erster: »Raus hier«, schreit er. »Schnell weg, bevor die Security kommt.« Sekunden später sind Nummer Eins, Drei und Vier verschwunden.

»Nehmt mich mit.« schreit Nummer Zwei ängstlich in seiner Ecke stehend.

Minuten später kommen vier blau uniformierte Wachmänner mit gezogenen Strahlenpistolen durch die Tür und nehmen Nummer Zwei fest.

Die Falltür zum hinteren Stauraum auf dem Piratenschiff wird aufgerissen: »Himmeldonnerwetter.« Der tot geglaubte Plonk steht fluchend oben an der Öffnung und schimpft nach unten: »Wie kann man sich in so einem Mief wohlfühlen? Ihr müsst doch lüften. Hat man euch das nicht zuhause beigebracht?«

Heroine, die als Erste ihre Stimme wiedererlangt, als frische Luft hereinströmt und ihre Lungen füllt, fängt an zu schimpfen: »Auf nichts ist mehr Verlass.

Soeben hatte ich eine Verabredung getroffen und jetzt wird wieder nichts daraus.«

Dan bekommt große Augen und redet wirr: »Pit Plonk? Hier? Du bist doch tot.«

Allein Allman scheint schnell wieder im Vollbesitz seiner geistigen Kräfte zu sein: »Dem Himmel sei Dank, Sie leben. Sie glauben gar nicht, wie erleichtert ich bin. Würden Sie bitte herunterkommen und uns von den Eisenfesseln befreien.«

Als Plonk zu den Gefangenen heruntergestiegen ist und mit einem LED-Strahler aus den Taschen seines Kampfanzuges für ausreichende Beleuchtung gesorgt hat, kümmert er sich um die Verschlüsse der Eisenfesseln. Fünf Minuten später sind die drei Gefangenen ihre Ketten los.

Plonk schimpft vor sich hin: »Was war das eigentlich für eine Begrüßung? Will niemand wissen, warum ich noch lebe?« Er wendet sich an Heroine und fügt hinzu: »Freust du dich nicht, dass ich wieder da bin?«

Allman beugt möglicherweise aufkommenden Spannungen vor: »Selbstverständlich freut sich jeder von uns, dass Sie wieder da sind. Nicht wahr, Dr. Embassy? Aber wir waren alle Drei gerade an der Grenze des Todes und da braucht es ein Weilchen, bis die normalen menschlichen Verhaltensweisen wieder einsetzen. Bitte berichten Sie uns, wie Sie es geschafft haben, sich und uns zu retten.«

Plonk schmunzelt: »Danke, Professor Allman, für ihre menschliche Reaktion. Ich hab nur deshalb so schroff mit Ihnen geredet, damit ihr Adrenalinspiegel steigt. Sie wissen doch, das hilft, Sie schneller wieder auf die Beine zu bringen. So macht man es eben beim Militär. Für Tage lange psychologische Betreuung wie bei Zivilisten üblich, fehlt einfach die Zeit.«

Jetzt müssen auch Dan und Heroine schmunzeln. Heroine ist beinahe wieder die Alte. »Pit, du Mistkerl, jetzt erzähl schon, wie es dir gelungen ist, von der Schippe des Teufels zu springen.«

Plonk lässt sich nicht lange bitten und fängt an zu erzählen:

»Als ich über die Reling kippte, dachte ich schon, »Das war es wohl.« Die Piraten werden mich sicher nicht aus dem Meer fischen. Aber dann konnte ich mich für einen kurzen Augenblick mit einer Hand oben am Geländer festhalten, bevor ich abrutschte. Die Zeit reichte mir, mit der anderen Hand an meinen Gürtel zu fassen und eine der zwei Miniharpunen abzufeuern, die dort eingebaut sind. Die Spitze bohrte sich in das Holz. Eine spinnenfadenähnliche hochfeste Schnur, geeignet einen Mann zu halten, spulte sich ab und verband meinen Gürtel mit dem Schiff. Als ich dann endgültig ins Wasser fiel, konnte ich nicht mehr verloren gehen. Die Revenge zog mich hinter sich her wie einen Fisch an der Angel.

Als ich im Kielwasser des Schiffs schwamm, feuerte ich meine zweite Miniharpune ab. Sie bohrte sich in die Unterseite des Balkons, der sich an den großen Heck Salon anschließt und auf dem sich auch die Latrine der Offiziere befindet. Zum Glück für mich saß keiner auf der Latrine, als ich die Leine wieder aufspulte und ich dadurch zum Balkon hochgezogen wurde.«

»Was heißt hier Glück?«, unterbricht Heroine. »Die Piraten waren alle an Deck, um meiner Vorstellung beizuwohnen. Aber erzähl ruhig weiter.«

»Auf jeden Fall war niemand da, auch nicht im großen Salon, den ich durchqueren musste. Ich bin dann aus einem Seitenfenster des großen Salons herausgeklettert und ein Stock tiefer durch eine Kanonenluke wieder herein. Vom

Kanonendeck ging eine Treppe ins Zwischendeck, das als Lagerplatz für Taue, Kanonenkugeln und Segel dient und wo ein großer Teil der Mannschaft ihre Hängematten aufgehängt hat. Übrigens, wie viel Gage hast du erhalten, Heroine?«

»Was ist das jetzt für eine Frage, Pit?« Heroine misstraut Plonks Scherzen, die häufig auf ihre Kosten gehen.

»Nun, du scheinst eine ausgezeichnete Künstlerin sein. Alle müssen sie deine Darstellungskunst an Deck bewundert haben, denn es war unter Deck kein einziger Pirat zu sehen, als ich mir ein gemütliches Plätzchen als Versteck suchte. Ich fand schließlich eine geeignete Stelle innerhalb einer Rolle Tauwerk. Ein altes Stück Segeltuch deckte mich nach oben hin ab, sodass mich niemand sehen konnte. Später kamen die Piraten zurück unter Deck und legten sich in ihre Hängematten. Sie erzählten von deinen Ruhmestaten. Ich glaube, du hast bei denen einen dicken Stein im Brett. Wenn du nicht aufpasst, wirst du noch deren Kapitän.«

»Jetzt langt es aber, Pit. Erzähl deine Story, aber lass mich gefälligst außen vor«, schleudert Heroine, wütend geworden, ihm an den Kopf.

»Okay, Heroine, deine Reaktionen sind wieder die alten. Ich freue mich, dass es dir gut geht. Also weiter in der Story. Als es Nacht wurde, die Piraten ihre Lichter verlöschten und die meisten von ihnen einschliefen, war schließlich nur noch der Obermaat Bird und ein gewisser Flower zu hören. Sie sprachen zwar leise, ich war aber nahe genug dran und konnte das Wesentliche verstehen. Dadurch hörte ich von einer kleinen Verschwörung gegen die fremden Teufel und konnte mir unschwer vorstellen, wer damit gemeint war. Als der Obermaat und vier weitere Piraten zur Tat schritten, konnte ich es leider nicht verhindern. Nachdem sie wieder zurückkamen, musste ich warten, bis sie eingeschlafen waren, damit ich ungehindert aus meinem Versteck hervorkommen konnte. Ich glaube, ich bin gerade noch rechtzeitig gekommen, euch zu befreien. Und was könnt ihr mir erzählen, was ich noch nicht weiß?«

Dan übernimmt die Aufgabe, von dem Auffinden der diamantenen Pyramide zu berichten. Alle freuen sich, dass sie der Zufall auf dieses Schiff geführt hat und der Erfolg der Expedition so greifbar nahe ist.

Als sie alle auf dem gleichen Wissensstand sind, beraten sie über die weitere Vorgehensweise. Das Wichtigste sei es, die Timeponder für die nächste Transposition vorzubereiten, meint Allman. Jemand muss vorher die Timeponder von Deck holen.

Heroine erklärt sich bereit, die Aufgabe zu erledigen. Plonk will sie begleiten. Die Aktion verläuft reibungslos, weil niemand zu sehen ist, der sie aufhält. So liefern Heroine und Plonk kurze Zeit später die Timeponder beim überglücklichen Dan ab.

Wenn das Geräusch von splitterndem Holz nicht gewesen wäre, dann hätte es ein schöner Morgen werden können. Der oberste Rand der Sonne schiebt sich über den Horizont. Ein leises Lüftchen weht und lässt hoffen, dass an diesem neuen Tag das Rudern ein Ende hat.

Flower, der am schlechtesten schlief, und zwar wegen der Aktion am Vorabend gegen die fremden Teufel, wacht früh auf. Er bemerkt als Erster das Geräusch und geht an Deck, um nachzusehen. Die leichte Schlagseite der Revenge nach Backbord erscheint ihm ebenfalls seltsam, weil die Segel nachts eingeholt sind und ein Wind nicht die Ursache der Schräglage sein kann.

Flower erschrickt. Ein metergroßes Stück vom Handlauf der Backbordreling fehlt. Stattdessen dringt ein etwa zehn Meter langes schlangenähnliches Gebilde durch die Lücke ein. Sein Durchmesser beträgt gut einen halben Meter und verjüngt sich weiter vorne, um schließlich die Form einer dicken Keule anzunehmen. Flower fühlt sich beim Anblick des Gebildes an den Tentakel eines Tintenfisches erinnert. Allerdings sind die Tintenfische, die er kennt, nur einen Bruchteil so groß und dementsprechend sind die Tentakel winzig gegen das, was er sieht. Der unangenehme scharfe Geruch von Ammoniak beißt ihm in die Nase, lässt ihn erst niesen und dann husten. Ihm dreht es den Magen um. Ob vom scharfen Geruch verursacht oder von der Angst, die sich seiner bemächtigt, ist nicht klar.

Die Angst und das schlechte Gewissen stehen Flower ins Gesicht geschrieben und lassen ihm keine Ruhe: »Das haben uns die fremden Teufel geschickt. Wir hätten sie nicht in Ketten legen dürfen.« denkt er. Flower bekommt Panik und überlegt, wie er sein schlechtes Gewissen erleichtern kann. Ihm fällt nichts anderes ein, als Kapitän Bonny zu beichten.

Eine Viertelstunde später, nachdem Flower sich ein wenig erleichtert fühlt, stürmt er zurück unter Deck und rüttelt an Birds Hängematte: »Obermaat, Obermaat, wach auf.«

»Zum Donnerwetter, was ist denn? Du stinkst, als hättest du gestern doppelt soviel getrunken wie ich«, krächzt Bird in halb wachem Zustand.

Ein rumpelndes Geräusch in Flowers Magen lässt Bird aus der Hängematte springen, damit er nicht versehentlich von dem getroffen wird, was sich da ankündigt.

»Komm schnell an Deck.« Flower packt Bird am Arm und will ihn zur Treppe ziehen.

Bird versucht sich zu entwinden: »Mir ist nicht schlecht, Flower, ich muss nicht nach oben.«

»Aber dir wird es gleich schlecht, komm endlich nach oben.« Flower zieht hartnäckig an Birds Arm.

Bird lässt sich bei soviel Hartnäckigkeit dann doch zur Treppe ziehen und steigt an Deck.

»Heiliges Kanonenrohr, ein Ungeheuer«, schreit Bird und muss sich, überwältigt vom scharfen Ammoniakgeruch, die Nase zuhalten.

Zwischenzeitlich sind weitere Besatzungsmitglieder wach geworden und wundern sich, dass der Obermaat zu der Gruppe übergetreten ist, welche die Heiligen anruft.

Der Tentakel des Ungeheuers wischt auf dem Deck hin und her. Er hat das Gepäck des X-Teams verstreut und zur Steuerbordseite geschleudert.

Bird und Flower verdrücken sich an eine Stelle der Steuerbordseite, die vom Tentakel nicht erreicht werden kann, und fühlen sich dort einigermaßen sicher. Bird schreit die drei Piraten an, die sich hinter ihm ebenfalls an Deck getraut haben: »Die fremden Teufel sind schuld. Holt sie her. Sie müssen mit dem Ungeheuer kämpfen.«

»Nicht nötig, nach uns zu schicken, wir sind schon da.« Allmans markanter Kopf mit Hut und Seidenschal um den Hals gewickelt, erscheint an der Treppenöffnung. Er spricht mit lauter und sonorer Stimme.

Bird klappt der Unterkiefer runter. »Ich hab, ich hab, ich ..., hab euch doch in Eisen gelegt«, stottert er vor Überraschung.

»Glaubst du wirklich, so einer wie du könnte Leute wie uns gefangen halten?« Während Allman die Frage stellt, geht er die Treppe hoch an Deck. Hinter ihm folgen Heroine und Daniel, je mit einem Timeponder im Arm. Sie stellen die Timeponder an der Steuerbordseite ab, außerhalb der Reichweite des Tentakels. Plonk folgt als Letzter.

Die Piraten erschrecken über Plonks Auftauchen. Einer, der Piraten, der am Vortag Plonks Kampf sah und auch wie er über Bord fiel, stottert: »Wo, wo, wo kommst du her?«

»Direkt aus der Hölle«, antwortet Plonk kurz angebunden. »Wenn ihr Pack nicht gut tut, schicke ich euch sämtliche Ungeheuer auf den Hals, die ihr euch vorstellen könnt.«

Allman wendet sich an Bird: »Uns wurde da unten im Stauraum die Luft zu feucht. Es gibt eine Stelle, an der die Schiffswand angeknackst ist und Wasser eindringt. Wenn du nichts dagegen unternimmst, ist das Schiff bald verloren.«

Erst das Ungeheuer und dann noch ein Leck. Als die neuerliche Hiobsbotschaft in sein Bewusstsein dringt, werden dem Obermaat die Knie weich. Er zweifelt nicht an dem Wahrheitsgehalt von Allmans Aussage. Ihm ist klar, Ungeheuer und Leck hängen zusammen. Wenn das Ungeheuer nicht schnellstens beseitigt wird, dann wird es die Bordwand nicht nur an einer Stelle beschädigen, sondern an mehreren und womöglich an so vielen, dass die Mannschaft einem baldigen Seemannstod entgegen sehen muss.

Der Obermaat dreht sich um. »Verdammt«, schreit er die drei Piraten hinter sich an. »Habt ihr Muscheln statt Ohren? Habt ihr nicht gehört, dass Wasser eindringt? Los, schnappt euch ein paar Männer und dann ab mit euch an die Lenzpumpen, Wasser absaugen. Oder soll ich euch den Marsch blasen lassen?«

Diesmal hätte es der Drohung, den Marsch blasen zu lassen, gar nicht bedurft. Die Männer, aus Angst um ihr Leben, nehmen sich freiwillig vor, ihr Bestes zu geben, um das Wasser aus dem Schiff zu pumpen.

Inzwischen ist die komplette Mannschaft auf Deck und schaut ängstlich neugierig, was da vor sich geht. Sie bemühen sich, möglichst außerhalb der Reichweite des Tentakels zu bleiben. Alle sind aufgeregt und rufen nach ihrem Kapitän, weil sie nicht wissen, was sie tun sollen.

Kapitän Bonny steht bereits an Oberdeck. Niemand hat sie kommen sehen, so mit dem Ungeheuer beschäftigt sind alle. Sie ruft mit lauter Stimme: »Bird, findest du es nicht auch ungerecht, dass uns ein Ungeheuer angreift?«

Birds Kopf schnellt herum und er blickt zu der zehn Meter entfernten Bonny hoch. Misstrauisch geworden fragt er: »Worauf willst du hinaus, Kapitän?«

»Das ist gut, Bird, dass du noch weißt, wer der Kapitän ist. Aber beantworte mir meine Frage, los.« Bonnys Stimme wird schärfer.

»Ja, Käpt'n, natürlich ist das ungerecht.« Bird fühlt sich unwohl in seiner Haut.

»Bird, du bist doch derjenige, der für Gerechtigkeit sorgt, so wurde mir berichtet?«

Bird wird es siedend heiß, als er die Aussage aus Bonnys Mund hört. Irgendjemand hat geplaudert, aber wer? Er beschließt, erst einmal nichts zu sagen.

»Was ist denn heute mit dir los, Bird? Hat es dir etwa die Sprache verschlagen? Gestern warst du viel redseliger, als du Kapitän werden wolltest.«

Während der letzten Worte zieht Bonny ihre silberne Pistole aus der Schärpe und zielt auf Bird. In scharfem Ton fordert sie ihn auf: »Sorgst du für Gerechtigkeit? Los antworte, wenn du noch eine Chance haben willst.«

»Äh, ja Käpt'n«, antwortet Bird zögerlich und leise.

»Lauter, Bird, wie sonst auch.«

»Ja, Käpt'n ich sorge für Gerechtigkeit«, jammert Bird laut.

»Das ist gut, Bird, dass du dich freiwillig gemeldet hast. Jetzt kannst du zeigen, dass du das Zeug zum Kapitän hast. Jetzt kannst du für Gerechtigkeit sorgen und dem ungerechten Angriff des Ungeheuers Einhalt gebieten.« Bonny schaut in die Runde der anwesenden Mannschaftsmitglieder und fordert diese mit lauter Stimme auf: »Wer dafür ist, dass Bird für Gerechtigkeit sorgen soll, ruft jetzt mit mir: »Bird hack den Tentakel ab. Bird hack den Tentakel ab.«

Die Männer aus Angst, selbst zu »freiwilligen« Kämpfern gegen das Ungeheuer zu werden, stimmen erst zögerlich, dann immer lauter ein. Wer mitschreit, denken sie, muss nicht mitkämpfen.

Bird zögert, aber als die Männer ihn immer lauter anfeuern mit den Worten »Bird hack den Tentakel ab«, erkennt er, dass er nicht mehr zurück kann. Ihm bleibt keine Wahl. Er muss es alleine mit dem Ungeheuer aufnehmen.

Einer aus der Mannschaft drückt Bird ein Entermesser in die Hand. Er vergaß sein eigenes unter Deck.

Bird versucht, sich zu konzentrieren. Er will einen geeigneten Augenblick erwischen, an dem er mit einem schnellen Sprung zur Backbordseite hechten kann. Der Hammer des Tentakels schlägt hin und her, windet sich und ist, oft schneller als das Auge sehen kann. Es ist schwierig, einen geeigneten Zeitpunkt zu finden, an die Backbordseite zu wechseln, ohne vom Hammer getroffen zu werden. Die Mannschaft fängt an, sein Zögern als Schwäche auszulegen und einzelne Buhrufe werden laut. Bird bleibt nichts anderes übrig, als sich auf sein Glück zu verlassen.

Mit einem schnellen Sprung in vier Sätzen erreicht er die Reling direkt neben der Wurzel des Tentakelarms. Die Mannschaft jubelt. Dann erhebt er sein Entermesser und mit drei schnellen kräftigen Hieben hackt er eine klaffende, etwa fünfzehn Zentimeter tiefe Wunde in den dicken Tentakel. Ein Blutstrom spritzt gleich einer Fontäne nach oben, fällt von der Schwerkraft angezogen nach unten, fließt über Birds Kopf, über seine Augen und seinem Körper, um dann an Deck einen Teich zu bilden. Beißender Ammoniakgeruch lässt Bird, sowie die umstehenden Piraten husten. Des Obermaats Augen sind mit Blut verklebt. Der verletzte Tentakel zuckt heftiger als zuvor. Das ganze Schiff schaukelt, als das Ungeheuer sich bewegt. Einer der an seiner Wurzel mindestens 60 cm dicken Arme von 8 m Länge schiebt sich an Deck. Ein zweiter Arm folgt dem ersten. Die Saugnäpfe an der Unterseite suchen nach Halt. Die Bestie scheint den Kampf, der ihr angetragen wurde, aufnehmen zu wollen. Die Backbordneigung der Revenge nimmt zu. Ein erhebliches Gewicht muss außen an der Bordwand hängen und die Schlagseite bewirken.

Bird, mit den blutverklebten Augen so gut wie blind, schlägt mit dem Entermesser wild um sich, ohne jedoch der Bestie weiter ernsthafte Verletzungen zuzufügen. Die Mannschaft ist vor Schrecken starr. Sie hat aufgehört, ihn anzufeuern. Inzwischen nutzt Heroine die Situation, um ihre verstreuten Gepäckstücke zu sammeln und an einer Stelle zu deponieren, die noch am sichersten vor dem Zugriff des Tentakels ist.

Ein zweiter Tentakel schiebt sich die Bordwand hoch, schlägt mit seinem hammerartigen Ende um sich und trifft die Stelle, an der Bird steht. Der, immer noch so gut wie blind, bekommt die volle Wucht des Hammers ab und geht zu Boden. Die Mannschaft stöhnt auf. Ein erneuter Schlag wischt den hilflosen Bird übers Deck. Er bleibt unweit der abwärts führenden Treppe bewusstlos liegen. Geistesgegenwärtig zerren ihn zwei Piraten an den Beinen durch die Treppenöffnung und bringen sich und Birds Körper aus der Gefahrenzone.

Plötzlich macht sich jemand bemerkbar, den alle ganz vergessen hatten. Es ist Monkhouse. »Bindet mich los«, schreit er. »Ich will gegen das Ungeheuer kämpfen.«

Dan sieht sich um und erblickt Monky, als dieser mit seinem rechten Arm fuchtelt: »Oh, mein Gott, es ist Monky. Dort an den Mast gebunden.«

Dan bleibt fast das Herz stehen, als ihm die prekäre Lage von dem kleinen Monkhouse bewusst wird. Ein Seil ist mehrfach um Monkys Bauch und gleichzeitig um den Hauptmast geschlungen. Monky kann zwar seinen Oberkörper, Arme und Beine bewegen, sich aber nicht entfernen. Dan, der keine Kämpfernatur ist, überlegt hin und her, wie er Monky helfen kann. Aber ihm fällt nichts ein, was er in diesem Fall besser machen könnte als die anderen. Und niemand tut etwas, weil sich keiner traut zum Hauptmast in der Schiffsmitte rüberzugehen, um Monkhouse loszubinden. Der Mast liegt im Gefahrenbereich der Tentakel und der Arme des Ungeheuers.

»Warte du Bestie, bis ich komme«, schreit Monkhouse. »Dann gibt es Frischfleisch für die Mannschaft.«

Wie zur Antwort erscheint ein dritter und ein vierter mit Saugnäpfen bewehrter Arm des Monstrums und schiebt sich an Deck. Die restlichen vier Arme saugen sich außen an der Bordwand fest und bieten dem Ungeheuer einen festen Halt.

Im Kampf gegen die Krake reckt der kleine Monky drohend seine rechte Faust hoch in die Luft: »Komm her, du Bestie, wenn du dich traust. Du wirst meine Fäuste spüren wie kein anderer. Ich klopfe dich platt, bis du aussiehst wie eine Flunder.«

Kaum hat Monkhouse seine Drohung ausgesprochen, als das ganze Schiff erzittert. Wie ein riesiger, leuchtend roter Hut steigt der Körper des Ungeheuers an der Backbordseite langsam auf, steigt höher und höher. Entsetzt schreien Piraten: »Sei still, Monkhouse, reiz die Bestie nicht.«

Andere Piraten jammern: »Was steht uns bevor, wenn erst der Kopf erscheint?« Jeder, der mit der Anatomie eines Tintenfisches vertraut ist, weiß, dass der Hut noch nicht den eigentlichen Kopf darstellt.

Einer der Arme des Ungeheuers, voll mit Saugnäpfen, schlängelt sich übers Deck auf der Suche nach Halt. Am Hauptmast findet er ihn und windet sich um diesen herum, um darauf die Füße von Monkhouse zu umschlingen.

Monkhouse strampelt und tritt, so gut es seine Lage erlaubt. Ein Fuß kommt von der Umschlingung frei und tritt auf den glitschigen Arm des Ungeheuers, hackt auf ihm herum.

»Jetzt hab ich dich, du Bestie. Jetzt geht's dir schlecht.« schreit Monkhouse, der nicht mehr zu bremsen ist.

Der Hut des Ungeheuers reicht an die Höhe eines Hauses. Am unteren Rand erscheint sein eigentlicher Kopf. Zwei Augen, je 40 cm groß und böse, glotzen drohend übers Deck. Sie fixieren Monkhouse.

»Ja, schau mir in die Augen, wenn du dich traust, du Ausgeburt der Finsternis. Dort siehst du dein Verderben.« Monkhouse fängt an, heiser zu werden. Unermüdlich bietet er auf seine Weise der Bestie Paroli.

Der Papageienschnabel des Ungeheuers erreicht die Reling. Er hackt mit schnellem Biss Stück für Stück heraus, begleitet von dem Stöhnen des Schiffes und dem schmerzerfüllten Geräusch splitternden Holzes.

Gerade als Monkhouse dem Untier entgegenschleudert: »Verreck daran, du Bastard«, was das Gegenteil von Guten Appetit bedeutet, schlägt es mit dem Tentakel zu. Der Hammer des Mordinstruments trifft Monkhouse am Oberkörper, nimmt ihm die Luft und lässt sein Bewusstsein schwinden. Er hängt wie tot am Mast, nur gehalten von dem Seil, das seinen Bauch umspannt.

»Jetzt reicht es«, schreit Kapitän Bonny. »Holt eure Gewehre und Pistolen. Schickt es in die Hölle oder fahrt alle selbst dorthin.«

Die ersten Schüsse auf die Bestie werden Minuten später abgefeuert, wenn auch aus sicherer Entfernung. Unbeeindruckt nagt und hackt das Untier am Holz.

Die Zahl der Schüsse steigt. Endlich, wie erhofft, hört die Bestie auf, das Holz zu zerbröseln. »Aah, jetzt.« Erleichterung geht durch die Mannschaft.

Die Bestie dreht den Kopf und fixiert mit bösen Riesenaugen die mutigen Männer, die sich unvorsichtigerweise näher wagen, als ihrer Sicherheit zuträglich ist.

Schwarzbraune Flüssigkeit, unerwartet und ätzend aus einer Drüse gespritzt, durchnässt die Mutigen. Die Bestie schwenkt den breiten Sprühstrahl hin und her, hoch und runter.

Wer nicht mindestens acht Meter entfernt steht oder gleich an der Steuerbordreling, wie das X-Team, wird von oben bis unten mit beißend riechender Tinte bespritzt. Die Getroffenen schreien und rufen nach Wasser. Auf Deck schwimmt schwarzbraune Soße.

Monkhouse, von den beißenden Geruch wieder zum Leben erweckt, lässt einen gellenden Schrei hören: »Bete um deine Seele, du finsteres Höllenmonster. Deine letzten Minuten sind angebrochen.«

Erneut und wütender als zuvor macht die Bestie weiter, zermalmt das Holz mit seinem schrecklichen Papageienschnabel. Schon zeigen sich Löcher am Rande der Decksplanken. An der Bordwand fehlen metergroße Stücke. Das Holzgefüge ist dabei, sich zu verschieben. Der Schiffskörper vibriert und rüttelt unter der Attacke. Es ist nur eine Frage der Zeit, bis tragende Balken aus ihrer Verankerung brechen und das Meer eingeladen wird, sich im Schiffsinneren umzusehen.

Das Ende naht mit jedem Bissen. Kapitän Bonny und die Mannschaft scheinen wie erstarrt und hilflos. Allein der kleine Monky kämpft auf seine Weise mit schier übermenschlichen Kräften.

Allman kann das, was er sieht, genauso wenig fassen wie die Piraten. Er berührt Heroines Arm und fragt: »Dr. Embassy, wenn Sie mir jetzt bestätigen, dass das Ungeheuer zoologisch gesehen nicht existiert, dann bin ich sicher, wir sind durch einen Computerfehler in einer virtuellen Welt gelandet.«

Heroine bleibt cool. »Da muss ich Sie enttäuschen, Professor Allman, das ist die Realität.«

»Das kann nicht sein. Die Realität kann nicht albtraumhafter sein, als eine virtuelle Welt.« Allman zweifelt an seinen Sinnen.

Sie bleibt fest: »Die Realität ist der wahre Albtraum, das Virtuelle ein angenehmer Nervenkitzel oder ein Spiel. Prüfen Sie sich, Professor Allman. Empfinden Sie die Situation hier etwa als angenehmen Nervenkitzel?«

Allman stutzt: »Ich glaube, Sie haben Recht, Dr. Embassy. Das muss wohl die Realität sein. Aber können Sie mir dann erklären, wie das Ungeheuer zoologisch gesehen wird?«

»Nichts leichter als das, Professor Allman. Die lateinische Bezeichnung ist Architheutis. Es ist ein sogenannter Riesenkalmar.«

»Und warum hat man von diesem Untier noch nie etwas gehört?« Allman bleibt skeptisch.

»Auch das ist nicht richtig, Professor Allman. Physiker mögen vielleicht nichts von diesem Tier gehört haben, aber den Zoologen und Kryptozoologen ist es wohlbekannt. Der Architheutis ist seit Ende des 19. Jahrhunderts als existierendes Tier in die Zoologie aufgenommen worden«, erläutert Heroine.

»Unglaublich«, ist das einzige Wort, das Allman dazu sagen kann.

»Aber wahr«, antwortet Heroine und fährt fort zu erläutern: »Auch in unserer Zeit findet man ständig Spuren vom Architheutis. Sei es, dass der Kiefer eines toten Tieres an einen Strand gespült wird oder dass man seine Reste in den Mägen von Pottwalen findet. Überhaupt hat fast jeder gefangene Pottwal Spuren, die von Kämpfen mit dem Architheutis herrühren. Vielleicht hat das Tier dieses Schiff mit einem Pottwal verwechselt.«

»Erstaunliches Tier, Dr. Embassy. Erklären Sie mir nur noch, warum man in unserer Zeit nichts mehr davon hört, dass solche Ungeheuer Schiffe angreifen?«

»Sehen Sie, Professor Allman, die heutigen Schiffe haben einen Metallrumpf. Und das Metall ist zu hart für den Papageienschnabel des Architheutis. Dieses Piratenschiff besteht jedoch aus Holz.«

»Dann sind sie also wahr, die alten Legenden von den Meeresungeheuern, die von früheren Seefahrern erzählt wurden«, stellt Allman fest.

»Es ist sicher nicht alles Seemannsgarn«, antwortet Heroine und wendet ihre Aufmerksamkeit wieder dem aktuellen Geschehen zu.

Bonny dreht sich mit einem verzweifelten Blick um und erblickt Plonk, der zwischenzeitlich seinen Beobachterposten hinter ihr auf dem Oberdeck eingenommen hat. Sie lässt sich ihr Erstaunen über sein Auftauchen nicht anmerken, sondern fragt ihn in ihrer Not: »Was jetzt? Was hilft gegen die Bestie?«

Plonk hat auf diesen Augenblick gewartet: »Lassen Sie sich von meinen Freunden helfen. Ob sie das Schiff retten, weiß ich nicht, aber ich schwöre, sie werden den Kopf der Bestie hinwegfegen, dass Sie nur noch seine toten Reste wegzuspülen brauchen.«

Bonny zögert misstrauisch. Dann entschließt sie sich, weil ihr nichts Besseres einfällt: »Wenn es nicht klappt, landet ihr mit uns in der Hölle. Also los. Beeilt euch.«

Plonk steigt die Treppe vom Oberdeck herunter und tritt zu Allman und Heroine. Dan, der aus Vorsicht dem Treiben aus der am weitest entfernten Stelle des Decks zuschaute, gesellt sich zur Gruppe. Nach einer kurzen Diskussion und dem Beschluss, den Dan durch die Worte »mit Freuden.« bestätigt, bringt er seinen Timeponder in eine geeignete Position. Er hockt sich nieder zu dem Gerät und öffnet die hintere Klappe, die einen kleinen Bildschirm und die Eingabetastatur zum Vorschein bringt. Mit schnellem Griff tippt er die passenden Parameter ein. Dann ruft er Plonk zu: »Pit, sorge bitte dafür, dass niemand in den Lichtkegel tritt.«

Plonk lässt sich das nicht zweimal sagen. Er fordert die Piraten mit strengem Ton auf, Platz und machen und schiebt sie energisch zur Seite. Durch seinen Kampf am Vortag gegen den Schmied genießt er soviel Respekt, dass sie widerspruchslos gehorchen.

Als die Bahn frei ist, drückt Dan die Startknöpfe des Timeponders. Der bekannte hohe Summton ertönt. Ein gleißender Lichtkegel hüllt Kopf und Hut der Bestie ein.

Heroine fragt Allman: »Welches Zieluniversum hat Dan angegeben?«

»Dan hat überhaupt kein Zieluniversum angegeben«, schmunzelt Allman.

»Was dann?«

»Dan wiederholt die misslungene Präsentation des Timeponders. Sie wissen schon: was der armen Ratte vor ein paar Tagen im großen Hörsaal unserer Uni zustieß. Diesen Teil des Programms hatte er noch nicht gelöscht.«

»Wie schrecklich«, antwortet Heroine automatisch und einen kurzen Augenblick später: »Mein Gott, wie genial. Bin ich froh, dass das passiert ist. So entspringt dem Schlechten unserer aller Rettung.« Sie kann die letzten Worte gerade noch aussprechen, bevor ein ohrenbetäubender Knall die gespannte Aufmerksamkeit der Zuschauer auf sich zieht.

Fetzen glibberiger Masse, Blut, Schleim und schwarze Tinte werden wie durch eine Windhose vom Schiff hinweggewirbelt und sinken in fünfzig Meter Entfernung langsam ins Meer. Der vom Timeponder erzeugte Lichtkegel verlischt. Vom Architheutis sind nur noch vier leblose Arme und zwei zerfetzte Tentakel übrig. Der ganze Kopf mit Hut ist weg, zerfetzt und zerbröselt. Die Reste versinken im Meer. Jubel bricht unter den Piraten aus. Einige trauen sich, Plonk auf die Schulter zu klopfen und lassen ihn hochleben, nicht wissend, dass Dan durch sein technisches Wissen der eigentliche Held ist.

Dan gesellt sich bescheiden zu Allman und Heroine. Tröstend meint Allman: »Mach dir nichts draus, Dan. So ist das eben in der Wissenschaft. Die Anerkennung ernten häufig andere.

Heroine eilt zum Hauptmast, an dem Monkhouse gefesselt ist, und bindet ihn los. Sie untersucht ihn auf Verletzungen und meint nach einigen Minuten: »Monky, ich glaube du hast Glück gehabt. Ich kann keine ernsthaften Verletzungen feststellen.«

Kapitän Bonny, die den ganzen Vorgang vom Oberdeck aus beobachtet hat, kommt die Treppe hinuntergestiegen, geht auf den nur 1,70 m großen Dan zu und schüttelt ihm die Hand: »Kleiner als die anderen und doch der Größte. Du bist ein toller Kerl. Meine Anerkennung.«

Dan stehen die Tränen in den Augen vor Rührung. Bonnys Anerkennung hätte er nicht erwartet.

Bonny geht weiter zu Allman: »Nichts für ungut, Professor. Ich hoffe, Sie nehmen mir die schlechte Behandlung gestern nicht allzu übel.«

Allman muss lächeln: »Schwamm drüber, Kapitän Bonny. Sie sind schon in Ordnung.«

Schließlich wendet sich Bonny Heroine zu und umarmt sie: »Du bist wirklich ein Prachtweib und würdest einen prima Kapitän abgeben, so wie du mit meinen Männern umgesprungen bist. Willst du nicht bei mir bleiben? Wir finden schon ein passendes Schiff für dich. Dann können wir gemeinsam auf Kaperfahrt gehen.«

Heroine ist gerührt: »Wirklich lieben Dank für das tolle Angebot, Bonny. Aber sei mir nicht böse, wenn ich es nicht annehmen kann. In meiner Welt warten Aufgaben auf mich, die bestimmt nicht weniger anspruchsvoll sind.«

Zwei Stunden später sind die Reste des Architheutis vom Deck entfernt und ins Meer gespült. Die Schäden werden begutachtet und man befindet, dass das Schiff noch zu retten ist. Auch wenn die Mannschaft sich mächtig anstrengen muss, das durch die Knickstellen eindringende Wasser abzupumpen. Der Schiffszimmermann macht sich sofort an die Arbeit, die Schäden auszubessern und es wird nicht allzu lange dauern, bis man mit dem Pumpen wieder aufhören kann.

Das X-Team beschließt, trotz der aufgefundenen diamantenen Pyramide, sich zum ursprünglich geplanten Zieluniversum, der Fortschrittswelt, transponieren zu lassen. Insbesondere Heroine drängt auf die Transposition in die Fortschrittswelt, da weder das Universum der Gigantic noch das der Revenge für ihr medizinisches Fachgebiet eine angemessene Ausbeute brachte. Sie argumentiert, ihre Aufgabe sei es, eine unbekannte, aber fortschrittliche medizinische Lösung aufzuspüren und in die eigene Welt mitzubringen. Wie hätte sie ihre Aufgabe in den Welten der Vergangenheit erfüllen können? Deshalb sei die Transposition in die Fortschrittswelt unabdingbar notwendig.

Monkhouse beschließt, nicht mit dem X-Team zu gehen. Er möchte doch lieber auf der Revenge bleiben. Aufgrund seines heldenhaften Kampfes gegen das Monster genießt er plötzlich Ansehen. Jeder klopft ihm auf die Schulter oder möchte sein Freund sein.

Auch wenn Bonny dem X-Team dankbar für die Rettung des Schiffs ist, fühlt sie sich erleichtert, als Allman ihr mitteilt, sein Team wolle in der nächsten Stunde die Revenge und damit ihre Welt verlassen. Das X-Team brachte doch allzu viel Unruhe in das Leben der Piraten. Es wird Zeit, dass sie wieder ein Schiff kapern. Die Nahrung geht zur Neige und Wasser muss gebunkert werden. Die Männer müssen etwas zu tun haben, um ihre Flausen zu vergessen.

Allman bittet Bonny, den einen Timeponder, der für die Transposition des X-Teams in ein anderes Universum zurückbleiben muss, im Meer zu versenken. Bonny versichert eifrig, sie sei heilfroh, wenn diese Höllenmaschine endlich von Bord kommt und Ruhe einkehrt. Insgeheim überlegt sie sich, wie viel Gold sie im Tausch für den Kasten bekommen würde. »Die Wundermaschine wird mir bestimmt noch mal von Nutzen sein«, denkt sie.

Endlich ist es soweit. Das X-Team nimmt Aufstellung für die Transposition. Dan wartet auf das Kommando des Professors, dass er die Startknöpfe drücken darf. Den letzten Timeponder, der ihnen die Rückkehr in ihr Ausgangsuniversum sichern muss, hält er fest umklammert.

Plötzlich fällt Heroines Blick auf zwei Gepäckstücke zu ihren Füßen, die vor einer Stunde noch nicht da standen. »Professor Allman«, fragt sie mit fast hysterischer Stimme. »Was ist das?«

»Sie wissen doch, wenn man bei jemand zu Besuch ist, bekommt man häufig etwas auf den Heimweg mit. So ist der Brauch.«

»Professor Allman, sagen Sie, dass das nicht wahr ist.«

Dan startet den Timeponder. Das gleißend helle Licht hüllt sie alle ein. Allman brummelt noch: »Bonny meint es gut mit uns. Ich konnte das Fässchen Rum und den Schiffszwieback einfach nicht ablehnen.«

Eine Minute später ist das Licht verloschen, das X-Team in ein paralleles Universum transponiert.

Diener der Gerechtigkeit

Kann nicht einmal etwas auf Anhieb klappen?«, stöhnt Allman. Um das X-Team herum ist es finster, um genau zu sein stockfinster, ohne das geringste Quäntchen Licht. Es riecht muffig und metallisch. »Warum können wir nicht ankommen und sofort erkennen, dass wir uns am Ziel, nämlich in der Fortschrittswelt befinden?«

Heroine meldet sich zu Wort: »Wenn wir schon nicht sehen, was es mit diesem Raum auf sich hat, kann dann nicht wenigstens einer von unseren großen Leuchten den Raum erhellen?«

»Wen meinst du?«, fragt Plonk. »Obwohl ich dich immer anstrahle, wenn ich dich sehe, fühle ich mich nicht als große Leuchte. Trotzdem will ich dich nicht im Dunkeln stehen lassen.« Während er das spricht, knipst er seine LED-Leuchte an. Dans LED-Strahler folgt Sekunden später.

Das X-Team stellt nach einer kurzen Untersuchung fest, dass es sich in einem etwa vier mal vier Meter großen fensterlosen Raum befindet, der vollkommen aus Metall besteht, einschließlich Decke und Boden. An zwei gegenüberliegenden Seiten gibt es Türen von etwa 1,5 m Breite. Ein Metallrad in der Mitte einer der Türen deutet auf einen altertümlichen handbetriebenen Tresorverschluss hin. Die andere Tür scheint ohne Schloss. In der Decke sind mehrere Leuchten eingelassen und in der Deckenmitte gibt es einen Sprühkopf, wohl gegen Feuer, ähnlich wie bei einer Sprinkleranlage. In den vier Ecken, unterhalb der Decke, hängen kleine Kameras. Lüftungsschlitze sind nirgends zu sehen.

Dan fragt: »An was erinnert euch der Raum?«

»Eine Gaskammer wird das wohl nicht sein. Die zweite Tür mit dem handbetriebenen Verschluss spricht dagegen. Ich tippe eher auf den Vorraum zu einem großen Tresor«, analysiert Plonk.

Allmans Überlegungen kommen zu einem eigenen Ergebnis: »Egal, was es ist. Ich glaube, die Luft in diesem Raum geht schneller zu Ende, als man uns hier entdecken wird. Uns wird nichts anderes übrig bleiben, als den letzten Timeponder zu nutzen, in unser Ausgangsuniversum zurückzukehren. Wir werden wohl nie erfahren, ob wir uns hier in der Fortschrittswelt befinden.«

Dan ist bestürzt: »Professor, das ist irgendwie unbefriedigend. Wenn wir nicht nachweisen können, dass wir das geplante Zieluniversum erreicht haben, dann können wir auch nicht von ‚praktisch möglichen Reisen im Multiversum' reden.«

Allman zuckt mit den Schultern: »Ich weiß, Dan, ein zufälliges Ankommen irgendwo in irgendeinem Paralleluniversum kann man wirklich nicht als ‚Reisen im Multiversum' bezeichnen. Ohne den Nachweis, dass es sich bei diesem Ort hier um das geplante Zieluniversum, die Fortschrittswelt, handelt, kann ich den großen Forschungspreis vergessen. Die diamantene Pyramide allein wird nicht genügen, die Preisverleihungsjury davon zu überzeugen, den Forschungspreis an die Albert-Einstein-Universität zu vergeben.« Nach kurzem Stocken ergänzt er: »Im Übrigen verursacht dieser Ort ein ganz schlimmes Gefühl in meinem Bauch.«

»Professor Allman, wollen Sie deswegen in meine medizinische Sprechstunde kommen?«, wirft Heroine als ihren Beitrag in die Diskussion. »Aber Scherz beiseite. Einmal Luftmangel erleben, wie auf dem Piratenschiff, reicht auch mir. Ich glaube, Sie haben Recht, Professor Allman. Wir sollten sehen, dass wir von hier wieder wegkommen.«

Unbemerkt vom X-Team tut sich etwas am Sprühkopf in der Deckenmitte. Man kann es nicht riechen oder sehen. Es ist schwerer als Luft, sinkt von der Deckenmitte aus in den Raum und vermischt sich allmählich mit der restlich vorhandenen Atemluft. Als Erster sackt Dan wortlos zusammen und kippt auf den Boden. Heroine will gerade nach ihm sehen, da bleiben auch ihr die Worte im Hals stecken und sie streckt sich leblos zwischen dem Gepäck auf dem Boden aus. Allman und Plonk folgen ihr Sekunden später.

Francis Bull, der Polizeichef von Quantum City, macht sich Sorgen. Nicht um seine Figur. Die findet er trotz seines breiten Gesichts und 120 kg Lebendgewicht bei einer Größe von 1,65 m völlig in Ordnung. Schließlich ist es noch nicht verboten, sich satt zu essen. Obwohl die Gerechtigkeitspartei schon vieles verboten hat, was irgendjemand als ungerecht empfinden könnte.

Nach Meinung der Partei ist es ungerecht, wenn es Menschen gibt, die sich nicht satt essen können. Eigentlich hätte die Regierung auch eine Anordnung erlassen müssen, die es verbietet, Übergewicht zu haben. Das hätte Gerechtigkeit gegenüber den Menschen hergestellt, die nicht satt zu essen haben.

Nein, er macht sich nicht Sorgen wegen der Gerechtigkeitspartei oder seinem Übergewicht, sondern wegen dieser vier Illegalen, deren leblose Körper ihm heute Früh mit einem Wave Individualtransporter ins Polizeipräsidium zugestellt wurden. Man hat die Körper zusammen mit allerlei Gepäck in der Sicherheitsschleuse zu den unterirdischen Tresorräumen der Nationalbank gefunden und keiner weiß, wie sie dorthin gelangt sind. Nichts ist beschädigt und die Videoaufzeichnung der Überwachungskameras beginnt erst in dem Augenblick, als ihre Körper schon leblos auf dem Boden der Sicherheitsschleuse liegen. Jetzt wäre es seine Aufgabe die vier Illegalen zu identifizieren und sie danach entsorgen zu lassen.

Bull geht tief in Gedanken versunken vor dem Schreibtisch seines fünfzig-Quadratmeter-Büros im sechsten und obersten Stock des Polizeipräsidiums von Quantum City auf und ab. Das Gebäude liegt zentral am Ufer des West Rivers. Von hier aus hat er einen vorzüglichen Blick auf die Umgebung. Dennoch schaut er wie geistesabwesend durchs Fenster auf den Fluss. Er nimmt den Individualverkehr an der Uferstraße nicht bewusst wahr. Vor fünfzehn Jahren wurden die letzten altertümlichen Autos mit Elektroantrieb durch die Wave Individualtransporter ersetzt.

Der Wave, wie seine Kurzform lautet, ist im geparkten Zustand eine zusammengerollte Metallmatte von etwa 1,50 m Breite, ähnlich einem Rollladen. Dieser Rollladen wird einfach senkrecht am Straßenrand abgestellt und beansprucht deshalb nicht mehr als einen halben Meter Parkraum.

Wenn man sich vom Wave irgendwohin transportieren lassen möchte, gibt der Fahrer in ein streichholzschachtelgroßes Kästchen, dem Steuergerät, das er immer bei sich trägt, einen Code per Sprachsteuerung ein.

Der Wave legt sich daraufhin wie von selbst auf die Seite, rollt sich zur Hälfte aus und formt aus seinen flexiblen Metallelementen automatisch je nach vorgegebenem Code, eine oder zwei Sitzbänke und eine Wanne fürs Gepäck.

Danach sieht der Wave aus wie ein Fahrgestell ohne Räder. Sobald Fahrer und Mitfahrer auf den Sitzbänken Platz nehmen, rollt sich der Rest der Metallmatte aus und formt ein metallisches Verdeck. Sekunden später, nachdem das Verdeck fertig ist, ändert sich die metallische Struktur von un-durchsichtig-silbern-glänzend in transparent-durchsichtig.

Im Anschluss daran ist der Wave bereit für den Start. Der Fahrer stellt in seinem Steuergerät die Zielkoordinaten ein oder spricht sie in das integrierte Mikrofon. Zum Starten lehnt sich der Fahrer einfach nach vorne. Der Wave steigt dann mithilfe seines Antigravitationsantriebs bis zur Flughöhe der ein-programmierten unsichtbaren Luftstraße auf. Im Nahverkehr sind das ungefähr 10 m über der ehemaligen Autostraße.

Sobald der Wave in die durch das Ziel definierte Luftstraße aufgestiegen ist, nimmt er Fahrt auf. Er scheint zu schweben, obwohl er auf den Gravitations-wellen reitet. Seine Vorwärtsbewegung durch die Luft gleicht einem Auf- und Ab, als wäre er ein Surfer an den wellenreichen Küsten des Atlantiks. Das hat dem Transportgerät den Namen ‚Wave' eingebracht, was nichts anderes als Welle bedeutet. Zur Landung muss sich der Fahrer nur nach hinten lehnen, dann sinkt der Wave wieder sanft zu Boden.

Der Antigravitationsantrieb besteht aus genauso viel Einheiten in Mikroform, wie der Wave Metallelemente besitzt und ist in diese integriert. Während des Be-triebs verursacht er ständig ein leises Geräusch, weil die Mikroantriebselemente sich gegenseitig abstoßen, aber durch die Verbindungen wie bei einem Metall Uhrarmband gehalten werden. Durch die Integration des Antriebs in die Metall-elemente nimmt dieser keinen eigenen Platz ein und ermöglicht im geparkten Zustand seine äußerst kompakte Form.

Von Weitem betrachtet wirkt die Masse der Wave Individualtransporter, die durch die Straßen von Quantum City schwebt, wie ein Schwarm großer Hummeln in der Sonne.

Bulls Gedanken schwenken zurück zu der Zeit, als die Gerechtigkeitspartei ihre Regierungsgeschäfte aufnahm. Als eine der ersten Maßnahmen, welche die Diener der Gerechtigkeit, wie sie sich auch nennen, mit ihrer Mehrheit im Parlament vor fünf Jahren durchsetzten, war die Pflicht für jedermann, und natürlich auch jede Frau, sich einen Identifikationschip unter die Gesichtshaut auf der Stirnmitte einpflanzen zu lassen. Der Chip dient zur eindeutigen Identi-fizierung von Personen und kann mit Hilfe von Detektoren von der Ferne aus und auch von Satelliten geortet werden. Das soll der Terrorbekämpfung dienen und Menschen, die sich nicht an die Anordnungen der Regierung halten, die Be-wegungsfreiheit einschränken.

Diejenigen, die sich dieser Maßnahme entziehen oder entzogen haben, gelten als Illegale. Diese haben ihr Aufenthaltsrecht im Land, und erst recht natürlich in Quantum City, verwirkt. Sollte man ihrer habhaft werden, bringt man sie zu so-genannten Fortbildungsmaßnahmen an abgelegene Orte. Solange bis sie sich zur gerechten Sache bekennen und keine Gefahr für den Staat darstellen.

Besucher und Geschäftsreisende aus anderen Ländern bekommen nur dann ein elektronisches Visum, wenn sie sich vorher einen Identifikationschip unter die Haut am Handrücken spritzen lassen. Die illegale Einreise ohne diesen Identi-fikationschip wird auf die gleiche Weise geahndet wie bei denen, die ihr Aufent-haltsrecht verwirkt haben.

Die Gerechtigkeitspartei führte sehr viele Neuerungen ein. Eine weitere Neuerung ist die Aufstellung einer eigenen Polizeitruppe für die Überwachung der Gerechtigkeit, die schwarz gekleideten sogenannten Gerechtigkeitswächter.

Bedauerlicherweise ist ihm, Bull, als Polizeichef diese Truppe nicht unterstellt. Sie empfängt vielmehr ihre Befehle vom Ersten Diener der Gerechtigkeit, dem Parteivorsitzenden der Gerechtigkeitspartei, Cesare Capiello. Dadurch wollen die Diener der Gerechtigkeit sicherstellen, dass die staatlichen Beamten die Durchsetzung der Gerechtigkeit im Alltagsleben nicht hintertreiben können. Sogar oppositionelle Abgeordnete im Parlament werden von den Gerechtigkeitswächtern auf angeblich gerechte Ziele eingeschworen. Wer ungerechte Anträge stellt oder für ungerechte Gesetze stimmt, wird von den Gerechtigkeitswächtern belehrt. Die Uneinsichtigen werden zu einer Fortbildung geschickt.

Jetzt gibt es nur noch ganz wenige Oppositionelle im Parlament. Die wenigen halten ihren Mund und laufen damit nicht Gefahr, ihren Parlamentssitz mit einer Fortbildungsmaßnahme zu vertauschen. In der Fraktion der Gerechtigkeitspartei herrscht somit grundsätzlich große Einigkeit und die gerechten Gesetze werden ohne Streitereien und ohne Gegenstimmen verabschiedet. Also ideale Zustände, denkt sich Bull. Nichts, was ihm Sorgen bereiten könnte.

Nein, wirklich, es sind nur die vier Illegalen, die ihm Sorgen bereiten. Normalerweise kann man einen Illegalen, wenn nicht durch den Chip, dann anhand seiner biometrischen Merkmale identifizieren. Der zentrale Fahndungscomputer hat die biometrischen Merkmale von jedem gespeichert, der irgendwann, irgendwo einmal ein öffentliches Gebäude betrat.

Bei diesen vier Illegalen ist es anders. Ihre Merkmale sind im Fahndungscomputer nicht aufzufinden. Es gibt zwar Ähnlichkeiten mit existierenden Personen, diese befinden sich jedoch laut Satellitenüberwachung an anderen Orten und können deshalb nicht die gleichen Personen sein, die ihm heute angeliefert wurden. Dabei hätten die Illegalen mindestens einmal registriert werden müssen. Nämlich bevor sie in die Nationalbank eindrangen.

Wie kann es sein, dass diese Vier unregistriert bleiben konnten und erst entdeckt wurden, als die Wärmesensoren in der Sicherheitsschleuse ansprachen? Wo ist die Schwachstelle?

Wenn alle Illegalen solche Fähigkeiten hätten, sich unentdeckt im Staatsgebiet zu bewegen, wie diese Vier, dann wäre die Sicherheit des Staates in höchstem Maße gefährdet. Das ist es, was ihm eigentlich die Sorgen bereitet. Das muss geklärt werden.

Und die Vier hatten ein ihm völlig unbekanntes Gerät bei sich. Vielleicht ist das Gerät der Grund, warum sie sich vor den Überwachungseinrichtungen bis auf die Wärmesensoren verbergen konnten.

Üblicherweise macht man mit Illegalen, die man in einer der zahlreichen neuen Giftgasfallen gefangen hat, nicht viel Aufhebens. Sie werden erst identifiziert und dann einfach entsorgt. Es wäre ungerecht gegenüber der Allgemeinheit, wenn man Illegalen ein Leben lang Schulung, Kost und Logis gewähren würde. Deswegen ist es gerechter, sie einfach in der Giftgasfalle umkommen zu lassen. Das Gerichtsverfahren kann man sich auf diese Weise sparen.

Wenn er, Francis Bull, die vier Illegalen aber so behandeln würde wie üblich, dann würde er nie erfahren, auf welche Weise es ihnen gelang, sich unentdeckt im Staatsgebiet und sogar in der Nationalbank zu bewegen. Ihm ist klar: Er muss unbedingt hinter das Geheimnis kommen, das diese vier Illegalen umgibt. Er entschließt sich zu handeln.

»Daphne«, brüllt er in das Bildschirmsprechgerät, das auf seinem Schreibtisch steht. Brüllen ist in seinem Fall völlig unangemessen, denn innerhalb des Schirms erscheint das dreidimensionale Abbild einer im Vorzimmer sitzenden realen Frau. Die niederen Dienstgrade müssen sich im Gegensatz zu ihm mit virtuellen Menschen abplagen, das sind sogenannte Avatare, die aufgrund von Nebengeräuschen häufig schlecht hören oder Anweisungen falsch interpretieren. Da kann Brüllen helfen, den eigenen Frust abzureagieren.

Es muss die Bekleidung von Daphne sein, die Bull aggressiv werden lässt und ihn zu einem unfreundlichen Brüllen veranlasst. Als Bulls Rechte Hand führt Daphne alle Aufgaben, die er ihr überträgt, selbstständig und zu seiner vollen Zufriedenheit durch. Seit einem halben Jahr trägt sie einen gelben Burnus aus Baumwolle und mit Kapuze. Von ihrem attraktiven Äußeren ist, außer ihrem hübschen Gesicht, nichts mehr zu erkennen. Ihre weiblichen Formen sind unter dem wallenden Burnus verborgen, die Haare verdeckt von der eng schließenden Kapuze.

»Ja, Chef?«, fragt Daphne mit freundlichem Lächeln.

Durch ihr Gesicht wieder besänftigt, mäßigt Bull seine Stimme und spricht sanfter mit traurigem Unterton: »Daphne, du warst früher so hübsch gekleidet und es war eine Freude dich anzusehen. Zieh doch wenigstens hier im Präsidium deinen Burnus aus.« Er hat durch ihren Anblick ganz vergessen, was er ihr für eine Aufgabe übertragen wollte.

»Das kann ich nicht machen, Chef. Es wäre ungerecht, wenn ich wegen meiner körperlichen Vorzüge von Männern mehr beachtet würde als andere Frauen. Um die Gerechtigkeit wieder herzustellen, müssen alle Frauen einen Burnus tragen. So hat es wenigstens der Erste Diener der Gerechtigkeit, Cesare Capiello vor einem halben Jahr angeordnet.« Daphne lächelt freundlich, als sie die Worte spricht.

Bull überlegt sich, wie er gegen Daphnes Argumentation ankommen kann. »Verdammt ja, Daphne, ich weiß. Aber was möchtest du denn selbst?«

»Es heißt, Frauen seien unmündig und könnten sich nicht ohne Leitung eines Dieners der Gerechtigkeit ihres eigenen Verstandes bedienen. Deshalb habe ich keine eigene Meinung.« Daphnes Argumentation ist genauso entwaffnend wie ihr Lächeln.

Bull versucht es noch mal: »Daphne, ich bin selbst Mitglied der Gerechtigkeitspartei und damit ein Diener der Gerechtigkeit. Du hattest früher, bevor du den Burnus getragen hast, immer eine eigene Meinung. Deshalb weiß ich, dass du dich deines eigenen Verstandes bedienen kannst. Ich will gerne deine Meinung hören.«

»Gut, Chef. Da Sie mich in Ihrer Eigenschaft als Diener der Gerechtigkeit angeleitet haben, mich meines eigenen Verstandes zu bedienen, wage ich es: Ich halte die Anordnung, dass Frauen in unserer Zeit einen Burnus tragen sollen, für absoluten Schwachsinn. Das ist ein Rückschritt hinter die Zeit der Aufklärung. Kant würde sich im Grab rumdrehen.« Daphnes Augen blitzen kämpferisch.

Bull lächelt befriedigt: »Dieser Kant war wohl kein Mitglied bei uns, aber ich denke mir, dass der Burnus nichts für dich ist. Leg ihn wenigstens hier im Präsidium ab und trage deine frühere Kleidung.«

»Nein.« Daphne schleudert ihm nur dieses eine Wort entgegen.

»Nein? Warum denn nicht, Daphne?« Bull bekommt fast eine bittende Stimme.

Aus Daphnes Gesicht weicht das Lächeln: »Vor fünf Monaten haben Gerechtigkeitswächter meine Freundin Leila von ihrer Arbeitsstelle in der Redaktion der Neuen Quantum Nachrichten abgeholt, weil sie keinen Burnus trug, wie es hieß. Sie soll sich seitdem in einer Fortbildungsmaßnahme befinden. Es gibt jedoch keinerlei Lebenszeichen mehr von ihr. Wochen vorher ist übrigens Leilas Chefredakteur Griffel von den Gerechtigkeitswächtern abgeholt worden, weil er angeblich ungerechte Artikel gegen die Maßnahmen der Gerechtigkeitspartei schrieb. Auch von ihm fehlt jede Spur.«

Bull schaut betroffen: »Verdammt. Ich werde mich darum kümmern und mich erkundigen. Es kann sich nur um Missverständnisse handeln.« Nach einer Minute Schweigen, in der beide ernst vor sich hinschauen, richtet Bull wieder das Wort an Daphne: »Der eigentliche Grund, warum ich dich gerufen habe, ist der: Man hat uns im Präsidium heute vier leblose Illegale angeliefert. Ich möchte sie nicht entsorgen lassen, weil ich von ihnen Informationen benötige. Ist es möglich, sie wieder funktionsfähig herzustellen?«

Daphne bekommt einen hochroten Kopf. Sie platzt heraus: »Was ist das überhaupt für eine Welt geworden, in der man überall Giftgasfallen aufstellt, die nur ansprechen, wenn sich ein angeblich Illegaler ohne Identifikationschip darin befindet. Warum will man sich auf solch schäbige Weise dieser armen Menschen entledigen? Die Menschenrechte zählen wohl nichts mehr.«

Jetzt bekommt Bull ebenfalls einen hochroten Kopf: »Schweig, Daphne. Unsere Partei hat doch Recht, wenn sie sagt, dass die Menschen unmündig sind und sich ihres Verstandes nicht ohne Leitung eines Dieners der Gerechtigkeit bedienen können. Deinem Denken fehlt heute die nötige Klarheit.«

Daphne schluckt dreimal und entschließt sich schweren Herzens, darauf nicht direkt zu antworten: »In Ordnung, Chef. Was war es noch mal, was Sie wissen wollten?«

»Du sollst mir sagen, ob es möglich ist, Illegale, die aus einer Giftgasfalle kommen, wieder funktionsfähig herzustellen?«

»Chef, ich würde lieber den Begriff ‚reanimieren' gebrauchen und nicht ‚funktionsfähig herstellen'.« Daphne bringt es nicht über sich, die menschenverachtenden Begriffe der Gerechtigkeitspartei in ihrem eigenen Sprachschatz zu verwenden. »Ja, es ist möglich, wenn nicht mehr als zwölf Stunden vergangen sind, seit die Menschen in die Giftgasfalle gekommen sind. In dieser Zeit atmen sie immer noch unmerklich. Gerade ausreichend, um ihr Gehirn vorm Absterben zu bewahren. Man kann das Gift aus ihren Körpern herauswaschen und sie dann reanimieren. Erst nach diesen zwölf Stunden ist das nicht mehr möglich.«

Bull antwortet erleichtert: »Danke, Daphne, für die erschöpfende Auskunft. Würdest du schnellstens alles veranlassen, um die vier Illegalen wieder zu reanimieren.«

Bull schaltet sein Bildschirmsprechgerät aus. Er sieht Daphnes Augen nicht mehr, die in dem Gefühl einen kleinen Sieg errungen zu haben, leuchten.

Dr. Pinchin

Montag, 16. April 16:00 Uhr, Kuratoriumssitzung: »Verbieten muss man es diesem Scharlatan, diesem Tierquäler, diesem ... Der Timeponder, alles Schwindel. Eine Gefahr für die Menschheit«, giftet der vielleicht 1,60 m große kahlköpfige Dr. Pinchin und verliert seine Fassung. Er schlägt mit der Faust auf den Konferenztisch, dass die Wassergläser hüpfen. Sein verkniffener Mund sieht heute abstoßender aus als sonst.

Die Kuratoriumssitzung findet im dritten Stock der Hauptverwaltung im kleinen Sitzungssaal an der Nordseite des Universitätsgebäudes der Albert-Einstein-Universität statt. Es sind zwölf Kuratoriumsmitglieder versammelt. Der große Konferenztisch steht mitten im Raum. An dessen Stirnseite sitzt der Kuratoriumsvorsitzende, Professor Sunshine und der Länge nach zu beiden Seiten die übrigen Kuratoriumsmitglieder. Der Letzte von ihnen, ganz am unteren Ende, ist Dr. Pinchin.

Die übrigen Kuratoriumsmitglieder schauen betreten. Ein emotionaler Ausbruch eines ihrer Mitglieder ist ihnen peinlich. Normalerweise geht es langweilig, würdevoll gesittet und streng nach Tagesordnung und Regeln zu. Die Regeln sehen vor, dass erst eine Problemstellung und danach ein Antrag durch ein Kuratoriumsmitglied in wohlgesetzten Worten formuliert wird. Dann diskutiert man in Ruhe darüber. Am Ende der Diskussion wird durch Handzeichen abgestimmt.

Der einzige Tagungsordnungspunkt ist heute der ‚Fall Allman’, wobei keiner der Anwesenden, außer Dr. Pinchin, versteht, warum Allman ein Fall oder ein Problem sein soll. Aber jedes Kuratoriumsmitglied, also auch Dr. Pinchin, hat das Recht, eine außerordentliche Kuratoriumssitzung einzuberufen, wenn über ein dringendes Problem abgestimmt werden muss. Er braucht erst während der Sitzung zu begründen, warum er diese einberufen hat und kann dann seinen Antrag stellen.

Der Kuratoriumsvorsitzende, Professor Albert Sunshine, ruft Dr. Pinchin zur Ordnung: »Beruhigen Sie sich, Dr. Pinchin, und begründen Sie bitte, warum Sie die heutige Kuratoriumssitzung einberufen haben. Wir wollen die Problemstellung kennenlernen. Sonst können wir gleich wieder nach Hause gehen.«

Die anderen Kuratoriumsmitglieder nicken beifällig.

»Dieser Allman, dieser Schwindler und Betrüger, hat durch krumme Touren die Sitzung von Freitag auf heute verlegt«, geifert Pinchin.

»Jetzt muss ich Sie wirklich zur Ordnung rufen, Dr. Pinchin«, fällt ihm Professor Sunshine ins Wort. »Ich dulde nicht, dass bei einer von mir geleiteten Kuratoriumssitzung ein Kollege mit Worten belegt wird, die man gemeinhin nur für einschlägig verurteilte Straftäter verwenden darf.«

Das ist eine harte Zurechtweisung und Pinchin stutzt. Man merkt, dass er zu Schlucken hat. Dann redet er emotionsloser als vorher: »Darf ich zur Erklärung ein wenig ausholen, Herr Vorsitzender?«

»Wenn es der Wahrheitsfindung dient und Sie es nicht anders können, dann holen Sie in Gottes Namen aus, aber nicht zu lang«, seufzt Professor Sunshine.

»Wie Sie wissen, war ich der Vorgänger auf Allmans Forschungslehrstuhl, damals vor acht Jahren. Deshalb kenne ich mich in Allmans Forschungsgebiet aus. Ich möchte sogar behaupten, besser als er.«

»Oho«, bemerkt Professor Maxwell, ein grauhaariges Kuratoriumsmitglied, mit gütig freundlichen Gesichtszügen.

»Ja, machen Sie nur ihre Bemerkungen, Professor Maxwell. Sie waren damals gegen mich. Wenn man mir nicht die Gelder für meine Forschung gestrichen hätte, dann hätte ich schon längst eine funktionierende Maschine für Reisen ins Multiversum entwickelt. Dann würde unsere Universität den Forschungswettbewerb mit meinem Pinchinmat gewinnen.«

Professor Maxwell unterbricht Pinchins Redefluss: »Es ist nicht üblich, dass wir hier im Kuratorium über ungelegte Eier diskutieren. Und im Übrigen möchte ich berichtigen, dass ich damals nicht gegen Sie war, sondern ich war für ihre Aufnahme ins Kuratorium. Ich habe ihre Qualitäten gelobt, die in der Verwaltung liegen und weniger in der Forschung. Und ist es nicht eine Ehre für Sie, dass Sie anstatt auf einem Forschungslehrstuhl, nun im obersten Verwaltungsgremium der Universität sitzen, dem Kuratorium?«

»Ja, schon«, antwortet Pinchin gequält. »Aber dieser Allman ist ein Scharlatan, eine Gefahr für das Ansehen der Universität.«

»Könnten Sie endlich zur Sache kommen, Dr. Pinchin«, mahnt der Vorsitzende, Professor Sunshine.

Diesmal reißt sich Pinchin zusammen: »Das Problem ist, dass dieser Allman bei seiner Präsentation am Dienstag, dem 10. April im großen Hörsaal, das Ansehen der Universität geschädigt hat, als er mit seiner Timeponder-Maschine eine Tierquälerei beging und eine bedauernswerte, arme Laborratte zerplatzen ließ. Und das vor aller Öffentlichkeit. Ich beantrage deshalb, Professor Allman alle weitere Forschung an und mit dem Timeponder zu untersagen.«

Professor Sunshine ergreift wieder das Wort: »Gibt es Gegenanträge oder möchte jemand etwas dazu sagen? Ja, Sie Professor Maxwell?« Dabei reagiert er auf Maxwells Handzeichen.

»Bevor wir eine dermaßen schwerwiegende Entscheidung treffen, und ein Eingriff in die Forschungsfreiheit ist schwerwiegend, benötigen wir Beweise. Ich bezweifle, dass das Ansehen der Universität geschädigt wurde und beantrage deshalb, die Entscheidung zu Dr. Pinchins Antrag zu vertagen bis Beweise vorliegen.«

Von den übrigen Kuratoriumsmitgliedern ist beifälliges Gemurmel zu hören.

Pinchin springt von seinem Konferenzstuhl auf. Er gestikuliert mit den Armen. Sein Kopf läuft rot an, er steht kurz vor dem Explodieren: »Wollen Sie etwa warten, bis Allman Menschen zerplatzen lässt?«, ruft er erregt. »Sie müssen seine Forschung verbieten. Sie müssen dem Scharlatan das Handwerk legen, Sie müssen ...«

»Stopp, Dr. Pinchin«, unterbricht ihn der Vorsitzende. »Wir müssen gar nichts«, und nachdem er tief eingeatmet hat, »wir wollen jetzt abstimmen. Wer dafür ist, Professor Maxwells Antrag anzunehmen und die Entscheidung über Dr. Pinchins Antrag zu vertagen bis Beweise vorliegen, der hebe jetzt die Hand.«

Alle Hände heben sich, bis auf die von Dr. Pinchin.

»Damit ist Professor Maxwells Antrag mit einer Gegenstimme angenommen«, stellt der vorsitzende Professor Sunshine fest. »Unsere heutige Sitzung ist hiermit beendet. Ich danke Ihnen für Ihr Kommen.«

Pinchin lässt sich in seinen Konferenzstuhl zurückfallen. Plötzlich schnellt sein Oberkörper vor: »Halt, ich habe noch eine Frage an meine Kollegen.«

»Was ist denn noch?« Professor Sunshine wirkt sehr ungehalten.

»Allman und sein Assistent, Josten, sind beide heute nicht an der Uni erschienen. Niemand weiß, wo sie sind. Wenn sie nicht mehr rechtzeitig zum Termin am 30. April auftauchen, bis zu dem die letzte Präsentation für den Forschungswettbewerb stattgefunden haben muss, darf ich dann die Universität mit meiner eigenen privaten Forschungsarbeit vertreten? Ich bin sicher, ich werde die Forschungsmittel der Paul-Gotham-Stiftung für unsere Universität gewinnen.«

Raunen und Wispern geht durch den Raum, bis schließlich Professor Sunshine erklärt: »Die Forschungsfreiheit ist uns heilig, Herr Kollege. Solange Sie nicht das Ansehen der Universität schädigen, will Ihnen niemand verbieten, an dem Forschungswettbewerb teilzunehmen. Nachdem das geklärt ist, können wir jetzt nach Hause gehen?«

Fluchend lässt sich Pinchin von seinem Stadtfahrzeug nach Hause fahren. Es ist ein elektrisch betriebener Zweisitzer der Marke Bonstar, dessen Energie aus einem zigarrenkistengroßen kalten Fusionsreaktor stammt. Immer wieder gibt es Aussetzer in der Energieversorgung. Dann stoppt der Bonstar abrupt ab, um in der nächsten Sekunde zu beschleunigen, wenn die Energieversorgung wieder einsetzt. Der Bonstar bockt wie ein Pferd beim Rodeo, als wollte er dem Fahrer sagen: »Ich mag dich nicht.«

Ansonsten gilt der Bonstar eher als zuverlässiges gutmütiges Kultauto. Er gehört zu der Klasse der Fahrroboter und chauffiert selbstständig oder bremst von allein wenn nötig. Der Fahrer braucht weder zu lenken noch sonst einzugreifen. Bei Fahrtbeginn gibt er das gewünschte Fahrziel an, der Rest geht automatisch.

Heute macht es den Eindruck, als hätte sich alle Welt gegen Pinchin verschworen, erst die Kuratoriumsmitglieder und nun dieser Bonstar.

Mindestens zehnmal ruft Pinchin dem Bonstar zu, er soll endlich anhalten, als sie an der Garagenzufahrt seines großzügigen Hauses am Stadtrand angelangt sind. Der Bonstar hört heute nicht und fährt weiter auf das Garagentor zu. »Stopp.« schreit Pinchin ein letztes Mal. Doch der Bonstar hört immer noch nicht. Auch das automatische Kollisionsvermeidungssystem spricht nicht an. Der Bonstar kracht schließlich auf das geschlossene Garagentor. Der Kunststoff des Tors biegt sich durch und bricht. Ein großes Stück fällt heraus. Durch den Aufprall schaltet die Energieversorgung des Bonstars endgültig ab. Pinchin reißt schnell die Fahrertür auf und springt heraus. Der Bonstar bleibt friedlich an seinem Platz stehen.

Voller Wut gibt Pinchin der Karosserie einen Fußtritt. Das veranlasst die Scheibenwaschanlage, ihren Inhalt auf Pinchin zu spritzen, eine Mischung aus Wasser, Alkohol und Seife. »Verfluchtes Auto, ich hab mich heute schon gewaschen«, wütet Pinchin. »Du bist und bleibst bloß ein dummer Roboter.«

Pinchin verlässt die Garage durch die Seitentür. Danach steht er im Hausflur seines großzügigen Hauses, das nur Erdgeschoss und Kellergeschoss besitzt. Er bewohnt das Haus alleine. Das Erdgeschoss enthält den Wohnteil, während er sich im Kellergeschoss ein privates Labor vom Feinsten eingerichtet hat. In einem Raum, in dem auch sein Arbeitstisch steht, reihen sich die physikalischen

Messgeräte und Quantencomputer auf. Alles, was in der Branche gut und teuer ist, ist hier angemessen vertreten.

An den Laborraum schließt sich ein kleinerer Raum an, gefüllt mit Käfigen, welche Versuchstiere enthalten. Es sind struppige, halb verhungerte und verdurstete Hunde unterschiedlicher Rassen und Farben, hauptsächlich Promenadenmischungen. Sie schauen apathisch durch die Gitter. Zurzeit sind nur noch fünf Hunde übrig, die restlichen fünfzehn Käfige stehen leer.

Aus dem hintersten Raum im Anschluss an den Käfigraum dringt leichter Aasgeruch, welcher bis zum physikalischen Labor nach vorne und noch weiter zieht. Hier hat Pinchin eine Grube ausgehoben, um die Kadaver und Reste seiner Versuchstiere zu sammeln und mit Löschkalk abzudecken. Draußen im Garten kann er das nicht machen, weil er keine Genehmigung für physikalische Tierversuche mit Hunden besitzt. Schließlich will er die Nachbarn nicht darauf aufmerksam machen.

Pinchin tritt an seinen Labortisch, auf dem ein Kasten in der Größe von Allmans Timeponder steht. Seine Augen bekommen einen fanatischen Glanz. Er legt seinen rechten Unterarm darauf und redet mit der Stimme eines Therapiebedürftigen. Es ist ein Gespräch, bei dem ihm nur seine apathischen Hunde zuhören.

»Jetzt ist die Stunde meiner eigenen Maschine gekommen. Die Stunde meines Pinchinmaten. Ja, jetzt, jetzt endlich.« Pinchin lacht unnatürlich. »Allman, du Scharlatan, wenn du je wieder auftauchst, du wirst dich wundern. Ich schnappe dir den Forschungspreis weg und nehme dir die Ehre.«

In dem Augenblick klingelt das Telefon und eine verzerrte Stimme ruft: »Pinchin, sind Sie da?« Die Videoübertragung bleibt dabei ausgeschaltet.

Pinchins Gedanken kehren zurück zur Wirklichkeit, aber er antwortet einsilbig, ebenfalls ohne die Videoübertragung einzuschalten: »Ja?.«

»Warum melden Sie sich nicht von selbst, Pinchin? Ich habe Ihr Labor bezahlt und Sie mit großzügigen Mitteln ausgestattet, damit Sie sich den größten Wunsch Ihres Lebens erfüllen können, Allman eins auszuwischen. Da kann man doch erwarten, dass Sie sich mehr um mich bemühen.«

»Ich bin gerade erst zur Tür rein. Ich hätte Sie gleich angerufen«, bequemt sich Pinchin als Entschuldigung zu sagen.

»Muss ich Ihnen die Antwort wie Würmer aus der Nase ziehen? Wollen Sie mir nicht endlich sagen, wie es gelaufen ist?«

»Nicht ganz so, wie geplant«, druckst Pinchin raus.

»Was heißt das?« Die verzerrte Stimme wird schärfer im Ton.

Pinchin versucht zu beruhigen: »Das Kuratorium hat die Entscheidung verschoben. Aber das ist kein Problem. Allman ist verschwunden und ich werde an seine Stelle treten.«

»Ich weiß nicht, ob das eine gute Idee ist«, antwortet die verzerrte Stimme. »Sie wissen weshalb.«

»Keine Sorge, ich werde Ihre Interessen beachten, aber ich brauche weiteres Geld für Aufträge an Nummer Eins.«

Die verzerrte Stimme schweigt einen Augenblick, bevor sie antwortet: »Wenn Sie sicherstellen, dass Allman mir nicht mehr in die Quere kommt, dann würde ich Ihnen ein letztes Mal Geld geben.«

Pinchin ist erleichtert: »Ist in Ordnung, das werde ich sicherstellen.«

»Ich werde Sie daran erinnern, wenn es nicht zu meiner Zufriedenheit läuft. Und dann möchte ich nicht in Ihrer Haut stecken«, antwortet die verzerrte Stimme und beendet das Gespräch.

Beglückt macht sich Pinchin gleich an die Arbeit. Wieder tritt ein fanatischer Glanz in seine Augen. Mit dem Geld kann er sich von Nummer Eins Versuchshunde und weitere interne Unterlagen aus Allmans Labor beschaffen lassen. Er glaubt, das würde die Fertigstellung seines Pinchinmat rechtzeitig vor dem Termin der letztmöglichen Präsentation, dem 30. April, sichern. Pinchin lacht unnatürlich.

Fünf Hunde sind noch vorrätig. Vielleicht gelingt es ihm bis zum Abend herauszufinden, warum bei seinem Pinchinmat die Teleportation nicht richtig funktioniert. Zur Grundübung einer Teleportation gehört das Auflösen des zu teleportierenden Körpers an dem einen Ort, um ihn am anderen Ort genauso und fehlerfrei zusammenzusetzen. Dummerweise setzt sein Pinchinmat die Hunde immer wieder falsch zusammen. Einmal sitzt der Kopf verkehrt herum, ein anderes Mal wird der Rumpf verlängert, wie bei einer Schlange oder es wird die Zahl der Beine verdoppelt, acht statt vier. Jedes Mal gibt es eine neue Überraschung. Bisher ist es ihm kein einziges Mal gelungen, einen Hund am Ziel der Teleportation wieder fehlerfrei zusammenzusetzen.

Um Reisen in parallele Universen zu ermöglichen, reicht eine funktionierende Teleportation jedoch nicht aus. Eine weitere technisch zu lösende Aufgabe ist die Herstellung einer Tunnelverbindung in das parallele Universum mithilfe eines vorher erzeugten Wurmlochs. Bevor man die Teleportation über eine Tunnelverbindung konkret durchführen kann, muss man Informationen über das Zieluniversum gewinnen. Sonst läuft man Gefahr, dass man auf der anderen Seite des Tunnels in einer lebensfeindlichen Umgebung landet, beispielsweise auf der Oberfläche einer Sonne.

Die Teleportation über eine Tunnelverbindung in die nicht lebensfeindliche Umgebung eines anderen Universums nennt man Transposition. Beispielsweise führt Allmans Timeponder Transpositionen durch.

Pinchin seufzt. Selbst wenn ihm heute Abend die Teleportation einwandfrei gelingt: Von der eigentlich gewollten Durchführung einer Transposition ist er weit entfernt, sehr weit sogar, schießt es ihm in einem klaren Moment durch den Kopf. Schweiß tritt ihm auf die Stirn. Er überlegt, dass er bei der Präsentation eine Transposition vortäuschen könnte, während er in Wirklichkeit aber eine einfache Teleportation durchführt. Wenn er es richtig anfängt, würde keiner im Publikum den Betrug merken. Wenn er aus Allmans Laborunterlagen abschreibt, würde möglicherweise noch nicht einmal die Jury der Paul-Gotham-Stiftung den Betrug merken. Aber zuerst muss ihm wenigstens eine einwandfreie Teleportation gelingen. In Pinchins Kopf kreisen immer wildere Gedanken.

Er stellt zwei Käfige nebeneinander. In den linken setzt er das Versuchstier. Sein Pinchinmat soll es in den rechten Käfig teleportieren. Sein Gerät funktioniert nicht so elegant wie Allmans Timeponder. Sein Hochspannungserzeuger rattert eher wie ein alter Diesel und während der Teleportation riecht es nach verbranntem Fleisch.

Nach zwei Stunden hat Pinchin erneut zwei Hunde verbraucht. Dem einen fehlen nach der Teleportation die Vorderläufe und bei dem anderen wächst der Schwanz aus dem Kopf, während die Ohren den Platz des Schwanzes einnehmen.

Pinchin flucht fürchterlich und fummelt an seinem Pinchinmat herum. »Ich muss den Fehler finden, ich will es.« Er ändert einige Einstellungen und beginnt einen weiteren Versuch. »Jetzt muss es klappen«, murmelt er mit verbissenem Gesicht.

Als der Pinchinmat aufhört zu rattern, schaut Pinchin in den rechten Käfig und lässt einen Freudenschrei hören: »Endlich. Endlich ein gutes vollständiges Exemplar.« Und eine Minute später: »Was ist das? Warum liegt das verdammte Vieh nur da und bewegt sich nicht?«

Pinchin hat erneut ein Tier verbraucht, diesmal ist der Hund tot.

Pinchin macht sich an die Arbeit, den Pinchinmat ein weiteres Mal zu modifizieren. »Jetzt hat es schon fast funktioniert, wenn nur nicht dieses blöde Vieh gestorben wäre.« Nach einer Stunde Arbeit bereitet Pinchin den neuen Versuch vor und blickt wie irr auf den linken Käfig. Er spricht zu sich selbst: »Jetzt muss es klappen. Ich will es so.«

Diesmal sitzt im linken Käfig ein Beagle mit traurigem Blick und Schlappohren. Er ist hellbraun und weiß gefleckt. Der rechte Käfig ist geleert von dem Überrest des vorangegangenen Versuchs. Pinchin drückt den Startknopf seines Pinchinmaten und beobachtet den Vorgang. Die Augen treten ihm fast aus dem Kopf, Schweiß bahnt sich den Weg über seine Stirn und tropft zu Boden. Er kaut auf den Nägeln seiner linken Hand, ohne dass er sich dessen bewusst wird.

Im rechten Käfig erscheint zuerst der Kopf des Beagles, dann werden die großen Schlappohren materialisiert, der kurze Hals angefügt. Es folgt ein Rumpfstück mit den Vorderläufen.

Pinchin fängt an, sich zu freuen: »Es sieht gut aus. Komm schon mein liebes Hundchen. Materialisier dich endlich.«

Der Rumpf verlängert sich weiter. In der Mitte sieht er jetzt seltsam verdreht aus, dann erscheinen die Hinterläufe, aber nicht auf dem Boden stehend. Sie wachsen auf dem Rücken heraus und stehen noch oben. Pinchin stößt einen irren Schrei aus: »Du verdammte Kreatur, du elende Missgeburt.«

Traurige, große Augen zwischen den Schlappohren schauen Pinchin an, bevor der Beagle sie schließt und tot auf den Boden des Käfigs kippt.

Pinchin bricht über den Labortisch zusammen und fängt an hemmungslos zu schluchzen: »Warum? Warum nur tut mir dieser Allman das an?«

Er suhlt sich in Selbstmitleid, bis es bereits zum dritten Mal an der Tür klingelt. Über die Haussprechanlage hört Pinchin sagen: »Hier ist Nummer Eins. Ich weiß, dass Sie da sind, Pinchin. Lassen Sie mich nicht solange draußen stehen, bis die Nachbarn glauben, ich sei Ihr armer Verwandter.«

Pinchin hört auf zu schluchzen und antwortet ins Sprechgerät: »Kommen Sie durch die Garage. Ich bin im Labor.«

Nummer Eins steigt die Treppe zum Labor herunter, schnuppert und bemerkt sofort den Geruch: »Verbranntes Fleisch. Aasgeruch. Menschenskinder, Pinchin. Das muss doch auffallen. Haben die Nachbarn noch nie was gesagt?«

Pinchin antwortet mürrisch: »Ich hab denen erzählt, dass ich mir als Junggeselle selbst kochen muss.«

»Und dann hat es keine mitleidige Nachbarin in Ihre Küche gezogen?« Nummer Eins ist erstaunt.

»Lassen wir das«, lenkt Pinchin mit schwacher Stimme ab. »Warum sind Sie hier?«

»Ich hab den Hinweis erhalten, Sie würden Hilfe brauchen.«

»Ach, stimmt«, kommt es Pinchin in den Sinn. Mit stumpfen Augen spricht er weiter: »Ich habe vor ein paar Stunden mit meinem Sponsor telefoniert, weil ich wieder Hunde brauche. Es ist nur einer übrig. Und dann brauche ich Allmans Unterlagen von seinem Timeponder. Ich kann und kann bei meinem Pinchinmat den Fehler nicht finden.« Er macht eine kurze Sprechpause, dann fällt ihm wieder etwas ein: »Allman und sein Assistent sind übrigens verschwunden. Keiner weiß, wo sie sind.«

Nummer Eins gibt sich illusionslos: »Dass Sie den Fehler nicht finden können, höre ich seit Monaten. Sie werden Ihren Pinchinmat nie zum Laufen bringen. Und dass ich Ihnen ständig neue Hunde heranschaffen muss, wird irgendwann einmal auffallen und die Polizei auf Sie und mich lenken.«

Pinchin wird böse: »Wie können Sie an meinen Fähigkeiten zweifeln? Im Gegensatz zu Ihnen habe ich promoviert und bin Vollakademiker.«

»Kommen Sie, Pinchin, Sie Vollakademiker. Seien Sie doch realistisch. Mit Allmans Unterlagen allein werden Sie nicht viel weiterkommen.«

»Meinen Sie?«, fragt Pinchin schwach. Er macht den Eindruck eines niedergeschlagenen, gebrochenen Mannes. »Mein Lebenswerk soll nichts sein? Was kann ich dann noch machen?«

»Wenn Allman verschwunden ist, wie Sie sagen, warum nehmen Sie nicht gleich Allmans zurückgebliebenen Timeponder und behaupten, es wäre Ihrer?«, schlägt Nummer Eins vor.

Pinchins Augen bekommen erneuten Glanz, obwohl er noch Bedenken hat: »Aber ich weiß nicht, wie man das Gerät bedient.«

Nummer Eins merkt, wie Pinchins Widerstand geringer wird, und macht es ihm leicht: »Ich werde Ihnen helfen, Pinchin. Sagen Sie einfach »ja« und ich besorge Ihnen bis übermorgen den Timeponder aus Allmans Labor.«

Pinchin atmet mehrmals tief durch, bevor er antwortet: »Also gut. Dann schlage ich Allman mit seiner eigenen Waffe.«

Die Fortschrittswelt

Name!« Bull schnauzt Allman an, der ihm im fensterlosen Vernehmungszimmer des Polizeipräsidiums gegenübersitzt. Allman fühlt sich, als hätte ihn eine Straßenwalze überrollt. So sehr tun ihm sämtliche Knochen und Muskeln weh. Das Letzte, an das er sich erinnern kann, ist, dass das X-Team in einen kleinen vollkommen aus Metall bestehenden Raum transponiert wurde und danach wachte er in einem kahlen Raum auf, einer Zelle ohne Fenster, ohne Möbel und auf einer harten Pritsche liegend.

Zum Glück hat man ihm seine Kleider gelassen, denkt er. Alles, einschließlich Hose, Jackett, Hut und Schal. Sogar der Inhalt seiner Taschen ist ihm geblieben.

Vor ihm, auf der gegenüberliegenden Seite des großen Besprechungstisches, erkennt er einen kleinen, dicken Mann mit breitem Gesicht. Auf dem Tisch, rechts neben diesem Mann, steht der letzte, noch übrig gebliebene Timeponder.

»Ich will nur zurück nach Quantum City, in mein Appartement«, denkt Allman. »Mir reicht es.«

»Zum Donnerwetter noch mal.« Bull knallt mit der Faust auf den Tisch und reißt Allman aus seinen Gedanken. »Willst du jetzt endlich den Mund aufmachen oder muss ich andere Maßnahmen ergreifen?«

»Wo bin ich? Was ist mit meinen Begleitern?«, ist das Einzige, was Allman vor Schreck sagen kann.

»Die Fragen stelle ich«, schreit Bull. Etwas ruhiger fügt er hinzu: »Aber wenn es dich beruhigt und du dadurch kooperativer wirst: Du bist hier in sicherem Gewahrsam im Polizeipräsidium von Quantum City und hast die Ehre vom Polizeichef höchstpersönlich vernommen zu werden. Mein Name Bull ist gleichzeitig Programm.« Seine Stimme wird lauter: »Ich walz dich platt, wenn du jetzt nicht kooperativ auf meine Fragen antwortest.« Etwas leiser fügt er hinzu: »Und noch etwas: Deine Verbrecherfreunde habe ich ebenfalls reanimiert. Wenn du deine Lage nicht verbessern willst, indem du redest, halte ich mich an die anderen.«

Allman fühlt sich trotz der Drohung erleichtert: »Gott sei Dank, ich bin wieder zurück in Quantum City.« Dann redet er mit fester Stimme: »Ich bitte mir einen höflicheren Ton aus. Wir haben nichts verbrochen.«

Bull beginnt mit sanfter Stimme: »Soso, du bittest um einen höflicheren Ton?«, schreit er los. »Du glaubst, du hättest nichts verbrochen? Du, ein Illegaler? Deine Existenz allein ist Verbrechen genug.«

»Sie haben kein Recht, so mit mir zu reden. Ich bin Bürger dieses Staates und Einwohner von Quantum City. Ich kenne meine Bürgerrechte.« Allman lehnt sich aufrecht in seinem Stuhl zurück.

Bull, erfreut darüber, dass sein Gefangener endlich redet, schlägt einen weniger scharfen Ton an: »Was du kennst, das werden wir noch erforschen. Aber wie kommst du darauf, du seist Einwohner von Quantum City? Ich habe deine Daten in keinem Computer gefunden. Es gibt zwar einen ähnlich aussehenden Bürger wie du, aber der hält sich gerade an der Albert-Einstein-Universität auf, wie mir das Satellitenüberwachungssystem gemeldet hat. Du bist ein Illegaler. Gib's zu.«

»Was soll das Gerede von einem Illegalen? Mein Name ist Allman, Emanuel Allman. Ich bin Professor an der Albert-Einstein-Universität.« Allman wird ungeduldig.

Bull antwortet wieder schärfer: »Mit einer gestohlenen Identität kommst du nicht weit. Hör mal, du falscher Professor, entweder du kannst dich eindeutig identifizieren oder du bist ein Illegaler. Dazwischen gibt es nichts, auch keinen Professor.«

Allman glaubt zu wissen, was dieser Bull will: »Warum sagen Sie das nicht gleich, dass Sie meinen Pass sehen wollen?« Er ist erstaunt über die scheinbare Unbeholfenheit von Bull und sucht in seiner Jackentasche. Dort findet er seinen Reisepass und reicht ihn Bull.

Bull greift erstaunt nach dem kleinen Büchlein in dunkelblauem Einband mit der Goldprägung des Staatswappens auf der Vorderseite. Er blättert darin vor und zurück, um es schließlich erbost auf den Tisch zu knallen: »Ich rate dir, die Angelegenheit ernst zu nehmen. Sehr ernst sogar. Das unvollständige Fotoalbum deines Urgroßvaters hat keinerlei identifikative Wirkung. Entweder du hast einen Chip oder du bist ein Illegaler. Und wie viele Jahre Fortbildung auf einen fehlenden Chip stehen, brauche ich dir wohl nicht zu sagen, wenn du deine angeblichen Rechte kennst, wie du behauptest.«

Allman ist verwirrt: »Ich verstehe nicht, was Sie meinen. Aber lassen Sie mich mit meinem Anwalt telefonieren, der kann die Lage bestimmt klären.«

Unwirsch fegt Bull den Pass vom Tisch: »Für Illegale gibt es keinen Anwalt. Das wäre ungerecht. Sei froh, dass ich dich nicht entsorgt habe. Du kannst deine Lage nur verbessern, wenn du kooperativ mit mir zusammenarbeitest und was mich mehr interessiert, als deine Identität: Wie ist es dir und deinen Begleitern gelungen, unbemerkt in den Tresor der Nationalbank einzudringen?«

Langsam glaubt Allman, dass er es mit einem Verrückten oder einem Mafioso zu tun haben muss, der ihn irgendwie verwechselt. »Wahrscheinlich ist es ein Mafioso«, denkt er. Ein Verrückter würde wohl nicht innerhalb einer Organisation seiner Arbeit nachgehen. Sein Reisepass wäre bei der Polizeibehörde der Stadt eine völlig ausreichende Legitimation gewesen. Außerdem würde sich der richtige Polizeichef von Quantum City an die herrschenden Gesetze halten und ihn zumindest mit seinem Anwalt telefonieren lassen. Und dann das dumme Gerede, er sei ein Illegaler, er, Allman, von der Albert-Einstein-Universität, ein angesehener, um nicht zu sagen bekannter Bürger der Stadt. Ob er einen Chip habe, hat dieser Mafioso gefragt. Natürlich hat er, Allman, Chips. In Massen sogar und alle Arten, in seinem Labor am physikalischen Institut. Aber das kann der Mafioso nicht gemeint haben. In Allmans Kopf reift ein Plan, wie er sich und seine Begleiter, sofern diese noch leben, aus den Händen des Mafiosos und seiner Organisation, die sich seltsamerweise Polizeipräsidium nennt, befreien kann.

Eines würde sicher nicht gehen, den dicken Mafioso niederschlagen und den Raum durch die Tür verlassen. Im Flur waren ihm zahlreiche Männer in unbekannten Uniformen begegnet, als man ihn in den Besprechungsraum brachte. Die Tür scheint sich zudem nur zu öffnen, wenn ein Uniformierter kurz vor den Scanner tritt. Das sieht nicht danach aus, als könne ein Fremder einfach und ungeschoren durch das Gebäude gehen.

Aber wenn er sich tatsächlich in Quantum City befindet, und warum sollte dieser Bull darin lügen, überlegt Allman weiter, dann wäre sein Ziel erreicht. Er hätte bewiesen, dass Reisen in parallele Universen praktisch möglich sind. Drei Timeponder waren bei drei vorangegangenen Transpositionen zurückgeblieben. Aber nun wäre er zurück in seinem Ausgangsuniversum. In seinem ihm lieb gewordenen Quantum City. Er benötigte den vierten und letzten Timeponder nicht mehr. Er müsste nur irgendwie in sein Apartement kommen. Von dort aus könnte er alles Nötige veranlassen und der Polizei die Existenz der Mafiaorganisation melden.

Allmans Plan ist fertig, als Bull seine Frage wiederholt: »Was ist jetzt? Wie seid ihr Illegale unbemerkt in die Nationalbank eingedrungen?«

Allman ist sich nicht bewusst, in die Nationalbank eingedrungen zu sein. Deshalb versucht er eine allgemeinere Antwort und entgegnet in freundlichem Ton, so wie man mit Mafiosi oder Verrückten redet: »Herr Polizeipräsident, das kann man nicht erklären, das muss ich Ihnen zeigen.«

»Was willst du zeigen?«, knurrt Bull.

»Ich könnte Ihnen ein außerordentlich nützliches Gerät vorführen. Sie würden an sehr viel Geld für sich und ihre Organisation kommen und das ohne Risiko.«

Allman glaubt, er müsse den Mafioso mit der Aussicht auf viel Geld ködern, weil das seiner Ansicht nach das Einzige ist, was die Mafia interessiert.

»Geld interessiert mich überhaupt nicht. Wenn, dann interessieren mich nur digitale Zahlungsmittel«, bollert Bull los. »Habt Ihr Trottel etwa geglaubt, im Tresor der Nationalbank sei Geld oder Gold gelagert, wie in früheren Jahrhunderten? Da hättet Ihr dumm geschaut, wenn Ihr nur Chips und andere digitale Speichermedien gefunden hättet. So dumm können nur Illegale sein.«

Allman dämmert es: »Auf den Chips sind die digitalen Zahlungsmittel gespeichert?«

Bull antwortet nicht auf Allmans Frage, sondern poltert: »Entweder du erzählst mir jetzt etwas Nützliches oder ich schicke dich zurück in deine Zelle und lasse dich platt machen. Es geht auch ohne dich. Ich hab deine Begleiter, die mir auch etwas Nützliches erzählen können.«

Allman weiß immer noch nicht genau, was dieser Mann von ihm erwartet. Schließlich transponierte sich das X-Team nur zufällig in einen tresorähnlichen Raum. Er startet einen neuen Versuch: »Gut, Herr Polizeipräsident. Ich könnte Ihnen vorführen, wie man mit dem Gerät unbemerkt an allen Überwachungseinrichtungen vorbei kommt. Es ist ein sogenannter Tarnkappenapparat.« Dabei deutet er auf den neben Bull stehenden Timeponder.

Auf Bulls Gesicht zeigt sich ein zufriedenes Lächeln: »Schön, dass du dich zur Kooperation entschlossen hast. Was brauchst du zur Vorführung des Tarnkappenapparats? Wie soll es ablaufen?«

Allman fühlt sich erleichtert, nachdem der Mafioso Interesse zeigt.

»Sie haben hier im Raum Überwachungseinrichtungen?«, fragt Allman.

»Selbstverständlich, warum fragst du?«

»Dann kann ich den Tarnkappenapparat hier vorführen. Es ist allerdings ein Prototyp und noch nicht sehr anwendungsfreundlich. Ich brauche deshalb für die Vorführung meine Begleiter und das übrige Gepäck, das wir dabei hatten«, sagt Allman in harmlosen Ton.

Bull antwortet misstrauisch: »Du brauchst nicht zu glauben, du könntest mich irgendwie reinlegen. Wozu brauchst du deine Gefährten und euer Gepäck? Hier kommt ihr nicht raus, auch nicht mit Tarnkappe.«

»Darum geht es nicht, Herr Polizeipräsident.«

»Worum dann?«

»Das Know-how ist verteilt, wie man mit diesem Prototypen umgeht. Jeder Mitentwickler kennt seinen Teil. Wenn es funktionieren soll, müssen wir unser Wissen zusammenlegen und gleichzeitig anwenden.«

»Das scheint mir eine oberfaule Begründung zu sein, aber meinetwegen. Fliehen könnt ihr sowieso nicht. Die Giftgasfallen für Illegale würden euch aufhalten.«

Allman schaudert es, als er das Wort »Giftgasfalle« hört, dennoch hakt er wegen des Gepäcks nach: »Und das Gepäck benötigen wir. Darin befinden sich Werkzeuge und Ersatzteile, falls wir am Tarnkappenapparat für die Vorführung etwas verändern müssen.«

»Also gut, aber du brauchst mir nicht mit irgendwelchen krummen Touren zu kommen. Das Gerät bleibt bei mir stehen. Ich werde es selbst bedienen nach den Schrittfolgen, die Ihr mir sagt. Ich möchte selbst sehen, wie gut die Tarnkappe mich verbirgt.«

»Wenn Sie Wert darauf legen, Herr Polizeipräsident, dann soll es so geschehen.«

»Und Ihr Vier bleibt auf der anderen Seite des Tisches sitzen, mir gegenüber und bewacht von meinen Leuten«, stellt Bull als zusätzliche Forderung.

»Kein Problem, wenn es Sie beruhigt.« Allman ist zufrieden. Er hat Bull dort, wo er ihn haben will.

Eine Viertelstunde später steht das Gepäck des X-Teams aufgebaut auf dem Besprechungstisch, links neben dem Timeponder, den der Polizeipräsident für einen Tarnkappenapparat hält.

Mehr geschubst als freiwillig stolpern Plonk, Dan und Heroine in den fensterlosen Vernehmungsraum. Jeder von vier mit Strahlenwaffen schwerbewaffneten dunkelblau Uniformierten begleitet. Zwei Uniformierte links und rechts und zwei vorne und hinten.

Allmans Begleiter werden auf die drei Stühle neben ihm gedrückt. Die Uniformierten bauen sich hinter ihnen auf und behalten das Geschehen im Blick.

Plonk und Dan tragen das Gleiche, das sie bei ihrer Transposition trugen, während Heroine einen grauen Burnus mit Kapuze übergestülpt bekam. Plonk kann es nicht lassen zu frozzeln: »Wunderschön. Heroine, warst du beim Shoppen?«

»Dafür habe ich mein Personal. Aber ich habe wirklich schlecht geschlafen, jeder Knochen tut mir weh. Wenn das Personal etwas vertrauenerweckender wäre, dann könnte ich meine Glieder massieren lassen«, räsoniert Heroine.

»Ruhe«, brüllt Bull dazwischen. »Privatgespräche sind nicht erlaubt.« Dann fährt er freundlicher fort: »Du falscher Professor.« Bull deutet auf Allman. »Erklär deinen Begleitern, worum es geht und warum es zwecklos ist, an Flucht zu denken.«

Allman erklärt dem X-Team, dass sie sich in Quantum City befinden und dass Flucht deswegen nicht möglich sei, weil man ohne Chip unweigerlich in Giftgasfallen landen würde, wobei er aber nicht genau wisse, um was für einen Chip es sich handele.

Er erläutert weiter, dass er sich bereit erklärt habe, das Gerät rechts neben dem Polizeipräsidenten, den sogenannten Tarnkappenapparat, zu demonstrieren. Der

Polizeipräsident wolle das Gerät selbst bedienen. Man müsse ihm nur die richtigen Schrittfolgen sagen.

Als Allman den Begriff ‚Tarnkappenapparat' für den Timeponder verwendet, schauen sich die übrigen X-Team-Mitglieder verstehend an.

Anschließend bittet Allman den Polizeipräsidenten um Erlaubnis, sich mit seinem Team fachlich abstimmen zu dürfen. Die Bitte wird ihm gewährt.

Allman entschließt sich, Dan in Worten und Befehlen der alten, aktuell nicht mehr benutzten Programmsprache BASIC mitzuteilen, wie er sich den Ablauf der Demonstration vorstellt. Er weiß, dass Dan diese Sprache als Student gelegentlich benutzte, um uralte elektronische Steuerungen vom Anfang des 21. Jahrhunderts zu studieren.

Einerseits kann man in BASIC keine komplexen Sachverhalte der Alltagswelt ausdrücken, sondern nur in kleinste Teilschritte aufgelöste Anweisungsfolgen für Computer und Steuerungen. Andererseits reicht es nach Allmans Meinung schon aus, das technische Genie Dan so zu motivieren, dass dieser die viel allgemeinere Bedeutung heraus liest. Bull würde bestimmt keinen Verdacht schöpfen, wenn er mit Dan BASIC-Befehlsfolgen austauscht.

Allman mischt die Befehle in alltagssprachliche und für jedermann verständliche Sätze. Zwischendurch stellt er Bull in freundlichem Ton scheinbar fachliche Fragen, die dieser ohne Zögern beantwortet.

Er wendet sich an Daniel: »Wenn wir das umsetzen, was mir der Herr Polizeipräsident gerade bestätigt hat, dann wird es besser sein, die X-Variablen zu transponieren, als die B-Variablen. Was meinst du, Dan?«

In Dans Augen leuchtet ein erstes Verstehen auf. Allman erkennt, dass Dan weiß, was mit der X-Variablen gemeint ist, nämlich das X-Team.

Der Polizeipräsident kennt weder die Bezeichnung für ihr Team noch den Begriff Transposition. Auch die Variable B, die als Synonym für Bull verwendet wird, kann kaum Anlass geben, ihn misstrauisch zu machen, denkt Allman.

Mit einem prüfenden Blick stellt er fest, dass Bull mit keiner Wimper zuckt bei der Verwendung des Synonyms für seine Person.

Dan antwortet auf Allmans Frage ebenfalls kryptisch: »Mir ist nur noch nicht klar, welche Zielvariablen ich für die Transformation der X-Variablen einsetzen muss. Und ein weiteres Problem ist die zweite Subroutine, da wir diesmal keinen geschlossenen Ausgangsbereich haben. Ich nenne es die Subroutine für die Variable G.«

Allman stellt fest, dass Dan zumindest einen Teil von dem erkannt hat, was er ihm sagen will. Mit der Variablen G meint Dan sicher das Gepäck.

So geht das Gespräch eine Zeit lang, bis Dan vollständig begreift, was Allman meint und worauf das Ziel der Transposition gerichtet ist. Plötzlich geht ein verdächtiges Strahlen über Dans Gesicht. Allman befürchtet, der Polizeipräsident könnte misstrauisch werden und die Transposition verhindern, aber Bull zeigt keine Anzeichen von Argwohn.

Dan gibt Allman durch BASIC-Befehle, vermischt mit der Alltagssprache, zu verstehen, wie er Bull dazu bewegen wird, die notwendigen Koordinaten für die Transposition in den Quantenrechner des Timeponders einzutippen, ohne dass Bull den Vorgang später nachvollziehen kann.

Der Professor lehnt sich erleichtert in seinem Stuhl zurück und wendet sich an den Mann, den er für einen Mafioso hält: »Herr Polizeipräsident, mein Assistent

Josten, wird Ihnen nun Schritt für Schritt die Anweisung geben, was Sie machen müssen, um den Tarnkappenapparat zu starten.«

Bulls Gesicht verfinstert sich: »Ich lass mir von niemandem befehlen, schon gar nicht von einem Illegalen.«

Allman bekommt Angst, Bull könnte im letzten Augenblick die Transposition verhindern: »Kein Problem, Herr Polizeipräsident. Wenn Sie wollen, kann ich das auch für Sie tun.« Im gleichen Augenblick steht er von seinem Stuhl auf, um zum Timeponder zu gehen.

»Setz dich«, donnert Bull, sodass Allman vor Schreck auf seine Stuhl zurück sinkt. »Capote. Komm her.« Bull befiehlt einem Uniformierten, der ganz außen steht: »Du machst das, was dieser Illegale dir sagt. Dann wollen wir doch mal sehen, ob es nicht auch so geht.«

Allman fühlt sich erleichtert: »Noch etwas, Herr Polizeipräsident«, wendet er ein, »damit es nicht zu Störungen ihrer Überwachungseinrichtungen kommt, wäre es gut, wenn ich und meine Begleiter sich an der Wand entlang aufreihen würden. Ihre Wachmänner können sich ja hinter uns stellen.« Er möchte einen möglichst störungsfreien Scan-Vorgang sicherstellen, der die Voraussetzung für eine einwandfreie Transposition ist. Im Notfall, wenn das X-Team am Tisch sitzen bleiben muss, würde das Scannen der Unterkörper auch durch die Tischplatte hindurch funktionieren. Auch wenn alles gut ginge und es trotz eines schwierigeren Scan-Vorgangs nicht zu Transpositionsfehlern käme, bestünde die Gefahr, dass sie sich am Ziel angekommen verletzten, weil sie dort in sitzender Stellung, aber ohne Stuhl ankämen.

Als Allman sich wieder das Bild der zerfetzten Ratte aus seiner Präsentation im großen Hörsaal vergegenwärtigt, muss er sich schütteln.

Bull bemerkt Allmans Schütteln: »Kerl, du hast finstere Gedanken, ich sehe es dir an. Glaubst du etwa, ich würde dich nicht durchschauen?«

»Mist,« denkt Allman und der Schreck fährt ihn in die Glieder. »Jetzt wird er im letzten Augenblick unsere Transposition durchkreuzen.«

»Ihr bleibt schön auf euren Stühlen sitzen. Wehe, es rührt sich einer von Euch während der Vorführung. Meine Männer bekommen hiermit den Befehl, euch sofort zu neutralisieren, wenn sie irgendeine verdächtige Bewegung sehen.« Bull hebt seine Stimme: »Habt ihr es gehört, Männer?«

»Jawohl, Herr Polizeipräsident«, antwortet es im Chor zurück, während die Männer ihre Strahlenpistolen schussbereit machen.

»Keine Sorge, Herr Polizeipräsident, wir werden uns nicht rühren«, beruhigt Allman und fragt: »Können wir jetzt beginnen?«

Als Bull bejaht, leitet Dan den Wachmann Capote Schritt für Schritt an. Diesmal gibt es nicht nur einen Lichtkegel, sondern zwei. Einen der das Gepäck einhüllt und scannt. Ein zweiter, der das X-Team scannt. Würde ein Beobachter unterm Tisch liegen und betrachten was passiert, würde er auch hier einen Lichtkegel bemerken, welcher die Unterkörper der X-Team-Mitglieder einhüllt.

Fasziniert sehen Bulls Männer die sonderbare Lichterscheinung. Keiner denkt daran, seine Strahlenpistole einzusetzen. Dafür gibt es keinen Grund, weil sich keiner der Illegalen bewegt. Als das Summen des Timeponders aufhört und das Licht verlischt, kann sich Bull vor Begeisterung nicht mehr halten. Er springt von seinem Stuhl auf: »Großartig. Das ist ja großartig. Das ist die vollkommene Tarnung. Jetzt verstehe ich, warum die Überwachungseinrichtungen nicht angesprochen haben, als ihr in die Nationalbank eingedrungen seid.«

Nach einigen Sekunden, in denen er seine Freude genießt, schlägt Bulls Stimmung um. Im scharfen Ton redet er weiter: »Wer hat euch erlaubt, die Tarnung bei Euch selbst anzuwenden? Ich hätte getarnt werden sollen, nicht Ihr. Ich. Habt Ihr gehört? Ich.«

Als Bull keine Antwort bekommt, wird er wütend: »Glaubt bloß nicht, Ihr würdet mit Eurer Tarnung hier rauskommen. Ohne Chip werden Euch die Giftgasfallen erwischen.«

Als er wieder keine Antwort erhält, schreit Bull seine Männer zusammen: »Sucht sie, sie müssen hier im Raum sein.« Etwas später fügt er hinzu: »Das wird für Euch Konsequenzen haben bis zur Schulungsmaßnahme, wenn Ihr sie nicht findet.«

Während seine Männer aufgeregt kreuz und quer und teilweise mit ausgestreckten Armen auf der Suche nach getarnten Illegalen durch das Vernehmungszimmer laufen, beruhigt sich Bull. Er denkt: »Wenigstens besitze ich den Tarnkappenapparat. Ich werde das Gerät an die Francis-Drake-Universität bringen lassen. Unser Parteimitglied Professor Blackbeard, eine hervorragende Dienerin der Gerechtigkeit, wird schon herausfinden, wie man den Apparat bedient.

»Endlich zurück.« Allman, seines Stuhls beraubt, kippt rücklings auf den weichen Wohnzimmerteppich. Er ist erleichtert, weil er auf den ersten Blick sein Zwei-Zimmer-Apartement von Quantum City erkennt. An der Wand über dem Esstisch hängt die ihm lieb gewordene Lithografie, ein surrealistisches Motiv von Dali.

»Teufel«, stöhnt Plonk, der keinen so guten Fall hatte, wie Allman. Heroine, nach der Materialisation auf seinen Bauch geplumpst, antwortet: »Pit, komm zu dir. Ich bin es unter dem Burnus, nicht der Teufel. Erkennst du mich nicht mehr?«

»Zum Teufel. Du bist das Problem«, keucht Plonk.

»Schei ...« Dan poltert mit dem Hinterkopf gegen eine Anrichte. »Die war doch letzten Donnerstag noch nicht da«, wundert er sich, während seinen Kopf reibt.

»Also Jungs, ich könnte einen großen Kaffee vertragen. Aber zuerst muss ich ins Bad, um mich frisch zu machen und um diesen blöden Burnus loszuwerden«, plappert Heroine auf ihre muntere Art, erhebt sich von Plonks Bauch und verschwindet im Badezimmer.

»Ich brauche erst mal ein Bier um mich zu erholen«, stöhnt Plonk, immer noch auf dem Boden liegend. »Die Nähe zu dieser Frau ist mir auf den Magen geschlagen.«

»Ist sie nicht umwerfend, unsere Dr. Embassy?«, findet Allman. »Nach so einem überstandenen Abenteuer ist ihr nur nach einer Tasse Kaffee zu Mute. Ich dagegen wünsche mir meinen heiß geliebten Matetee. Aber zuerst werde ich mir ein anderes Jackett anziehen. Meines ist reichlich verschwitzt. Ich bin gleich wieder da.« Allman geht ins Schlafzimmer.

Da alle in mehr oder weniger fröhlicher Stimmung geäußert haben, was Ihnen nach ihrer vermeintlichen Rückkehr am Wichtigsten ist, möchte Dan nicht zurückstehen: »Warum denn so bescheiden? Ich könnte ein Fass Bier alleine trinken. Und dann habe ich einen Hunger, einen Hunger sage ich euch. - Auf ein gebratenes Hähnchen. - Ach was, mindestens zwei müssen es sein.« Dan setzt sich dabei an den Esstisch und fängt an, in Ruhe seinen verletzten Hinterkopf mit der Hand zu überprüfen.

Plonk rappelt sich hoch und wankt zur Theke, die als Raumteiler zwischen der Küchenzeile und dem Wohnzimmer dient. Dort steht ein Tablett mit einer großen Tasse heißen, duftenden Kaffees und ein frisch gezapftes Glas Bier. »Danke«, murmelt er, während er sich das Glas greift und mit einem Zug leert. Anschließend lässt er sich auf einem Esstischstuhl nieder.

Heroine verlässt das Bad. Sie trägt wieder ihre gewohnten Jeans und Pullover. Sofort riecht sie den duftenden Kaffee und sieht ihn auf der Theke stehen: »Das ist lieb von euch, dass ihr mich verwöhnt.« Sie nimmt sich den Kaffee vom Tablett und setzt sich zu Plonk an den Esstisch.

Verstört kommt Allman aus dem Schlafzimmer, bleich und mit seinem alten verschwitzten Jackett: »Hier stimmt etwas nicht. Ich muss mich setzen und nachdenken.« Er setzt sich zu den anderen an den Esstisch. Beim Setzen fällt sein Blick auf die Theke. Er ist erstaunt, als er ein Tablett mit einer Kalebasse dort sieht: »Wie habt Ihr es geschafft, mir meinen Tee zuzubereiten?« Allman steht auf, um sich das Tablett an den Tisch zu holen.

»Ich hab nichts getan«, sagt Heroine, »wozu gibt es schließlich Männer?«

»Ich hab eine Platzwunde am Hinterkopf«, jammert Dan.

»Ich könnte noch ein Bier vertragen«, murmelt Plonk.

Allman wird unter seinem Bart eine Spur bleicher, reagiert aber vor Müdigkeit nicht, sondern holt sich stillschweigend die Kalebasse und seufzt nach dem ersten Schluck: »Oh, wie das gut tut, endlich wieder mein Lieblingstee.«

»Danke, Professor Allman«, sagt Plonk und holt sich sein zweites Glas Bier von der vorher leeren Theke ab.

»Zum Donnerwetter«, platzt Allman heraus. »Merkt denn keiner von Euch, dass hier etwas nicht stimmt.«

»Was soll denn nicht stimmen, Professor Allman?« Heroine ist verwundert. »Ich finde, es ist genauso gemütlich bei Ihnen wie letzten Donnerstagabend.«

»Das meine ich nicht, Dr. Embassy. Ich kann nichts mehr finden in meinen Einbauschränken im Schlafzimmer. Das ist nicht meine Wohnung. Hier wohnt jemand anders.«

»Sie müssen einfach mal wieder Ordnung schaffen, Professor Allman. Außerdem sind wir alle ein bisschen müde von den vielen Ereignissen seit der letzten Woche. Schließlich erlebt man solche Zeitsprünge nicht jeden Tag. Ich brauche auch eine Pause«, beruhigt Heroine und wechselt das Thema: »Die Tapas letzte Woche waren übrigens ausgezeichnet. Ich würde sagen, heute geht es auf meine Kosten. Ich werde uns im spanischen Laden um die Ecke für den Abend einen Imbiss holen. Ruht Euch jetzt aus. Wir können dann beim Essen alles besprechen.« Heroine wartet nicht ab, bis die anderen etwas erwidern, sondern lässt ihren Worten unmittelbar Taten folgen und verlässt die Wohnung.

Allman fühlt sich unbehaglich und hakt noch mal nach: »Wie war das jetzt mit meinem Matetee. Wer hat ihn zubereitet? Dan, warst du das?«

Dan, der inzwischen davon abgelassen hat, seinen Hinterkopf zu betasten antwortet: »Nein, ich nicht.«

»Ich auch nicht«, ergänzt Plonk und schreit plötzlich: »Achtung.«

Von der Theke kommt ein metallisch rollendes Geräusch. Allman und Dan drehen sich erschrocken um. Eine handelsübliche Fünfliterbierdose rollt langsam die Theke entlang. Am Ende fällt sie herunter und schlägt krachend auf dem Boden auf, um mit einer Beule im Blech liegen zu bleiben.

»Das kann nicht wahr sein.« Allman ist sprachlos.

»Das ist wie Zauberei«, staunt Dan und denkt an seinen Wunsch nach einem Bierfass. »Dennoch muss es eine physikalische Erklärung geben. Zauberei gibt es in keinem einzigen Universum des Multiversums«, analysiert er.

»Du sagst es, Dan«, bestätigt Allman. »Lass uns nach der physikalischen Erklärung suchen.«

Dan und Allman erheben sich von ihren Stühlen und gehen hinter die als Raumteiler dienende Theke. Sie bleiben zunächst zwischen Theke und Küchenschränken stehen, als sie auf das Schiebefenster am Ende der Küchenzeile aufmerksam werden. Es besitzt einem Elektromotor an der rechten oberen Ecke. Gerade öffnet es sich automatisch, der Motor schiebt das Glas nach oben. Frische Luft weht um ihre Nasen.

»Warum haben wir die frische Luft nicht schon vorher bemerkt?«, fragt Dan.

»Ich glaube, wir waren viel zu fertig, um viel zu bemerken«, stellt Allman fest.

Dan tritt an das geöffnete Fenster heran, um im gleichen Augenblick erschrocken zurückzuweichen: »Aus dem Weg«, schreit er, doch Allman steht direkt hinter ihm und kann nicht weiter zurück.

Eine Art Serviertablett schwebt lautlos von außen kommend durch die Fensteröffnung. Auf dem Tablett liegen drei gebratene Hähnchen. Geschützt wird das Essen von einer durchsichtigen Haube. Innerhalb der Küche hebt die Haube vom Tablett ab und entschwebt lautlos nach draußen.

Das schwebende Tablett bleibt auf dem Weg zur Theke an Dans Brust hängen. Es bäumt sich auf. Die gebratenen Hähnchen streifen sein Gesicht, fliegen über seine Schulter und Allman vor die Füße.

Dan fasst sich an den Kopf, als wollte er sein Gehirn motivieren, das Gesehene schneller zu verarbeiten: »So wörtlich habe ich das mit den ‚mindestens zwei Hähnchen' wirklich nicht gemeint.«

»Ich hab es gleich geahnt, als ich mich im Schlafzimmer umziehen wollte«, stellt Allman fest, »das hier ist nicht unsere Welt. Rate mal, wo wir sind, Dan.«

»Das ist Fortschritt«, staunt Daniel. Im nächsten Augenblick verfinstert sich sein Gesicht: »Aber wie kommen wir ohne den letzten Timeponder zurück in unsere eigene parallele Welt?«

An der Wohnungstür klingelt es Sturm.

»Macht nicht auf«, ruft Dan ängstlich, »diese Welt ist gefährlich.«

Ohne lange nachzudenken oder zu prüfen, wer so stürmisch Einlass begehrt, schnellt Plonk von seinem Stuhl hoch, stürzt zur Tür und reißt sie auf. Heroine stolpert herein und Plonk schließt sofort wieder.

Dan schnauft: »Das hätte ins Auge gehen können. Woher hast du gewusst, dass Heroine draußen steht?«

»Instinkt«, erläutert Plonk. »Als es Sturm klingelte, dachte ich gleich, das kann nur sie sein.«

Erschöpft lässt sich Heroine auf einen Esstischstuhl sinken und redet atemlos: »Ich glaube, ich habe sie abgeschüttelt.«

»Ja?«, fragt Plonk. »Wen denn?«

»Später, Pit. Lasst mich erst wieder Luft holen«, antwortet Heroine schwach. »Aber ich glaube, wir haben es nach mehreren Anläufen endlich geschafft. Wir sind da, wo wir von Anfang an hin wollten, in der Fortschrittswelt.«

»Nein, wirklich?«, kommt es wie im Chor von Dan und Plonk zurück.

»Erzähl mal«, fordert Pit sie erneut auf. Allman wird hellwach vor Interesse.

»Das Erste, was mir auffiel: Die Stadt ist ruhig geworden, keine Fahr-
geräusche mehr«, erzählt Heroine. »Alle Autos schweben in der Luft und reiten
wie auf Wellen vorwärts. Und nicht nur die Autos. Der Paketdienst nutzt
schwebende Tabletts. Ich sah Hunderte von Tabletts beladen mit Paketen, die
kreuz und quer durch die Luft schwebten. Manche verschwanden durch Fenster.
Du wirst es nicht glauben, aber ich sah auf einem Tablett sogar gebratene Hähnchen.« Ihr Blick fällt auf Dan. Ohne Übergang fängt sie an zu kritisieren, so, wie
eine große Schwester ihren kleineren Bruder kritisiert: »Wie siehst du denn aus,
Dan? Putz dir mal das Fett aus dem Gesicht. Und deine Haare. Warum sind die so
schmierig? Wonach riechst du eigentlich?«

»Ich habe mich bereits mit dem Paketdienst vertraut gemacht«, erläutert Dan,
während er mit dem Handrücken das Hühnerfett aus seinem Gesicht wischt.

Jetzt erst schaut Heroine zur Theke. Ihr Blick fällt auf das Tablett, auf dem die
von Allman aufgehobenen drei Hähnchen liegen: »Ich verstehe. Ihr habt mal
wieder den Hals nicht vollkriegen können. Aber mich als Frau, in dieser gefährlichen Welt Einkaufen schicken, nur damit ihr alles alleine essen könnt«,
schimpft sie wütend.

»Wo sind denn deine Einkäufe?«, fragt Plonk sie ganz sanft.

»Das ist es ja. Der Spanier in dem Spezialitätengeschäft wollte mir kein einziges seiner leckeren Tapas verkaufen, obwohl die ganze Theke voll davon lag.«

»Wieso, was hat er denn gesagt?«, fragt Plonk sie aus.

»Er würde nur gegen DM verkaufen, meinte er und keine Banknoten annehmen. Als ich ihn fragte, was denn DM sei, murmelte er nur etwas von Digital
Money und dass die verdammten Illegalen es immer wieder versuchen würden,
ihm Banknoten aufzuschwatzen.«

Allman hört die ganze Zeit aufmerksam zu. Beim Stichwort ‚Illegale‘ bemerkt
er: »Das hört sich an, als sei es gefährlich für Sie geworden, Dr. Embassy. Mir
fallen Parallelen mit dem Verhalten des Polizeipräsidenten Bull auf.«

Heroine erzählt weiter: »Als ich den Laden verließ, standen zwei Schwarz
gekleidete Männer davor. Sie hielten mich fest und behaupteten, sie hätten als
Gerechtigkeitswächter das Recht dazu.« Heroine schaut in die Runde: »Kann mir
einer von Euch sagen, was der Name Gerechtigkeitswächter zu bedeuten hat?«

»Ich glaube, Sie brauchen uns nur zu erzählen, was weiter passierte, Dr.
Embassy. Dann werden wir alle wissen, was Gerechtigkeitswächter zu bedeuten
hat«, stellt Allman fest.

»Die Gerechtigkeitswächter behaupteten, es sei bei meiner Schönheit ungerecht, keinen Burnus zu tragen. Männer würden deshalb andere Frauen nicht
mehr beachten. Ich bedankte mich für das Kompliment, aber sie wollten mich
verprügeln und festnehmen, weil ich eine Illegale sei. Versteht das einer, was die
wollten?« Heroine zuckt mit ihren Schultern.

»Nur Anmache war das nicht, da steckt mehr dahinter«, bestätigt Plonk.

»Nach unserem Erlebnis im Polizeipräsidium hatte ich das Gefühl, es könnte
schlecht ausgehen, wenn ich sie gewähren ließe. Deshalb riss ich mich los und
rannte, so schnell ich konnte. Ich weiß nicht wie, aber sie haben mich eingeholt.«

»Jetzt bist du hier, wie hast du das geschafft?«, fragt Dan.

»Das war nicht schwierig. Nachdem ich erkannte, dass mir keine andere Wahl
blieb, als zu kämpfen, brauchte ich nur das anzuwenden, was ich immer im
Taekwondo-Training geübt hatte. Wahrscheinlich rechneten sie nicht mit
Schwierigkeiten. Meine Gegenwehr kam für sie überraschend. Beide lagen am

Boden, als ich weiterlief. Ich machte einen großen Bogen, um sie nicht auf die Spur dieser Wohnung zu lenken, aber ich glaube, sie konnten mir gar nicht mehr folgen. Zumindest habe ich nichts bemerkt, als ich nach ihnen Ausschau hielt, bevor ich hier klingelte.«

»Hoffentlich hat niemand anders den Vorfall beobachtet«, sorgt sich Plonk. »Gibt es in Ihrer Wohnung keinen Fernseher, Professor Allman? Ich würde gerne die Nachrichten sehen, vielleicht bringt der Stadtsender eine Meldung über den Vorfall.

Allman bedauert: »Meinen Fernseher sehe ich nicht mehr.« In dem Augenblick leuchtet hinter ihm, frei schwebend im Raum ein flimmerndes, dreidimensionales bewegtes Bild auf. Die Nachrichtensprecherin, eine Frau im Burnus, verliest die neuesten Nachrichten.

»Kannst du zaubern, Pit?«, staunt Heroine.

Allman antwortet anstelle von Plonk: »Ich glaube, es gibt in dieser Wohnung einen Computer für allgemeine Organisations- und Steuerungsaufgaben. Ein darauf ablaufender intelligenter Software-Agent analysiert unsere Gespräche. Sobald einer von uns einen Wunsch äußert, den der Computer erledigen kann, tut er es.«

»Sie meinen, Professor, der Software-Agent hat unsere scherzhaften Gespräche übers Essen als Bestellung aufgefasst?«, staunt Dan.

»So muss es sein, Dan. Er hat unsere Wünsche als Bestellung aufgefasst und die Bestellungen weiter geleitet. Der Paketservice mit den schwebenden Tabletts hat dann das Bestellte unmittelbar geliefert.«

»Ja, aber«, wendet Dan ein, »das kostet doch eine Menge Geld. Wer zahlt das Ganze?«

»Wahrscheinlich der Besitzer dieser Wohnung. Ihm wird das Geld vom Konto abgebucht. Bestimmt hat er einen Vertrag mit einem Online-Versandhandelsunternehmen abgeschlossen, das daraufhin die Bestellungen ausführt«, vermutet Allman.

Die flimmernde 3D-Projektion der Burnusfrau verliest Kurzmeldungen: »Wie uns soeben gemeldet wird, ist es dem Polizeipräsidenten gelungen, den Illegalen einen Tarnkappenapparat neuester Technologie abzunehmen.«

»Psst, seid mal ruhig, da kommt eine Meldung über uns«, bremst Plonk die fachlichen Gespräche.

»Zurzeit wird der Apparat am physikalischen Institut der Francis-Drake-Universität von Professor Bella Blackbeard untersucht«, sagt die Sprecherin weiter.

»Oh, in dieser Welt gibt es ein Exemplar meiner Intimfeindin, BB«, staunt Allman, »jetzt wird es interessant.«

Die Nachrichtensprecherin liest weiter: »Am Nachmittag wurden zwei bewusstlose Gerechtigkeitswächter in der Nähe der Albert-Einstein-Universität aufgefunden. Sie befinden sich zurzeit in der Intensivstation der Barnard Klinik, der Spezialklinik für Reanimation und Organersatz. Sie konnten aufgrund ihres Zustandes noch nicht vernommen werden. Eine sofort eingeleitete Fahndung führte zu keinem Ergebnis.«

»Au, Mist«, schimpft Heroine, »ich hätte vielleicht weniger hart zuschlagen sollen. Aber andererseits kann die Polizei solange nicht nach mir fahnden, solange sie nichts über den Tathergang weiß.«

»Mir reicht es«, meint Plonk. Augenblicklich verlischt das Fernsehbild.

»Diese Fortschrittswelt ist ja wirklich interessant. Wir werden bestimmt eine Reihe von Neuerungen in unsere eigene Welt mitnehmen«, freut sich Allman.

»Wenn wir überhaupt wieder zurückkehren können«, antwortet Dan verzweifelt. »Ich glaube, es war ein gewaltiger Fehler, unseren letzten Timeponder im Polizeipräsidium zurückzulassen. Wie sollen wir jetzt in unsere Ausgangswelt zurückkehren?«

Das X-Team schaut ihn betreten an.

An der Eingangstür ist erst ein Rascheln zu hören, dann stößt etwas dagegen. In höchstem Maße erschrocken springt Heroine von ihrem Stuhl hoch: »Himmel, wenn das die Polizei ist«, flüstert sie.

Plonk hat das Gefährliche der Situation sofort erfasst und flüstert zurück: »Schnell ins Schlafzimmer, Professor und Dan. Ich sichere mit Heroine die Eingangstür.«

Plonk zieht Heroine hinter die Eingangstür, während er selbst davor stehen bleibt. Allman und Dan verschwinden durch die Schlafzimmertür.

Draußen ruft eine Stimme: »Johann, öffne die Tür.« Sekunden später hört man, wie der Türriegel von einem Elektromotor zurückgezogen wird, und sieht die Tür langsam aufschwenken. Ein einzelner Mann bekleidet mit Hut, blauem Seidenschal und braun kariertem Jackett bückt sich gerade, um seine Einkaufstüten aufzunehmen. Als er sich aufrichtet, trägt er in jeder Hand drei Tüten und schaut entgeistert auf Plonk, der den Eingang blockiert. Plonk erkennt den Bart, die Brille und sieht die grauen Haare. Er schaut ebenso entgeistert: »Professor Allman, Sie? Gerade sind Sie doch ins Schlafzimmer gegangen.«

Der grauhaarige Allman entgegnet: »Ins Schlafzimmer? Unsinn. Aber was suchen Sie in meiner Wohnung?« Dann schaut er genauer hin: »Kenne ich Sie?«

»Professor Allman, geht es Ihnen nicht gut? Ich bin es, Plonk.« Plonk begreift nicht, warum Allman auf einmal fremd tut.

Der Grauhaarige schaut Plonk kritisch ins Gesicht, dann kommt ihm die Erleuchtung: »Mein Gott, Plonk. Ist das lange her. Jetzt erinnere ich mich. Lassen Sie mich doch herein mit meinen Tüten. Wie geht es Ihnen?«

Plonk lässt den Wortschwall über sich ergehen, tritt zur Seite und lässt ihn ein: »Entschuldigung, Professor Allman, ich war zu überrascht, Sie vor der Tür zu sehen. Und dann ihre grauen Haare. Sie haben sich blitzschnell verändert.«

Der grauhaarige Professor tritt ein und stellt seine Tüten ab. Plonk schließt schnell die Eingangstür, Heroine kommt dahinter zum Vorschein.

»Mein Gott, Dr. Embassy, Sie auch hier? Sie sehen jünger aus denn je und das nach mehr als zwanzig Jahren, die wir uns nicht mehr gesehen haben«, staunt der Professor.

»Danke Professor, ich bin empfänglich für Komplimente, aber finden Sie nicht, dass jetzt ein unpassender Zeitpunkt dafür ist?« Heroine schüttelt ihren Kopf und schaut ratlos zu Plonk, bevor sie weiter redet: »Ich freue mich, dass Sie die Möglichkeit für eine Transposition unabhängig vom verlorenen Timeponder gefunden haben. Dann können wir also in unser Ausgangsuniversum zurückkehren, oder?«

Jetzt ist der grauhaarige Allman an der Reihe ratlos zu schauen: »Ich weiß nicht«, brummt er. »Setzen wir uns erst mal. Schön, Sie wiederzusehen. Haben Sie Hunger oder Durst? Was möchten Sie trinken?« Er setzt sich auf einen der Esstischstühle, Heroine und Plonk folgen ihm an den Esstisch. Heroine erinnert sich, dass sich Dan noch im Schlafzimmer aufhält und ruft: »Dan, du kannst wieder rauskommen.«

Dan erscheint und direkt hinter ihm Allman.

Der grauhaarige Allman, der sich in seiner Welt am liebsten mit Samuel Allman anreden lässt, blickt auf. Die Überraschung steht ihm ins Gesicht geschrieben. Er findet zunächst genauso wenig Worte wie der ebenfalls überraschte Allman des X-Teams. Schließlich kommt dem Professor Samuel Allman die Erkenntnis: »Himmel, das hätte ich nie für möglich gehalten. Aber ich glaube, du bist ich oder ich bin du.«

Der letztere Allman erwidert: »Ja, wir sind die gleiche Person. Auch wenn ich die Begegnung für prinzipiell möglich hielt, aber wenn man seinem Gegenstück aus dem parallelen Universum tatsächlich gegenübersteht, ist das einfach überwältigend.« Er dreht den Kopf zur Seite und wischt sich die Augen trocken.

Das X-Team schaut sprachlos zu, wie sich beide Professoren Allman erst umarmen und dann anfangen ein fachliches Gespräch zu führen über das Multiversum, über ihre eigenen Universen, über die Möglichkeit, sich von einem parallelen Universum in ein anderes zu transponieren und über ihre Unterschiede und Gemeinsamkeiten.

»Auf dieses Treffen zwischen uns, darauf müssen wir mit einem Saborear anstoßen«, schlägt Professor Samuel Allman vor.

»Das ist hoffentlich nichts Alkoholisches?«, fragt Heroine skeptisch.

»Nein, der enthält keinen Alkohol«, lächelt Professor Samuel Allman. »Die Gerechtigkeitspartei hat jeden Alkoholgenuss und das Rauchen bei strengster Strafe verboten. Wenn die allgegenwärtigen Gerechtigkeitswächter jemand beim Alkoholtrinken erwischen, wird er windelweich geprügelt. Der Saborear wird Ihnen sicher gefallen, Dr. Embassy. Lassen Sie sich überraschen.«

»Also gut, Professor Samuel.«

Professor Samuel Allman bestellt laut: »Johann, bring uns fünf Saborear.«

Heroine schaut sich um und sieht außer den bekannten Personen niemand anders: »Johann? Wo ist er?«

Professor Samuel Allman lacht: »Johann ist mein Software-Agent, man kann ihn nicht sehen, aber er hört uns und bestellt die Saborear beim Onlineversand.«

Dan wundert sich: »Wenn der Software-Agent auf den Namen Johann hört, warum hat er dann vorhin unsere Wünsche realisiert, ohne dass wir ihn beim Namen riefen?«

»Johann ist sensibel eingestellt, er liest die Wünsche meiner Besucher aus den kleinsten Andeutungen heraus«, freut sich Professor Samuel Allman.

»So einen sensiblen Mann könnte ich gebrauchen«, träumt Heroine.

»Wenn Johann so sensibel ist, warum hat er dann vorhin meinen Zusammenstoß mit den einschwebenden Hähnchen zugelassen?«, fragt Dan.

Professor Samuel Allmans Blick verfinstert sich: »Ihr habt sicher keinen Chip.? Ohne Chip erkennt weder Johann noch das Tablett eine Person. Dann kann es schon zu Zusammenstößen kommen.«

Allman sieht die Gelegenheit gekommen, das Geheimnis des Chips zu ergründen: »Nach dem Chip hat mich der Polizeipräsident Bull auch gefragt. Kannst du mir erklären, was es mit diesem Chip auf sich hat?«

»Der Teufel schickte uns die Gerechtigkeitspartei. Politisch ignorante Idioten - offensichtlich die Mehrheit in diesem Land - haben sie vor fünf Jahren gewählt«, flucht Professor Samuel Allman. »Die Gerechtigkeitspartei hat unsere Demokratie in einen totalitären Staat umgewandelt. Um die Bürger vollständig zu kontrollieren, führte man gleich nach der Machtübernahme die Chip-Pflicht für jeden ein. Das bedeutet, jeder Bürger muss sich einen winzigen Chip unter die Haut an der Stirn einpflanzen lassen. Besucher aus anderen Ländern bekommen nur dann ein Visum, wenn sie sich einen ähnlichen Chip unter die Haut am Handrücken einspritzen lassen.«

»Was für eine Sorte Chip ist das technisch gesehen?«, will Allman wissen.

»Es handelt sich um die Radio Frequency Identification Technology oder kurz RFID. Das ist eine uralte Technologie vom Anfang des 21. Jahrhunderts. Damals klebte man die RFID-Chips in Form von schlauen Etiketten auf Lebensmittel oder andere Waren. Es ließen sich Artikelnummern und sonstige Artikeldaten kabellos übertragen. Man konnte dadurch beispielsweise das Einkaufen im Supermarkt stärker automatisieren oder kontrollieren, ob die Kühlkette von Tiefkühlkost unterbrochen wurde. Heute werden allerdings Menschen wie Waren behandelt und als Besitz der Gerechtigkeitspartei angesehen«, bricht es bitter aus Professor Samuel Allman heraus.

Heroine wird hysterisch: »Menschen wie Ware behandeln?«, wiederholt sie. »Hier kann ich nicht bleiben. Wir müssen unseren letzten Timeponder wieder haben.«

In dem Augenblick schweben auf einem Tablett fünf Kelchgläser mit Strohalmen ein. Die Gläser enthalten ein fruchtig aussehendes hellgrünes Getränk. Auf dem gezuckerten Glasrand steckt eine sternförmige Scheibe der Karambolafrucht.

Diesmal stellt sich das Tablett nicht auf der Theke ab, sondern schwebt weiter bis zum Tisch, um den alle sitzen, und landet dort in der Mitte.

»Wie kommt denn das?«, staunt Dan. »Warum stellt sich das Tablett jetzt mitten auf den Tisch?«

»Ja«, freut sich Professor Samuel Allman, »der RFID-Chip macht es möglich. Johann erkennt, dass ich selbst am Tisch sitze, und dirigiert das Tablett hierher. – Also, Freunde, nehmt ein Glas. Stoßen wir mit dem Saborear an.«

Die kurz vorher noch gedrückte Stimmung bessert sich schnell. Mit Freude stoßen sie an.

»Hhm, ein fruchtig erfrischender Geschmack«, lobt Heroine und vergisst die Panik, die ihr noch vor drei Minuten das Gemüt verfinsterte. »Woraus besteht der Saborear?«

»Das ist kein Geheimnis«, erläutert Professor Samuel Allman. »Der Saborear besteht aus Mangosaft mit einem Schuss Pfefferminzsirup. Aufgefüllt wird das Glas mit Tonic. Eisgekühlt schmeckt er erfrischender als jedes alkoholische Getränk.«

»Ein Genuss«, schwärmt Allman. »Der Saborear könnte neben dem Matetee zu meinem Lieblingsgetränk werden.«

Als alle ihren Saborear getrunken haben, kehrt Professor Samuel Allman zu ernsteren Themen zurück und fragt: »Was wollt Ihr als Nächstes tun?«

Allman antwortet für sein Team: »Ich glaube, bevor wir in dieser Welt überhaupt etwas tun können, brauchen wir für uns selbst RFID-Chips. Sonst sind wir schneller tot, als es uns bewusst wird. Ich denke nur an unsere missglückte Ankunft in der Nationalbank. Kannst du uns helfen, Samuel, an solche Chips zu kommen?«

»Wenn ich zivilen Ungehorsam gegen den Parteivorsitzenden Cesare Capiello und seinen ungerechten Dienern der Gerechtigkeit leisten kann, dann bin ich dabei«, freut sich Professor Samuel Allman. »Lasst uns einen Plan entwerfen.«

Die Barnard Klinik, ein moderner Klinikkomplex, liegt an der Peripherie von Quantum City. Sie ist umgeben von Grünflächen, das heißt Gras, Büschen und niedrig wachsenden Bäumen. Auf den Grünflächen stehen Parkbänke für die Patienten. An sonnigen Tagen sind diese voll von Genesenden, die wieder am Leben teilhaben wollen.

Vor der Rückseite des Gebäudekomplexes liegt der Landeplatz für die Wave-Krankentransporter. Hier schweben ständig Kranke oder Verletzte ein. Menschliche Sanitäter, die sie begleiten, betten sie auf das krankenhausinterne Transportsystem, die Antigravitations-Krankenbetten, welche Trittbretter und Haltestangen für das Begleitpersonal besitzen. Auf den Betten schweben die Patienten zusammen mit den Sanitätern zur Aufnahme, und einem Diagnoseroboter im weißen Arztkittel, der alle nötigen Schritte veranlasst, verwaltungstechnisch wie medizinisch.

Nicht nur Wave-Krankentransporter nutzen Landeplatz und Zugang auf der Rückseite, sondern auch Wave-Versorgungstransporter, Lieferanten oder die sonstigen Dienste.

Einer der sonstigen Dienste ist der Abholservice des Amtes für Identifikationschips, der sogenannte ID-Service. Das Krankenhaus entfernt den Verstorbenen ihre Identifikationschips. Einmal wöchentlich werden die Chips dann vom ID-Service, einem bewaffneten Botendienst, abgeholt und an das Amt zurückgegeben. Dort werden die Abgänge im Zentralcomputer erfasst und die Chips anschließend vernichtet.

Die Barnard Klinik liegt am Ende der Tour des ID-Service. Sämtliche Krankenhäuser der Stadt werden auf dieser Tour angeflogen. Der ID-Service nutzt Wave-Transporter mit zwei bewaffneten Boten. Diese sind ‚Diener der Gerechtigkeit‘ und tragen schwarze Kleidung, schwarze Stiefel und schwarze Helme. Durch ihr Radarvisier können sie erkennen, ob sich ihnen Selbstmordattentäter mit Sprengstoffgürteln nähern oder ob jemand unter seiner Kleidung eine Strahlenwaffe versteckt hält. Sie selbst sind mit Strahlengewehren bewaffnet.

An diesem Donnerstagnachmittag ist wieder Zeit für den ID-Service. Zwei alte, gebeugte Frauen sitzen auf einer Parkbank in der Nähe des Wave-Landeplatzes, beide im grauen Burnus, eine zusätzlich mit Spazierstock. Ein unbeteiligter Beobachter hätte nicht ohne Weiteres feststellen können, ob sie vom Leben, vom Alter oder durch Krankheit gebeugt sind.

Die Sonne nähert sich dem Horizont, als der ID-Service einschwebt und auf dem Landeplatz heruntergeht.

Zwei Wachmänner mit der Aufschrift ‚Diener der Gerechtigkeit‘ auf ihren Rücken steigen aus. Einer von ihnen strebt zum rückwärtigen Eingang der Klinik, während der andere sich breitbeinig vor dem Wave aufstellt und sein Strahlengewehr in Bereitschaft hält. Er bewacht die Botenpost und damit die Identifikationschips, die sie auf ihrer Tour von anderen Krankenhäusern abgeholt haben. Der Wachmann kehrt den Frauen seinen Rücken zu.

»Es wird Zeit«, brummt die größere der beiden Frauen und mit flottem Schritt, den man ihnen nicht zugetraut hätte, nähern sich beide dem Wachmann von hinten. In seiner Nähe werden ihre Schritte langsamer und gebrechlicher. Die kleinere von beiden muss sich wieder auf ihren Spazierstock stützen. Gebeugt und hustend tappt sie von vorne auf den Wachmann zu. In fünf Schritten Abstand bleibt sie stehen, keucht und hustet zu ihm rüber, dazwischen krächzt sie vernehmlich: »Verdammte offene Tuberkulose.«

Vor Schreck weicht der Bewacher einen halben Schritt zurück. Er wird durch den Wave hinter sich gestoppt. Kritisch mustert er die Alte durch sein Radarvisier, kann aber weder Sprengstoffgürtel noch Strahlenwaffe entdecken. Daraufhin ruft er nur unwirsch: »Hau ab, du alte Hexe.«

Die scheinbar kranke Frau schlurft in einem Viertelkreis um den Bewacher herum, hustet ihn erneut an und krächzt: »Ich kann nicht, die Tuberkulose nimmt mir die Luft.«

»Dir werde ich helfen, du Hexe«, wütet der Wachmann, »mich hier anzustecken.« Er dreht den Kolben seines Strahlengewehrs nach vorne und geht drei Schritte auf die kranke Frau zu, um sie mit dem Kolben wegzustoßen.

Abgelenkt durch die Kranke, sieht der Wachmann nicht, wie die größere der beiden Frauen sich ihm mit flinkem Schritt von hinten nähert.

Kurz bevor der Wachmann der Kranken den Kolben in die Seite stoßen kann, hebt diese ihren Spazierstock hoch und stößt ihm dessen spitzes Ende in den Unterleib. Vor Schmerz und vom unerwarteten Angriff überrascht, stoppt er. Da treffen ihn von hinten schnelle Tritte gegen die Kniekehlen. Er knickt ein, ein Stoß bringt ihn endgültig zu Fall. Die Kranke entreißt ihm das Strahlengewehr, die größere Frau dreht an seinem Helm und gleich darauf fällt der Wachmann bewusstlos zu Boden.

Das Ganze ging so schnell, dass keiner der übrigen Patienten auf den Vorgang aufmerksam wurde. Außer ein paar gurgelnden Lauten konnte der Wachmann keinen Hilferuf von sich geben.

Die größere Frau setzt sich den Helm des Wachmanns auf und hört jemand fragen: »Hast du was gesagt?«

Sie räuspert sich und antwortet mit verstellter Stimme: »Mir kratzt es nur im Hals, sonst alles in Ordnung.«

Die Frauen steigen in den nun herrenlosen Wave. Die Stapel an Botenpost liegen hinter ihren Sitzen in der Transportwanne. Das Verdeck des Wave schließt sich. Die größere der Frauen gibt über das Mikrofon ihres zigarettenschachtelgroßen Steuergeräts die Koordinaten ihres Flugziels ein und beugt sich dann nach vorne.

»Was für ein Ziel hast du angegeben, Pit?«, fragt die kleinere der beiden Frauen.

»Lass dich überraschen, Heroine«, kommt als Antwort.

Sekunden später befindet sich der Wave in der Luft. Er schwebt in wellenförmiger Bewegung wie ein Surfer davon und steigt höher und höher, bis er die für Waves ungewöhnliche Flughöhe von 200 m erreicht.

Plötzlich schlägt etwas von unten auf den Wave auf. Der Boden vibriert. Kleine, heiße Metallteile spritzen durch den Innenraum. Vorher nicht vorhandene erdnuss- bis walnussgroße Löcher im Fußraum, bringen zusätzlich Frischluft.

Heroine bekommt vor Schreck Zweifel an ihrer Aktion: »Hätte es nicht eine andere Möglichkeit gegeben, an die Chips zu kommen, als ausgerechnet einen Wave-Transporter zu überfallen?«

»Wir werden gleich außerhalb der Reichweite seines Strahlengewehrs fliegen«, beruhigt Plonk, »wer konnte ahnen, dass der zweite Wachmann sich nur so kurz im Krankenhaus aufhalten würde.«

Heroine ist sehr beunruhigt und unzufrieden: »Warum hat man meinen Vorschlag nicht angenommen? Einer von uns hätte sich als Wachmann verkleiden und die Botenpost im Krankenhaus abholen können. Dann hätte man nicht auf uns geschossen.«

»Das haben wir bereits gründlich ausdiskutiert, Heroine. Die Gefahr als Illegale in eine Giftgasfalle zu laufen, haben wir größer eingeschätzt als das Risiko des Überfalls auf den sogenannten Diener der Gerechtigkeit und seinen Wave«, erläutert Plonk im Ton eines Psychiaters.

Plötzlich glüht ein tellergroßes Stück des Bodens unter Heroines Turnschuhen. Die Gummisohle fängt an zu stinken. Die Spitzen ihrer rosa Turnschuhe sind verschwunden und ihre Zehen schauen ins Freie. Heroine kann gerade noch ihre Füße zur Seite stellen, da schmilzt das Metall, ein Loch bricht auf, man sieht in die Tiefe.

»Das nennst du außerhalb der Reichweite«, schreit sie entnervt. »Jetzt hätte es mich beinahe erwischt.« Sie schimpft: »Wenn die da unten Schweizer Käse aus uns machen, nützen uns die Chips nichts mehr. Wer sagt denn überhaupt, dass die Botenpost hinter unseren Sitzen Identifikationschips enthalten muss. Vielleicht sind die einzigen Chips in der Post, die der zweite Wachmann in der Barnard Klinik abgeholt hat.«

Der gekaperte Wave mit Plonk und Heroine fliegt gerade einen Bogen um einen 300 m hohen Wolkenkratzer.

»Jetzt haben wir es geschafft, Heroine, der Wolkenkratzer deckt unsere Flucht.«

»Das gibt mir trotzdem keine Ruhe. Ich muss sofort herausfinden, ob die ganze Aktion sinnlos war.« Heroine greift hinter ihren Sitz in die Transportwanne und holt sich mehrere Briefe heraus. Sie öffnet den ersten Brief und findet neben einem Begleitschreiben mehrere Speicherkristalle. »Da haben wir es. Nur Speicherkristalle, aber keine Chips.«

Heroine reißt einen zweiten Umschlag auf: »Mist, nur als ‚Geheim‘ gekennzeichnete Nachrichten.«

»Sei mal ruhig, Heroine. Ich muss mich konzentrieren. Da vorne kommen uns Waves entgegen mit metallisch schwarzer Unterseite. Kannst du die Aufschrift lesen?«

»Ich sehe nur ‚Gerechtigkeit über alles‘«, sagt Heroine beiläufig.

»Verdammt«, murmelt Plonk. »Das könnten die gefürchteten paramilitärischen Vollstrecker der Gerechtigkeitspartei sein, vor denen uns Professor Samuel Allman warnte. Es heißt, die würden nicht lange fragen, sondern gleich vollendete Tatsachen schaffen.«

»Haben wir gegen die überhaupt eine Chance?«, fragt Heroine kleinlaut.

»Unsere Chance ist dieses Steuergerät, das uns Professor Samuel gegeben hat.« Plonk hält Heroine sein Wave-Steuergerät unter die Nase und erzählt weiter: »Professor Samuel Allman erläuterte mir bei der Einweisung die Besonderheiten. Abgesehen davon, dass das Gerät die Wegflugsperre von diesem Wave geknackt hat, besitzt es hier verschiedene Knöpfe.« Er zeigt ihr mit der anderen Hand das Tastenpaneel, das bei den handelsüblichen Steuergeräten nicht existiert. »Jede Taste dieses Paneel steht für eine komplexe Aktion oder ein spezielles Flugmanöver. Das Drücken eines Knopfes geht auf jeden Fall schneller, als die verbale Eingabe von Befehlen über das Mikrofon. Die anderen Waves brauchen deshalb viele Sekunden länger, bis sie unseren Flugmanövern folgen können.«

Plonk schaut auf: »Teufel, da sind sie schon.«

Links und rechts des von Plonk und Heroine gekaperten Waves haben sich die Vollstrecker gesetzt. Sie begleiten die beiden im Wellentakt mit der gleichen schaukelnden Bewegung. Plonk hat zwischenzeitlich durch Knopfdruck die transparente Struktur des Verdecks geändert. Ihr gekaperter Wave besitzt jetzt ein semitransparentes Verdeck, wie ein halbdurchlässiger Spiegel. Von außen erscheint es metallisch spiegelnd undurchsichtig, von innen ist es durchsichtig geblieben.

Dagegen sind die Vollstrecker in ihren Waves gut zu erkennen. Plonk und Heroine sehen, wie sie Strahlengewehre durch Öffnungen schieben und auf ihren gekaperten Wave zielen, aber zunächst nicht schießen.

»Warum schießen die nicht?«, wundert sich Heroine. Sie hat ein mieses Gefühl im Magen.

»Sie sind unschlüssig, weil sie uns nicht sehen können. Unseren Wave in einen Schweizer Käse verwandeln, wollen sie offensichtlich auch nicht, weil sie die wichtige Post unversehrt haben wollen«, spekuliert Plonk.

»Und warum ist deren Verdeck nicht verspiegelt?«

»Sie wollen sicher, dass wir die Bedrohung erkennen, damit wir Ihnen aus Furcht zu ihrem Landeplatz folgen«, vermutet Plonk.

»Wenn du nur Recht hättest«, schreit Heroine los. Sie sieht einen Diener der Gerechtigkeit, wie er sein Strahlengewehr schussbereit macht und abdrückt. Dann kracht es schon. Ein faustgroßes Stück Metall fliegt aus ihrem Verdeck. Splitter fliegen an ihren Köpfen vorbei. Einer der Splitter streift Plonks Kopf und verursacht eine Platzwunde.

»Festhalten«, schreit Plonk. Zeit sich um seine Wunde zu kümmern, bleibt ihm nicht. Er drückt einen der Manöverknöpfe seines Steuergeräts. Ihr Wave stoppt auf der Stelle, dreht und beschleunigt dann in Gegenrichtung.

Plonk ist erleichtert: »Die werden eine Weile brauchen, bis die auch gewendet haben und wieder bei uns sind. Heroine, schau bitte in die anderen Umschläge, ob du nicht diese Chips findest. Professor Samuel Allman hat dir doch die Abbildungen der Chips gezeigt, nach denen du suchen musst.«

Heroine reißt einen Umschlag nach dem anderen auf: »Nicht, ..., wieder nichts, ..., nein keine Chips, ..., Schei.... So, das war der letzte Brief. Keine Chips, Pit, alles umsonst.«

»Das gibt es nicht, Heroine. Unser Genie Dan hat über das Internet den Computer des Amtes für Identifikationschips gehackt und die Tour herausgefunden mit der Information, welche Krankenhäuser auf der Route liegen. Die Barnard Klinik liegt als letztes Krankenhaus auf der Strecke. Und jetzt sollen keine Chips in der Post sein? Schau bitte alles noch mal durch, ob du sie nicht doch findest.«

Heroine nimmt ein weiteres Mal Brief für Brief in die Hand: »Nein, nichts.«

Sie dreht zum Abschluss einen Brief der Virchow Klinik um, sieht genauer hin und dann noch mal, bis sie schließlich sagt: »Mein Gott, die Chips sind ja nur stecknadelkopfgroße schwarze Punkte. Die sind auf der Rückseite des Briefs aufgeklebt. Als Professor Samuel Allman mir die Abbildungen zeigte, dachte ich, sie seien größer.« Heroine steckt den Brief ein.

»Heroine, jeder Tag mit dir zählt doppelt, besonders für meine Nerven«, resigniert Plonk.

Die Verfolger nähern sich wieder. Heroines Nerven sind auch nicht die Besten, als sie schreit: »Pit, die schießen auf uns. Puh, der Strahl ging knapp vorbei.«

Plötzlich erhält ihr Wave einen Schlag. Er schüttelt sich. Es wird im Inneren glühend heiß. Eine Sekunde später kühlt es wieder ab. Im Verdeck klafft ein Loch von der Größe eines Tortenbodens. Wind strömt ein, wirbelt die Briefe durcheinander. Der Fahrtsog zieht viele Briefe ins Freie.

»Halt die Briefe fest«, schreit Plonk, aber Heroine bleibt nichts anderes übrig, als sich selbst festzuhalten.

Ihr Wave trudelt auf der Stelle senkrecht nach unten.

»Mir wird schlecht«, stöhnt Heroine. Dann schießen ihr Bilder aus ihrem Leben durch den Kopf. Es sind Bilder aus ihrer Kindheit und von einer schweren Verletzung, als ihr vor Schmerzen schlecht wurde. Es sind Bilder voller Angst, voller Schrecken.

Während Plonk und Heroine unterwegs sind, besprechen die zurückgebliebenen Professoren Emanuel und Samuel Allman und Dan die Situation, in der sich das X-Team befindet. Professor Samuel Allman will wissen, was als Nächstes zu tun ansteht, wenn Heroine ihnen Identifikationschips unter die Haut gepflanzt hat.

Allman möchte vor der Diskussion gerne etwas zu trinken: »Samuel, du könntest ein gutes Werk tun, und uns über Johann noch mal diese Saborear bestellen.«

»Ah, habe ich es geschafft, dich vom Matetee abzubringen?«, feixt Professor Samuel Allman.

»Als Gast richte ich mich nur nach den Gepflogenheiten dieser Welt. Aber ich muss gestehen, ich mache es sehr gern«, lächelt Allman.

Zehn Minuten später schweben die Saborear auf einem Tablett ein. Sie landen vor ihnen auf dem Esstisch. Allman beginnt mit der Erklärung, warum sie ohne ihren letzten Timeponder nicht in ihr eigenes Universum zurückkehren können. Er meint, das Ziel wäre entweder einen neuen Timeponder zu bauen oder aber den letzten Timeponder wieder in ihren Besitz zu bringen.

Professor Samuel Allman erläutert die politische Situation in seinem Land. Er glaubt, es sei unmöglich, an notwendige elektronische Bauteile zu gelangen, weil viele Bauteile im Ausland gefertigt werden. Die Welt hat sein Land mit einem Wirtschaftsembargo belegt, das solange aufrechterhalten wird, wie die Gerechtigkeitspartei an der Macht ist.

Gemeinsam erkennen sie den einzigen Ausweg, das Ziel zu erreichen: Ihr letzter Timeponder muss wieder in ihren Besitz kommen. Deshalb brauchen sie für das X-Team einen eigenen Wave, denn mit öffentlichen Verkehrsmitteln können sie keine erfolgreichen Aktionen durchziehen. Sie würden von der Polizei an allen Zu- und Umsteigestationen gejagt werden.

Für den Kauf eines Wave benötigt man die Zahlungsmittel dieser Welt. Heroines Misserfolg beim Versuch, ein paar einfache Tapas vom Spanier zu kaufen, lässt Allman vorsichtig fragen, wie in dieser Welt das Bezahlen geregelt ist.

Professor Samuel Allman klärt ihn auf: »Seit die Gerechtigkeitspartei an der Macht ist, können Banknoten nur noch bei der Nationalbank gegen DM eingetauscht werden. Du weißt es zwischenzeitlich, DM ist unser so genanntes Digital Money. Der Geldverkehr geschieht ausschließlich auf digitalem Weg. Gleichgültig, ob man überweisen oder mit seiner elektronischen Geldbörse zahlen will, man benötigt immer seinen persönlichen Identifikationschip dazu. Kurz gesagt, ohne Chip kann man legal weder kaufen noch verkaufen.«

Allman kann sich die Bemerkung nicht verkneifen: »Schon allein durch das Verbot von Banknoten kriminalisiert die Gerechtigkeitspartei die sogenannten Illegalen, wenn diese versuchen sich der totalen Kontrolle zu entziehen und mit Banknoten einkaufen wollen.«

»So ist es, Emanuel«, erzählt Professor Samuel Allman weiter. »Und zum Thema Kontrolle muss ich etwas ergänzen. Private Verkäufe im Wert von mehr als 500 DM müssen staatlich genehmigt werden. Dazu muss man ein Formular ausfüllen mit seinen persönlichen Daten und begründen, warum man als Privatperson etwas verkaufen will. Dem Staat könnten schließlich Steuereinnahmen entgehen. Das sei nur gerecht gegenüber den Gewerbetreibenden, heißt es.«

Allman schaut betreten: »Ich hätte eigentlich unsere mitgebrachten antiken Sammlermünzen verkaufen wollen. Die sind ziemlich wertvoll, pro Stück bestimmt mehr als 500 DM. Wir hätten dann von dem Erlös einen Wave kaufen können.«

»Wenn du von Käufen redest, Emanuel, da gibt es eine weitere Kontrolle. Alle Käufe ab 1000 DM benötigen der notariellen Beurkundung, sonst werden sie nicht gültig. Übrigens sind die Notare fast alle Diener der Gerechtigkeit. Durch die Beurkundungsgebühren sichern die sich fette Einnahmen. Nur einen Teil davon müssen sie an ihre Partei abführen. Dieser Teil genügt, um die Gerechtigkeitspartei zur reichsten Organisation im Land zu machen.«

»Verdammte Sch ...«, rutscht es Allman vor Empörung raus. »Diese Gerechtigkeitspartei hat sich wie ein blutsaugender Schmarotzer über das ganze Land gelegt. Nicht nur, dass sie einem die persönliche Freiheit nimmt, sie erstickt darüber hinaus die Grundlagen von Arbeit und Einkommen, das Wirtschaftsleben.« Er lässt seine Arme hängen und macht ein deprimiertes Gesicht.

»Professor, ich bin geplättet. Mit soviel Schwierigkeiten hätte ich nicht gerechnet.« Dan kann nur den Kopf schütteln. Er verzieht sein Gesicht, wie so häufig in schwierigen Situationen und wundert sich, was es außerhalb der Technik noch für Probleme in der Welt geben kann.

Professor Samuel Allman tröstet: »Seid nicht deprimiert. Ich bin schließlich da und kann euch helfen.«

»Und wie?« Allman schöpft Hoffnung.

»Wenn du willst, werde ich eure wertvollen Sammlermünzen verkaufen«, bietet Professor Samuel Allman an. »Ich kenne einen Händler, der mit einem Regierungsbeamten gut zusammenarbeitet. Für seine Bemühungen muss ich einen Abschlag vom Marktwert akzeptieren. Dafür bekomme ich den Betrag sofort in meine elektronische Geldbörse übertragen. Und was den Kauf eines Wave betrifft, läuft das ähnlich. Zwar wird der Wave teurer, als er in der Preisliste steht, dafür bekomme ich sofort die notarielle Kaufbestätigung und kann ihn gleich mitnehmen. Alles hängt davon ab, ob du ausreichend wertvolle Sammlermünzen mitgebracht hast, damit für die Regierungsbeamten und die Diener der Gerechtigkeit genügend abfällt.«

Allman ist einerseits entsetzt über den Staat, andererseits erleichtert: »Wenn es denn sein muss, dass wir diese fetten Blutsauger weiter mästen, dann nehme ich dein Angebot mit Freuden an. Wertvolle Sammlermünzen besitzen wir in ausreichender Zahl.«

Dan stöhnt: »Mir persönlich ist das Leben in dieser Welt zu kompliziert. Ich halte mich lieber an meine Technik. Da fühle ich mich sicher.«

Professor Samuel Allman möchte das Besprochene gleich in die Tat umsetzen: »Gut, Emanuel. Ich schlage vor, du gibst mir jetzt die Münzen und ich werde noch heute versuchen, alles zu erledigen. Den Händlern und Beamten ist es sowieso lieber, wenn besondere Geschäfte außerhalb der regulären Geschäftszeiten abgewickelt werden.«

Allman übergibt seinem Spiegelbild aus dem parallelen Universum eine Hand voll der seltensten und wertvollsten antiken Sammlermünzen.

Professor Samuel Allman macht sich sofort auf den Weg.

Als er im Laufe des Abends zurückkehrt, sieht man seinem zufriedenen Lächeln an, dass alles geklappt hat.

Zehn Meter über dem Boden stoppt der durchlöcherte Wave von Heroine und Plonk auf abrupte Weise. Er fliegt im rechten Winkel zur bisherigen Richtung weiter, um dann einen großen Bogen zu beschreiben.

Heroine atmet auf und stellt fest: »Noch ein Treffer und wir sind weg.« Als Plonk nicht reagiert, schimpft sie los: »Gleich wird die Sonne untergehen. Dann sehen wir nicht mehr, wie sie auf uns schießen. Eine geeignete Radarausrüstung gibt es in diesem Schrotthaufen auch nicht. Nur vorsintflutliche Technik.«

Die Schimpferei geht Plonk auf die Nerven und er versucht sie zu beruhigen: »Hör auf zu schimpfen, Heroine. Wir haben gleich den Wald am Rand von Quantum City erreicht. Dort können wir dank Professor Samuel Allmans Steuergerät zwischen den Bäumen durchfliegen. Unsere Verfolger können uns nur im Schritttempo folgen oder müssen draußen bleiben.«

Zwei Minuten später erreicht ihr Wave den Waldrand. Plonk drückt den Programmknopf für die Walddurchquerung.

»Schau dich um, Heroine, siehst du noch einen Verfolger?«, fragt Plonk.

»Falls du es nicht bemerkt haben solltest, Pit, hier im Wald ist bereits Nacht.«

»Kein Problem, wir sind sowieso gleich da, Heroine.«

»Wo da? Ich sehe da nichts.«

»Da brauchst du auch nichts zu sehen. Wir steigen da nur aus und lassen den Wave allein weiterfliegen.«

Heroine stutzt: »Glaubst du wirklich, so könntest du die Verfolger täuschen? Wenn die den Wave abschießen und merken, dass niemand drin sitzt, werden die den Wald mit Wärmebildkameras absuchen.«

»Keine Sorge, Heroine. Was glaubst du, warum wir vorsichtshalber in meinen und deinen Burnus Tarnfolie als Futter eingenäht haben?«

Stunden später, der Morgen graut schon, klingeln zwei gebeugte Gestalten, die aussehen wie Frauen im Burnus, an der Tür zu Allmans Apartement. Die Tür öffnet sich und man hört Professor Samuel Allman besorgt fragen: »Alles in Ordnung?«

»Nein, wenn Sie meine rosa Turnschuhe meinen. Sonst ja, wir haben, was wir suchten«, lautet die Antwort, während sich die Tür hinter den Frauen schließt.

»Hoffentlich schafft Plonk es morgen, meinen Timeponder zu holen«, denkt Allman am späten Abend des 28. April. Er lässt noch mal die letzte Zeit in seinem Kopf Revue passieren, während er genüsslich einen Saborear schlürft.

Dan müht sich ab, die Sicherheitscodes der von Heroine mitgebrachten Identifikationschips zu knacken. Er nutzt dazu den persönlichen Quantencomputer von Professor Samuel Allman, der noch um Zehnerpotenzen schneller arbeitet, als die Quantencomputer seiner eigenen Welt. Ohne die Kenntnis des Sicherheitscodes kann die im Chip integrierte elektronische Geldbörse nicht benutzt werden und der Einsatz der Chips ohne elektronische Geldbörse würde den Träger bald als Dieb entlarven.

Allman, Heroine und Plonk, fühlen sich selbst zur Untätigkeit verdammt, weil sie nichts tun können, um die Entschlüsselung des Sicherheitscodes zu beschleunigen. Gezwungenermaßen lassen sie es sich im Apartement von Samuel gut gehen und haben trotzdem ein schlechtes Gewissen. Rausgehen in die City wollen sie aus Sicherheitsgründen nicht, solange ihnen keine Identifikationschips eingepflanzt sind. Johann, der Software-Agent, versorgte sie mit Essbarem, alles, was ihr Herz begehrt. Aber das ist nicht viel. Das Digital Money, das ihnen Samuel gegen die Sammlermünzen eingetauscht hatte, wird deshalb nur unwesentlich geschmälert.

Trotzdem ist die Zeit der Untätigkeit nicht nutzlos vertan. Heroine und Allman dokumentieren soviel wie möglich über die Fortschrittswelt. Alles im Hinblick auf den Forschungswettbewerb, dessen Abgabetermin für die schriftliche Arbeit der 15. Mai ist und dessen letzte Präsentation für die Öffentlichkeit spätestens am 30. April zu erfolgen hat. Samuel hilft mit Informationen über seine Welt, wo er kann.

Endlich, am späten Abend des 28. April gelingt es Dan, den Sicherheitscode der elektronischen Geldbörse zu knacken. Die Freude ist ebenso groß, wie die Hoffnung, rechtzeitig in ihr eigenes Universum zurückzukehren.

»Jetzt kommt es nur noch darauf an, dass Plonk schnell genug den letzten Timeponder aus dem Institut von Bella Blackbeard holen kann«, denkt Allman.

29. April 23:00 Uhr: Seit Stunden zermartert sich Heroine den Kopf, wie sie ihre Aufgabe erfüllen kann. Es war vereinbart, dass sie sich um unbekannte medizinische Lösungen der Fortschrittswelt kümmern soll, um etwas Nützliches in die eigene Welt mitzubringen. Aber was? Und wie soll sie daran kommen? Professor Samuel Allman ist ihr als Physiker bei medizinischen Fragen keine Hilfe. Müde geworden von den nutzlos kreisenden Gedanken, versucht sie an etwas anderes zu denken. Plonk fällt ihr wieder ein.

»Jetzt ist er schon über drei Stunden unterwegs und hat sich immer noch nicht wie vereinbart auf dem Kommunikator gemeldet. Wenn ihm nur nichts passiert ist.« Heroine sorgt sich wegen Plonk.

Sie hat an diesem 29. April den X-Team-Mitgliedern Identifikationschips eingepflanzt, nachdem Dan zuvor die Chips mit Hilfe von Johann analysierte. Plonk bekam den Chip von Arthur Byron, einem Herrn seines Alters, der wohl durch einen Unfall starb. Obwohl neben den persönlichen Daten auch Patientendaten auf dem Chip gespeichert sind, wie beispielsweise die Blutgruppe, fand Dan keine Information darüber, woran dieser Byron verschied. Auf jeden Fall muss Byron ein Tourist gewesen sein, denn der Chiptyp ist von der Art, wie man ihn vor der Visumsvergabe Touristen unter die Haut des Handrückens spritzt. Deshalb hat sie Plonk diesen Chip ebenfalls in die rechte Hand eingespritzt.

Allman und Dan bekamen von ihr Chips unter die Haut der Stirnmitte eingesetzt. Sie selbst setzte sich mithilfe eines Spiegels ihren Chip ebenfalls dort ein. Da eine kleine Auswahl an Identitäten zur Verfügung stand, konnte Dan jedem eine möglichst passende zuordnen.

Was ihr als Ärztin Sorgen bereitet ist, dass sie Plonk wegen allgemein gut passender Daten die Identität von Arthur Byron gaben. In einem ihr wichtigen Punkt passen die Daten von Byron aber nicht. Byron besitzt die Blutgruppe B, während Plonk die Blutgruppe A hat.

Ansonsten hat der Chip praktische Seiten, wie zum Beispiel die der elektronischen Geldbörse. Professor Samuel Allman klärte sie über ihre Funktion auf. Man kann mit ihr Einkäufe bezahlen. Die elektronische Geldbörse ist ein besonders geschützter Speicherbereich im Chip, in der die DM-Beträge verwaltet werden. Auf Wunsch lassen sich mit Hilfe von Software-Agenten Beträge unterhalb der Genehmigungsgrenze von 1000 DM auf andere Personen übertragen. Der Transfer größerer Beträge funktioniert nur, wenn ein Regierungsbeamter einen Genehmigungscode erteilt. Die Geldübertragung selbst wird freigegeben, indem der Geber bestimmte geheime Punkte auf seinem Körper drückt. Welche Körperpunkte das bei jedem Chip sind, fand Dan in tagelanger Arbeit mühselig heraus.

Samuel gab Johann den Auftrag, den Restbetrag nach dem Kauf eines Wave auf die vier X-Team-Mitglieder aufzuteilen. Jeder Übertragungsvorgang wird von einem Klingelton begleitet.

Plonk trägt jetzt in seiner elektronischen Geldbörse mehr als 825 DM bei sich. Das ist kein Vermögen, aber ein stattlicher Betrag, der schon manche Begehrlichkeiten wecken kann.

»Warum meldet er sich nicht?«, denkt Heroine. »Solange kann die Durchführung unmöglich dauern.«

Plonk setzte sich in den neuen Wave und schwebte am Abend rechtzeitig los, um die Gegebenheiten am physikalischen Institut der Francis-Drake-Universität auszukundschaften, bevor er in die Räume dort eindringen wollte. Allman beschloss, dass der einzige verbliebene Timeponder am selben Abend aus Bella Blackbeards Institut geholt werden muss, wenn die Rückkehr in ihre eigene Welt rechtzeitig zum Termin 30. April erfolgen soll.

»Ich kann ihn nicht über den Kommunikator anrufen, sonst könnte er möglicherweise in eine brenzlige Situation kommen. Vielleicht ist er schon in einer«, überlegt Heroine. »Irgendetwas muss ich unternehmen. Ich halte es sonst nicht mehr aus.«

Als hätte Plonk es geahnt, fängt Heroines Kommunikator an zu summen mit kurzen Unterbrechungen. Das Notsignal.

»Um Himmels willen«, denkt Heroine. »Warum hat er den Notsummer aktiviert, anstatt mich regulär anzurufen?«

»Seid mal alle ruhig«, bittet sie die beiden Professoren und Dan, »ich muss den Kommunikator einschalten, um wenigstens mitzuhören, was mit Pit geschieht.«

Heroine drückt den Antwortknopf des Kommunikators. Die Mithörverbindung zwischen ihr und Plonk steht. Sie hört als Erstes ein lautes Geschrei, es folgt ein Knistern, Zischen und Puffen. Dann fällt ein Gegenstand auf den Boden. Eine raue Männerstimme fragt: »Warum hast du dem Kerl die Hand abgeschossen, Kidd? Es hätte doch genügt, ihm den Chip rauszuschneiden, um an das Digital Money zu kommen.«

»Ach was soll's«, antwortet eine unsympathisch hohe Männerstimme. Es ist vermutlich derjenige, der mit Kidd angeredet wurde. »Der hat mir dermaßen zugesetzt. Mir ist der Gaul durchgegangen. Außerdem sind wir die Gerechten, was soll uns also passieren? Wenn du ihn nicht von hinten niedergeschlagen hättest, dann weiß ich nicht, wie es für mich ausgegangen wäre.«

Anschließend hört man, wie sich erst Schritte entfernen und dann das leichte Säuseln eines wegschwebenden Waves. Heroine wird es siedend heiß vor Angst um Plonk.

»Pit, hörst du mich?«, flüstert sie in den Kommunikator. Als Plonk nicht antwortet, wird sie lauter: »Pit, melde Dich«, ruft sie und horcht in den Kommunikator hinein. Außer einem Windgeräusch ist nichts zu hören.

Plötzlich zuckt sie zusammen. Professor Samuel Allman hat seine Hand auf ihre Schulter gelegt und sagt mit ruhiger, gefasster Stimme: »Heroine, ich bringe Sie jetzt mit meinem Wave an den Ort des Geschehens. Vergessen Sie nicht Ihre Arzttasche.«

Zehn Minuten später steht Heroine auf der Wiese vor dem physikalischen Institut. Kühle Luft streicht durch die fehlenden Schuhspitzen über ihre Zehen. Ihr Kommunikator, der sie wie ein Navigationsgerät leitet, führt sie durch die Dunkelheit. Sie durchquert niederes Buschwerk und kommt Plonk immer näher, wie ihr Kommunikator anzeigt.

Professor Samuel Allman folgt ihr mit Abstand. Gerade ist sie an der Stelle, den der Kommunikator mit ‚Ziel' bezeichnet, als Professor Samuel Allman hinter ihr ruft: »Ich hab ihn.«

Heroine dreht sich irritiert um.

»Hier liegt der zusammengerollte Wave von Pit. Ich bringe ihn gleich zu Ihnen.«

Heroine, die schon dachte, Professor Samuel Allman meint Plonk, zieht eine LED-Leuchte aus ihrer Tasche und leuchtet die Büsche der Umgebung ab. Schließlich sieht sie unter einem Busch ein paar Beine herausschauen. Es ist tatsächlich Plonk.

Professor Samuel Allman stellt Plonks Wave ab. Während er ihr leuchtet, untersucht sie Plonk. Plonk ist bewusstlos und besitzt eine Beule am Hinterkopf. Vermutlich hat er eine Gehirnerschütterung. Was ihr aber fast das Herz stehen lässt, ist, dass seine rechte Hand mit dem frisch eingespritzten Chip fehlt. Plonk hat eine Menge Blut verloren. Heroine bindet deshalb die verletzte Arterie ab und gibt ihm eine Spritze gegen den Schock. Doch die Spritze bringt Plonk nicht ins Bewusstsein zurück. Daraufhin bespricht sie sich mit Professor Samuel Allman.

»Bei einer fehlenden Hand enden meine Möglichkeiten. Pit muss schnellstens in ein richtiges Krankenhaus. Ich habe aber Angst, dass ihm dort etwas Schlimmes angetan wir, weil ihm der Identifikationschip fehlt.«

Professor Samuel Allman beruhigt sie: »Nun, Heroine, soviel ich weiß, kommt es bei uns öfters vor, dass ein Tourist mit fehlender rechter Hand aufgefunden wird. Man behandelt diese Leute regulär. Sobald sie genesen sind, bekommen sie einen Ersatzchip. Ich glaube, es besteht keine Gefahr für Pit.«

»Bringen wir ihn also ins Krankenhaus«, schlägt Heroine vor.

»Nein, Heroine.«

»Nein? Warum nicht?«

»Nicht wir, sondern Sie bringen ihn ins Krankenhaus, wollte ich sagen. Ich kann selbst nicht mitkommen, weil ich sonst in meiner Wohnung unangemeldeten Besuch von Gerechtigkeitswächtern bekäme, um den Fall zu untersuchen. Das Risiko aufzufliegen, wäre für uns alle einfach zu groß. Sie müssen ihn schon allein ins Krankenhaus bringen. Ich schlage die Barnard Klinik vor. Die ist bekannt für gute Heilungsergebnisse«, erläutert Professor Samuel Allman.

Wie groß ist mein persönliches Risiko, wenn ich Pit ins Krankenhaus begleite?«, will Heroine wissen.

»Keine Sorge, Dr. Embassy. Ihr Risiko ist überschaubar wegen ihrer falschen Identität«, erläutert Professor Samuel Allman ruhig. »Wenn die Gerechtigkeitswächter der Wohnung der verstorbenen Frau, zu der Ihre Identität gehört, einen Besuch abstatten, gibt es keine Verbindung zu Ihnen. Noch geringer ist Ihr persönliches Risiko, wenn Sie sich morgen den Identifikationschip einer anderen Frau einpflanzen. Es sind noch genügend Chips zur Auswahl übrig.«

Etwas anderes macht ihr Sorgen. Sie denkt: »Werden wir jemals in unsere Welt zurückkehren können, wenn uns Pit nicht mehr den dazu nötigen Timeponder beschaffen kann?«

»Hoffentlich wird alles klappen«, denkt Heroine, während sie mit dem immer noch bewusstlosen Plonk an der Rückseite der Barnard Klinik landet. Vor Aufregung zupft sie sich zum wiederholten Male ihren Burnus zurecht. Der Landeplatz ist gut beleuchtet. Da es schon um Mitternacht ist, hat sich der Verkehr beruhigt und sie fliegt momentan den einzigen Wave.

Professor Samuel Allman hatte ihr gezeigt, welchen Code sie auf dem Steuergerät des Wave eingeben muss, damit dessen Metallglieder sich neu zu einer schwebenden Krankenbahre ordnen. Zum Glück muss sie dazu Plonk nicht von seinem Sitz heben. Ohne fremde Hilfe wäre ihr das sowieso kaum möglich.

Sie geht zu Fuß zum rückwärtigen Eingang des Krankenhauses. Die aus dem Wave hergestellte Bahre mit Plonk oben drauf folgt ihr wie ein Hund seinem Herrn. Mit dem Unterschied, dass die Krankenbahre aufgrund ihres Antigravitationsantriebs schwebt.

In der Eingangshalle wandern keine Patienten mehr umher, nur das Personal läuft vereinzelt durch. Offensichtlich ist schon die Zeit der allgemeinen Nachtruhe.

»Hoffentlich mache ich alles richtig«, denkt Heroine. Sie folgt dem Schild »Notaufnahme« und sieht sich einem offenen Schalter gegenüber, hinter dem eine Rothaarige sitzt.

Die wohlgeformte Rothaarige trägt an Stelle des üblichen Burnusses einen weißen Kittel und schaut starr grinsend an Heroine vorbei. Dabei bewegt sie unablässig die Finger ihrer rechten Hand, so als wollte sie etwas Unsichtbares anfassen. Ihr Mund öffnet und schließt sich beim Sprechen automatisch, ohne dass das übrige Gesicht eine Regung zeigt: »Guten Abend. Mein Name ist Vivi. Danke, dass Sie unsere Klinik besuchen. Wie kann ich Ihnen helfen?«

Irritiert bringt Heroine nur hervor: »Schnell, ich hab einen Schwerverletzten gebracht, der muss versorgt werden.« Sie fühlt sich durch die zur Schau getragene Ruhe der Rothaarigen provoziert und hat aggressiver gesprochen, als der Situation angemessen ist.

Die Rothaarige trägt es mit stoischer Ruhe und grinst weiter: »Danke, dass Sie unsere Klinik gewählt haben. Bitte beantworten Sie mir die Frage: Wer ist der Patient und was fehlt ihm?«

»Herrgott«, entfährt es Heroine aggressiv. »Hinter mir auf der Wave-Krankenbahre liegt ein Schwerverletzter. Tun Sie doch endlich etwas.«

»Wir werden unser Möglichstes tun, Sie zufriedenzustellen«, antwortet die Rothaarige mit unverändertem Grinsen.

»Nicht mich sollen Sie zufriedenstellen, sondern Pit versorgen«, schreit Heroine am Ende ihrer Nervenkraft.

»Wie ist der volle Name des Patienten? Pit, und weiter?«, fragt die Rothaarige geduldig und mit unverändert unbewegtem Gesicht.

Heroine erschrickt und reißt sich wieder zusammen. Ihr kommt in den Sinn, dass sie unmöglich Plonks wahren Namen nennen darf: »Äh, nein, er heißt Arthur Byron.« Dann sieht sie etwas, was ihr vorher nicht bewusst wurde: »Sagen Sie mal, warum tragen Sie als Frau in dieser Welt keinen Burnus?«

»Danke, dass Sie meine Frage beantwortet haben«, grinst die Rothaarige und spricht weiter: »Ich trage keinen Burnus, weil ich keine Frau bin. Was fehlt Arthur Byron?«

Heroine kann es nicht begreifen. Die äußeren Formen der Rothaarigen sind schließlich weiblich: »Was sind Sie dann, wenn Sie keine Frau sind?«

Die Rothaarige bleibt stoisch: »Vielen Dank für Ihr Interesse. Mein Schöpfer bezeichnet mich als Avatar. Avatare sind keine realen Personen, sondern dreidimensionale Projektionen von Software-Agenten. Bitte beantworten Sie mir nun die Frage: Was fehlt Arthur Byron?«

Als ob ein Vorhang fällt, kommt Heroine die Erkenntnis. Software-Agenten haben keine realen Augen. Sie erschließen sich die Realität mit Hilfe von Sensoren und über die Antworten, die sie auf ihre Fragen erhalten. Wenn man ihre Fragen nicht präzise beantwortet, wissen sie nicht genau, um was es geht, und laufen Gefahr, Fehler zu machen. So hat es wenigstens Professor Samuel Allman erklärt. Sie beschließt, alle Fragen des Avatars geduldig und präzise zu beantworten.

»Ich reserviere augenblicklich ein Behandlungszimmer für Arthur Byron«, sagt der rothaarige Avatar nach Beendigung der Formalitäten drei Minuten später. Das starre Grinsen verschwindet. Sein Gesicht nimmt schlagartig einen traurigen, fast weinerlichen Ausdruck an.

»Na, also«, denkt Heroine. »Wenigstens Emotionen kann er ausdrücken.«

»Ich darf Ihnen unser aller Mitgefühl versichern«, spricht er. »Wir werden alles in unserer Macht Stehende für Sie tun.«

»Der tut ja, als sei Plonk schon fast tot«, denkt Heroine. Laut sagt sie: »Was geschieht jetzt konkret?«

»Ich bitte Sie nun, die Aufnahmegebühr zu begleichen«, antwortet der Avatar mit traurigem Gesicht. »Bitte geben Sie 500 DM aus ihrer elektronischen Geldbörse frei.«

»Was, das auch noch?«, platzt Heroine heraus. Dann besinnt sie sich: »Ach ja, natürlich, selbstverständlich.« Sie dreht sich zur Seite, während sie überlegt: »Wie war das? Was hat Dan gesagt? Welche Punkte an meinem Körper muss ich in welcher Reihenfolge drücken?« Heroine steht Schweiß auf ihrer Stirn. Dann drückt sie mutig, sodass es niemand sieht, einige Körperstellen, von denen sie glaubt, es wären die richtigen.

»Danke für ihre Freigabe«, meldet der Avatar. Sein trauriges Gesicht ist eine Spur trauriger geworden. »Sie haben 400 DM freigegeben. Bitte geben Sie weitere 100 DM frei, damit wir Arthur Byron behandeln können.«

»Mist«, überlegt Heroine. »Das kann doch nicht so schwer sein, sich selbst an den richtigen Körperstellen anzufassen.« Sie drückt nochmals einige Körperpunkte.

Plötzlich ertönt ein Klingelton. Heroine zuckt zusammen.

»Danke für ihre Spende an Not leidende Diener der Gerechtigkeit«, spricht der Avatar.

»Verdammt«, flucht Heroine diesmal laut und drückt an Körperstellen, die ihr gerade in den Sinn kommen.

»Sie haben die restliche Aufnahmegebühr freigegeben und weitere 25 DM als Spende. Wir danken Ihnen für Ihre Großzügigkeit«, sagt der Avatar, bevor ein weiteres Mal der Klingelton ertönt. Schließlich fügt er hinzu: »Die Übertragung ist abgeschlossen.«

Heroine schnauft vernehmlich.

Mit einer theatralisch ausladenden Bewegung deutet der Avatar zu einem spärlich beleuchteten Seitengang: »Bitte bringen Sie nun den Patienten in Behandlungsraum XQL. Arthur Byron wird dort von Pawlow behandelt. Danke für Ihr Vertrauen in unsere Klinik. Bitte geben Sie uns eine positive Referenz, wenn Sie zufrieden sind.«

»Einen Teufel werde ich tun. Aber ich glaube, soweit ist alles gut gegangen«, denkt Heroine und geht erleichtert den Gang entlang Richtung Behandlungsraum XQL. Die Wave-Krankenbahre folgt ihr. Als sie sich nach Plonk umschaut, sieht sie, wie der Avatar wieder starr grinsend einen neu Hereingekommenen begrüßt: »Guten Abend mein Name ist Vivi. Danke, dass Sie unsere Klinik besuchen.«

»Dr. Pawlow, würden Sie bitte mit der Untersuchung beginnen, anstatt den Patienten regungslos anzustarren.« Heroines Geduld mit dem Krankenhaus und seinem Personal neigt sich dem Ende zu und lässt sie energisch werden.

Plonks Wave Krankenbahre folgt ihr in den Behandlungsraum XQL. Der Arzt, den Sie für Dr. Pawlow hält, wartet schon auf sie und sagte ohne weitere Begrüßung mit monotoner Stimme: »Stellen Sie die Bahre hier vor uns ab.« Dabei zeigt er vor sich auf den Boden. Dann beginnt er, Plonk anzustarren, ohne etwas zu sagen.

Heroine denkt: »Schon wieder ein Macho«, und betrachtet ihn genauer. Er hat das Aussehen eines Dressman, wie man ihn häufig in der Werbung findet: groß, ovales Gesicht, markantes Kinn, gepflegte nach hinten gekämmte Haare, topp rasiert und gebräunte Haut. Er trägt den üblichen weißen Arztkittel und sitzt auf einem erhöhten Stuhl, dessen Sitzfläche etwa 30 cm höher liegt, als die Norm für Stühle vorschreibt. Das gibt ihm die Möglichkeit, die Patienten wie ein Halbgott von oben herab zu betrachten.

Viel Zeit bleibt Heroine nicht, sich im fensterlosen Raum umzusehen. Sekunden nach ihrem kleinen Wortwechsel ändert das helle Raumlicht seine Farbe von normalem Lampenlicht hin zu einem monochromen Rot wie in einer altertümlichen Dunkelkammer zur Filmentwicklung. Dadurch sehen alle helleren Flächen rot aus und alle dunkleren schwarz. Andere Farben gibt es nicht mehr. Bevor das Licht wechselte, konnte sie eine spärliche Möblierung erkennen. Außer einem Schreibtisch mit einem Computerbildschirmrahmen, zwei Stühlen für die

Patienten und einem Praxisschrank mit verschiedenen ärztlichen Geräten ist nichts weiter zu sehen. Kein Bild, keine Blumen, nichts das einer menschlichen Seele Wärme gibt.

Heroine blieb stehen, um nicht wie eine arme Sünderin zum Arzt aufblicken zu müssen. Sie zuckt auf einmal zusammen. Sie hatte nicht mehr geglaubt, eine Antwort zu bekommen. »Einfach Pawlow. Man nennt uns einfach Pawlow«, antwortet der Arzt mit lauter, aber monotoner Stimme.

»Also gut, Pawlow, sehen Sie denn nicht, dass Sie Hand anlegen müssen, anstatt nur zu starren?«, herrscht Heroine ihn an.

»Stören Sie nicht, wir führen eine Biophotonen-Analyse beim Patienten durch«, erklärt Pawlow.

»Wozu soll das denn gut sein?« Heroine kann sich nicht erinnern, während ihres Arztstudiums oder auch später von der Biophotonen-Analyse etwas gehört zu haben.

»Beschädigte Zellen senden ein anderes Licht aus, als gesunde. Die Unterschiede in der Zellstrahlung dienen uns zur Diagnose«, kommt mit monotoner Stimme die Antwort von Pawlow.

»Warum verwenden Sie den Pluralis Majestatis und reden von sich als wir oder uns?«, fragt Heroine aggressiv. »Und seit wann senden Zellen überhaupt Licht aus?« Sie fühlt sich auf den Arm genommen und reagiert entsprechend unwirsch.

Pawlow lässt sich nicht beirren: »Die Existenz der Zellstrahlung in allen Lebewesen wurde bereits 1976 von Professor Fritz-Albert Popp vom Internationalen Institut für Biophysik in Neuss Germany experimentell nachgewiesen. Die Biophotonen dienen ähnlich Lasern in der Nachrichtenkommunikation zur Steuerung biochemischer Prozesse.«

»Selbst wenn das so ist, wie Sie sagen, ohne entsprechend aufwendige Geräte wie beispielsweise Restlichtverstärker kann man das bestimmt nicht analysieren. Sie müssen mich nicht für dumm verkaufen.« Heroine wird immer ärgerlicher.

»In unseren Augen sind hochempfindliche Biolichtsensoren eingebaut. Wir benötigen deshalb keine weiteren Geräte für die Biophotonen-Analyse.«

»Sensoren im Auge? Und nur Pawlow statt Dr. Pawlow? Sagen Sie mal, sind Sie überhaupt ein Arzt?« Heroines Gefühl sagt ihr, dass mit diesem Pawlow etwas nicht stimmt, und fragt weiter: »Sind Sie auch so ein Avatar, wie die Rothaarige am Empfang?«

»Avatare sind Software-Agenten, ohne physikalische Eigenschaften. Sie besitzen selbst keine Sensoren, sondern müssen die im Raum befindlichen Sensoren auswerten«, antwortet Pawlow völlig emotionslos.

»Verdammt noch mal«, platzt Heroine. »Ich bin eine promovierte Medizinerin und weiß, wie eine richtige Untersuchung durchgeführt werden muss. Einen Mist lasse ich mir nicht erzählen.« Heroines Augen blitzen wütend wie selten.

»Wir müssen Sie auf einen Umstand aufmerksam machen, meine Dame. Wir sind ein medizinischer Roboter, in dem sich drei individuelle künstliche Intelligenzen vereinigen, um intern Mehrheitsentscheidungen fällen zu können. Man hat uns Nummer ‚Pawlow 371‘ zugeteilt.«

Heroine ist zunächst sprachlos. Sie fühlt sich reingelegt. Einen ordinären medizinischen Roboter mutet man ihr und Plonk zu. Sie braust auf: »Ich will einen richtigen menschlichen Arzt für den Patienten, aber ein bisschen dalli, sonst verblutet er inzwischen.«

Pawlow behält seine emotionslose Art bei: »Selbstverständlich, meine Dame. Geben Sie 300 DM aus ihrer elektronischen Geldbörse frei. Soviel beträgt die gesetzliche Zuzahlung für einen menschlichen Arzt.«

Heroine drückt wild auf irgendwelchen Stellen ihres Körpers, von denen Sie glaubt, sie würden der Freigabe des Betrages dienen.

Kurz danach spricht Pawlow: »Wir sehen, dass Sie nur noch 200 DM besitzen. Wir können Ihnen keinen menschlichen Arzt zuteilen. Sie dürfen Ihre 200 DM behalten.«

Heroine ist kurz davor, einen Schreikrampf zu bekommen. Sie hört Pawlows Stimme wie von Weitem: »Wenn Sie wollen, setzen wir die Diagnose fort.«

Heroine beißt sich auf die Lippen. Kein Wort kommt darüber, aber sie nickt mit dem Kopf.

Fünf Minuten später meldet sich Pawlow wieder: »Wir müssen eine Bluttransfusion durchführen. Wünschen Sie künstliches oder menschliches Blut. Die gesetzliche Zuzahlung für menschliches Blut beträgt 200 DM.«

»Natürlich menschliches Blut. Hier hast du deine Freigabe.« Heroine drückt die entsprechenden Körperpunkte.

Ein Klingelton ertönt und Sekunden später schwebt auf einem Tablett eine Maschine in Größe und Aussehen einer Kaffeemaschine ein, die an Stelle des Kaffees in der Glaskanne das menschliche Blut enthält.

Der Roboter nimmt den Transfusionsapparat vom Tablett und setzt ihn auf Plonks Arm. Eine Armmanschette umschließt seinen Unterarm.

Aufgrund einer Eingebung fragt Heroine nach der Blutgruppe: »He Pawlow, welche Blutgruppe hat das Blut?«

»Selbstverständlich Blutgruppe B, so steht es im Zentralcomputer über Arthur Byron vermerkt«, antwortet Pawlow.

Heroine fällt alles wieder ein, was Sie befürchtet hat, als Sie den Chip von Arthur Byron bei Plonk einspritzte. »Nein, nein, nicht«, schreit sie. »Wollen Sie den Patienten töten? Er hat Blutgruppe A.«

Augenblicklich öffnet sich die Armmanschette an Plonks Arm und der Roboter entfernt den Transfusionsapparat. Er stellt ihn wieder auf ein Tablett. Dieses entschwebt sofort.

»Wollen Sie jetzt künstliches Blut, meine Dame? Künstliches Blut ist mit jeder Blutgruppe verträglich«, erklärt Pawlow.

Heroine kann nur noch nicken, so schlottern ihr die Nerven. Nachdem Plonk an den Transfusionsapparat mit dem künstlichen Blut angeschlossen ist, braucht Heroine dringend einen Kaffee. »He, Pawlow, ich brauche dringend einen Kaffee. Kann mir die Schwester einen besorgen?«

»Sie besitzen kein Digital Money mehr, meine Dame. Ohne Digital Money gibt es keinen Kaffee.«

»Dieses Krankenhaus wird mir immer sympathischer«, bemerkt Heroine sarkastisch, bevor sie sich auf einen der beiden Patientenstühle fallen lässt.

Nach einer Viertelstunde erwähnt Pawlow: »Der Patient wird spätestens morgen Früh wieder bei Bewusstsein sein. Sie müssen bereits jetzt entscheiden, welche Art von Hand er bekommen soll, weil wir ihn nun an die Limbox anschließen müssen. Soll er eine kräftige zupackende oder eine feingliedrige Künstlerhand bekommen.«

Heroine schaut wie elektrisiert zum Roboter auf, der gute 30 cm höher sitzt als sie: »Was, du willst ihm jetzt schon eine Handprothese verpassen? Noch bevor der Stumpf verheilt ist? Danke, ich verzichte im Namen des Patienten.«

»Hören Sie, meine Dame, die Limbox ist keine Handprothese, sondern ein Gerät zur biologischen Rekonstruktion von Gliedmaßen. Welche Art von Hand soll der Patient bekommen?«, fragt Pawlow hartnäckig.

Heroine wählt aufgrund ihrer Übermüdung und Überreizung ungewöhnlich robuste Worte: »Danke, ich verzichte. Mir fehlt sowieso das Digital Money. Von euch Halsabschneidern habe ich langsam die Nase voll.«

»Hören Sie, meine Dame. Unser medizinisches Programm enthält keine Subroutinen zum Abschneiden eines Halses. Dennoch schlagen wir vor, dass Sie sich für den Einsatz der Limbox entscheiden. Für mittellose Bürger, wie Sie einer sind, hat der erste Diener der Gerechtigkeit in seiner Güte die kostenlose Heilfürsorge eingeführt. Sie brauchen für eine biologisch rekonstruierte Hand keine einzige DM zuzuzahlen.«

Heroine, die sich bisher eher zu den besser Verdienenden und Wohlsituierten zählte, schimpft los: »Ach, so läuft das in dieser Welt. Erst wird der Bürger zum Sozialfall gemacht, indem man ihm die letzte DM abnimmt, dann gewähren ihm seine Diener der Gerechtigkeit gnädig Sozialhilfe, um ihn abhängig zu machen. Mir wäre es lieber gewesen, mir wären einige DM geblieben, damit ich mir wenigstens einen Kaffee hätte leisten können. Aber nachdem es nun mal so ist, wie es ist, möchte ich erst mehr über die Limbox wissen, bevor ich mich im Namen des Patienten entscheide.«

Pawlow ist als Experte für die biologische Rekonstruktion von Gliedmaßen in seinem Element. So sehr, wie ein Roboter überhaupt in seinem Element sein kann. Monoton professoral erläutert er die Limbox: »Die Limbox ist ein Gerät zur biologischen Rekonstruktion von Gliedmaßen. Ein medizinischer Roboter oder ein Arzt befestigt die Limbox am Arm- oder Beinstumpf des Verletzten. Je nach Größe des zu rekonstruierenden Körperteils gibt es passend große Limboxen. Winzig kleine Nanomaschinen bauen innerhalb einer speziellen Nährlösung den fehlenden Körperteil Atom für Atom und Molekül für Molekül wieder auf. Die Nanomaschinen besitzen biologische Eigenschaften und nutzen für ihre Arbeit weitgehend den DNS-Bauplan des Patienten. Dadurch ist sichergestellt, dass das neue Gewebe sich weder in der Form noch in den Eigenschaften vom natürlich gewachsenen unterscheidet und nicht abgestoßen wird.«

Während Heroine der Erklärung des Roboters zuhört, bessert sich ihre Stimmung zusehends. Sie wittert eine Chance für ihre eigene wissenschaftliche Arbeit. Die Limbox ist ihrer Meinung nach eine großartige medizinische Lösung der Fortschrittswelt. Die Limbox in der eigenen Welt einzuführen, würde ihrer Teilnahme an der Reise durchs Multiversum einen Sinn geben. Schließlich platzt sie schier vor Interesse, als sie fragt: »Wie lange dauert es, bis beispielsweise eine Hand vollkommen biologisch rekonstruiert ist?«

Pawlow antwortet in seiner gleichmäßigen Art: »Die biologische Rekonstruktion einer Hand mit der Limbox dauert ungefähr vier Wochen. Der Fertigstellungsgrad kann über ein Sichtfenster verfolgt werden.«

Heroine stellt Pawlow zahlreiche fachliche Fragen, um soviel wie möglich über die Limbox zu erfahren. Sie entscheidet dann für Plonk, dass er eine kräftige, zupackende rechte Hand bekommen soll.

Als sie in dieser Nacht in Professor Samuel Allmans Apartement zurückkehrt, wundern sich die Männer, dass sie erschöpft, aber zufrieden aussieht, während Dan und beide Professoren niedergeschlagen sind. Heroine erzählt nur, dass sich Plonk auf dem Wege der Heilung befindet, bevor sie sich todmüde schlafen legt.

»Ich hab's«, ruft Heroine. »Ich hab's«, ruft sie ein zweites Mal und stürmt ins kleine Schlafzimmer. Es ist der 30. April morgens Früh um sechs. Sie schlief drei Stunden auf der Couch im Wohnzimmer, während die drei Männer sich im Schlafzimmer das Doppelbett teilten.

»Hast du mal auf die Uhr geschaut?«, brummelt Dan schlaftrunken.

»Was interessiert mich die Uhr, wenn die Wissenschaft ruft?«, antwortet Heroine euphorisch.

»Als Medizinerin sollten Sie nicht erwarten, dass Physiker ihre Albträume kurieren«, rät Allman mit müder, belegter Stimme.

»Ach was. Fragen Sie lieber, was mir eingefallen ist«, tut Heroine den Ratschlag ab.

»Wenn es uns eine weitere Stunde Schlaf bringt, dann will ich Ihnen den Gefallen tun: Was ist ihnen eingefallen, uns so früh zu wecken?«, grantelt Professor Samuel Allman.

Heroine überhört den leichten Vorwurf: »Meine Herren, Sie werden es nicht glauben, aber ich werde heute Früh meine Aufgabe lösen.«

Dan, immer noch nicht richtig wach, kann sich an keine Aufgabe erinnern: »Was denn, wolltest du das Geschirr spülen?«

»Zum Donnerwetter, macht bloß keine dummen Scherze«, droht Heroine den Männern mit lachendem Gesicht. »Ich werde heute Früh die Aufgabe lösen, eine unbekannte aber fortschrittliche medizinische Lösung für unsere eigene Welt zu erhalten. Die ganze Zeit belastete es mich, dass meine Teilnahme an der Expedition ins Multiversum bisher keinerlei medizinisch verwertbare Ergebnisse brachte. Ich sah bereits meine wissenschaftliche Reputation in Gefahr. Und jetzt ist die Lösung da. Sie heißt Limbox.«

Allman schnellt aus dem bei drei Personen unbequemen Bett hoch. Er ist auf einmal hellwach. »Limbox?«, fragt er interessiert.

»Ja, Limbox«, antwortet Heroine und dann sprudeln aus ihr die aufregenden Ereignisse der vergangenen Nacht heraus. Sie erzählt von ihrem nächtlichen Erlebnis in der Barnard Klinik und von dem, was Sie über die Limbox herausfand.

Allman hört ihr ruhig zu und lässt sie ausreden. Als sie geendet hat, lobt er: »Ich finde das großartig, was Sie herausfanden.« Dann verfinstert sich sein Gesicht: »Aber die Freude ist leider getrübt.«

Heroine horcht auf: »Wo ist das Problem, Professor Allman?«

»Das Problem liegt woanders und hat nichts mit der Limbox oder Ihnen zu tun, Dr. Embassy«, deutet Allman an.

»Was denn noch, Professor Allman?«

»Wir werden uns wohl darauf einstellen müssen, dass wir nicht nur den letztmöglichen Präsentationstermin für den Forschungswettbewerb verpassen, sondern auch, dass wir nie mehr in unsere eigene Welt zurückkehren können. Wir haben keinen Timeponder, und ob wir jemals wieder an einen kommen werden, ist ungewiss.«

Nun ist das ausgesprochen, was die Männer während der Nacht bedrückte und was sie bisher nicht offen auszusprechen wagten. Heroine wird sich erneut der

Problematik bewusst, die Plonks Unfall auslöste. Ohne Plonk bekommen sie ihren letzten Timeponder nicht zurück. Wenn aber Plonk irgendwann wieder einsatzfähig sein wird, ist der Timeponder längst zurück im Polizeipräsidium. Ihn dort rauszuholen wäre unmöglich.

Alle vier sind daraufhin minutenlang still, bis Heroine sagt: »Jetzt wird erst einmal gefrühstückt. Das hebt die Stimmung und dann sehen wir weiter.«

Sie bestellt bei Johann gleichzeitig englisches und kontinentales Frühstück für vier Personen. Eine Viertelstunde später schwebt das Bestellte auf einem großen Tablett ein. Dieses landet sanft auf dem Frühstückstisch.

Der Kaffee duftet verführerisch und jeder trinkt mehrere Tassen. Der englische Tee bleibt unberührt. Heroine bestreicht wortlos zwei Scheiben Toast mit Butter und Quittengelee, während die Männer, ohne etwas zu sagen, Spiegelei, Rührei, Schinken, appetitlichen gebratenen Speck und Brot in sich hineinstopfen.

Plötzlich schlägt Professor Samuel Allman mit der flachen Hand auf den Tisch, dass die Tassen wackeln. Erschreckt schauen die anderen in sein triumphierendes Gesicht. »Dass mir das nicht schon früher eingefallen ist. Ich könnte mich ohrfeigen.«

»Bevor du damit anfängst, Samuel, könntest du uns bitte aufklären, was dir eingefallen ist«, schlägt Allman vor.

»Aufgrund eines bedauerlichen kleinen Unfalls, bei dem nur eine Ratte zu Schaden kam, verbot mir das Kuratorium der Universität vor über 20 Jahren die Forschung mit meiner Erfindung, welche ich damals Quantenboomer nannte. Es hieß, ich würde dem Ansehen der Universität schaden. Ein Dr. Pinchin tat sich in dieser Angelegenheit unrühmlich hervor«, erzählt Professor Samuel Allman.

»Irgendwie kommt mir die Geschichte bekannt vor, Samuel, aber was willst du damit sagen?«

»Ich glaube, mein Quantenboomer ist das gleiche Gerät, wie dein Timeponder.«

»Ja, und wenn dem so wäre, was nützt uns das heute?«, fragt Dan skeptisch.

»Ich glaube, im hintersten Eck meines physikalischen Labors an der Uni müsste dieser Quantenboomer immer noch rumstehen«, antwortet Professor Samuel Allman.

»Samuel, wenn das wahr wäre. Du wärest womöglich unsere Rettung.« Allman ist genau wie Dan skeptisch, aber eine Hoffnung keimt in ihm auf.

Professor Samuel Allman lächelt: »Emanuel, wenn das wahr ist, dann bist du selbst deine Rettung. Du hast das Gerät erfunden.«

»Egal, ob ich oder du oder wir zusammen mit Dan. Ich glaube, wir können es noch schaffen«, formuliert Allman vorsichtig.

»Also, hört auf, das Essen reinzustopfen«, drängt Professor Samuel Allman. »Holen wir uns den Quantenboomer gleich aus meinem Labor. Dann kann Dan die Funktionen überprüfen und gegebenenfalls neu einstellen.«

»Bis zum Mittagessen bin ich zurück. Wenn Ihr Euren Quantenboomer habt, könnt Ihr Euch anschließend im Haushalt nützlich machen und etwas Ordentliches zu Essen besorgen«, sagt Heroine mit hoffnungsvoller Stimme. »Pit wird hungrig sein. Ich werde ihn aus der Barnardklinik entführen mitsamt der Limbox an seinem Armstumpf.

Dan bleibt skeptisch: »Wenn das nur gut geht.«

Die Sieger

Ein markerschütterndes Jaulen hallt im fast vollen großen Hörsaal der Albert-Einstein-Universität. Es ist der 30. April 16:00 Uhr und auf dem Podium vorne steht ein langer Tisch mit zwei engen Käfigen. Das Jaulen kommt aus dem linken Käfig, in dem ein erbarmungswürdig abgemagerter, struppiger und ungepflegter Hund vor sich hinvegetiert. Der rechte Käfig ist leer. Beide Käfige trennt ein rucksackgroßes, in schmutzigem Gelb gestrichenes Gerät. Dr. Pinchin, klein und in zerknittertem Anzug, schaut unzufrieden und verdrießlich auf die vielleicht hundert freien Plätze des Saals, der fünfhundert Sitzplätze umfasst: »Ich verstehe das nicht, bei Allman war das voller. Warum können bei mir nicht auch so viele Leute kommen wie bei Allman? Vielleicht hätte ich nicht öffentlich ankündigen sollen, dass ich anstelle von Allman die heutige Präsentation durchführe.«

Kollegen sind gekommen. Griffel, der Reporter der Neuen Quantum Nachrichten, ist ebenfalls anwesend als einer der wenigen Externen, die nicht zur Universität gehören. Der Rest sind Studenten, die ursprünglich die letzte Präsentation von Allman sehen wollten.

Pinchins Blick wandert durch die Saalfenster nach draußen. Er fängt unwillkürlich an, zu frösteln. Regen wechselt mit Sturm und Hagel ab. Die Außentemperatur liegt kaum über dem Gefrierpunkt und in dem nur wenig geheizten Saal ist es unangenehm kalt. Das drückt die allgemeine Stimmung. Insbesondere da die Studenten nicht ihren geschätzten Professor Allman entdecken können.

»Was ist eigentlich mit Professor Allman?«, fragt ein Student im rotkarierten Pullover seine Nachbarin, eine hübsche Brünette. Beide sitzen in der zweiten Reihe.

»Ich bin auch nur seinetwegen gekommen«, sagt sie mit verträumtem Blick.

»Sollen wir anfangen?«, fragt Pinchin frustriert seinen neuen Assistenten William Kidd, der hinter dem langen Tisch steht.

»Wir können ja weitere zehn Minuten warten. Das erhöht die Spannung. Vielleicht werden die restlichen Plätze noch voll«, meint dieser.

»Was sagte eigentlich ihre Ex-Chefin, als Sie fristlos kündigten?«, will Pinchin wissen.

»Fragen Sie lieber, was ich sagte. Ich hab ihr ins Gesicht geschleudert, dass ich die schlechte Behandlung leid sei, die sie mir angedeihen ließ. Außerdem setze ich nicht auf Verlierer. Ihr Multiversumtor funktioniert nicht und wird nie funktionieren.«

»Das ist hart«, meint Pinchin. »Es heißt, sie habe nach der Kündigung ihres Assistenten die Anmeldung zum Forschungswettbewerb zurückgezogen. Welch eine Schande.«

»Sie hat die Schande verdient«, sagt der spitzgesichtige Kidd mit harter Stimme.

Leutselig meint der nur 1,60 m große Pinchin: »Na ich freue mich auf jeden Fall, dass Sie mir bei der Präsentation meines Pinchinmaten helfen.«

»Sie brauchen mir nicht gleich um den Hals zu fallen, Dr. Pinchin. Für mich ist das ein Geschäft. Aber vergessen Sie nicht, dass es Allmans Timeponder ist, den ich Ihnen besorgt habe. Ich strich ihn nur gelb, damit in dem angeblichen Pinchinmaten niemand Allmans Gerät wiedererkennt.«

»Wenn ich gewusst hätte, dass Nummer Eins und William Kidd die gleiche Person ist, dann hätte ich Sie schon viel früher abgeworben. Mit so einem fähigen Assistenten, wie Sie, hätte ich längst wissenschaftlichen Ruhm erwerben können«, schmeichelt ihm Pinchin.

»Viel früher wären wir wohl nicht zusammengekommen, Dr. Pinchin. Sie sollten bedenken, dass Sie keinen Lehrauftrag haben, sondern nur eine Verwaltungsstelle.«

Die Promenadenmischung im Käfig hört nicht auf, zu heulen. Im Saal, in dem es schauerlich hallt, macht sich Unruhe breit.

»Anfangen«, schreit ein Student.

Pinchin wendet sich von Kidd ab und stolpert zum Rednerpult für die vortragenden Dozenten. »Eins, zwei, äähm«, räuspert er sich ins Mikrofon. Dieses fängt an zu quietschen und zu pfeifen.

Pinchin schaltet das Mikrofon aus und ruft mit sich überschlagender Stimme in den Saal. »Also, ich glaube, ich halte meine Präsentation ohne Lautsprecher. Das ist wie in einem intimen Kreis.« Dazu lacht er meckernd.

»Keine Intimitäten bitte«, ruft ein attraktiver Student.

»Bravo«, sagen einige und klopfen auf die Bänke.

»Also gut, meine Damen und Herren, verehrte Kollegen und Kolleginnen. Ich werde jetzt anfangen«, verspricht Pinchin mit lauter Stimme. Dann wandert sein Blick umher. »Ääh, Kolleginnen sehe ich heute keine. Die von mir hochverehrte Professorin Bella Blackbeard auch nicht. Na ja, also dann, meine verehrten Kollegen.«

»Schwätzer.« ruft ein Student. »Anfangen«, schreit ein anderer.

Pinchin erschrickt. Er hat Angst, dass ihm das Publikum nicht wohlgesonnen ist. Deswegen rechtfertigt er sich: »Mein Name ist Dr. Pinchin. Ich möchte vorab erklären, warum ich heute anstelle von Allman die letzte Präsentation für den Forschungswettbewerb der Paul-Gotham-Stiftung abhalte. Allman ist verschwunden. Seit zwei Wochen sah ihn niemand mehr. Weder zuhause noch an der Universität. Das beweist, dass er ein Angeber und Aufschneider ist. Das beweist auch, dass sein Timeponder nicht funktioniert.«

»Oho«, hört man jemand sagen, »das beweist gar nichts.«

Pinchin redet unbeirrt weiter: »Allman hat sich einfach verdrückt, hat das Weite gesucht. Als man mich inständig bat, habe ich, Dr. Pinchin, mich nach langen Überlegungen bereit erklärt, zu retten, was zu retten ist. Ich, Dr. Pinchin, werde der Ehrenretter unserer Universität sein.«

»Hier stinkt's«, bemerkt ein seriöses höheres Semester mit lauter Stimme in der Mitte des Saals.

»Das kommt von vorne«, ergänzt ein weiterer Student eine Reihe davor.

»Dabei hat ihn niemand gelobt, das muss er selbst gewesen sein«, kichert eine pausbäckige, nett und intelligent aussehende Studentin.

Pinchin tut, als höre er die Zwischenbemerkungen nicht.

»Der Forschungspreis wird an unsere Universität gehen, dank meines Einsatzes. Ich, Dr. Pinchin, werde Ihnen meine eigenen Forschungsergebnisse präsentieren mit meiner Entwicklung, dem Pinchinmaten. Dort drüben auf dem Tisch, das gelbe Gerät ist es. Mein Pinchinmat wird funktionieren, das ist ganz etwas anderes als das Ding von Allman.«

Einige Lacher im Saal irritieren Pinchin. Deshalb entschließt er sich, sofort in die Präsentation einzusteigen.

»Also gut, ich erläutere den Aufbau meines Pinchinmaten«, schreit er ohne Mikrofon und mit sich überschlagender Stimme.

»Worum geht es überhaupt, physikalisch gesehen?«, kommt aus dem Publikum eine Frage.

»Ja, ääh, worum geht es physikalisch gesehen?«, wiederholt Pinchin wie abwesend die Frage.

»Ach so, ja, ich zeige Ihnen heute eine Teleportation. Mein Assistent William Kidd wird die vorführen.«

»Alter Hut«, ruft ein hochgewachsener bärtiger Student. »Wir sind wegen der Präsentation einer Transposition gekommen.«

Nicht nur das Publikum, sondern auch der klagende Hund geht Pinchin mächtig auf die Nerven: »Ja, ääh, natürlich, selbstverständlich. Das wollte ich auch sagen. Ich zeige Ihnen eine Transposition. Kidd, würden Sie jetzt bitte übernehmen und die Transposition vorführen? Das theoretische Konzept erläutere ich anschließend.« Pinchin lässt sich erschöpft auf einen Stuhl in der vordersten Reihe fallen.

William Kidd stellt sich vor den langen Tisch neben den engen Käfig mit dem jaulenden Hund. Um ihn zu übertönen, muss er sich bei seiner hohen Stimme anstrengen. Seine Worte klingen fast so wie das Klagen des armen Hundes: »Ich will Sie nicht lange auf die Folter spannen.«

»Dann hören Sie doch auf, den Hund zu foltern«, ruft ein Anteil nehmender Student dazwischen.

Einige aus dem Publikum klopfen beifällig auf die Tische, andere rufen »Buhh.«

Kidd tut so, als höre er nichts: »Also, ich zeige jetzt, wie der Hund in ein anderes Universum transponiert wird.« Er schaltet hastig die kleinen roten Starthebel des gelben Timeponders an. Ein hohes Summen ertönt. Der enge Käfig, einschließlich der armen Kreatur, wird in gleißendes Licht gehüllt. Zwei Minuten später ist das Licht verloschen, das Summen hat aufgehört und der Käfig ist leer, der Hund verschwunden.

Kidd freut sich: »Sehen Sie. Nichts ist zu sehen. Der Hund wurde in ein paralleles Universum transponiert. Er wird etwas Essbares finden. In einigen Minuten hole ich ihn zurück. Er wird etwas mitbringen, das in unserem Universum nicht existiert. Die Kollegen werden das bestätigen.«

Die Zwischenrufer sind verstummt. Wenn nicht der Sturm draußen wäre, könnte man sogar sagen, dass es mucksmäuschenstill ist.

Pinchin setzt ein siegesgewisses, triumphierendes Lächeln auf. Seine Augen nehmen einen fanatischen Glanz an. »Ich bin der Herr über Raum und Zeit«, flüstert er so leise, dass nur er selbst es versteht.

»Wir haben nur einen einzigen Versuch«, erklärt Dan. Er überprüfte den ganzen Morgen den Quantenboomer, der aus Professor Samuel Allmans Labor hergeholt wurde. »Wir können vorher nicht testen, ob die Transposition funktioniert.«

»Wieso denn das?«, wundert sich Professor Emanuel Allman. »Das Gerät gleicht doch genau unserem Timeponder.«

»Eben nicht«, meint Dan. »Es gibt einen kleinen, aber wesentlichen Unterschied und das ist die Energieerzeugung. In unserem Timeponder erzeugen wir die Energie mit Hilfe eines Vakuumenergie-Generators, der fast unbegrenzte Energiemengen aus dem Quantenvakuum extrahieren kann. Das Quantenvakuum ist wie der Fluss, der ein Mühlrad mit Energie versorgt. Dagegen benutzt der Quantenboomer zur Energieerzeugung einen kalten Fusionsreaktor. Nach einem einzigen Versuch wird der enthaltene Fusionsbrennstoff verbraucht sein und ich glaube nicht, dass wir so schnell weiteren Brennstoff irgendwo herbekommen.«

Allman macht ein ernstes Gesicht: »Wie groß ist die Wahrscheinlichkeit, dass wir wieder in irgendein Universum transponiert werden, in das wir nicht wollen?«

»Aufgrund unserer Erfahrungen spielte ich vom Datensicherungskristall die ausgebesserte Softwareversion auf den Quantenboomer. Den Datensicherungskristall habe ich übrigens immer in meiner Safarijacke dabei. Die Transposition sollte mit hoher Wahrscheinlichkeit gelingen. Aber für nichts im Leben gibt es eine 100%ige Garantie«, philosophiert Dan.

»Gut«, sagt Allman. »Ich kann niemanden dazu zwingen, aber ich für meine Person werde das Risiko eingehen.«

»Glauben Sie, Professor, ich würde Sie allein gehen lassen?«, fragt Dan in gekränktem Ton.

Allman wird ganz mild in seiner Stimme: »Mein lieber, treuer Dan, ich hab nichts anderes erwartet. Aber wenn es sich um Leben oder Tod handelt, dann geht es bei uns nicht zu wie beim Militär. Jeder muss die Verantwortung für seine Entscheidung selbst tragen. Ich freue mich, dass du dich aus meiner Sicht richtig entschieden hast.«

»Wo bleibt sie nur? Sie wollte doch zum Mittagessen da sein und jetzt ist schon ein Uhr«, fragt sich Professor Samuel Allman. »Ich hab etwas für sie, worüber sie sich bestimmt freuen wird.«

»Ich hab das Gefühl, du findest sie nett«, neckt Professor Emanuel Allman sein Gegenstück aus der Fortschrittswelt.

»Und wenn sie nun geschnappt wird?«, fürchtet sich Dan.

»Denk positiv, Dan«, ermahnt ihn Allman freundschaftlich.

»Ich mach mir um sie Sorgen, Professor, aber ich glaube, ich bin nicht der Einzige«, erwidert Dan.

»Zum Glück kann das Essen nicht kalt werden, auch wenn es später Nachmittag werden sollte«, meint Professor Samuel Allman. »Johann wird uns innerhalb weniger Minuten warmes Essen besorgen.«

Endlich, um drei Uhr nachmittags, hören die drei Männer ein Klopfen an der Eingangstür. Professor Samuel Allman fragt den Software-Agenten Johann: »Wer steht vor der Tür, Johann?«

Mit seiner Computerstimme formuliert Johann: »Vor der Tür stehen zwei Frauen, eine heißt Margaret Atwood, die andere ist eine Illegale.«

»Was jetzt?« Professor Samuel Allman ist ratlos.

»Samuel, erinnere dich: Margaret Atwood ist der Name auf dem Idenfikationschip, den wir Dr. Embassy zugedacht haben«, sagt Professor Emanuel Allman.

»Au, Mann, jetzt fällt's mir wieder ein.« Professor Samuel Allman stürzt zur Tür, reißt sie auf und lässt beide Frauen eintreten. Die größere von beiden macht einen geschwächten Eindruck und schwankt etwas. »Bin ich froh, dass Ihr da seid. Zieht am besten gleich eure Burnusse aus und dann bestellen wir etwas Kräftigendes zum Essen«, begrüßt er die beiden Frauen herzlich.

Als die größere der Frauen ihren Burnus ausgezogen hat, kommt Plonk zum Vorschein. Der rechte Arm, zusammen mit der Limbox, wird von einem Dreieckstuch gehalten. Plonk sieht reichlich mitgenommen und bleich aus, aber er kann schon wieder lächeln: »Danke, Heroine, danke Freunde«, sagt er schwach.

»Warum hat das so lange gedauert?«, will Dan wissen.

»Ich musste noch zusätzliche Nährlösung für die Limbox besorgen«, erläutert Heroine. »Die werden wir zuhause von Robert Sparks Labor analysieren und synthetisieren lassen.«

»Setzt Euch an den Tisch. Euer letztes Essen in dieser Welt kommt gleich«, fordert Professor Samuel Allman seine Gäste auf. Minuten später schweben sie ein, die knusprig gegrillten, appetitlichen Hähnchen mit Brot. Zum Trinken gibt es für jeden einen Saborear.«

»Henkersmahlzeit«, murmelt Dan.

Heroine findet das gar nicht lustig: »Wenn du nicht gleich still bist, Dan, rede ich kein Wort mehr mit Dir. Ich bekomme vor einer Transposition sowieso kaum einen Bissen runter. Lieber befreie ich zehnmal Pit, als dass ich einmal transponiert werde.«

Nach dem Essen kommt die Stunde des Abschieds. Professor Emanuel Allman bedankt sich: »Samuel, ich sage dir schon jetzt Auf Wiedersehen, denn wenn es soweit ist, werde ich wohl nicht mehr dazu kommen. Wir hatten viel Freude aneinander und miteinander. Ich danke dir für alles. Wenn dein Quantenboomer funktioniert, wirst du es merken und dann musst du uns bald in unserer, wenn auch etwas rückständigen Welt, besuchen. Bring deine Familie mit. Wir würden uns wahnsinnig freuen.« Er wischt sich verstohlen die Augen. »Und noch etwas, falls wir uns nicht wiedersehen sollten: Nimm hier meinen besten Seidenschal.« Dabei bindet sich seinen weißen Seidenschal ab und überreicht ihn Samuel. »Der soll dich erinnern an mich, an uns und an die Zeit, die wir miteinander verbrachten.«

Professor Samuel Allman antwortet: »Du und deine Freunde, Ihr habt mir neue Horizonte eröffnet und viel Freude gebracht. Ich bin es, der zu danken hat für die Zeit, die wir miteinander verbrachten. Mir liegt Eure Sicherheit sehr am Herzen, deshalb möchte dir auch etwas mitgeben: Nimm die Couch. Dann könnt ihr Euch auf der Couch sitzend transponieren. Das erhöht die Wahrscheinlichkeit, dass der Quantenboomer fehlerfrei arbeitet, weil er einen zusammenhängenden Bereich aus dieser Welt selektieren kann. Ich möchte Euch schließlich wohlbehalten wiedersehen. Und bei dir zuhause wird dich die Couch an unser gemütliches Beisammensein erinnern.«

Allman ist überrascht: »Samuel, das kann ich nicht annehmen.«

»Du musst es annehmen, Emanuel. Und jetzt kein Wort mehr darüber. Für Dr. Embassy habe ich übrigens auch etwas.«

Die ganze Runde schaut verblüfft. Heroine ist neugierig: »Professor, Sie brauchen mir doch keine Geschenke zu machen. Aber wenn Sie mir schon etwas schenken wollen, was ist es denn?«

»Dr. Embassy, ich habe gesehen, wie Sie sich mit ihren rosa Turnschuhen herumärgern, seit diesen die Spitze abgesengt wurde. Als sie nach dem Luftkampf im Wave mit den Löchern in den Turnschuhen zurückkamen, ließ mir deren Anblick keine Ruhe. Heute nun, als wir den Quantenboomer aus meinem Labor holten, habe ich etwas entdeckt.« Professor Samuel Allman zieht einen

Karton unter dem Tisch hervor und stellt ihn vor Heroine auf den Tisch. »Das gehört jetzt Ihnen.«

Heroine öffnet den Karton und stößt einen Freudenschrei aus: »Wo haben Sie denn die her, Professor? Nagelneue rosa Turnschuhe mit Glitzerbesatz und Leuchtdioden und dann auch noch in meiner Größe.«

»Tja, Dr. Embassy, von Ihnen gibt es ebenfalls ein Gegenstück in meiner Welt. Vor mehr als zwanzig Jahren vergaß meine Dr. Embassy nach einem Einkaufsbummel den Karton im Labor. Dann kam der Verbotsbeschluss des Kuratoriums, mein damaliges Team wurde getrennt und die Schuhe gerieten in Vergessenheit. Heute darf ich die Schuhe ihrer Besitzerin zurückgeben und das freut mich besonders.«

Heroine protestiert: »Aber, die sind zu wertvoll. Sie gehören meinem Pendant.«

»Sie gehören jetzt Ihnen, Dr. Embassy. Nehmen Sie die Schuhe ruhig an. Wenn ich die hiesige Dr. Embassy einmal treffen sollte, wird sie sich freuen, wenn ich ihr erzähle, wer sie trägt.«

»Lieben, lieben Dank. Sie haben mir eine große Freude gemacht.« Mehr kann Heroine vor Rührung nicht sagen.

»Seid ihr alle bereit?«, fragt Daniel, um die Abschiedsprozedur zu verkürzen.

Professor Emanuel Allman räuspert sich: »Ja, lasst uns gehen.«

Plonk nickt nur, weil ihm das Sprechen schwerfällt. Heroine nickt ebenfalls.

Das X-Team setzt sich in einer Reihe auf die weich gepolsterte und samtblau bezogene Couch, die transponiert werden soll. Für Dan bleibt rechts von Heroine ein freier Platz.

»Also gut. Ich starte jetzt den automatischen Ablauf zur Transposition«, bestätigt Dan. »Und, Professor Samuel Allman, wenn Sie bitte etwas zurücktreten, damit Sie nicht versehentlich mit transponiert werden.«

Dan startet den Quantenboomer und setzt sich auch auf die Couch.

Das Gerät fängt an zu summen, hört aber sofort wieder auf zu arbeiten.

»Nach allem, was wir bisher erlebt haben, bloß das nicht auch noch«, stöhnt Dan. Den anderen X-Team-Mitgliedern fährt ebenfalls der Schreck in die Glieder.

Professor Samuel Allman, der die Szene aus drei Meter Abstand beobachtet, sagt: »Oh, ich vergaß Euch zu sagen, Ihr müsst Euch vom Software-Agenten Johann verabschieden, sonst schaltet er immer wieder den Quantenboomer aus.«

»Wiedersehen Johann und Danke für deine guten Dienste«, ruft Daniel.

»Johann, es war, als hättest du mir meine Wünsche von den Augen abgelesen. Es war einfach toll. Ich werde dich nie vergessen. Auf Wiedersehen, Johann.« spricht Heroine aus vollem Herzen.

Plonk nimmt alle seine Kräfte zusammen: »Danke, und mach's gut, Johann, alter Junge, bis bald.«

»Deine Bekanntschaft zu machen, Johann, hat mir viel gebracht«, sagt Professor Emanuel Allman. »Danke für alles und auf Wiedersehen.«

Eine bewegte Computerstimme antwortet: »Auf Wiedersehen, Ihr Lieben, kommt bald wieder.« Dann hört man, wie in ein Taschentuch geschnäuzt wird.

Sekunden später startet der Quantenboomer von selbst. Die Couch mit dem darauf sitzenden X-Team wird in helles Licht gehüllt. Nach zwei Minuten schaut Professor Samuel Allman auf eine große leere Stelle in seinem Apartement. Es ist die Stelle, an der sich seine Freunde gerade noch von Johann verabschiedeten.

Nach einigen Minuten erwartungsvoller Ruhe im großen Hörsaal, fängt es an, unruhig zu werden. Füße scharren. Einige aus dem Publikum räuspern sich. Deshalb drückt Kidd verschiedene Knöpfe und versucht, den Hund zurückzuholen. Nichts passiert.

Nach weiteren fünf Minuten kommen laute Zwischenrufe: »Was ist jetzt?«

Noch mal fünf Minuten später fängt das Publikum an »Buhh.« zu rufen.

Kidd versucht zu beschwichtigen: »Bestimmt kommt er gleich.«

Pfiffe aus dem Publikum folgen und mischen sich mit den zunehmenden Buh-Rufen.

»Oh Gott, worauf habe ich mich eingelassen. Das nervtötende Jaulen des Hundes hat mich fertiggemacht und dann das Publikum«, stöhnt der gottlose Kidd.

Plötzlich ändert sich die Stimmung. »Aaah, endlich.« Es geht ein Aufatmen durchs Publikum. Auf dem Podium rechts vom langen Tisch leuchtet es gleißend hell: eine Lichtkugel von über fünf Meter Durchmesser.

Kidd erschrickt: »Das kann doch nicht der blöde Hund sein.«

Pinchins Stimme hört sich dumpf an, als käme sie aus einem Gewölbe: »Ich bin der Herr über Zeit und Raum. Ich, Dr. Pinchin, bin der Herr.« Er wiederholt lauter: »Ich ich bin der Herr.«

Die Lichtkugel wird dunkler und langsam erkennt man Schemen. Die Ersten fangen an, auf die Bänke zu klopfen. Sekunden später folgen Bravorufe. Der ganze Saal klopft.

»Professor Allman ist da«, ruft jemand. Ein anderer ergänzt: »Und sein Team.« Obwohl in dem Lärm kaum einer die Worte versteht, rufen weitere: »Professor Allman, Professor Allman.«

Es ist ein unbeschreiblicher Lärm, alles klopft, alles schreit, alles tobt, alle sind begeistert oder zumindest fast alle. »Professor Allman, Professor Allman.«

Das Licht verlischt. Das X-Team sitzt aufgereiht auf der samtblauen Couch, die sich auf dem Podium materialisiert hat. Als Allman den großen Hörsaal wieder erkennt, fühlt er sich wie euphorisiert. Ein Glücksgefühl steigt in ihm auf, ausgehend vom Bauch, durchdringt sein Herz und breitet sich schließlich in seinem Bewusstsein aus. »Heureka«, ruft er laut und denkt: »Wenn das dem alten Archimedes von Syrakus widerfahren wäre, hätte er nicht anders gerufen.«

Plonk, nicht weniger euphorisiert, findet trotz seiner Verletzung die Kraft für einen seiner bekannten Sprüche: »Heroine, das Publikum meint nicht nur Professor Allman, sondern auch Dich. Wenn ich gewusst hätte, dass du einen ganzen Saal voller Verehrer hast, hätte ich mir keine Hoffnungen gemacht.«

Heroine hört vor lauter Lärm nicht, was Plonk sagt. Sie ist auch viel zu sehr mit ihren eigenen Gefühlen beschäftigt. »Das ist nun der Lohn der Angst«, denkt sie. »Ein schier unendliches Glücksgefühl.«

Dan sitzt glücklich auf seinem samtigen, weichen Sitzplatz und genießt es, umjubelt und wieder zurück zu sein. Kein technischer Gedankenblitz stört ihn dabei. »Nur Dasitzen, sich Wohlfühlen, einfach Strahlen«, ist das, was ihm sein Unterbewusstsein sagen würde, wenn er es fragen könnte.

Während der Beifall für Allman und sein X-Team nicht enden will, verändert sich Pinchin zusehends und auf seltsame Weise, als wäre er schutzlos in einen Orkan geraten. Seine wenigen Haare weisen in alle Himmelsrichtungen, die

Augen sind aufgerissen. Unterhalb der Pupillen zeigt sich blutunterlaufenes Weiß und seine Gesichtszüge verzerren sich durch ein fletschendes Gebiss.

Solcherart verändert reißt Pinchin seinen Hemdkragenknopf auf, zieht seine Krawatte auf Halbmast, als wäre er voll bekleidet in eine Sauna geraten und schreit mit sich überschlagender Stimme: »Kidd, du Galgenvogel. Das hast du mir eingebrockt.«

Dem Publikum ist Pinchins Veränderung nicht verborgen geblieben. Der Beifall für Allman ebbt ab und die allgemeine Aufmerksamkeit wendet sich Pinchin und seinem Assistenten zu.

»Kidd, du Speichellecker, das hast du mit Allman abgesprochen, um mich zu ruinieren«, krächzt Pinchin, dem die Stimme versagt.

»Sachte, sachte, Dr. Pinchin. Wir sind immer noch vor Publikum.« Kidd macht abwehrende Handbewegungen.

»Du hast mich hintergangen. Das ist ein abgefeimtes Komplott gegen mich«, wütet Pinchin weiter.

Kidd in seiner Not überlegt, was zu tun ist. Ihm fällt nur ein: »Security rufen.« Sofort stürzt er zum Dozentenpult und drückt den dort befindlichen Alarmknopf. Die Security der Albert-Einstein-Universität hat in Übungen bewiesen, dass sie innerhalb einer Minute eintreffen kann.

Kidd wird die Minute sehr lang. Pinchin wütet ununterbrochen und lässt sich dazu hinreißen, Kidd mit der Faust auf die Brust zu schlagen. »Dich mach ich fertig, du hinterhältige falsche Schlange. Du bist entlassen.«

Zwei kräftige Männer in Uniform kommen mit gezogenen Schlagstöcken zur Tür reingestürmt. Kidd braucht nichts zu sagen. Das Bild, das Dr. Pinchin bietet, spricht für sich. Die beiden Männer stecken ihre Schlagstöcke weg, packen den wesentlich kleineren und schwächeren Pinchin links und rechts an den Oberarmen und heben ihn hoch. Pinchin strampelt und schreit und deutet mit einem Arm Richtung Kidd: »Ihr habt den Falschen. Dort. Nehmt den. Nehmt Kidd.« Die Männer der Security lassen sich nicht beirren und tragen Pinchin durch den Ausgang des großen Hörsaals.

Kidd atmet auf und ruft der Security hinterher: »Danke, Ihr habt mich gerettet.« Dann dreht er sich Allman und Dan zu. Ihm ist ein Ausweg eingefallen, wie er die Situation zu seinen Gunsten wenden kann.

Allman und Dan erheben sich von der Couch und nähern sich Kidd mit fragendem Ausdruck im Gesicht.

»Gott sei Dank, Professor Allman, Sie sind da. Als Universitätsangehöriger war es meine Aufgabe, die Präsentation für Sie zu organisieren. Ich hab mir gedacht, dass Sie heute kommen werden. Deshalb hab ich schon die Einführung gegeben, damit Sie keine Zeit verlieren, wenn Sie sich verspäten sollten«, redet Kidd auf den Professor ein.

Die Anwesenden im Hörsaal hören fasziniert zu. Sie wissen nicht, was sie von Kidd halten sollen, ob er freche Lügen erzählt oder die Wahrheit.

Allman schaut immer noch fragend, weil er nicht erwartet hat, mitten in eine ihm unbekannte Situation materialisiert zu werden.

»Ach so, sie fragen sich, was Dr. Pinchin wollte?« Kidd erklärt weiter: »Ja, der ist wohl größenwahnsinnig geworden. Er behauptete, Ihr Timeponder sei sein eigenes Werk und nannte ihn Pinchinmat. Erst rief er ‚Ich bin der Herr‘ und nachdem Sie ankamen, schnappte er völlig über und erlitt einen Nervenzusammenbruch. Dass er von der Security entfernt wurde, haben Sie selbst gesehen.«

»Soso«, ist das Einzige, was Allman rausbringt, weil er immer noch darüber nachdenken muss, was wohl vor seiner Ankunft ablief. Irgendwie scheint ihm Kidd nicht sauber zu sein.

»Noch etwas, Professor Allman. Ich hab zur Vorbereitung bereits einen Hund in ein paralleles Universum transponiert. Ich übergebe Ihnen und Ihrem Assistenten die Weiterführung der Präsentation. Als Nächstes steht die Rückholung des Hundes an. Ich selbst ziehe mich zurück.« Kidd verbeugt sich kurz, steigt vom Podium und setzt sich in die vorderste Sitzreihe auf einen der wenigen freien Plätze.

Keiner der Zuhörer klopft, als Kidd das Podium verlässt. Alle warten gespannt, was nun passiert.

»Danke«, murmelt Professor Allman kopfschüttelnd. »Ich kann noch nicht beurteilen, was hier vor sich geht, werde aber zu gegebener Zeit auf Sie zurückkommen.«

Er wendet sich an Dan und fragt ihn: »Verstehst du das?«

»Nein, aber ich muss wohl den Hund zurückholen«, antwortet Daniel.

»Meine Damen, meine Herren, geschätzte Kollegen«, fängt Allman an, die Führung der Präsentation zu übernehmen. Seine Stimme ist so kräftig, dass er kein Mikrofon benötigt: »Vor zwei Wochen startete unser Team zu einer Multiversumreise. Soeben erlebten Sie Live unsere Rückkehr. Schon allein dadurch beweist unser Team, dass Reisen im Multiversum praktisch möglich sind. Die wissenschaftliche Ausbeute, die wir mitgebracht haben, wird in nächster Zeit die meisten meiner Kritiker überzeugen. Zum Abschluss der heutigen Präsentation wird mein Assistent Daniel Josten versuchen, den Hund aus dem parallelen Universum zurückzuholen, den offensichtlich ein Universitätsangehöriger zu Ihrer Unterhaltung verschwinden ließ.«

Im Publikum sind unterdrückte Lacher zu hören.

Allman wirft Dan einen fragenden Blick zu: »Bist du soweit?«

Dan öffnet am gelben Timeponder die Rückklappe: »Alles in Ordnung, Professor. Ich starte jetzt«, bestätigt er und tastet den Rückhol-Code ein.

Der rechte leere Käfig wird daraufhin in gleißendes Licht getaucht. Nach einer Minute erkennt man die Umrisse eines Hundes. Nach einer weiteren Minute, als das Licht verlischt, sieht man über dem Hund etwas flattern oder Flügel schlagen. Dan holt den Hund aus dem Käfig heraus und streichelt ihn. In dem Augenblick entweicht das flatternde Etwas, steigt auf und fliegt in weiten Schleifenlinien durch den Saal.

Man kann sein lang gestrecktes hellgrün schillerndes Exoskelett aus Chitin erkennen. Sein bewegliches Hinterteil ist mit braunen ringförmigen Querstreifen verziert. Sechs Beine, zwei große Facettenaugen und vier fast durchsichtige Flügel, mit über 70 cm Spannweite, vervollständigen das Kunstwerk der Natur. Auf seinem Flug durch den Saal beweist es höchste Wendigkeit. Urplötzlich bleibt es in der Luft stehen, fliegt links um die Ecke, dann rechts und entschließt sich einen Augenblick später einen weiten Bogen zu fliegen. Es ist eine Riesenlibelle.

Heroine springt wie elektrisiert von der Couch hoch, auf der sie solange ruhig saß und ruft mit lauter Stimme in den Saal: »Das ist eine Meganeura. Sie gehört zu den größten Insekten, die je gelebt haben. Die Paläontologen unter Ihnen,

174

verehrte Anwesende, werden bestätigen, dass dieses Insekt vor über 290 Millionen Jahren ausstarb.« Nach einer kurzen Denkpause fällt ihr etwas anderes Wichtiges dazu ein: »Wenn jemand von Ihnen hier im Saal bitte die kryptozoologische Abteilung der Francis-Drake-Universität anrufen würde. Die sollen ganz dringend und sofort herkommen und die Meganeura fangen. Die Riesenlibelle wäre eine Sensation für unser Juratropenhaus.«

Kurze Zeit später ruft ein Student nach vorne: »Ist erledigt.«

Wenn es noch irgendeines letzten Beweises bedurft hätte, um die Zuhörerschaft zu überzeugen, dann war es das. Das zunächst ungläubige Staunen im Publikum wandelt sich in Begeisterung. In der hintersten Reihe fängt jemand an, zaghaft auf die Bank zu klopfen. Das löst eine Klopflawine aus. Im Saal wird geklopft, getrampelt, Bravo gerufen.

Als der Lärm sich wieder ein wenig beruhigt, findet Allman abschließende Worte: »Mein Team und ich, wir verabschieden uns für heute, weil wir von der weiten Reise müde sind. Aber wir laden Sie wieder ein, sobald die wissenschaftliche Auswertung vorliegt. Bis bald.« Mit den letzten Worten macht er eine leichte Verbeugung vor dem Publikum. Dan und Heroine tun es ihm gleich. Plonk nickt von seinem bequemen Sitz aus mit dem Kopf. Das Team nimmt ihn anschließend in die Mitte und verlässt unter Beifallklatschen den großen Hörsaal, streng darauf achtend, dass die Riesenlibelle nicht entweicht.

»Mein lieber Emanuel, was für ein tolles Abenteuer Sie sich ausgesucht haben«, staunt Dr. Galphimia, der Landarzt der Familie auf der privaten Feier in Allmans Bungalow, zu der dieser mitten im Juli eingeladen hat. Der Trubel wegen seiner Ehrung und die Verleihung des großen Forschungspreises der Paul-Gotham-Stiftung sind vorbei.

»Wie kann ich mir das Abenteuer aussuchen, Dr. Galphimia, wo es doch mich ausgesucht hat?«, antwortet Allman mit einer Frage.

»Und heute feiern Sie mit Freunden und Bekannten den Erfolg, dass Sie für Ihre Universität den Forschungspreis gewonnen haben?«, möchte Dr. Galphimia wissen, während er den Saborear probiert, ein Getränk, das ihm erfrischend fremdartig erscheint.

»Ach, wissen Sie Dr. Galphimia, für mich ist die wahre Feier die glücklich vollbrachte Tat«, meint Allman bescheiden. »Aber ich freue mich, dass ich jetzt wieder Zeit für meine Familie und soziale Kontakte habe. Und ich halte es für wichtig, noch mal in lockerer Atmosphäre über die Dinge zu reden, die einen so lange und intensiv beschäftigten. Der Hauptgrund ist aber, ich möchte heute mein X-Team ehren, das in den vergangenen Wochen im Hintergrund stand.«

Wegen des angenehm warmen Wetters, abwechselnd mit leichter Bewölkung und Sonne, findet die Einladung in Allmans Garten statt. Dort ist eine lange, mit weißem Tischtuch gedeckte Tafel aufgebaut. Um diese herum stehen Stühle, für seine Frau, die Kinder und die Gäste. Gekommen ist sein X-Team, mit Heroine, Dan und Plonk, Robert Spark sein Sponsor von der Extraterrestrical Inc., Professor Maxwell, ein Kollege von der Uni, Dr. Galphimia und einige Freunde aus der Umgebung von Greenfield, wo sich sein Haus befindet.

Bello, die liebe struppige Promenadenmischung, die Dan bei der letzten Präsentation im großen Hörsaal zurück transponierte, tollt mit Raul im Garten herum. Beide Hunde sind glücklich, dass sie einen Partner gefunden haben. Sie jagen durch Büsche und Gras, einer hinter dem anderen her, streiten um Knochen und kommen gemeinsam zu Herrchen oder Frauchen angerannt, auch wenn nur einer gerufen wird. Sie sind ein glückliches Team geworden.

Ein Nachbar und Freund erklärte sich freudig bereit, den Gartengrill zu bedienen und brutzelt im Hintergrund. Verführerischer Duft nach Gegrilltem dringt den Gästen in die Nase, während sie im prächtig blühenden Garten mit einem Glas in der Hand spazieren und sich über die jüngste Vergangenheit unterhalten.

Professor Maxwell ist gut aufgelegt, so, wie die übrige Gesellschaft. Er neckt Allman: »Und Sie wollten die hoch geschätzte Kollegin Bella Blackbeard nicht einladen?«

»Gehen Sie mir bloß weg, Maxwell«, lacht Allman. »Selbst wenn ich die eingeladen hätte, wäre sie nicht gekommen. Man sagte mir, sie sei für einige Zeit beurlaubt, nachdem sie ihre Teilnahme am Forschungswettbewerb zurück zog. Jetzt soll sie sich in ihrem Haus an der Riviera aufhalten.«

»Und BBs ehemaliger Assistent der William Kidd?«, fragt Professor Maxwell weiter.

»Es heißt, zwischen Capiello, dem Partner unseres Sponsors und Kidd soll eine Verbindung bestanden haben. Seit die Börsenaufsicht Capiello wegen Aktienmanipulation und Insidergeschäften im Visier hat, ist Kidd verschwunden. Aber ich glaube, der taucht nach einiger Zeit wieder auf. Wie heißt es so schön: Wenn Gras über die Sache gewachsen ist.«

»Haben Sie eigentlich Fortschritte erzielt, Allman, auf der Suche nach der Weltformel?«

»Wie man es nimmt«, antwortet Allman. »Die zweite aufgefundene diamantene Pyramide ließ sich ihre Geheimnisse bisher nur zu einem geringen Teil entreißen. Das Meiste kann immer noch nicht entschlüsselt werden. Einige Teile meines Entwurfs einer Weltformel konnte ich verbessern. Leider fehlt weiterhin ein Ansatz, wie sich die fünfte Grundkraft, die sogenannte Psi-Feldkraft, mit den übrigen vier bekannten Grundkräften integrieren lässt. Wahrscheinlich werde ich noch einige Zeit benötigen, um in dieser Frage voranzukommen.«

Während Allman und Professor Maxwell fachsimpeln, steht Robert Spark neben Heroine: »Ich muss Ihnen noch mal danken, Dr. Embassy, für die Limbox. Die ist eine hilfreiche Erfindung. Es ist uns bereits gelungen, die winzigen Nanomaschinen in der Nährlösung selbst herzustellen. Es wird nicht lange dauern, bis wir mit einer eigenen Limbox auf den Markt kommen werden. Was ich Sie fragen wollte: Was ist aus der Meganeura geworden, die durch den Hörsaal flog, als Sie aus der Parallelwelt zurückkamen?«

Heroine, locker, wie immer, in Poloshirt und Jeans, antwortet: »Einige Studenten und Assistenten der kryptozoologischen Abteilung kamen gleich, nachdem wir den großen Hörsaal verließen, und haben die Meganeura eingefangen. Jetzt leistet sie unserem Diplodocus im Juratropenhaus Gesellschaft. Der ist übrigens sehr verwundert, wenn sich die Meganeura auf seine Nase setzt. Man könnte glauben, er verdreht verzückt seine Augen.«

»Und wie hat sich die Reise durch das Multiversum auf Ihre Reputation in der wissenschaftlichen Welt ausgewirkt, Dr. Embassy?«

»Alle reißen sich um meinen Forschungsbericht. In meinem Fachgebiet habe ich eine ähnliche Reputation erreicht, wie Allman und Daniel Josten in der Physik. Es ist wirklich eine Freude«, strahlt Heroine.

»Mal was anderes, Heroine«, wirft Dan ein, der seinen Namen gehört hat. »Wieso haben auf deinen rosa Turnschuhen mit den Glitzersternchen kleine rote und blaue Dioden geblinkt, gerade in dem Augenblick, als der Dekan der Universität nach seiner Laudatio in der großen Aula unserm Professor die Ehrenurkunde überreichte?«

»Ach, weißt du, Daniel, es war alles so ernst und feierlich, als wir festlich gekleidet während der Lobrede neben unserm Professor auf der Bühne standen. Ich hatte zur Auflockerung schon extra meine rosa Turnschuhe, das Abschiedsgeschenk von Samuel Allman, angezogen. Als unser Professor dann die Urkunde auf feinem Büttenpapier überreicht bekam, untermalt von gedämpfter, feierlicher Musik, da musste ich einfach mit meinen großen Zehen den Anschalter vorne in den Turnschuhen drücken«, lacht Heroine.

»Papi, Papi.« Kathrin, Allmans Tochter kommt angerannt. »Ich habe gerade deine Ehrenurkunde gelesen. Ist die wertvoll?«

»Aber sicher, liebe Kathrin«, lacht Allman. »Ehre ist ein wertvolles Gut, auch wenn man sich nichts dafür kaufen kann.«

»Kann mir jemand sagen, was mit Dr. Pinchin ist?«, fragt Elisabeth Allman, die sich zur Gruppe mit Professor Maxwell gesellt hat.

Professor Maxwell antwortet: »Sein Sitz im Kuratorium ist frei geworden. Er ist auf unbestimmte Zeit krankgeschrieben und soll sich in der Psychiatrie befinden.«

»Wo ist meine schärfste Waffe?«, ruft Plonk, der sich bisher im Hintergrund hielt.

Alles dreht sich um. Heroine lächelt: »Meinst du etwa mich?«

Plonk geht auf sie zu und umarmt sie freundschaftlich: »Ich wollte dir nur noch einmal herzlich danken, für das, was du für mich getan hast. Ohne dich würde ich jetzt mit einer Hand weniger durch diese Welt laufen.«

Dr. Galphimia nähert sich Plonk und Heroine: »Na, Herr Plonk, Sie medizinisches Wunder. Ich bin außerordentlich neugierig. Würden Sie mir mal Ihre Hände zeigen?«

Plonk lacht und streckt ihm seine Hände entgegen: »Wenn ich mich dazu nicht ausziehen muss, dann können Sie meine Hände haben.«

Dr. Galphimia fasst beide Hände an, nimmt sie hoch, schaut von einer zur anderen und schüttelt dann seinen Kopf: »Das gibt's doch nicht, kein Unterschied zu sehen. Und Sie sind wirklich sicher, dass vor drei Monaten die rechte Hand gefehlt hat?«

»Bitte zu Tisch. Das Gegrillte ist fertig«, fordert Allman seine Gäste auf.

Nachdem die Gäste um den Tisch herum sitzen, setzt er zu einer kleinen Rede an: »Liebe Freunde. Ich glaube, so kann ich euch alle bezeichnen, denn ihr seid meine Freunde. Ich habe heute zu einer Feier gebeten, bei der einmal nicht ich im Mittelpunkt stehen möchte. Die Feier soll zu Ehren unseres X-Teams sein: Dr. Embassy, Daniel Josten und Pit Plonk. Allein hätte ich niemals neue parallele Welten erobern können. Allein, ohne unser X-Team, wäre ich auf der Gigantic ertrunken, auf Kapitän Bonnys Revenge zum Piraten geworden und in der Fortschrittswelt als Illegaler zurück geblieben. Ohne unser X-Team hätte ich keine diamantene Pyramide mitgebracht und keine Limbox. Ohne unser X-Team hätte ich nicht den großen Forschungspreis für unsere Albert-Einstein-Universität gewinnen können. Ich verdanke mein Leben, meine wohlbehaltene Rückkehr, meine Ehrungen durch die Universität, alles meinen lieben Freunden: Dr.

Embassy, Daniel Josten und Pit Plonk. Wir wollen deshalb gemeinsam mit einem besonders gut gelagerten Tropfen auf unser X-Team anstoßen. Dieser Tropfen ist mehr als 400 Jahre gelagert, glaube ich. So eine Seltenheit habt ihr bestimmt noch nie probiert.«

»Nein, Professor Allman«, ruft Heroine mit fast schriller Stimme, »sagen Sie, dass das nicht wahr ist.«

»Weshalb, Dr. Embassy? Wir können doch den Rum, den uns Kapitän Bonny schenkte, nicht verkommen lassen.«